LEISA RAYVEN

Professor Feelgood

LEISA RAYVEN

Professor Feelgood

Tradução
Isadora Sinay

Copyright © 2018 by Leisa Rayven
Copyright da tradução © 2018 by Editora Globo S.A.

Todos os direitos reservados. Nenhuma parte desta edição pode ser utilizada ou reproduzida – em qualquer meio ou forma, seja mecânico ou eletrônico, fotocópia, gravação etc. – nem apropriada ou estocada em sistema de banco de dados sem a expressa autorização da editora.

Editora responsável **Veronica Armiliato Gonzalez**
Assistente editorial **Júlia Ribeiro**
Diagramação **Douglas Kenji Watanabe**
Projeto gráfico original **Laboratório Secreto**
Capa **Renata Zucchini**

Texto fixado conforme as regras do Acordo Ortográfico da Língua Portuguesa (Decreto Legislativo nº 54, de 1995).

CIP-BRASIL. CATALOGAÇÃO NA FONTE
SINDICATO NACIONAL DOS EDITORES DE LIVROS, RJ

R217p

    Rayven, Leisa
       Professor Feelgood / Leisa Rayven ; tradução Isadora Sinay. – 1. ed. –
Rio de Janeiro : GloboAlt, 2018.
      368 p. ; 23 cm.   (Masters of love ; 2)

    Tradução de: [Professor] Feelgood
    ISBN 978-85-250-6571-1

    1. Romance australiano. I. Sinay, Isadora. II. Título. III. Série.

18-53200
                       CDD: 828.99343
                       CDU: 82-31(94)

1ª edição, 2018

Direitos de edição em língua portuguesa
para o Brasil adquiridos por Editora Globo S.A.
R. Marquês de Pombal, 25
20.230-240 – Rio de Janeiro – RJ – Brasil
www.globolivros.com.br

*Para o meu sogro, que leu cada um dos meus livros
múltiplas vezes, amou cada personagem
como se fossem amigos de longa data e
encheu nossa família com infinita generosidade,
alegria e graça. Sinto muito que você
não tenha conseguido ler este, pai, mas saiba que sua luz
e amor continuarão sempre a me inspirar.
Sempre.*

Na história das nossas vidas, somos nossos próprios narradores, mas a história que contamos nem sempre é a verdade. Nossas memórias, vaidosas, inventam realidades alternativas. Tornamos os pontos altos mais intensos e brilhantes. Pior ainda, entalhamos nossos vários momentos difíceis em nossas próprias *Árvores de Arrependimentos*, até que existam florestas inteiras, silenciosas e cinzentas, estalando e rangendo no ar grosso e amargo do nosso subconsciente.

Não quero ser meu próprio narrador duvidoso. Quero que minha história seja verdadeira, ainda que a linha entre vilão e herói seja borrada e imprecisa.

Não importa o quanto eu queira apagar meus erros e começar de novo, sei que isso não é possível. Nosso antigo começo é tudo o que temos. Mas podemos mudar nosso final. Ele ainda está sendo escrito.

trecho de *A história de nós dois*,
de J. A. Stone

capítulo um
Feelgood... na minha calça

Bom, isso é embaraçoso.

Cá estou eu, às 7h30 da manhã de uma segunda-feira, mais excitada do que jamais estive nos meus vinte e três anos e três quartos. Mas estou com o homem dos meus sonhos? Estou sendo levada para um jantar com vinho e sendo seduzida? Estou em algum lugar exótico com areia, mar e garçons seminus me servindo drinques com guarda-chuvinhas de papel?

Não.

Estou sentada na minha mesa, na Editora Whiplash, cercada por um escritório vazio e o barulho distante do bebedouro enquanto sou atacada por pensamentos terríveis a respeito de um homem que nunca conheci.

Isso não é bom.

Ouço uma batida vindo do corredor. A única outra pessoa tão cedo aqui é o nosso gerente financeiro escocês, Fergus, que tem uma relação antagônica com nossa velha máquina de Xerox e não se importa que saibam disso.

— *Suaaaaaaa criatura desprezível* — ele grita, seu forte sotaque ficando mais acentuado enquanto ouço mais batidas. — *Sua merda nojenta!* — Suas palavras são pontuadas pelo som de papel se rasgando. — *Só... faça... a merda da cópia, sua boqueteira maldita!*

Há um apito alto, seguido por um grito de frustração de Fergus. Eu até ofereceria ajuda, mas na minha atual situação, acho que não seria muito útil para ninguém. Além disso, Fergus sempre fica super mal-humorado quando está fazendo as projeções trimestrais de perdas e ganhos, então acho melhor ficar fora do radar dele o máximo possível nesse momento.

Enquanto a violência com a copiadora continua, cruzo minhas pernas sob a mesa e olho em volta para ter certeza de que ainda tenho o escritório principal só para mim. Se alguém me visse agora, conseguiria saber o quão excitada estou? Saberia que o fluxo de sangue que está deixando meu rosto vermelho não é nada em comparação ao que está descendo para a parte inferior do meu corpo?

Com um suspiro renovador, me levanto e vou para o banheiro. As pessoas vão começar a chegar a qualquer momento, e eu realmente preciso me controlar antes que isso aconteça.

Entro no banheiro feminino, molho minhas mãos com água fria e jogo um pouco em mim, no meu rosto, peito e nuca. Quando olho para o meu reflexo, balanço a cabeça ao ver o quão ridiculamente rosa estou.

— O que você está fazendo, Asha? Sério. Você quer lamber um homem que nem conhece. Pior, um homem cujo *rosto* você nunca viu. Você está fora de controle.

Eu não sou assim.

Eu sou uma romântica. Quero flores e jantares e longos beijos lentos sob o luar. Não curto ficadas aleatórias e sexo casual. Nunca entendi como minha irmã mais velha conseguia ter tanta satisfação em transar sem compromisso. Eu tentei. É desconfortável e estranho e cheio de neuras. Prefiro conhecer os homens que permito no meu corpo. Para mim, não há nada mais sexy do que um cara que quer estar num relacionamento.

Acho que esse é um dos motivos pelo qual desenvolvi esse desejo tipo cadela no cio por um completo estranho. Meu homem misterioso passou por um término horrível. Ele perdeu o amor da sua vida e está contando isso ao mundo, sem reserva alguma. Quando leio suas palavras, acho sua paixão contagiante e, pelo visto, absurdamente excitante.

Respirando fundo, volto à minha mesa. Depois de deslizar para minha cadeira, agarro o mouse com plena intenção de começar a lidar com a pilha gigante de trabalho que tenho para hoje, mas, em vez disso, dou uma última olhada no Instagram do homem autointitulado *Professor Feelgood*. Meu Deus, ele realmente acertou no nome. Embora provavelmente devesse ter acrescentado um "na minha calça", para ser mais exato. Logo acima de seu nome no perfil há uma foto do Harrison Ford como Han Solo e, abaixo, sua bio diz: *"Um babaca em recuperação em processo de introspecção brutal, um dia de cada vez. Sou uma coleção de escolhas ruins disfarçada de homem semi funcional."* Bom, aparentemente, um monte de gente se identifica com suas escolhas ruins, porque ele tem mais de três milhões de seguidores.

Esbarrei no feed dele algumas semanas atrás, quando alguém que sigo repostou um dos seus poemas e, desde então, caí em um buraco negro. Há fotos embaçadas e artísticas dele, todas tiradas de ângulos que tornam impossível ver seu rosto; algumas tiradas em outros continentes, na frente de pontos turísticos famosos, e outras em closes tão fechados do seu corpo rígido e musculoso que sinto como se o estivesse acariciando só de olhá-las.

Mas mais do que as imagens provocantes, são suas palavras que acabam comigo. Suas palavras às vezes doces, às vezes tristes, sempre sensuais, sobre amor e perda. Elas parecem passar reto pelo meu cérebro e atingir direto a minha alma.

Dentro de você é onde quero estar, cercado pelo seu calor
Músculos trêmulos e mente embaçada enquanto meto, e meto, e meto.
Dentro de você é onde quero estar, envolvido em seus membros.
Pele quente e gemidos de ah, meu Deus ecoando ao nosso redor
Dentro de você é onde quero estar, fazendo seu corpo dançar, tremer, desabar,
Enquanto te vejo perceber que eu sou o único que te faz sentir assim.
Mas na verdade, quero estar dentro de você porque você está em mim desde que te vi
e agora,
é a minha vez.

Já li esse umas dez vezes, e essa é só a ponta do iceberg de talento. Quanto mais eu leio, mais obcecada por ele eu fico.

Desço até o início da sua timeline e leio cada palavra de novo, tentando entender exatamente por que ele me estimula tão profundamente. Sim, há uma resposta física às fotos, especialmente àquelas em que ele está seminu, porque, sério, o corpo dele é bizarro. Mas é mais que isso. Todos os posts parecem confissões extremamente pessoais. Acho que parte do motivo de sua popularidade é porque ele destrincha suas questões, erros e arrependimentos na frente do mundo todo, e a coragem e honestidade que saltam da tela me dão a sensação de uma injeção de paixão líquida direto no meu coração. Isso está arruinando minha pressão sanguínea.

Dou um pulo quando um barulho excepcionalmente alto ecoa pelo corredor. Quando levanto o olhar, vejo Fergus andando despreocupadamente para fora da sala da copiadora, uma bandeja de papel em péssimas condições casualmente sob seu braço.

Ele passa por mim e aponta com a cabeça na minha direção.

— Bom dia, Asha.

— Oi, Fergus. Tudo certo?

— Sim. Ótimo. Indo dar uma voltinha.

Tenho bastante certeza de que ele não está falando em ir ao banheiro. Observo, perplexa, enquanto ele caminha até o outro lado do escritório e empurra a porta que dá para as escadas que levam ao telhado. Por um momento, me pergunto se deveria me preocupar que ele vá atirar aquela bandeja do alto do prédio direto no rio.

Estou a ponto de segui-lo para garantir que ele não faça algo idiota quando a tela do meu celular acende com uma foto da minha irmã mais velha sorrindo e me mostrando o dedo do meio. Tão delicada.

— Oi, Eden.

— Oi, você. Já está no trabalho? O Max ia te fazer café da manhã, mas você saiu antes de acordarmos.

— Isso não é verdade. A julgar pelos barulhos vindos do seu quarto, o Max estava acordado uns vinte minutos antes de eu sair.

Eden ri, e eu dou um sorriso. Minha irmã merece toda essa felicidade. Ela finalmente saiu daquele círculo vicioso de trepadas casuais com caras medíocres e encontrou um homem de verdade e, agora, pela primeira vez na vida, ela está em um relacionamento adulto de verdade. Eu só gostaria de não ter que ouvir todo o sexo que veio com ele.

— Eu pediria desculpas por meu homem não conseguir ficar quieto — Eden diz, ostentando. — Mas eu gosto demais dos barulhos dele.

— É, eu noto pelos *seus* barulhos. Sério, eu tenho certeza que vocês acordaram a pobre sra. Eidleman no quarto andar, e nós duas sabemos que ela só coloca o aparelho de surdez depois das nove.

Mais uma risada de Eden. Sinceramente, por mais irritante que seja ouvir pessoas fazendo sexo incrível quando você não está, eu estou no céu por ela finalmente ter um namorado. Até algumas semanas atrás, eu pensava que ela teria que ser enterrada com um braço para fora do túmulo só para mostrar eternamente o dedo do meio para amor e compromisso. Mas se apaixonar por Max Riley mudou tudo. Agora, eu quase posso ver corações de desenho flutuando ao redor dela sempre que ele está perto.

— Ainda não acredito que você namora o Mr. Romance — comento, me encostando na cadeira e me virando para ver o escritório. — E pensar que você deve isso a mim.

— Sim, sim. Lá vamos nós de novo.

Eu rio.

— Você pode negar que sequer saberia que o Max existe se eu não tivesse te dito? Sem contar que eu marquei seu primeiro encontro. Vocês dois me devem, de verdade. Mas não se preocupa. Não vou cobrar pra sempre. Só por uma década ou duas.

Ela grunhe. Eden tenta esconder quão boba e apaixonada está, mas é mais do que óbvio. E, sinceramente, não a culpo. Max é especial. Até pouco tempo atrás, ele era o segredo mais bem guardado da elite de Nova York: um acompanhante profissional que não oferecia sexo, mas levava as mulheres em encontros românticos e lhes dava uma saudável injeção de autoestima. Ele poderia ter mantido seu alter ego em segredo por alguns anos, mas desde que a matéria de Eden sobre ele viralizou, ele se tornou uma celebridade. Eu ainda acho estranho que o cara que vejo em todos os *talk shows* ultimamente é o mesmo que desentupiu nossa pia da cozinha ontem.

Quando termino esse pensamento, volto meu olhar para a janela, e é então que vejo algo que parece muito a bandeja de papeis da nossa copiadora disparando em direção ao chão.

Ah, Fergus. O que você fez?

Eu faço uma nota mental para ligar para o cara que faz a manutenção da máquina assim que puder. Quando me viro, vejo Fergus emergindo das escadas com um enorme sorriso no rosto.

Acho que, em alguns dias, você só aceita as vitórias que pode ter.

— Se você já terminou com sua dose diária de "eu avisei" — Eden diz, me trazendo de volta para a nossa conversa —, podemos passar pra coisas mais importantes? Eu sinto que não falo direito com você há dias. Você está bem? Como vão as coisas com o seu garoto francês?

Eu dou um suspiro feliz.

— Ah, fantástico, Edie. Ele é incrível. Realmente acho que pode ser o cara certo.

—Ahhh — ela grunhe como se estivesse vendo um skatista cair de um corrimão direto em suas bolas. — Mal assim, então?

Eu me recosto na cadeira e cruzo as pernas.

— Do que você está falando? Eu acabei de dizer que estamos ótimos. Ele tem quase todos os requisitos.

— Aham. Você sabe que manter uma *checklist* pra caras não é realista, né?

— Não é uma *checklist*. — Eu ignoro a risada de desdém dela. — É uma lista de *diretrizes*. Coisas gerais que me ajudam a refinar minha busca pelo amor verdadeiro.

— Não, irmãzinha, é uma *checklist* de coisas muito *específicas* que você aplica a *todo cara com quem sai*. Se eles ousam desviar das suas exigências, você dá um fora neles.

— Isso não é verdade.

— É muito verdade. Vamos revisar, que tal? Seu homem dos sonhos tem que ter um diploma universitário, estar empregado e ser pelo menos moderadamente bem-sucedido, gostar de crianças, gostar de filmes do Aaron Sorkin...

— Essa é uma exigência flexível — interrompo.

— ...ser romântico, ter bom gosto, pronunciar no lugar certo os erres das palavras "entretenimento" e "frustrado"...

— Me perdoe por apreciar uma boa dicção.

— ...ele nunca deve usar a palavra "cozinhado"...

Eu jogo as mãos para o alto:

— Cozido é o particípio correto! Não é tão difícil.

— ...e todas as vezes que você namora um cara por tempo suficiente pra borrar suas lentes cor-de-rosa, você passa por essa fase estranha em que mente pra si mesma sobre todas as coisas que estão te incomodando porque é orgulhosa demais pra admitir que sua frescura vai arruinar *mais um* cara perfeitamente decente. Você está nesse ponto com o Phillipe agora, certo?

Eu rio por um tempo e então começo a parar, parecendo uma sirene.

— Ah, Eden. Minha pobre e iludida irmã. Você não poderia estar mais enganada.

É claro que ela acertou em cheio. Maldita seja ela por me conhecer tão bem.

Recentemente, conheci um cara em Paris e tive aquele romance intenso com que sempre sonhei, mas depois de estar em casa por algumas semanas, comecei a sentir aquela familiar inquietude que sempre chega quando um relacionamento está prestes a se tornar sério. Mas Atlântida vai secar antes de eu admitir isso para a espertinha da minha irmã.

— Vamos falar de outra coisa — eu digo, me levantando para passar um café fresco. — Qualquer coisa. — Ouço um barulho do outro lado da linha e percebo que Eden também está fazendo café. Grandes mentes pensam igual e aquela coisa toda.

— Mas sério — ela diz e eu a ouço colocando a água para ferver. — Você precisa sair desse ciclo, Ash. Está ficando ridículo. Me fala de novo por que você terminou com o cara antes desse. Aquele Gary lá.

— Você sabe por que. — Eu coloco um filtro novo na máquina e o encho de café.

— Você disse que ele era pegajoso demais.

— Exato — afirmo, colocando a água. — Tudo bem ele considerar estar em New Jersey e eu no Brooklyn um "relacionamento à distância", mas me ligar *dez vezes por dia* só pra "ouvir minha voz"? Argh. Não. Obrigada.

—Aham. E o cara antes dele… John? Ele não era pegajoso o suficiente, certo?

— Sim. E daí? —A máquina engasga e cospe quando o café fresco começa a pingar na jarra.

— E mais pra trás na sua lista de rejeições temos o Pablo, baixo demais; o Damien, alto demais; o Bartolomeu, loiro demais. E então o pobre Peter, que era perfeito, mas com quem você terminou por ter sobrancelhas melhores que as suas.

Eu pego uma caneca limpa no armário e coloco quatro colheres de açúcar nela.

— Ei, não era *você* que tinha que olhar pra elas o tempo todo. Era irritante o quanto elas eram perfeitas, e ele nem precisava fazê-las. Eu tentei relevar, mas algumas coisas são apenas impossíveis de ignorar.

Quase consigo ouvir os olhos de Eden se revirando.

—Você já parou pra pensar que talvez o motivo pra você não conseguir manter um relacionamento longo é por que você não quer um de verdade?

Reviro os olhos super alto em resposta.

— Sim, claro, querida irmã. Essa é certamente minha motivação pra ter passado tempo com todos esses homens. Nunca ter um relacionamento amoroso e satisfatório, e morrer sozinha.

— Mas então por que você arranja desculpas fajutas pra terminar com todos os caras que namora? Você já pensou que é fresca demais?

— Eu não sou fresca! Só sei o que quero em um homem e não estou disposta a baixar meus padrões por um cara que não seja exatamente o certo.

Eden faz um som de protesto, então fica estranhamente quieta.

— O quê? — eu digo, colocando um pouco de leite antes de mexer meu café. — Que resposta engraçadinha você está engolindo nesse momento?

Ela pigarreia.

— Eu ia dizer que não existe nenhum homem vivo que possa satisfazer seu padrão de exigência impossível, mas então percebi que existe pelo menos um, e eu namoro com ele.

Eu faço um som de triunfo.

— Exato. Você tem seu cara perfeito e, ainda assim, está me incentivando a desistir do meu? Que vergonha, Eden Lily.

Depois de jogar minha colherzinha no lixo, pego meu café e volto para minha mesa.

— O.k., você tem um ponto. — Eden diz. — De qualquer jeito, eu só queria saber se você estava bem. Eu sei que tenho passado muito tempo com o Max atualmente e… bom, eu sinto sua falta. Você tem certeza que não tem nada que queira me contar? Nenhuma outra possibilidade no horizonte? Nenhum crush em alguma celebridade?

Enquanto deslizo para minha cadeira, clico no perfil do Professor Feelgood mais uma vez e me abano com meu bloquinho.

— Não. Nada e ninguém. Estou bem. Só… ocupada. — *E prestes a resolver a crise global de energia assim que descobrir como colocar um gerador na minha calcinha.*

Eden fica quieta. Eu sei que ela não está totalmente convencida pela minha atitude casual, mas ela também não pressiona. Conhecendo minha irmã, isso não vai durar muito tempo.

— O.k., então — ela diz — te vejo em casa hoje à noite. Te amo.

— Também te amo. Tenha um ótimo dia!

Quando desligo, respiro fundo. Eu sei que ela está sentindo meu incômodo crescente com meu namorado, mas isso não é a única coisa na minha cabeça.

Recentemente eu tenho me sentido… estranha, e não sei por quê. Será que existe uma crise dos vinte e poucos anos? Vou fazer vinte e quatro em algumas semanas, então pode ser em parte isso, acho. Mas tenho sido assombrada por um sentimento insistente de algo fora do lugar, como se estivesse andando pelo caminho errado, usando os sapatos de outra pessoa e, mesmo que sejam um número menor, se eu não pensar muito nisso, posso ignorar o desconforto e seguir.

Os posts do Professor me fazem querer examinar de perto o que está errado. Ele me faz querer ser corajosa e achar o caminho certo, além de um par de sapatos confortáveis.

Se eu ao menos soubesse por onde começar.

capítulo dois
Um desafio desafiador

Às 8h30, o escritório passou de vazio e silencioso para uma colmeia falante e ativa.

Com a aba do feed do Professor bem fechada, eu começo minha lista de tarefas do dia. É uma loucura de longa, e não tenho dúvidas de que depois que todo mundo já tiver ido para casa, eu ainda estarei aqui, trabalhando feito um camelo.

Por volta das nove, eu levanto o olhar do meu computador e engulo um grunhido.

É meu 523º dia trabalhando na Whiplash, e lá vem Devin Shields dar em cima de mim pela quinhentésima vigésima terceira vez. Como sempre, seu cabelo loiro-pálido está arrumado e perfeito, e ele está usando uma camisa de estampa colorida por baixo de seu elegante terno azul-marinho. Eu não tenho certeza se a vibe Draco Malfoy é proposital, mas está lá mesmo assim. Se eu pelo menos pudesse enfiar um Expecto Patronum na bunda dele para mantê-lo longe de mim...

— Tate.

— Shields.

Eu mantenho meus olhos na tela do computador, mas em minha visão periférica vejo ele se inclinando em cima do meu cubículo. Continuo a trabalhar, esperando que ele perceba que eu prefiro terminar esse relatório de vendas do que lidar com ele. Além disso, eu sei que, se olhar para ele agora, vou vê-lo analisando meu decote sem pressa, e não estou a fim de engolir a vontade de grudar um post-it dizendo "MEUS OLHOS FICAM AQUI EM CIMA, BABACA" bem no meio da testa dele.

Devin realmente acredita que é o garanhão dos assistentes editoriais em nossa pequena e corajosa editora e, já que o resto de nós é mulher, ele está certo por eliminação. Muitas das garotas alimentam o ego dele ao disputar sua atenção, e acho que ele até tem algum apelo visual, de uma forma meio metrossexual e coxinha. Mas ele se parece demais com o babaca infiel que eu namorei no Ensino Médio para que eu o considere interessante. A triste verdade é que, mesmo depois de todos esses anos e dezenas de relacionamentos errados, homens loiros ainda me dão arrepios.

— Você se veste assim pra me torturar, né? — Devin pergunta. — A saia lápis, a camisa justinha. Tudo escolhido a dedo pra me deixar louco.

Eu faço que sim com a cabeça, solenemente, ainda sem fazer contato visual.

— Sim, Devin. Meu primeiro pensamento quando me visto de manhã é como minha roupa vai te afetar, não tem nada a ver com o que está limpo ou me serve. Você me pegou. Droga.

— Eu sabia. E pra piorar, você está excepcionalmente bem hoje. Os óculos são novos?

— Não. São os mesmos que eu usei todos os dias nos últimos dois anos, mas parabéns pela excelente capacidade de observação. — Eles provavelmente parecem novos para Devin porque ele está mais acostumado a olhar para os meus peitos do que para o meu rosto. Eu às vezes acho que deveria usar uma tiara de peitos falsos para ajudar a guiar o olhar dos homens para cima. Eu poderia vender a ideia no Shark Tank e faturar milhões com mulheres que estão cansadas de seus mamilos ganharem mais atenção que suas pupilas.

— Bom, gostei deles — Devin diz e se senta na cadeira ao lado da minha sem ter sido convidado. — Muito… sexy.

Eu o ignoro e continuo digitando. Não preciso de óculos, mas sempre me senti mais confortável usando-os em um ambiente literário. Ser mulher e curvilínea em qualquer indústria leva as pessoas a automaticamente fazerem suposições sobre a sua inteligência, como se o tamanho dos peitos de alguém fosse inversamente proporcional ao seu QI. Então, comecei a usar óculos de aro grosso na faculdade para criar um efeito contrário. Um efeito bibliotecária, se quiser chamar assim. Sinto que as pessoas me levam mais a sério quando estou com eles.

Claramente, Devin é uma exceção à regra. Eu poderia usar um macacão de corpo inteiro com gola alta e ele ainda encontraria um pedaço meu para objetificar. *"Uau, Tate, esse ossinho do seu tornozelo é sexy. Você está linda, gata".*

— Então me diga, Asha — Devin começa, ignorando alegremente minha completa falta de interesse na sua presença. — É essa a semana que você cede à nossa intensa atração mútua e sai comigo?

Eu finalmente me viro para ele e dou um sorriso paciente, o que é mais do que ele merece.

— Devin, eu já te disse, você não faz meu tipo. E, mesmo se fizesse, você sabe que estou saindo com alguém.

— É, mas ele está na França, né? Essas coisas à distância nunca funcionam.

— Talvez não, mas estamos tentando.

Na verdade, meu namorado não está na França nesse momento, mas essa é a história que estou contando para todo mundo. Fui ingênua e pensei que, sabendo que eu estava comprometida, Devin me daria uma folga de suas visitas diárias, mas não. Só mais um problema no intestino irritável que é minha vida atualmente.

— Bom — Devin se aproxima e baixa sua voz para o que ele provavelmente considera um "sussurro sexy". — Se não der certo com o francês, me avisa. Eu posso não falar a língua, mas sou expert em beijar como eles.

Ele termina com uma piscadela.

Escroto.

Minha boca faz algo que lembra vagamente um sorriso. Não sou tão boa quanto a minha irmã em dispensar um cara com um olhar demolidor ou um golpe bem dado no ego dele, mas está na minha lista de coisas a trabalhar, junto com meu vício em carboidratos e obsessão por roupas vintage de marca.

— Vou tentar me lembrar disso.

Antes de começar a falar de novo, Devin olha em volta para ter certeza de que ninguém consegue nos ouvir.

— A Serena te disse que estão pensando em promover alguém a editor?

Serena é a editora-chefe e minha chefe direta, então posso apostar que eu sabia disso antes dele.

— Claro.

— E você já se ofereceu?

Como se ele não soubesse a resposta.

— O que você acha?

Nunca escondi de ninguém meu desejo de ser a editora mais jovem da história da Whiplash. Na verdade, acho que minha ambição descarada na entrevista foi o que me fez conseguir o emprego de assistente editorial quando eu tinha acabado de sair da faculdade e era mais verde que o sapo Caco. Nos últimos dois anos, eu tenho feito o possível para provar que sirvo para o trabalho, desde ajudar Serena com edições importantes a fazer *ghost writing*, escrevendo capítulos inteiros de manuscritos que simplesmente não estavam funcionando. Depois de todas as horas e trabalhos extras que fiz para garantir que me tornasse indispensável, essa promoção já tem meu nome nela. Ou, pelo menos, deveria ter.

Claro que Devin também está incrivelmente confiante, principalmente porque ele é o sobrinho do nosso CEO, Robert Whip, o que significa que sua trajetória profissional ascendente já está garantida. Devin não é um editor ruim, mas também não é fantástico. O que o diferencia de quase todo mundo aqui, no entanto, é sua extrema autoconfiança. Nas palavras da minha sábia avó: *"Deus, dê-me a confiança de um homem medíocre".*

Apesar da conexão familiar, eu duvido que o sr. Whip seria nepotista a ponto de dar a Devin uma promoção que ele não merece, especialmente considerando que Serena terá que trabalhar com o candidato escolhido. E ainda assim, Devin está com uma expressão tão arrogante que meu sistema de alerta dispara.

Ele cruza as pernas.

— O que a Serena não te contou é que o tio Robert transformou o processo de entrevistas em um desafio. O candidato que trouxer o projeto com mais potencial de virar um *best-seller* ganha a vaga.

Eu paro de digitar e me viro para ele. Essa informação é nova.

— O quê?

Isso não é bom. Em circunstâncias normais, eu tenho certeza que conseguiria o trabalho em um piscar de olhos, mas encontrar um *best--seller*? É como pedir para eu tirar um duende do meu sovaco. Alguns dos editores mais experientes daqui ainda não conseguiram um, e eles estão tentando há anos.

Por que eu tenho a impressão de que Devin tem um dedo nesse plano doido do sr. Whip?

— Sim — Devin diz, se inclinando para pegar meu bonequinho do Shakespeare. — A Serena vai soltar o comunicado a qualquer momento. — Ele bate na cabeça de Willy e a observa balançar. Eu ranjo os dentes. Não gosto que ninguém toque no meu Willy. Além disso, uma vez eu citei *Macbeth* para Devin e ele achou que fosse *Game of Thrones,* então ele definitivamente não tem o direito de fazer carinho no Mestre Will.

No momento certo para evitar ser o alvo da minha ira crescente, ele coloca Willy de volta na mesa e se endireita.

— De qualquer forma, só achei que você deveria saber. Parece que seremos eu e você disputando esse emprego. Por sorte, seu péssimo gosto pra livros significa que eu provavelmente vou ganhar.

Eu o fuzilo com o olhar:

— Meu péssimo gosto em que?

— Ah, vamos lá. Você sabe que tem um fraco por aqueles romances ruins. Te vejo devorando eles no almoço e no café. Pessoalmente, eu não aguentaria ler a mesma merda irreal várias vezes seguidas, mas se você curte pornô pra donas de casa, quem sou eu pra criticar?

Uma onda de raiva me atinge, e eu me levanto para encará-lo:

— Se você já tivesse *lido* um livro de romance, Devin, saberia que há muito mais neles do que só erotismo. Eles empoderam e inspiram mulheres. Eles confortam e, sim, às vezes excitam. Não consigo acreditar que você tenha tantos preconceitos a respeito de um gênero inteiro, especialmente considerando que esses "romances ruins" são o que mantêm essa editora funcionando. Ano após ano, as vendas de romances *comprovam* que o poder de compra das mulheres é...

Devin levanta as mãos.

— Uau, o.k., o.k. Calma, amor. Eu não sabia que falar mal dos seus preciosos romances iria liberar a fera. Acho que nunca te vi ficar tão irritada. — Ele se inclina para a frente. — É incrivelmente sexy.

Pela primeira vez na vida, eu coloco as mãos em Devin Shields. Em seus ombros, mais especificamente, e o empurro para longe da minha mesa.

— Sai daqui, Devin. Não estou com paciência pra lidar com você hoje.

Ele faz uma expressão magoada.

— Você está brava comigo? Porque se for o caso, eu ficaria mais do que feliz de te encontrar na sala de depósito pra você me punir.

Eu exalo e empurro meus óculos para cima no nariz.

— Vai ser punição suficiente quando eu conseguir essa promoção. Agora, é melhor você sair antes que eu ligue para o RH e pergunte sobre a nossa política com relação a assédio sexual.

Isso faz com que ele dê uma risada de desdém.

— Meu Deus, Tate, tenha senso de humor. Acho que você está tensa porque sabe que eu vou ganhar essa vaga. Não se preocupe, vou ser um chefe benevolente quando voar pela hierarquia corporativa. — Ele sorri de novo, mas dessa vez é menos amigável. Ele sabe muito bem que sou sua principal concorrente e que vou fazer tudo o que puder para vencê-lo. No entanto, ele tem uma grande vantagem em relação a mim, com parentes em três das maiores editoras de Nova York. Tenho certeza de que já ligou para cada um deles em busca do manuscrito dourado.

Me sinto entrando na Cúpula do Trovão com uma banana presa a um bastão, enquanto ele tem uma espada gigante.

— Te vejo mais tarde, Tate. Ah, e boa sorte.

Devin dá uma última olhada nos meus peitos antes de voltar para o outro lado do escritório, onde fica a mesa dele.

Ainda estou olhando com raiva na direção dele quando um comunicado sobre o desafio chega na minha caixa de entrada. Quando o abro e leio, um sentimento de medo cresce no meu estômago. Todos os assistentes editoriais têm duas semanas para encontrarem o projeto que querem apresentar, e então Serena e o sr. Whip vão analisar as propostas e julgá-las com base em projeção de vendas e originalidade.

Eu pego minha atual lista de manuscritos do arquivo na minha mesa e vou ao escritório de Serena. Sua sala é muito como ela – chique, moderna e pálida. Ela ergue a cabeça, pouco surpresa pela minha presença.

— Você leu o comunicado.

— Sim.

Ela faz um gesto para que eu me sente.

— Tem alguma ideia?

— Na verdade, não. Esses são os manuscritos mais interessantes que chegaram recentemente, e nenhum deles me deixou sem fôlego.

Eu entrego a ela a pequena lista e me sento.

Serena pressiona seus lábios vermelho-cereja enquanto observa os títulos. Com seu cabelo chanel platinado brilhando na luz da manhã e um vestido na habitual paleta de creme, bege e branco, ela parece etérea. Como um belo anjo fashionista com óculos de aros azuis. Eu nunca conheci uma mulher mais elegante. Serena parece flutuar pela vida sem um fio de cabelo fora do lugar ou uma manchinha em suas roupas sempre claras e impecáveis. É, ao mesmo tempo, inspirador e irritante.

Pessoalmente, prefiro seguir um estilo vintage-chic com roupas que já foram amadas, e acabo comendo meu batom vermelho cinco minutos depois de passá-lo. Aprendi a nunca usar branco, porque sempre que uso, derrubo coisas em mim com a mesma frequência de uma criança de dois anos sem coordenação motora.

Depois de ler minha lista por alguns minutos, Serena coloca a folha de papel cuidadosamente em sua mesa.

— Não são projetos muito animadores.

Me conte algo que eu não sei.

— Vou continuar procurando. Mas, sinceramente, Serena, esse desafio é ridículo, né? É como dizer que alguém com sorte suficiente pra comprar um bilhete premiado da loteria deveria virar um consultor financeiro. Não é uma maneira lógica de escolher um novo editor.

Ela faz que sim com a cabeça e tira os óculos.

— Eu sei que você estava contando com essa promoção, Asha, mas estou de mãos atadas aqui.

Quando ela me devolve a lista, eu a amasso.

— Eu sei que você não pode fazer nada, mas... Eu sou a única assistente a quem você confiou alguns dos seus maiores autores. O Devin levou três semanas pra editar o novo manual de segurança em incêndios. Ele precisaria de supervisão o tempo todo.

— Eu sei. — Ela observa o escritório pela parede de vidro atrás de mim antes de se inclinar e baixar a voz. — Asha, você está muito à frente dos outros assistentes, mas o Robert sempre quer fazer as coisas do jeito dele. A menos que você ache algo que mexa com ele, eu não tenho em que me apoiar. Então você vai ter que me ajudar e achar algo bom, o.k.?

Eu faço que sim, embora não esteja me sentindo nem um pouco otimista.

— Você não tem nenhuma dica de onde eu possa achar um *best--seller* misterioso, tem?

Ela me dá um sorriso empático.

— Se eu tivesse algo com qualquer tipo de potencial, eu com certeza te daria. Infelizmente, nada animador passa pela minha mesa há semanas. Mas mesmo com a seca no cenário de *best-sellers*, tenho fé em você. Você é esperta e tem bons instintos.

— Pra ser justa, a gente pode dizer isso do Devin também. Além disso, ele é parte do cartel Shileds/Whip de pesos-pesados editoriais, então tem olhos e ouvidos em todas as pilhas de originais da cidade.

— Devin não tem a sua engenhosidade. É aí que você pode ganhar dele. Nos traga algo fora da caixa. Algo que não tenhamos visto antes.

Como se isso fosse fácil.

— O.k., obrigada, Serena. Vou fazer o meu melhor.

Ela sorri.

— Você sempre faz. É por isso que é minha favorita.

Infelizmente, ser a favorita dela significa exatamente nada nessa situação.

Passo as mãos pelo meu cabelo ao voltar para minha mesa. Eu reviro os originais da editora constantemente, mas achar qualquer coisa com potencial cinco estrelas na montanha de manuscritos não-solicitados é como mergulhar de cabeça em um lixão e sair dele com uma bolsa Chanel intacta.

Talvez eu possa procurar na enorme quantidade de ficção disponível *on-line* e ver se encontro algum talento. Mais de um autor *best-seller* foi descoberto assim, mas isso não parece muito original.

Ainda estou absorta em pensamentos quando minha amiga Joanna aparece ao meu lado. Pela sua expressão, ela já ouviu as novidades. Mas Joanna consegue saber de coisas que ninguém mais sabe. Se fossem tempos de guerra, ela seria uma excelente espiã. Ela parece ter redes de informantes em todo lugar.

— O Devin já mandou um e-mail para a Sandra Larson sobre um livro novo — Joanna sussurra enquanto afunda na cadeira ao lado da minha mesa. Eu abro a boca para dizer que essa ideia é ridícula, mas ela já está sacudindo a cabeça. — Eu sei que ela não publica nada há cinco anos e todo mundo acha que ela está aposentada, mas o irmão do Devin que trabalha na Random House a conhece e jura que ela está escrevendo de novo. Ela está quase terminando o primeiro rascunho de um novo livro do universo *Rageheart*.

A tensão no meu estômago aumenta. *Rageheart* é uma enorme trilogia de fantasia, que foi não apenas um *best-seller* internacional, como também deu origem a uma franquia cinematográfica de sucesso. Como eu posso competir com uma série para a qual já existe um conjunto inteiro de bonequinhos, pelo amor de Deus?

— Mas com certeza ela teria que oferecê-lo primeiro para a sua editora atual — eu digo. — Por que ela viria pra cá? Somos tão menores.

— Parece que ela está infeliz com eles há algum tempo e está buscando mudanças. O Devin talvez seja o garoto certo pra convencê-la a mudar pra cá. Você sabe que aquela língua de ouro é o único motivo pelo qual ele consegue transar.

Minha cabeça começa a girar.

— Se ele conseguir isso, vai ganhar essa promoção num piscar de olhos.

Joanna concorda.

— Sim. Então precisamos encontrar algo melhor pra você.

Eu tiro os óculos e esfrego os olhos.

— Melhor que um *spin-off* de uma série de fantasia loucamente popular? Tipo o quê?

Joanna dá de ombros.

— Não sei, mas você super consegue fazer isso. Eu sinto nos meus peitos.

Isso me faz sorrir. Uma coisa que amo em Joanna é sua positividade. Ela parece ser um poço infinito de otimismo, e fica feliz em compartilhar isso com o mundo.

— Bom, enquanto seus peitos acreditarem em mim...

Joanna pega minhas mãos e me puxa para encará-la.

— Olha, eu não falo isso pra muita gente porque as assusta saber quanto poder eu tenho, mas eu sou incrivelmente sensitiva. Tenho sentimentos fortes sobre coisas e pessoas com frequência, e eu sei que se você agarrar essa oportunidade com as duas mãos, ela vai ter um impacto imenso na sua vida. Confia em mim. Meus peitos nunca erram. — Ela aperta minhas mãos de leve e então se levanta. — Agora, ao trabalho. Vou pegar um café pra você. Você vai precisar.

Quando ela sai, me inclino na cadeira e fecho os olhos. Um *best-seller* infalível. Duas semanas. Sem problemas.

Dou uma rápida olhada em meu sovaco. Infelizmente, nenhum duende aparece.

Parece que estou sozinha nessa.

capítulo três
Caça ao best-seller

Depois de passar horas sentada na minha cama com o notebook apoiado nas pernas, eu alongo o pescoço e faço uma careta quando ele estala. Nas últimas duas semanas, Serena me encaminhou dezessete manuscritos em uma tentativa de me ajudar com minha missão *best--seller*, mas nada deixou minha criatividade em polvorosa. Agora faltam dois dias para as apresentações e estou passando desesperadamente pelos últimos livros da minha lista na vã esperança de encontrar um diamante bruto.

Tenho uma planilha aberta na qual anotei tudo que li e designei cores diferentes para cada um dos livros de acordo com seu potencial. Vermelho quer dizer "bom para forrar a caixa de areia do gato ou começar um incêndio." Amarelo é "leia quando estiver bêbada ou chapada, vai doer menos", e verde é para "Meu Deus! Eu não odeio isso! Acho que gozei de leve!". Claro, não tenho nada marcado em verde. Tenho um amarelo-esverdeado, mas o classifiquei como meu "manuscrito--alarme": só use em caso de incêndio.

Li tanto nos últimos catorze dias que estou quase vesga. Dezenas de livros e milhões de palavras entraram no meu cérebro à toa, e agora meu tempo acabou.

Droga.

Abro um novo documento em branco e despejo minha raiva a respeito da minha busca pelo *Novo Grande* Best-Seller *Americano*.

Eu começo com a intenção de escrever algum tipo de poema épico, mas conforme meus dedos voam pelo teclado, ele acaba parecendo mais uma rima infantil.

Procurei em enormes pilhas de lixo
Olhei em bibliotecas cheias de cochicho
Mergulhei em revistas elegantes,
e testemunhei crimes verbais revoltantes.
Cruzei fanfics e gêneros aos montes.
Tentei continuar entre tédio e roncos,
mas em nenhum lugar estava o Graal que procuro
Esperando para ser elogiado e comprado, intocado e puro.
Então agora estou cansada, frustrada e desesperada
sem tempo, correndo e descabelada,
pois o livro que preciso é uma mística arte
que reside, seguro, em Nenhuma Parte.

Jogo meu notebook para o lado e me recosto na cabeceira da cama. Não acredito que isso está acontecendo. Depois de anos fazendo acrobacias para me provar competente, essa promoção vai se resumir a um desafio idiota que eu não tenho chances de ganhar. Os rumores sobre Devin e Sandra Larson são reais. Ele passou a semana inteira latindo sobre isso, como o cachorro que é.

Ao meu lado, meu celular vibra na mesa de cabeceira. É uma mensagem de Joanna.

Chego em vinte. Tenho álcool.

Ótimo. Ela está vindo para me ajudar a aperfeiçoar minha apresentação e, nesse momento, eu tenho uma pilha gigante de vários nadas.

Estou prestes a voltar a ler um romance sci-fi que é basicamente uma versão ruim de *Orgulho e preconceito* no espaço quando *Wrecking Ball*, da Miley Cyrus, começa a tocar em meu celular. Ao mesmo tempo, uma foto da minha avó aparece na tela. Seu cabelo ruivo com mechas grisalhas está preso em dois coques estilo princesa Leia, e ela está sorrindo e fazendo um coração com as mãos.

Essa foto resume perfeitamente a personalidade de Nannabeth. Em outras palavras, uma menina de treze anos vivendo no corpo de uma mulher de setenta e cinco. Eu me pergunto, às vezes, se há uma pobre adolescente por aí que trocou de corpo com ela durante alguma lua cheia e agora vive reclamando sobre como "os jovens de hoje em dia não sabem de nada" e sabe quando vai chover porque "sente no joelho ruim".

Pensar nisso me faz sorrir.

Apesar de sua atitude jovial, eu não trocaria minha avó por nada. Ela é única, e uma das duas pessoas neste mundo a quem eu confiaria a minha vida.

Eu atendo e coloco o celular no viva voz.

— Oi, Nan. E aí?

— Asha — ela diz em um familiar tom de pânico. — É o Moby. Acho que ele está morrendo.

— De novo? É a terceira vez essa semana.

Nannabeth é completamente devotada ao seu pato de estimação (sim, *Moby Duck*. Um nome incrível para um pato incrível). Depois de mim e de Eden, Moby é o relacionamento mais importante da vida dela e, vou te dizer, não existe uma ave mais mimada neste planeta. Nan cuida dele como se fosse uma galinha-mãe.

— Asha, eu estou falando sério.

— Eu sei, Nan, mas eu duvido que ele esteja morrendo. Ele provavelmente só quer atenção.

— Ele tem feito um barulho estranho enquanto dorme.

— Ele ronca. Você sabe disso.

— Bom, sim, mas esse som é diferente. Normalmente é como... — Ela faz um som que parece um esquilo com gripe. — E hoje ele está mais para... — Ela faz exatamente o mesmo barulho.

Eu suspiro. Depois que nosso pai foi embora quando eu era pequena e nossa mãe morreu quando eu e Eden ainda estávamos na escola, Nannabeth entrou em cena e virou os dois. Ela é tudo para nós e eu a amo mais que minha própria vida, mas isso não quer dizer que ela não

Professor Feelgood **31**

me enlouqueça às vezes. Na minha experiência, as pessoas que mais amamos são as melhores em nos irritar.

— Nan, eu não tenho dúvidas de que o Moby está bem, mas se você está preocupada, ligue para o Dr. Solley. Ele ficaria mais do que feliz em fazer uma consulta em casa. – O Dr. Solley é o veterinário de Moby desde que Nan o adotou, e tenho certeza de que ele reformou seu apartamento na Park Avenue só com o que ela já gastou.

— Acho que você está certa — Nan diz, parecendo um pouco mais calma. – Eu só odeio pensar que algo possa acontecer a ele.

— Eu entendo. Mas ele é um pato durão. Ele jamais morreria de uma coisa sem graça como apneia do sono.

Nan pode até ser neurótica com seu amado pássaro, mas eu entendo. Ela já perdeu muita gente próxima, incluindo sua filha, então seu medo é uma reação natural. Uma que eu entendo muito bem.

Ouço um farfalhar e consigo imaginar Nan se acomodando na cama junto de Moby, um braço protetor em volta dele.

— Então, o que você vai fazer hoje à noite, querida? — Ela pergunta em voz baixa. — Vai fazer um FaceTime com o seu francês, talvez? Ou fazer... qual é aquela palavra? *Sexting?*

— Nan!

— O quê?! É isso que vocês jovens fazem, não é? Não tem por que ter vergonha. Seu vô e eu fizemos nossa cota de *sexting* quando ele estava vivo, mas, claro, naquela época chamávamos de escrever cartas.

Eu aperto os olhos.

— Nan, por favor. Você sabe como eu fico desconfortável quando você fala sobre você e o vovô fazendo sexo.

— Ah, querida, você não acha que os velhos também merecem um orgasmo decente de vez em quando? Até nós velhotas temos necessidades.

Deus, meu cérebro. Alvejante. Agora.

— Então, de qualquer forma, Nan, respondendo à sua pergunta sobre os meus planos, não vou falar com o meu namorado. Estou trabalhando. E tenho um prazo importante na segunda, então tenho que ir. — Enfio o celular no meu decote para poder continuar digitando enquanto conversamos. Eden sempre me enche quando me vê assim, mas é só porque os peitos dela são pequenos demais para poder fazer isso. Seu corpo esguio e reto pode até ficar melhor em roupas do que o meu, mas ela não tem esse *peitástico* kit mãos-livres.

— Ah, querida — Nan diz. — Ter que trabalhar num sábado à noite é trágico. Isso ainda é para aquele desafio da promoção?

— Pois é.

— Ah... Então, como vai a busca pelo novo grande romance americano?

— Não muito bem. — Eu digito o título do manuscrito que estou lendo na coluna amarela da minha planilha. — Minha pilha de rejeitados acabou de ultrapassar a Freedom Tower e é agora a estrutura mais alta de Nova York.

Ela ri.

— Bom, vou te deixar voltar pra ela, então.

— Infelizmente, é melhor. — Eu puxo o telefone dos meus peitos e o seguro perto da boca. — Dê um abraço no Moby por mim, o.k.? E te vejo no jantar semana que vem.

— Claro, querida. Até mais.

— Te amo, Nannabeth.

— Também te amo.

Eu desligo e esfrego os olhos. Estou trabalhando há cinco horas sem parar e minhas retinas parecem lixas. Sem nem pensar, abro o Instagram e entro no perfil do Professor.

— Só um pouquinho antes de voltar ao trabalho — eu digo a mim mesma. — Nada de mais. Eu posso parar quando eu quiser.

Enquanto passo por seus posts, imediatamente me sinto mais relaxada. E bastante excitada.

— Venha pra mamãe, Professor Músculos do Pornô Literário. Deixe-me desfrutar da sua genialidade.

Não sou muito presente nas redes sociais, e as contas que tenho são basicamente para stalkear os outros. Mas a plataforma na qual sou mais visível é o Instagram, e o uso para exibir minhas ótimas peças de segunda mão de mercados de pulga e brechós. Nada de selfies, apenas fotos de roupas, bolsas e sapatos e, mesmo que eu não seja muito boa em postar regularmente, *@VintageBrooklynGrl* tem quase duzentos seguidores. Acho que tem uma galera por aí que gosta tanto dos meus achados quanto eu.

Algo que eu nunca faço no Instagram, porém, é deixar comentários. Sim, eu distribuo likes por aí, mas sempre me sinto esquisita escrevendo mensagens para os meus perfis favoritos. Tipo, por que eles ligariam para o que alguém como eu tem a dizer? Minha opinião não significa nada e, sinceramente, alguns dos outros comentários são tão grosseiros que eu prefiro não aumentar o barulho.

Mas, neste momento, estou seriamente considerando comentar em um dos novos posts do Professor. É uma foto dele de costas, sem camisa. Sua cabeça está baixa, o cabelo escuro molhado, e suas mãos, enroladas em fitas, como um lutador de boxe, segurando sua cabeça. Como sempre, é impossível ver seu rosto, mas a foto tem poder. Fala de alguém atormentado, mas que está tentando não ser.

Embaixo dela está a legenda:

Eu me digo para deixar ir, para parar de esperar pelo impossível.
Eu tento.
Eu medito a um estupor e termino o trabalho com álcool.
Eu puno sacos de pancadas até meus dedos ficarem roxos e então sangro palavras em uma página em branco.
Eu rearranjo todo o meu mundo para mal poder ver os lugares em que você um dia esteve.
E mesmo assim, cada vez que me viro, lá está você.
Assombrando os cantos da minha memória.

Eu não sei por que tenho vontade de dizer algo que o fará se sentir melhor, mas eu tenho.

Respiro fundo e tento pensar no comentário perfeito, o que é idiota dado que vou escrever para alguém que dificilmente vai ler.

Post incrível. Obrigada por compartilhar. Você me faz querer ser corajosa.

Eu aperto enter rapidamente, para não ter a chance de voltar atrás, e faço uma careta quando minha mensagem aparece depois de milhares de outros comentários.

Ah, só trinta e seis mil pessoas postaram antes de mim? Que bom.

Solto o ar e me preparo para fechar o app quando recebo uma notificação.

Não pode ser.

O Professor não apenas curtiu meu comentário, como o respondeu.

Eu prendo a respiração enquanto leio as palavras dele.

@VintageBrooklynGrl Faça isso. Seja corajosa. Vá atrás do que você quer com toda a paixão que tiver. Nada esvazia um coração mais completamente do que o arrependimento.

Uau.

De repente, meus batimentos cardíacos duplicaram. Há algo muito errado comigo se algumas palavras de um completo desconhecido conseguem me afetar assim. Eu sei que isso é só uma paixão idiota por uma celebridade da internet, mas é mais forte do que qualquer coisa que eu tenha sentido antes e, sinceramente, é um pouco preocupante.

Ainda me sentindo chapada, curto o comentário dele e tento pensar em alguma resposta profunda. Quando, depois de cinco minutos, continuo sem nada, digito apressadamente um Obrigada pelo incentivo. Vou fazer o meu melhor.

Em segundos ele curte isso também, mas não oferece mais pérolas de sabedoria. Olhando os outros comentários, não consigo achar nenhum que ele tenha curtido ou respondido. Mesmo que isso possa não significar absolutamente nada, faz o que acabou de acontecer parecer especial. Eu não tenho ideia de por que ele me escolheu, mas me sinto grata.

E é então que eu noto que estou sorrindo para o meu celular.

Por que eu não posso encontrar algo assim? Uma versão em livro desse tipo de paixão e honestidade. *Isso* eu poderia vender. Bom, isso se venderia sozinho.

Enquanto dou uma última olhada em suas palavras e imagens, sinto algo acender dentro de mim: uma faísca de uma ideia tão doida que poderia muito bem ser uma ideia genial precisando apenas de um ajuste.

Por que eu fui tão cega e não considerei isso antes?

Enquanto a ideia toma forma, eu olho para os posts do Professor com os olhos de uma editora, em vez de uma fã apaixonada. Cada um deles ajuda a dissipar a névoa na minha mente e me faz sentir como se eu tivesse levado um soco no peito.

Meu Deus... isso pode realmente dar em algo. Isso pode ser meu duende!

Continuo descendo e lendo, e logo noto que estou mastigando a parte de dentro da minha bochecha, uma energia intensa tomando conta dos meus músculos.

Sempre pensei que a sensação de ser atingida por um raio enquanto ouço um coro de anjos viria quando eu conhecesse meu amor verdadeiro, mas, nesse momento, olhando o feed do Professor, sinto que encontrei meu destino de uma forma que nunca senti com nenhum namorado. Posso ter procurado em todos os cantos, mas talvez eu estivesse olhando nos lugares errados. O reino de Nenhuma Parte pelo jeito existe mesmo, e lá mora uma única pessoa, popular o suficiente para se tornar um *best-seller* instantâneo.

Meu Deus. Pode ser que eu ganhe essa coisa.

Eu me inclino para a frente ao observar o rosto de Joanna. Ela está agarrando seu celular, de boca aberta, enquanto olha a tela.

Deus, por favor, deixe que ela confirme minha opinião, senão eu serei apenas uma doida se agarrando ao nada por puro desespero.

Ela demora, e eu não sei se mantém sua expressão impassível só para me enlouquecer ou se ela realmente não está reagindo ao que lê. Se for o segundo caso, estou ferrada. Se for o primeiro, ela vai apanhar muito do meu travesseiro em forma de Chris Hemsworth.

Eu ouço a porta do apartamento se abrir e fechar e, em seguida, os barulhos da minha irmã e seu namorado chegando em casa. Normalmente, eu sairia para dar oi, mas, nesse momento, tenho coisas mais importantes a fazer. Tipo me impedir de sacudir Joanna até ela me dizer no que está pensando.

Bem quando começo a pensar que o poder do Professor Feelgood está todo na minha cabeça, vejo exatamente a reação que estava esperando: o rosto de Joanna fica vermelho, e sua respiração fica entrecortada cada vez que clica em um novo post.

Siiiiiiiiiiim!

Isso é *grande*. Apesar de trabalhar com Joanna há dois anos, eu nunca a vi perder a pose. Mas, nesse momento, seus cachos loiros perfeitos e maquiagem impecável não conseguem esconder quão chocada ela está.

— Ah, meu Deus — ela diz, seus olhos focando em mim e então desviando.

— Não é?

O peito dela sobe e desce rapidamente, seus dedos quase tremendo.

— Ah...meu *Deus*.

— Eu sei.

— Ah, meu DEUS.

Ela começa a se abanar com uma mão e eu sei exatamente com quanta força e calor o sangue dela está correndo. Como sua pele está gritando.

Eu tomo coragem para fazer a pergunta que não quer calar.

— Me diz que você está sentindo o que eu estou sentindo.

Ela confirma com a cabeça.

— Com certeza. — Quando ela levanta o olhar para mim, sua boca está aberta. — Santa gostosura, Asha.

Eu me inclino na cabeceira da cama, o alívio controlando meus batimentos enlouquecidos.

— Só pra deixar claro: ele te dá tesão, certo?

Ela se volta para a tela.

— Muuuuuuuuito tesão.

Minha irmã, Eden, enfia a cabeça pelo batente da porta e nos olha, desconfiada. Eu não sei o que ela esperava ver, mas tenho certeza de que não era eu e Joanna sentadas na cama, acariciando nossos celulares.

Professor Feelgood   **37**

— Que merda é essa, vocês duas? — ela pergunta, estreitando os olhos. — Vocês estão vendo pornô juntas?

Eu sorrio e a chamo.

— Quase isso.

Entrego meu celular a ela e fico observando sua reação. Enquanto ela desliza pela timeline dele, sinto que Eden é o verdadeiro teste aqui. O cinismo e impaciência naturais dela a tornam imune à maioria das formas de manipulação emocional. Se ela gostar do Professor, ponto para mim.

Prendo a respiração enquanto espero, tensa. Mais ou menos trinta segundos depois, tenho a minha resposta.

Ela franze o cenho, sua boca se abre e suas maçãs do rosto pegam fogo.

Nós duas herdamos a pele de pêssego da nossa falecida mãe e, embora o cabelo ruivo de Eden seja cacheado e eu trabalhe duro para manter o meu liso, não há como disfarçar o vermelho nas nossas bochechas quando ficamos com vergonha. Ou excitadas.

—Ah, meu Deus — ela diz.

Joanna aponta e acena com a cabeça.

—Aí está.

— Ah... meu *Deus* — Eden diz de novo, seus olhos voando enquanto sua voz fica mais rouca a cada segundo.

Eu me sinto reluzindo de satisfação.

— É incrível, né?

—Ah, meu DEUS!

Ela dá um pulo quando seu enorme e lindo namorado aparece na porta.

— O.k. — Max diz, estreitando seus olhos verdes para Eden. — Normalmente sou eu que te faço fazer esses barulhos. O que é que está acontecendo aqui?

Joanna se inclina e sussurra:

—Acho que nunca vou me acostumar a ver o Mr. Romance no seu apartamento. Ele é tipo um unicórnio entre os homens. Tão maravilhoso, por dentro e por fora...

Eu faço que sim.

— Eu sei.

Eden o puxa e, quando ele está ao lado dela, ela estende meu celular para mostrar o que estamos olhando.

— É o Instagram de um cara que se chama de Professor Feelgood — ela explica.

Max franze o cenho enquanto desce a tela.

— Uau. Três milhões de seguidores. Como é que um cara de quem eu nunca ouvi falar é tão famoso?

Ainda chapada pelo excesso de adrenalina, eu digito o nome do Professor na minha planilha e o destaco no verde mais brilhante e florescente que consigo encontrar.

— Você não vai acreditar nisso, Max, mas há hordas de pessoas que são absurdamente famosas no Instagram, mas desconhecidas fora dele. Blogueiras de moda, maquiadoras, médicos gatos e advogados. Mas esse cara? Ele tem algo... indescritível. Ele é fascinante.

Enquanto Max continua descendo a página, Eden agarra o bíceps dele, e eu não deixo de notar a forma amorosa com que ela o acaricia.

— O que você acha? — ela pergunta.

Max dá de ombros.

— Não tenho certeza do que estou vendo. Fotografias artísticas, várias paisagens internacionais. Uma poesia angustiada.

— É uma jornada de descoberta — Eden diz, apontando para a tela. — Se você começa do início, você vê que ele está tentando se encontrar viajando pelo mundo. Então ele conhece alguém que acha que é sua alma gêmea, eles têm um relacionamento intenso e ele a perde. Agora ele está tentando achar formas de seguir sem ela.

Max faz que sim com a cabeça.

— O.k. — Ele olha de mim para Eden e Joanna. — Espera... vocês três acham isso sexy?

Nós respondemos quase em uníssono.

— Ah, meu Deus, sim!

— Ele deveria se chamar Professor *Feelgood* Na Minha Calça — Joanna diz, se abanando de novo.

— Não é?! — Eu concordo vigorosamente com a cabeça.

Eden ri.

— Com certeza.

Max arqueia as sobrancelhas e se vira para sua namorada.

— É mesmo?

O sorriso dela some e ela pigarreia antes de se esticar para beijá-lo suavemente.

— Não me leve a mal, ninguém nunca vai ser tão sexy quanto você, mas... Eu vejo o apelo. Cara bonito, de coração partido e lamentando a perda da mulher dos seus sonhos? É bem atraente.

Max devolve o celular para mim.

— Como você sabe que ele é bonito? Não tem fotos do rosto dele.

— Ah, ele é bonito — Joanna diz, ainda encarando a tela. — Só pelos relances desse maxilar mal-barbeado, dá pra saber que ele é um sonho.

— Mas a aparência dele não é o ponto — eu digo, levantando os olhos do meu notebook. — São suas *palavras* que nos afetam, muito mais do que seu corpo ou rosto. Elas são tão... intensas. Tão cheias de paixão.

Joanna estende seu celular para Max.

— Olha, aqui tem um bom exemplo. Leia isso em voz alta.

Max nos olha, desconfiado, antes de levantar o celular e recitar o que está na tela.

Se as pessoas fossem cores, ela seria amarela, como o sol.
Eu seria chumbo, como o céu antes da tempestade.
Mas sempre que estava com ela, era como ser iluminado pela luz solar,
brilhante e feliz.
Eu era amarelo, também.
Eu gostava de ser amarelo.
Tentei continuar assim quando ela se foi. Manter sua luz dentro de mim.
Mas sempre fui feito de nuvens de tempestade e, eventualmente, ela des-
botou, e o cinza caiu sobre mim de novo.
Às vezes, eu levanto minha mão na luz do sol,
e o calor sempre me faz lembrar de como era
ter seus dedos entre os meus.

Quando ele termina, Joanna e eu soltamos suspiros profundos.

Eden tem uma reação mais... física. Ela parece pronta para rasgar a camisa de Max e lamber seu peito.

Max não deixa de notar sua expressão selvagem.

— Sabe, se você curte esse tipo de coisa, eu tenho um monte de poemas angustiados que escrevi uns anos atrás lá no loft.

Eden se aproxima e toca a barriga dele.

— É mesmo?

Quando Max faz que sim, ela enlaça seu pescoço e o puxa de forma que eles se encaram.

— Então parece que terei um sarau privado hoje à noite.

Max a beija profundamente, e Joanna e eu suspiramos de novo. É ao mesmo tempo maravilhoso e horrível conviver com gente tão apaixonada. Por um lado, estou no céu por minha irmã finalmente ter encontrado alguém que a mereça. Por outro, eles fazem o amor verdadeiro parecer tão simples e natural que eu me pergunto se há algo de errado comigo por estar demorando tanto para encontrá-lo.

Depois de alguns minutos sugando os lábios um do outro, Max se afasta, parecendo envergonhado e enfiando as mãos nos bolsos. Ah, por favor. Como se a essa altura eu já não estivesse acostumada à reação do corpo dele ao beijar a minha irmã.

— O.k. — ele diz, dando um último selinho nos lábios de Eden. — Tenho que supervisionar uns funcionários novos em seus encontros hoje à noite. Te vejo no meu apartamento depois?

Eden faz que sim.

— Com certeza.

— Ah, Max — eu digo. — Você não vai ficar para o jantar? Eu já pedi a pizza. Com abacaxi extra, só pra você.

Max estreita os olhos.

— Você é um monstro, Asha. Você sabe disso, né?

Seu ódio por frutas na pizza é quase tão intenso quanto seu amor pela minha irmã, o que é algo impressionante.

Joanna ri enquanto Eden arrasta Max para fora do quarto.

— Vamos, cara. Não vamos entrar de novo no debate da pizza. Você se exalta demais com isso.

— Eu não me exalto — Max diz, sua voz sumindo conforme Eden o empurra na direção da porta da frente. — Existe uma forma certa e uma forma errada de se comer pizza, e você e sua irmã fazem isso do jeito *errado*. Fim de história.

Enquanto digito algumas notas preliminares, expandindo a minha ideia para o livro, ouço a porta do apartamento se abrir e então uns gemidos e sussurros. Não tenho dúvidas de que Max e Eden estão se despedindo engolindo o rosto um do outro.

Depois de alguns minutos, ouço a porta da frente se fechar, e Eden volta e se joga na poltrona ao lado da cama, dando um suspiro profundo.

— O.k. — ela diz, afastando o cabelo do rosto. — Agora que me livrei daquela distração gigantesca em forma de homem, me contem todos os detalhes sobre esse Professor. Eu posso presumir, já que você está quase pulando no lugar, que está pensando nele para o seu projeto de *best-seller*?

— Talvez — eu digo, tentando parecer desinteressada. — Você acha que é muito louco tentar publicar esse cara?

Ao meu lado, Joanna faz um barulho animado e os olhos de Eden se acendem.

— Não tão louco quanto brilhante. A timeline dele é tipo uma versão masculina e sexy de *Comer, Rezar, Amar*. Se você conseguir trabalhar com ele em uma narrativa foda, você com certeza terá um livro.

Joanna concorda, entusiasmada:

— Siiiiiim!

— É isso que estou pensando — digo, me permitindo ficar mais animada. — E com o tanto de seguidores que ele tem, com certeza vai ser um sucesso, certo?

Joanna se endireita.

— Com certeza! Mesmo se só 10% dos seguidores comprarem o livro, ele ainda vai invadir a lista de mais vendidos do *New York Times*. — Ela acena as mãos, enérgica. — Vou fazer uma planilha de projeção de vendas. Vou inclusive usar cores, pra que até um cego veja quão incrível isso pode ser.

Eu sorrio.

— Eu esperava que você dissesse isso.

Apesar da obsessão de Joanna com moda e cultura pop, descobri que ela é um gênio absoluto dos números. Acho que deve ser a consequência de gerenciar sua própria fortuna internacional desde os dezoito anos. Eu suspeito que, financeiramente, ela nem precise trabalhar na Whiplash, mas ela tem um amor genuíno por livros.

— Vamos fazer isso — eu digo, digitando furiosamente. — Se eu vou ganhar essa competição, preciso fazer esse Professor parecer a galinha dos ovos de ouro. Ou melhor, o homem que escreve livros de ouro. Eu nem sei se vou conseguir competir com um novo livro *Rageheart*, mesmo com os seguidores que esse cara tem, mas pelo menos vou morrer tentando.

— Você não deveria entrar em contato com ele primeiro? — Eden pergunta. — Sabe, caso ele seja algum doido que não quer se tornar um autor *best-seller*?

— Humm. Você tem razão.

Isso é um balde de água fria para mim.

Alguém bate na porta da frente.

— Deve ser a nossa pizza. — Eden se levanta em um pulo e sai do quarto. Depois de alguns resmungos com o entregador, eu ouço sua risada.

Quando ela volta, ainda está sorrindo.

— Parece que o Max abordou o entregador na portaria. — Ela levanta a caixa de pizza e eu vejo que ele escreveu em letras grandes e grossas "ESSA PIZZA É UMA ABOMINAÇÃO! MUDEM SEUS HÁBITOS MONSTRUOSOS ANTES QUE SEJA TARDE DEMAIS!".

Nós três rimos. Então, o delicioso cheiro de queijo derretido me atinge, e meu estômago ronca tão alto que as duas me olham surpresas.

— Eu pulei o almoço — digo, dando de ombros.

— O.k. — Joanna diz, se levantando para ficar ao lado de Eden. — Você manda uma mensagem para o Professor e nós vamos fazer drinques.

Enquanto elas saem, eu grito:

— O que vocês forem beber, eu quero dois.

Quando elas se vão, eu me sento, encaro meu celular por alguns minutos e só respiro. Eu não sei por que, mas estou ridiculamente nervosa por mandar uma mensagem para ele. Acho que, por um lado, é porque eu tenho medo de que ele diga não para o projeto, e por outro, porque estou apavorada que ele diga sim. Isso pode ser gigante para mim ou pode me envergonhar até me fazer sair de um mercado que eu amo.

Meus dedos flutuam sobre a tela enquanto tento pensar em como formular meu pedido.

"Olá, completo desconhecido! Por favor, deixe-me explorar sua talentosa mina de palavras e imagens pornográficas para que eu possa conseguir uma promoção e gritar 'Toma essa!' para o Devin Punheteiro Shields".

Hmmm. Nada mal. Talvez precise de um pouco de trabalho.

Outra coisa que preciso considerar é que alguém com tantos seguidores provavelmente tem um monte de doidos enchendo seu inbox todos os dias, e eu não quero que ele pense que eu sou um deles.

Eu me inclino para a frente e escolho cuidadosamente as letras com meu indicador. Começo a mensagem várias vezes, antes de deletá-la e começar de novo. Não me vejo como tímida, mas há algo na honestidade e na paixão do Professor que me faz querer impressioná-lo.

Argh. Isso está levando tempo demais.

Eu respiro fundo e decido seguir com os fatos.

Olá, Professor Feelgood. Meu nome é Asha Tate e trabalho na Editora Whiplash. Descobri seu perfil no Instagram um tempo atrás e acho que ele tem um enorme potencial para se transformar em um romance best-seller. Você já considerou se tornar escritor? Você tem um jeito maravilhoso e apaixonado com as palavras, e me parece claro que seus posts tocam diversas pessoas, incluindo eu. Adoraria ajudá-lo a alcançar uma audiência ainda maior, se você estiver interessado. Por favor, me responda quando for possível, para que possamos discutir mais.

Eu incluo meu número de telefone caso ele prefira ligar em vez de trocar mensagens e não deixo de notar a forma como minha mão inteira está tremendo quando eu aperto "enviar".

Me jogo para trás e fecho os olhos. Deus, isso foi mais estressante que meu último Papanicolau.

Por favor, que ele diga sim, por favor, que ele diga sim.

Se eu perder essa promoção, não ficarei apenas desapontada. Devin se tornará tecnicamente meu superior, o que não é legal em nenhum universo. Mas, fora isso, acho que o Professor tem uma voz real e autêntica, e seu livro realmente poderia inspirar as pessoas. Isso seria ainda mais satisfatório.

— Vamos, Ash! — Eden grita da cozinha. — A pizza está esfriando. E sua margarita está pronta. Eu a servi no nosso maior vaso. Espero que você não ligue.

Eu salto da cama para me juntar a elas. Se vou esperar a resposta do Professor no inferno, posso pelo menos ficar bêbada enquanto estou lá.

capítulo quatro
Pizza e paixão

Trinta minutos depois, nossa mesinha de centro está uma bagunça de pratos, pedaços de pizza pela metade, guardanapos e manchas de gordura. Joanna e eu estamos em pontas opostas do sofá, cada uma agarrada a enormes copos cheios de margarita que tomamos com canudinhos de plástico supersofisticados. Nós já estamos na segunda rodada, e a maior parte da garrafa de tequila que Joanna generosamente nos trouxe já se foi. Eu mencionei que a minha irmã faz as bebidas mais fortes do mundo?

Após ter cumprido sua função de bartender, Eden está jogada em nossa imensa poltrona, seus pés descalços na mesinha de centro, bebericando seu drinque e acariciando a barriga.

— Meu homem tem qualidades incríveis — ela diz. — Mas suas preferências de pizza são ignorantes e erradas. — Ela fecha os olhos e inclina a cabeça para trás. — Abacaxi com pepperoni é a melhor combinação. E vou brigar com qualquer um que discordar.

— É! — Eu jogo minhas mãos para o alto. — Foda-se o sistema patriarcal de pizzas!

Joanna explode de rir. Durante o tempo em que somos amigas, percebi que ficamos igualmente críticas e risonhas quando bebemos.

— Agora, escutem — Joanna começa, e eu sei que é hora do discurso crítico. — Vocês sabem que eu amo homens... mas vamos falar sobre fotos de paus não-solicitadas? Tipo, sério.

Eu faço uma careta. Já tendo recebido fotos de pintos em mais de uma ocasião, sei como isso é desconfortável e estranho.

— Por que os homens fazem isso? Especialmente com mulheres que eles mal conhecem. Eles realmente acham que isso excita a gente?

Joana concorda com a cabeça.

— Uma vez, um proeminente membro da realeza europeia me mandou uma foto do pau dele. Não foi a primeira vez que seguranças estrangeiros me detiveram pra deletar fotos do meu celular, mas com certeza foi a mais desconfortável. Aqueles agentes *não* queriam ver o pinto do chefe.

— Ah, Deus — Eden ri enquanto pega os pratos sujos e os leva para a cozinha. — Agora estou com uma imagem mental do Derek me mandando uma foto do *negócio* dele. Aposto que é vermelho e irritado, igual a ele.

Derek é o chefe mala de Eden, e eles têm uma das relações profissionais mais hostis que já vi. Ao ouvir seu nome, dou um longo gole na minha bebida. Pessoalmente, sempre achei Derek bem bonito.

Joanna se afunda de novo no sofá e suspira.

— A gente devia fazer um pacto: o próximo cara que mandar uma foto de membro não-solicitada vai receber um bombardeio de paus enormes, gigantes, que vão fazer seu pau normal parecer salsichinha de petisco.

Isso nos faz rir, e tenho que engolir mais uma risadinha ao ver Joanna perseguir a ponta do seu canudo com a língua e falhar completamente em capturá-lo.

— Ah, droga — ela resmunga antes de agarrá-lo com os dedos e enfiá-lo na boca. Depois de tomar um grande gole, ela se inclina sobre a mesa e aperta algumas teclas do meu notebook para dar os toques finais em sua planilha. — Pronto — ela diz com um floreio de mão. — Projeção épica de lucros do Professor: feita.

Ela vira a tela para que eu possa ver. É uma coisa linda.

— Meu Deus, Joanna, como você consegue fazer uma planilha absurdamente boa tão rápido e completamente bêbada?

Ela se inclina para trás e sorri.

— Prática, minha querida amiga. Muita, muita prática. Agora só precisamos que o Professor embarque no nosso trem *best-seller* com destino à Editoralândia.

Tomo outro gole da minha bebida e checo meu celular pela centésima vez.

Droga. Nenhuma resposta ainda.

Vamos lá, Professor. Termine com o meu sofrimento. Me diga sim, ou me mande pular no Hudson. Mas me dê alguma resposta.

Eu volto para a timeline dele e estudo seu último post de novo. Enquanto leio, meu rosto esquenta. Acho que o álcool não está ajudando nisso.

Quero deslizar minha língua na sua
até você entender todas as razões pelas quais eu te amo
e que não cabem em palavras.

Deus, olha o que ele faz comigo. Eu sempre gostei de escrever, mas não consigo fazer nada tão visceral quanto a escrita dele. Fico imaginando como ele é como pessoa. Sua bio diz "babaca em recuperação", então imagino que não seja nenhum anjo, mas há um milhão de estágios da babaquice. Eu me pergunto onde ele se encaixa.

Também estou fascinada pela história do que aconteceu entre ele e aquela mulher. Ela terminou? E se sim, por quê? A maior parte de seus seguidores é mulher, então tenho certeza de que não lhe faltaria companhia feminina se ele quisesse, mas todos os posts indicam que ele está solteiro, de coração partido e obcecado... Merda, isso é atraente.

Eu bebo meu drinque enquanto reflito sobre como deve ser amar tanto alguém que, quando ele se vai, você fica arruinada. Uma parte doente e curiosa de mim quer descobrir. Um caso grave de coração partido significa um amor épico, não? Eu só tive um de verdade na vida, e foi no Ensino Médio. Mesmo que eu ainda pense nesse relacionamento, duvido que minha dor tenha sido do mesmo nível da do Professor. Eu me pergunto se ele um dia vai amar de novo, depois de ter perdido sua alma gêmea, ou se todas as mulheres a partir de agora ficarão em segundo lugar em relação à que ele perdeu.

— Ash? — Eu levanto o olhar e vejo Eden voltando à sua poltrona, me encarando. — Ele respondeu?

Eu balanço a cabeça.

— Ainda esperando.

— Então que cara é essa? — Eden se inclina para a frente, seus olhos brilhantes. — Caramba. Você quer muito *transar* com esse cara, não quer?

— Eden...

— Não, nem tente negar. Está estampado no seu rosto. Esse cara te enfeitiçou. Né, Joanna? — Joanna não me olha, mas confirma mesmo assim.

— Sim. Enfeitiçaaaada.

— Não que eu te culpe — Eden diz, mexendo sua bebida com um canudo. — Até eu preciso admitir que ele é um belo espécime. Além do quê, qualquer cara que abra o peito desse jeito pra mostrar quão quebrado está, é definitivamente extra-pegável. Você deveria se oferecer pra consolar a pobre alma sofredora dele, tipo, com sua boca em volta do pau dele.

Eu reviro os olhos.

— Eu quero publicá-lo. Não dar pra ele.

— Você não pode fazer os dois? Ele é gato. Você é gata. Divirtam-se juntos.

— Não, obrigada. Não é a minha praia.

Eden se joga de volta na cadeira.

— Ash, você não pode deixar de lado sua *checklist* idiota uma vez na vida e se permitir um pouco de prazer só porque sim? Quer dizer, eu não estou falando pra você virar a minha versão pré-Max e *só* fazer sexo casual, mas, de vez em quando, não há vergonha alguma em aproveitar algo puramente físico. A vida é muito curta.

— Caso você tenha esquecido — eu digo, colocando meu copo vazio na mesinha de centro. — Eu tenho um homem pra transar.

— Não, você tem um homem em outro país com quem você troca mensagens e e-mails. O sexo selvagem acontecendo entre vocês dois é *zero*.

Bom, isso é verdade. E também, mentira.

— Você nunca ouviu falar em algo chamado sexo por telefone? — eu desafio.

— Já ouvi falar — Eden diz. — Tentei. Odiei. Nesse momento eu consigo mais ação do que você só de andar no carrossel de Coney Island, o que é apenas triste.

— Uma história engraçada — Joanna começa, se metendo na conversa. — Eu tive meu primeiro orgasmo em uma aula de equitação aos doze anos, então sim, um daqueles cavalinhos de madeira do carrossel definitivamente serviriam.

Eden faz que sim.

— É o que estou dizendo. Ter um cara gato em outro país é tipo ter uma agulha e nenhuma linha.

Quando Joanna franze o cenho, Eden sussurra:

— Não tem ponto.

As duas riem, mas eu não consigo compartilhar. Como sempre, quando Eden menciona meu namorado, eu tento mudar de assunto. Se ela descobrir que menti para ela esse tempo todo, ela vai me espancar. Negação parece a melhor tática.

— Independente do meu status de relacionamento — eu digo conforme a risada delas diminui —, eu simplesmente não estou interessada em transar com caras que mal conheço. Você pode ter a confiança pra fazer isso, Eden, mas eu não. Tirar a roupa na frente de um cara já é traumático o suficiente sem ele ser um estranho.

— Mas você nunca só conhece um cara e quer... — Ela faz um movimento de montar num cavalo, então empurra a pélvis enquanto roda o braço no ar e solta gemidos sexuais que me fazem esconder o rosto e Joanna rir.

— Eden, a última vez que eu senti isso por um cara ele acabou sendo a *sua* alma gêmea, então claramente é melhor eu não seguir os meus hormônios.

Ela me dispensa com um gesto de mão e cai de volta em sua cadeira.

— Pffff. Querer pegar o Max é só uma reação feminina natural. Nenhuma garota hétero com uma vagina funcional é imune àquele pedaço de mau caminho.

Eu ainda faço uma careta involuntária quando me lembro da noite em que vi Max pela primeira vez. Pensei que ele era o cara mais maravilhoso que eu já tinha visto, mas não demorei muito para perceber que eu não era a irmã Tate na qual ele estava interessado.

— E você, Joanna? — eu pergunto, desesperada para tirar o foco de mim. — Você quase nunca fala de homens.

Joanna sorri e, pelo tempo enorme que ela leva piscando, fica claro que seu nível de bêbada chegou na fase do sono.

— Bom, eu fiz um voto de castidade nesse último ano pra protestar a objetificação de mulheres e garotas pela mídia, então homens estão meio que fora do meu radar. Mas, sinceramente, depois de me divorciar do Príncipe Abdulla, eu só precisava dar um tempo nos relacionamentos. Ele pode ter sido um babaca, mas isso não quer dizer que eu não sinta falta dele. Não posso mais nem ver um camelo sem lembrar de como fizemos amor gostoso nas dunas durante nossa lua de mel.

Há um momento de silêncio quando ela termina de falar, e Eden e eu trocamos olhares. Houve um tempo em que achávamos que Joanna era mentirosa compulsiva, porque a maior parte das coisas que ela dizia eram doidas e exageradas demais para serem verdades. Mas quanto mais a conhecemos, mais percebemos que a vida dela deveria virar uma série bombada da HBO. Algumas das coisas que ela fez e viu são extraordinárias e, ainda assim, ela continua soltando pérolas do tipo "sou uma celibatária voluntária" ou "recebi fotos de pintos reais" ou "eu era casada com um príncipe", como se já soubéssemos disso.

Eu estaria mentindo se dissesse que não me divirto.

— Um príncipe de verdade? — eu pergunto. — Por favor, diga que ele tinha um cavalo branco.

Ela faz que sim.

— Ele *só* cavalgava em cavalos brancos. Cavalos puro-sangue árabes.

Eden ainda está processando a informação, mas eventualmente consegue achar o que dizer.

— Como você pode ter idade pra já ter se casado e divorciado?

Joanna toma um gole do seu drinque.

— Não é nada demais. Eu saí do país como parte do jovem corpo diplomático da ONU quando tinha dezoito anos, tive um caso com um cara gato e de repente... *boom*. Quando dei por mim, estava me casando no palácio real. Poderia ter acontecido com qualquer uma.

— Não — Eden diz. — Essas coisas loucas só acontecem com *você*, e eu não entendo como você pode não dar a mínima. Você casou com um *príncipe*.

Joanna inclina a cabeça para trás e fecha os olhos.

— É, mas um príncipe pode ser tão babaca quanto qualquer outro cara, e João Medíocre de Pequenópolis, Parte Alguma, pode acabar sendo melhor que qualquer realeza no planeta. É tudo relativo.

Eden e eu trocamos outro olhar. Nossas vidas são definitivamente mais interessantes por causa de Joanna. Seria mais fácil acertar a loteria do que prever o que vai sair da boca dela num dia normal.

— Preciso fazer xixi — Eden diz, indo até o banheiro. — Não se divirtam enquanto isso.

Assim que ela sai, meu celular vibra na mesinha. Eu sorrio quando checo a tela.

— Bom — Joanna começa —, você pretende compartilhar?

Eu viro o aparelho para que ela possa ver.

Sinto sua falta, *ma chérie*.

Joanna me lança um olhar bobo.

— Ownnn. Ele sente sua falta. Olha essas mensagens. — Ela passa por elas e eu não a impeço. — "Mal posso esperar pra te ver de novo". "Pensei em você o dia todo". "Aqui sentado pensando em como você é linda e como é bom estar com você". — Ela me olha. — Tão romântico.

Eu concordo.

— Ele é doce e romântico e sensível e bonito e…

Ela franze a testa.

— E... o quê?

Como eu explico para ela que, em termos de personalidade, ele é o homem mais fascinante e maravilhoso com quem já saí e, enquanto estamos vestidos, as coisas são definitivamente quentes, mas, assim que sinto o ar na minha pele nua, as inseguranças de sempre aparecem? Pelo menos uma vez, quero conseguir me libertar o suficiente para aproveitar uma transa incrível. Esperava que as coisas fossem diferentes com ele, porque nos damos *tão bem*.

— Jo, esse cara é incrível e sexy e perfeito pra mim, mas ainda assim...

— Ele não pontua no vaginômetro?

Eu rio.

— Vaginômetro?

— Sim. Você tem o emocionômetro, que é toda a coisa romântica e melosa. O cerebrômetro mede o quanto ele te estimula mentalmente. E então há o vaginômetro, também conhecido como escala de medição "quão-forte-ele-te-faz-gozar". A maioria dos caras consegue uma nota boa em apenas uma das categorias, e é por isso que há tantas garotas solteiras por aí. Se você achar alguém que consegue pontuar em duas categorias, agarre-o com as duas mãos. É bem raro.

— Essa é minha questão. Ele tem nota alta em duas, mas isso não é suficiente pra mim. Eu quero as três. — E meu medo é que eu seja tão reprimida sexualmente que nunca consiga isso.

— Bom, querer as três é ser gananciosa — Joanna diz, ecoando meu medo. — Talvez nós devêssemos nos satisfazer com dois e pronto.

— É — eu concordo, afundando na cadeira. — Talvez seja o melhor que a gente pode esperar. — Eu provavelmente deveria parar de dispensar caras perfeitamente razoáveis por causa de algo sobre o qual eles não têm controle.

Joanna olha para o nada, seus olhos ficando nublados e sem foco.

— Mas as três seria um sonho, né? Três significa sua alma gêmea. Eu queria uma alma gêma.

— Eu também.

Eden volta do banheiro, se joga na poltrona e suspira.

— Vocês têm noção que parecem completamente chapadas nesse momento, né...?

Nós três nos assustamos quando meu celular vibra.

— É o Professor? — Eden pergunta e se inclina para a frente.

Eu checo a tela.

— Não. Namorado.

Ela murcha, desapontada.

— Droga.

Eu abro a mensagem.

Queria você na minha cama agora. As coisas que eu faria com você...

Eu pigarreio e me levanto. Nosso sexo ao vivo pode deixar a desejar, mas o virtual é explosivo. Claro, está tudo errado, mas nesse momento eu não tenho mais energia para me importar. Graças ao Professor, eu estou bêbada, com tesão, ansiosa e precisando de qualquer alívio que tenha à mão.

— O.k., está ficando tarde — eu digo, pegando minha bebida. — Vou deitar.

Agora Joanna e Eden trocam olhares.

— Aproveite — Joanna diz com uma risadinha. — Eu vou pra casa logo mais. Te vejo segunda no trabalho.

Depois de dar um abraço rápido nela, vou para o meu quarto. Eu mal tiro as roupas e deito na cama quando meu FaceTime toca.

Meu belo homem aparece na tela e, quando me vê, um sorriso lento se espalha pelo seu rosto.

— *Bonjour* — ele diz e afasta seu celular para que eu possa vê-lo sem camisa, sentado na cama.

Eu sorrio.

— *Bonjour* pra você também.

Esfrego uma toalha no meu cabelo úmido e vou até a cozinha de roupão em busca de sobras de pizza. Se eu pudesse manter um relacionamento em que o sexo fosse só por FaceTime, eu estaria feita. Mas sei muito bem que nenhum homem ficaria satisfeito com isso, e eu não deveria esperar que ficasse.

Eden não estava errada quando disse que eu arranjo desculpas para terminar com os caras. Eu sei que sim, mas as razões que dou para os outros são apenas para disfarçar a verdade. A verdadeira questão é que eu poderia ter o homem mais atraente do mundo na minha cama e meu corpo nu ainda responderia de um jeito morno, e eu não tenho ideia do porquê isso acontece.

Não é que eu não seja capaz de ficar excitada, porque eu com certeza sou. Pornô me excita. Romances eróticos também. Merda, até cupcakes da Sprinkles.

Mas assim que as roupas começam a sair, algo dentro de mim muda, e meu tesão se torna ansiedade. Eu tentei entender por que isso continua acontecendo e o melhor que consigo pensar é que meu namorado do Ensino Médio era péssimo de cama. Na época, eu pensava que transas desajeitadas e estranhas que só duravam alguns minutos eram normais em relacionamentos adolescentes, mas nós passamos anos juntos e nunca melhorou. Era claro que ele não estava muito interessado no meu prazer, e quando começou sutilmente a me culpar, dizendo que era impossível me fazer gozar, eu acreditei.

Também não ajudou que, em mais de uma ocasião, ele me lembrou de que eu era um pouco gordinha para que meu corpo fosse realmente atraente. Eu sempre fui insegura em relação aos meus peitos grandes demais e minhas curvas, então seus comentários frequentes me fizeram não querer mais tirar a roupa.

Ter essa experiência durante meu despertar sexual deve ter causado alguma pane em mim, porque essa insegurança me assombra desde então. É a principal razão para eu nunca ter gostado de sexo casual. Ou de sexo com qualquer pessoa, sendo sincera. Por mais que eu tente aproveitar, não consigo, então só fico lá deitada esperando acabar.

Hoje em dia, meu método preferido de satisfação sexual é a masturbação. No que me toca, eu sou ótima em me tocar. Sem dúvidas, eu sou a melhor parceira sexual que já tive, o que é um cenário um pouco triste.

O único lado bom da minha situação atual é que fazer FaceTime com meu homem me permite chegar a um meio-termo. Eu fico confortável nua, porque ele só vê o que eu quero que ele veja e, como estou me tocando e sei exatamente do que gosto, consigo gozar em tempo recorde.

Então, é. Embora eu tenha aceitado que fazer sexo com um cara e me sentir sexualmente satisfeita são exercícios mutuamente excludentes, com o cyber-sexo eu tenho o melhor dos dois mundos: um cara gato para me excitar e minhas experientes mãos para me fazer gozar. Só vejo vantagens.

O único lado ruim é que eu sei que não tem como isso durar. Nenhum homem vai querer manter um relacionamento com uma mulher que ele não pode tocar. A menos que eu resolva minhas questões logo, esse relacionamento está tão condenado quanto todos os outros, e pensar nisso é tão horrível que eu empurro a ideia para o fundo da minha mente e tento pensar em outras coisas.

Pego um pedaço de pizza fria da geladeira e dou uma mordida enquanto checo meu celular de novo para ver se o Professor me respondeu.

Nada.

Eu suspiro enquanto mastigo. Até poderia propor minha ideia sem a permissão dele, mas isso pode virar uma bagunça caso Serena e o sr. Whip realmente gostem da ideia e eu não tenha como colocá-la em prática. Eu não só não conseguiria a promoção como seria vista como pouco confiável.

Quando volto para o meu quarto, me surpreendo ao ver Eden ali, pegando um cardigã de uma das minhas gavetas.

— Ei — ela diz. — Tudo bem se eu pegar isso emprestado? Vou para o Max logo mais e está ficando fresco lá fora.

— Claro. — Me sento na cama e mexo no meu celular. Mais uma vez me pego voltando ao feed do Professor. Cara, eu estou começando a entender como os viciados se sentem. Só alguns posts. É só isso que eu preciso. Algo para reacender aquele *frisson* no meu sangue.

Estar com você era fácil como respirar. Até que não mais.
Um dia, sem aviso, eu te olhei e todo o ar se foi.
Odeio que meus sentimentos tenham mudado.
E odeio ainda mais que os seus não.

Dou um suspiro de prazer e passo para o próximo post.

No meu coração, construí um lar à sua volta
e então o queimei.
Porque prefiro vê-lo em cinzas
do que viver nele sozinho.

Deus, que triste. E incrível.

Eden veste o cardigã e se senta na cadeira ao lado da minha cama para amarrar as botas.

— O Professor já te respondeu?

— Não.

— Bom, se não der certo com ele, eu sei de outra ideia incrível de livro que você poderia propor. — Ela lança um olhar para o meu armário.

Eu balanço a cabeça.

— Nem começa. Você sabe que é só um hobby.

— É — Eden diz enquanto termina com o cadarço e se endireita. — Mas é um hobby no qual você é *muito* boa. — Ela empurra a cadeira e abre meu armário. Na última prateleira há uma pilha de cadernos surrados que ela puxa antes de se voltar para mim.

Um por um, ela os joga na cama.

— Este é fantástico, mas você precisa desenvolver mais os personagens. Este tem um enorme potencial, se você sentasse sua bunda na cadeira e escrevesse um final. E este... — Ela levanta o caderno intitulado *Tudo o que sinto, mas não posso dizer* e o aperta contra o peito com um suspiro. — Este é meu favorito, e saiba que eu vou te encher o saco por causa dele até a sua morte. Ou até você terminá-lo. O que acontecer primeiro.

Eu agarro os cadernos e os coloco na minha mesa de cabeceira.

— Você sabe o quanto me encheriam o saco no trabalho se descobrissem que eu escrevo? Já existe a ideia errada de que editores são só autores frustrados.

— Bom, no seu caso, é meio que verdade. Você queria ser escritora quando era criança, não?

— Sim, mas eu também queria ser degustadora profissional de chocolate, Indiana Jones e um canguru, então...

Ela coloca as mãos na cintura.

— Então você está me dizendo que não quer mais ser escritora? Que você passou centenas de horas trabalhando nas suas histórias porque... o quê? Você precisava praticar sua caligrafia?

Eu pego meu creme de mãos da mesa de cabeceira e coloco um pouco nas minhas palmas.

— Estou dizendo que tenho tantas chances de me tornar uma autora de sucesso quanto de me transformar em um marsupial australiano. Agora, você tem um cara gato te esperando a algumas quadras daqui. Você realmente quer perder mais tempo analisando minhas escolhas profissionais?

Ela para por um momento antes de se inclinar e beijar o topo da minha cabeça.

— O.k., ótimo. Já vou. Mas você precisa saber que se, e quando, você publicar seu próprio trabalho, terá pelo menos uma leitora comprando tudo o que escrever.

Eu aceno quando ela sai e, enquanto termino de esfregar o creme nas mãos, meu olhar recai sob minha pilha de cadernos. Houve uma época em que eu passava todo o meu tempo livre escrevendo. Era uma forma de terapia: eu exorcizava toda a minha raiva e frustração nas páginas em branco. Eu também tenho alguns que a Eden nunca viu. Eles são a minha versão de gritar quando um trem passa, e me ajudaram em alguns períodos sombrios. Hoje em dia estou ocupada demais com o trabalho para sequer pensar nisso.

Eu pego os cadernos e os guardo de volta no topo do armário. É mais fácil ignorar meus impulsos criativos quando os tiro de vista.

Não pretendo secar meu cabelo, então tiro meu roupão, pego o celular e me enfio na cama. Em contraste com minha dificuldade para ficar nua com outras pessoas, eu amo dormir pelada, e suspiro de prazer quando sinto o frescor dos lençóis na minha pele. Quando estou confortável, eu volto para a timeline do Professor, e lá está um novo post.

Eu me sento, animada. É uma foto dele suado, de regata e shorts. Seus músculos estão brilhando na sensual imagem preto e branca. Notei que ele usa bastante preto e branco. O filtro faz tudo parecer sombrio e misterioso, o que só aumenta o apelo dele.

Desço para ler a legenda:

Eu corro para aquietar a mente
e, enquanto forço um pé após o outro,
meus pensamentos obscuros deixam um rastro
como óleo vazando.
Eu corro para me esvaziar. Para me punir. Para evitar pensamentos.
Eu corro porque, quando paro,
o amor sufocante e destruidor que sinto por você
me alcança.

Mais uma vez um arrepio percorre a minha espinha. Merda, eu preciso publicar as palavras desse homem. Tenho um desejo avassalador de esculpi-las, emoldurá-las e dá-las de presente ao mundo. *Precisa* acontecer.

Mesmo que eu tenha acabado de ter um orgasmo bem razoável, o Professor me dá vontade de começar o segundo round.

Eu digito rapidamente uma mensagem. Não sei se ele já viu a minha última, mas quero atacar enquanto sei que ele está on-line.

Oi, Professor. É Asha Tate de novo: te mandei uma mensagem mais cedo. Se estiver por aí, eu adoraria conversar. Desculpe te importunar, mas eu meio que tenho um prazo.

Eu aperto enviar e fico roendo minha unha do dedão. *Vamos, cara, responda. Leia a mensagem e responda. Agora, por favor.*

Quase um minuto depois, eu recebo a resposta dele.

J, pare. Não sei de quem é esse celular que você sequestrou, mas isso não tem graça. Não vou jogar esse jogo com você.

Eu franzo a testa para a tela e digito:

Isso não é um jogo. Estou levando esse projeto muito a sério.

Claro que sim. E você é um idiota. Pare com isso. Agora.

O.k. Falha de comunicação inesperada.

Professor, eu realmente não sou J, quem quer que seja essa pessoa. Como mencionei, sou assistente editorial em uma editora e planejo mostrar seu trabalho para os meus chefes amanhã, com o objetivo de transformar seu feed em um livro. Gostaria de discutir os detalhes com você. Por favor, não pense que isso é um golpe ou uma piada.

Ainda nada.
Okaaaaaaaay.

Eu entendo que você deva receber algumas mensagens estranhas, considerando seu número de seguidores, mas garanto que sou quem digo que sou. Você pode entrar no site da Editora Whiplash e me encontrar na página "Quem somos". Eu tenho cabelo ruivo e uso óculos. Se você preferir se comunicar por e-mail, o meu é atate@whiplash.com

Eu volto a roer minha unha enquanto espero. Dessa vez leva cinco minutos para algo acontecer.

Me direcionar pra uma foto em um site é uma estratégia nova, admito. Mas você realmente não tem nada melhor pra fazer com seu tempo do que me encher? Isso é simplesmente triste e patético.

Eu suspiro, frustrada. Droga, eu imaginei que ele estaria acostumado a receber mensagens de malucos, mas isso está ficando ridículo. Como vou convencê-lo de que sou quem sou?

Tenho um lampejo de inspiração e vou ao post anterior para poder tirar um print da nossa interação breve, mas aparentemente significativa. Então, o posto na conversa.

Professor, não sei se você se lembra, mas eu e você tivemos uma breve interação na sua timeline. Eu tenho certeza de que J não tem nada melhor pra fazer além de te encher, porque, francamente, ele/ela parece ser bem babaca. Mas meu tempo é precioso e está acabando. Por favor, me ligue e você verá que isso não é um golpe. Olha, nós podemos até nos falar no FaceTime se você quiser. O que for preciso pra convencê-lo de que estou falando sério.

Mais uma vez eu aperto enviar e espero. Minutos se passam.
Vamos lááá.

Quando meu celular finalmente toca, é tão alto que eu pulo. Eu levo um segundo para perceber que ele aceitou minha proposta do FaceTime, e mais um para perceber que ainda estou 100% nua.

— Merda! — Eu pulo da cama e murmuro *espera um segundo! Não desliga!* enquanto me enfio no roupão. *Quase lá! Fique na linha! Não ouse desligar!*

No instante em que amarro o roupão, me sento na cama, afasto meu cabelo molhado da cara e deslizo a tela para atender.

— Professor? É você? É a Asha Tate.

Um pequeno retângulo com a minha cara aparece no canto da tela e eu odeio que tenho a aparência de quem foi arrastada pela lama na chuva. Eu sequer escovei meu cabelo depois de tê-lo lavado mais cedo, e ele rodeia meu rosto em cachos grosso e úmidos. Não é a primeira impressão que eu gostaria de causar.

Eu procuro o Professor na tela, mas ela continua preta.

— Alô?

Quando não há nada além de silêncio, eu checo se ainda estamos conectados.

— Professor?

— Asha Tate. — A voz dele é profunda, sombria e rouca e, sendo sincera, sexy pra caramba. Minha pele se arrepia em resposta.

Professor Feelgood **61**

— Sim! Oi. — Deus, minha voz está estranha. Estou tão ofegante por ter batido o recorde de velocidade ao me vestir que pareço ter asma.

Eu engulo em seco e tento recuperar alguma compostura. Posso estar falando com o homem que foi minha inspiração para várias longas sessões de masturbação, mas isso não é relevante para essa conversa. Eu só queria que meus hormônios enlouquecidos entendessem isso.

— Então — ele diz. — Você é a *Vintage Brooklyn Girl*.

— Pois é — eu digo, mais animada do que o necessário. — Sou eu.

— Você mora no Brooklyn?

— Sim. Nascida e criada.

— Você me segue há algum tempo. — Toda vez que ele fala, há uma intimidade estranha em sua voz. Aposto que ele seria incrível fazendo sexo por telefone.

— Sim — eu digo. — Há quase um mês. — *Um mês no qual te stalkeei excessivamente.*

— E? O que você acha?

Tento manter minha expressão impassível, mesmo que a voz dele esteja me afetando de formas novas e excitantes.

— Eu acho que você... ahm... tem um dom pra casar palavras e imagens... descrever emoções. Você sempre deixa seu público querendo mais.

Essa última frase é um eufemismo. Se a câmera não estivesse ligada, talvez eu estivesse abraçando minha almofada do Chris Hemsworth com as pernas.

— Você está molhada. — O Professor fala em voz baixa, e eu quase engasgo com a minha própria língua.

— Ah... o quê? Não. Não, eu...

— Seu cabelo, Brooklyn. Está molhado.

— Ah. — *Deus, me ajude.* — Sim. Desculpa. Banho. Quer dizer, eu tomei um banho mais cedo. Daí, a... hum... molhada.

— Fico feliz por você. — Sarcasmo. Mas também, estranhamente atraente.

Dou uma risada nervosa, mas o ar está morto à minha volta. Estou estragando tudo, mas não sei como parar.

— Hum, então, de qualquer forma, é ótimo falar com você. Hum… só pra você saber, não consigo te ver.

— Minha câmera está desligada. O ponto dessa conversa é eu te ver, certo?

— Certo. Claro. E, como você pode ver, eu não sou J.

— Não. Você não é.

— Quem é essa pessoa, aliás?

Há uma pausa.

— Alguém de quem prefiro não falar.

— Sim, claro. — Eu pigarreio e coloco um cacho grande para trás da orelha. — Então, sobre a proposta do livro…

— Eu não sou escritor. — O tom dele é ríspido. Quase raivoso.

— Talvez não, mas você leva muito jeito com as palavras, e não precisaria de muito pra construir uma narrativa.

Ele faz um barulho de desdém.

— E você me ajudaria a fazer isso, Asha Tate?

Há algo em como ele diz meu nome. Algo familiar que eu não consigo entender.

— Eu gostaria, sim. Claro, são meus chefes que decidiriam isso, mas primeiro eu preciso vender a ideia pra eles. Só diga sim e eu mostro o conceito a eles na segunda de manhã. Se eles não gostarem, você não perde nada. Mas se eles disserem sim… Bom, isso pode abrir portas que mudarão a sua vida.

Outra pausa, essa mais longa.

— E se eu estiver feliz com a minha vida?

— Bom, eu tenho lido a sua timeline, e não é a impressão que eu tive. Parece que você está tendo dificuldades em se livrar das memórias de uma mulher na qual você não consegue parar de pensar. Talvez esse livro possa te ajudar a seguir em frente. Ou até te ajudar a reconquistá-la, se isso é algo que você quer.

Eu paro de respirar enquanto espero a resposta dele. Meu sangue está pulsando com tanta força nos meus ouvidos que parece que ele consegue ouvi-lo.

Professor Feelgood   **63**

Quando o silêncio chega a um ponto desconfortável, eu baixo minha voz e digo:

— Olha, Professor, pelo que vi, você passou por uma grande jornada nos últimos anos, e eu acho que suas palavras realmente poderiam ajudar outros que estão lidando com questões similares. Você não tem nada a perder e tudo a ganhar, certo?

— E o que você ganharia? — ele pergunta, sua voz tão baixa quanto a minha. — Eu duvido que você esteja fazendo isso pela pura bondade do seu coração.

Eu não deixo de notar o amargor na voz dele. Babaca em recuperação, de fato. Esse cara claramente ainda tem alguns problemas.

— Se meus chefes gostarem da ideia, bom... eu posso ser promovida. E se isso acontecer, vou trabalhar sem parar pra colocar esse livro em todas as listas de *best-sellers* possíveis.

— Entendo. Então quando você diz que posso ajudar pessoas, o que você quer dizer é que posso ajudar *você*.

De repente eu me sinto me aproveitando dele, e não sei por que.

— Professor, eu não vou mentir e dizer que isso não seria incrível para a minha carreira, porque seria. Mas mesmo se não houvesse uma promoção, eu ainda acreditaria que esse é um projeto que vale a pena. Suas palavras são tão... *viscerais*. Elas são cheias de paixão e desejo e dor e a forma como você escreve... — Eu balanço a cabeça, espantada. — *Afeta* as pessoas. E é *isso* que a melhor arte deveria fazer. A arte não deveria nos deixar felizes e confortáveis. Deveria nos desafiar. Nos fazer sair da zona de conforto por um tempo. — Enquanto falo essas coisas eu percebo que nunca falei de um projeto com tanta paixão antes, e cada palavra é verdadeira. — Esse livro poderia ser... bom, é o tipo de livro que poderia inspirar pessoas a serem mais do que elas pensavam que era possível. Você me disse pra ser corajosa e seguir minha paixão. Bom. Eu me apaixonei pelas suas palavras. Por favor, me deixe compartilhá-las com o mundo.

Quando termino, há silêncio na linha, e noto que a tensão da conversa deixou minha respiração rápida demais e meu rosto extremamente quente. Eu quero isso, e estou um pouco irritada por sentir que o Professor não quer.

Faço um esforço para desacelerar minha respiração, e é então que percebo que posso ouvir a respiração dele. Ela é irregular, um pouco frustrada. Como se eu o estivesse forçando a uma decisão que ele não quer tomar. Eu gostaria que a câmera dele estivesse ligada. Adoraria poder ver a expressão no rosto dele. Poderia me ajudar a lê-lo melhor. Além de estar morrendo para saber a aparência dele. Eu me pergunto se o seu rosto é tão incrível quanto o seu corpo.

Depois do que parece uma eternidade, ele diz:

— Brooklyn, embora eu agradeça você ter concordado com o Face-Time pra provar sua identidade, sinto te dizer que…

— Espera, Professor, não diga não. — Eu agarro meu telefone com mais força. — Por favor, não. Eu sei que isso provavelmente está fora da sua zona de conforto, mas poderia ser maravilhoso. Mesmo que você não acredite em você mesmo, saiba que eu acredito.

Há outro momento de silêncio e então ele diz:

— Embora eu esteja flutuando de felicidade por saber que você acredita em mim, eu não ia dizer não para o livro. Eu ia dizer que seu roupão se abriu e eu estou vendo os seus peitos.

Um calor insuportável atinge meu rosto e eu engasgo e olho para baixo. De fato, ficar me remexendo de nervoso fez meu roupão se abrir, expondo a maior parte dos meus peitos e um pouquinho de mamilo.

Puta merda!

Minha imagem estava tão pequena na tela que eu não notei. Rápida como um relâmpago, eu puxo as pontas do tecido de seda e seguro a câmera mais perto do meu rosto.

— Ah, Deus. Eu não tinha ideia, desculpa.

— Não? Ou isso foi algum tipo de incentivo sexual pra trabalhar com você? Uma amostra do que virá?

Quando eu achei que não podia ficar mais envergonhada…

— Não! Deus, não!

— Não seria a primeira vez que uma mulher diria que quer me ajudar só pra tentar algo sexual. É isso que está acontecendo aqui? Você está tentando me seduzir?

Eu estou quase catatônica de tanta vergonha.

— Não! Professor, eu garanto que tenho a mais alta exigência profissional comigo mesma. Eu nunca faria isso! Estou arrasada por isso ter acontecido, mas, por favor... Foi um acidente, eu peço desculpas sinceras e...

— Relaxa, Brooklyn — ele diz e eu não tenho certeza, mas acho que ouvi uma ponta de sorriso. — Eu estava brincando. Acredito que seu acidente de vestuário não foi intencional.

— Ah — eu rio fracamente. — Bom. — Respiro fundo e ignoro o quanto estou corando. — Esse projeto é incrivelmente importante. Não importante suficiente pra eu mostrar meus peitos, mas ainda assim...

Eu espero que ele ria, mas ele não ri. Em vez disso, há outra pausa.

— Então, se acontecer — ele começa —, nós trabalharíamos juntos?

— Sim, é a ideia. Eu seria sua editora. Te ajudaria a moldar a direção do livro, sugerir mudanças e discutiria com você a capa e o plano de marketing. Eu imagino que o processo todo leve pelo menos nove meses. Talvez mais.

— É bastante tempo. E se eu acabar sendo um babaca insuportável que você não aguenta ter por perto?

Eu sorrio.

— Duvido que isso vá acontecer.

— Pode acontecer. Afinal, você não me conhece. Você nem me perguntou se eu sou o cara das fotos. Pelo que você sabe, eu posso ser um aposentado de sessenta e cinco anos careca e com uma barriga de cerveja.

Droga, ele está certo. Eu estava tão focada em provar quem eu sou que nem pensei em pedir a ele para fazer o mesmo.

— Bom, você é o cara das fotos? — eu pergunto, nervosa quanto à resposta.

— Isso importa? Você me quer pelas minhas palavras, certo?

Aqui está uma questão na qual eu não tinha pensado. Parte da minha confiança na potencial popularidade desse livro se apoia nos notáveis atributos físicos do Professor. Se aqueles músculos gostosos nas fotos não são dele, então... Bom, eu vou precisar pensar em como vendê-lo.

— Olha, Professor, eu não vou mentir e dizer que seu... ahm... apelo físico não foi um fator que me atraiu, mas certamente não é a razão principal. Ainda assim, antes de continuarmos, eu deveria saber exatamente com o que estou lidando. Se não for você nas fotos, tudo bem. Só me diga. Isso não vai me fazer desistir do projeto, eu te garanto.

Mais uma vez há uma longa pausa, e o único som é a respiração dele. Então ouço barulhos abafados e, em alguns segundos, a tela se acende. Vejo braços musculosos e tatuados e um peitoral largo e firme. Vejo uma infinidade de abdômen e um maxilar quadrado, com barba mal-feita, sobre um pescoço forte. Nada de rosto, porém. Como sempre.

— Esse sou eu — ele diz. — Prova o suficiente pra você?

Eu engulo em seco e confirmo com a cabeça.

— Ah, sim. Isso está... ótimo. — Deus, muito ótimo. Eu me preocupo de verdade se conseguirei trabalhar com ele todo dia sem virar uma meleca excitada e derretida. Nesse momento, a saliva está se acumulando na minha boca mais rápido do que consigo engolir. Essa é uma nova e perturbadora faceta de como ele me afeta.

Eu engulo mais duas vezes antes de encontrar minha voz.

— Então, hum, você não quer me mostrar seu rosto, já que estamos nos expondo? — Eu percebo a escolha ruim de palavras assim que elas saem da minha boca, mas que seja. Ele sabe o que quero dizer.

— Não hoje à noite, Brooklyn — ele diz e eu vejo um lampejo de seu lábio inferior quando ele fala. — Gosto do anonimato. O que é irônico, já que posso estar prestes a perdê-lo. — Ele suspira e eu engulo em seco de novo ao ver seu bíceps se contrair quando ele passa uma mão pelo rosto.

— Se tudo der certo — eu digo —, você será um nome consagrado mais cedo do que espera.

— Ótimo. — Sarcasmo de novo. — O que eu sempre quis. — Algo toca e a postura dele muda. — Então é isso. Você tem minha permissão pra propor seu livro, o que quer que isso signifique. Preciso ir.

Antes que eu possa me despedir, ele desliga. Eu encaro meu celular por um segundo e, apesar do choque de ter pagado peitinho e a clara falta de entusiasmo dele, me estiro na cama e me reviro como um peixe feliz da vida. Nem me importo com meus dois peitos saltando pra fora e balançando por aí.

Meu Deus merda ahhhhh siiim!

Isso vai dar certo. Eu sei.

Meu celular vibra. Quando checo a tela, vejo uma mensagem de Joanna.

O Professor disse sim, não disse? Meus peitos estão formigando!

Eu respondo rápido, confirmando que vou incluir a planilha de projeção de vendas na minha apresentação segunda-feira, e então começo a trabalhar no que espero que vá ser a melhor proposta de publicação na história do mercado editorial.

capítulo cinco
Arrasando

A sala de reuniões da Editora Whiplash tem o apelido de "Aquário" por um bom motivo. Fica no meio do escritório e é feita de vidro. Eu já li dezenas de romances em que o casal transa em gigantes mesas de reuniões feitas de mogno, mas se alguém tentasse fazer isso aqui, eles conseguiriam uma boa renda vendendo ingressos. O escritório inteiro teria lugares na primeira fila.

Agora, enquanto tento ignorar meu pulso acelerado e fazer uma apresentação arrasadora, tenho mais consciência do que nunca do quanto as pessoas olham o que está acontecendo no aquário. Fico me distraindo com os rostos que aparecem por cima dos cubículos baixos e cinzas, parecendo uma colônia de suricatos de olho em predadores famintos.

Engulo em seco e passo para o próximo slide no meu PowerPoint.

— Aqui estão alguns exemplos do trabalho do Professor Feelgood. Acredito que todos concordarão que o estilo dele é bem... estimulante.

Eu continuo falando enquanto observo os rostos em volta da mesa. Quando Serena perguntou o que eu iria apresentar, eu disse que queria fazer uma surpresa e, a julgar pela expressão dela, eu consegui. Seu olhar se move pela tela, e eu não deixo de notar a forma como ela se inclina para a frente de leve. Quando termina de ler a segunda e terceira tela, sua boca está aberta.

Excelente.

Tê-la a bordo é metade da batalha ganha, e eu sei que ela está animada com o conceito – em mais de um sentido.

O sr. Whip não tem exatamente a mesma reação, mas eu esperava isso dele. Ele é homem. Esse livro vai explodir com base no incrível poder de compra das mulheres. Eu analisei a lista de seguidores do Professor e sei que há apenas alguns paus solitários, náufragos em um mar de vaginas devotadas.

Enquanto detalho a projeção de vendas, vejo nosso gerente de marketing, Sidney, espelhar a reação de Serena. Sua pele cor de chocolate torna difícil notar se suas bochechas estão coradas, mas conhecendo o gosto de Sid, tenho certeza de que o Professor faz bem seu tipo: moreno, meio rústico e com um belo tanquinho.

Depois, eu olho para Devin, que me observa cauteloso enquanto se apoia na parede de seu cubículo, ao lado da sala de reuniões. Se olhares matassem, meu corpo estaria derretendo em uma banheira de ácido nesse momento.

Não está tão confiante agora, não é, amigão?

Apesar da boa reação da sala, não sou idiota de pensar que já ganhei essa. Eu espiei a apresentação de Devin mais cedo e me dói admitir que ele fez um trabalho incrível. Seus gráficos são bonitos, elegantes e animadores e, sendo sincera, se ele conseguisse uma sequência de *Rageheart*, ela poderia vir escrita em giz de cera e ilegível e as pessoas *ainda assim* a comprariam. A proposta dele equivale a dinheiro no banco. Mas a minha é ousada, e essa será nossa grande diferença. O sr. Whip quer algo tradicional e seguro, ou arriscado e excitante? Espero que seja a segunda opção.

Aperto o controle novamente e o gráfico de lucros aparece na tela.

— Como vocês podem ver, essas projeções são conservadoras. Se apenas 10% das seguidoras do Professor comprarem o livro, nós ainda assim teremos um sucesso imenso nas mãos. Mas, sendo sincera, eu acredito que as vendas serão significantemente maiores. Acho que o boca a boca vai tornar esse livro viral, e o estilo do Professor atrairá leitores de diversos setores.

Consigo ouvir minha voz tremendo enquanto falo, mas acho que é mais de animação do que de nervoso. Não gaguejei em nenhuma palavra ou paguei peitinho acidentalmente, então estou considerando esta apresentação um sucesso.

Eu olho para a tela quando abro uma montagem final, composta por algumas das fotos mais impressionantes do Professor com suas poderosas palavras sobrepostas.

O.k., garota, faça seu gol.

— Há certos momentos que definem a história do mercado editorial. Aqueles no qual o livro certo chega no momento certo e toca os corações e mentes de uma geração. Eu realmente acredito que *esse* seja esse livro. E ficaria honrada de ter a oportunidade de torná-lo o ícone da história de sucessos da Whiplash. Obrigada.

Eu respiro trêmula quando termino, e fico esperando o feedback. Serena está quase reluzindo, e Sidney me faz um joinha discreto.

O sr. Whip leva um tempo para dizer alguma coisa. Ele folheia a minha apresentação mais uma vez e então me encara por alguns segundos antes de concordar de leve com a cabeça.

— Muito bem, Asha. Uma ideia muito criativa. Temos mais algumas apresentações antes de tomar uma decisão, mas acho que é seguro dizer que você nos impressionou.

Meu sorriso é tão grande que dói.

— Obrigada, sr. Whip. Fico muito feliz.

— Por favor, mande entrar o próximo candidato.

Eu reúno rapidamente meus materiais e corro para onde Kandace, uma das nossas assistentes editoriais veteranas, espera nervosa.

— É a sua vez. Arrasa.

Ela me dá um sorriso trêmulo antes de entrar na cova dos leões.

Quando volto para minha mesa, despenco na cadeira. Deus, essa promoção está tão perto que consigo sentir o gosto dela. Tudo parece simplesmente certo, quase como se eu devesse mandar um e-mail para a assistente executiva do escritório encomendando meus novos cartões de visita.

Meu celular vibra com uma mensagem de Joanna.

Você ARRASOU! Essa promoção já é sua, gata!

Professor Feelgood **71**

Eu respondo com um monte de emojis felizes e nervosos, e então levanto o rosto e dou de cara com Devin parado bem na minha frente.

— Nada mal, Tate. — Ele diz enquanto enfia as mãos nos bolsos. — Houve alguns momentos em que achei que você ia vomitar em cima das suas anotações, mas você conseguiu se controlar.

— Eu só pensei em como queria te vencer, Devin, e meu estômago ficou feliz em colaborar.

Ele ajeita a gravata.

— É um grande risco, apostar tudo em um cara que nunca foi publicado.

— Acho que o salto de ser escritor pra ser um autor publicado é pequeno, e esse cara é definitivamente um escritor. Na minha cabeça não parece uma aposta tão grande, tendo em vista que ele consegue descrever emoções tão bem. As pessoas vão ficar loucas com ele.

Ele me dá um sorriso condescendente.

— Você viu a minha apresentação? Sandra Larson. Ela é grande, não é mesmo?

— Com certeza. Sua apresentação foi excelente.

— Mas você acha que me venceu?

Dou de ombros.

— Eu acho que a Whiplash está pronta pra trazer um autor que *eles* descobriram. Já passou da hora. E o Professor Feelgood pode ser esse cara.

O rosto de Devin se contorce.

— Continue dizendo isso a você mesma quando eu te mandar pegar meu café.

Ele some e eu fico maravilhada que tudo que precisei fazer para ele parar de flertar comigo foi competir pelo trabalho que ele quer. Tão simples e tão eficiente.

Eu me levanto para poder espiar o que está acontecendo no Aquário. A pobre Kandace parece a ponto de desmaiar.

Depois de me sentar de novo, ligo meu computador e tento me concentrar no trabalho por um tempo, mas, no segundo em que ouço pessoas saindo da sala de reuniões, me levanto e vejo Serena voltando para o seu escritório.

Ela faz um gesto para que eu a siga.

— Finja que estamos falando sobre o livro da Delaney e mantenha sua expressão neutra — ela diz em voz baixa.

Eu faço que sim e ela me entrega um arquivo.

— O.k.

Ela mexe em papeis na sua mesa enquanto fala, mal olhando para mim.

— Eu não posso dizer nada oficialmente, mas você nos impressionou muito, Asha. Sua apresentação foi excelente, e eu acho que você convenceu o Robert de que é a pessoa certa para o trabalho. Estou falando com o Financeiro sobre que tipo de proposta nós podemos fazer ao Professor e vou entrar em contato com ele amanhã pra começar o processo. Você tem o número dele?

Eu faço que sim.

— Vou mandar uma mensagem pra ele. Mas e o Devin e Sandra Larson?

— Robert não quer o trabalho de tirá-la de seu contrato atual, isso pode levar meses. Além do que, não podemos pagá-la. Acabaria com todo o nosso orçamento para o ano que vem. Ela sem dúvidas vai escolher uma das cinco grandes.

Eu mantenho meu rosto neutro, mas não consigo impedir a nota de animação que invade minha voz.

— Meu Deus, Serena, eu realmente vou ser uma editora?

Ela anota algo em sua agenda e me dá o mais breve dos sorrisos.

— Parece que sim, querida. Está pronta pra publicar um *best-seller*?

— Caramba, sim!

— Ótimo. Agora saia daqui e aja como se eu não tivesse dito nada. Não conte nem pra Joanna. Depois que eu tiver falado com o Professor, Robert irá fazer o anúncio formal. Ah, e esteja pronta pra me ajudar a encontrar alguém pra te substituir. Esse não vai ser um trabalho fácil, mocinha. — Ela me olha de novo e eu tento conter um sorriso enquanto faço que sim e volto para minha mesa.

Professor Feelgood   **73**

Agindo o mais naturalmente possível, mando uma mensagem para o Professor.

> Meus chefes AMARAM a ideia do seu livro. Não é nada oficial ainda, mas se tudo sair como o esperado, alguém entrará em contato com você amanhã pra discutir os detalhes. PARABÉNS! Você será um autor publicado!

Quando mando a mensagem, posso sentir um sorriso gigante ameaçando se revelar, mas no último segundo eu pressiono meus lábios até ele passar.

Do outro lado do escritório, vejo Devin apoiado na porta da copa, me encarando. Tenho certeza de que não estou deixando transparecer nada, mas não deixo de notar a leve contração no rosto dele antes de levantar sua xícara de café para mim e voltar para sua mesa.

Nossa, eu realmente não vou sentir falta dele aparecendo todo dia. Logo terei um escritório de verdade, com uma porta de verdade, e Devin terá que se acostumar a vê-la batendo na cara dele.

capítulo seis
Tudo fica bem, eventualmente

Na manhã seguinte, enquanto caminho pelas ruas agitadas do Brooklyn em um dia de outono particularmente glorioso, juro que consigo ouvir os acordes de "Walking on Sunshine" me seguindo por aí. Estou tendo um dia *daqueles*, do tipo em que o mundo te pertence e parece que nada pode acabar com seu momento.

Hoje vai ser incrível. Como diz Joanna, sinto isso nos meus peitos.

— Bom dia, Asha!

— Oi, sra. Eidleman! — Minha vizinha octogenária está fazendo sua caminhada acompanhada de seus dois Shih Tzus em uma calça de moletom rosa choque com a palavra DELÍCIA em letras grandes e prateadas estampada na bunda. — Você está bonita hoje.

— E eu não sei? Você também, querida.

Eu dou um sorriso humilde, mas sei que minha roupa funciona. Posso me sentir envergonhada nua, mas vestindo as roupas certas, eu me sinto uma rainha. A combinação de hoje é uma blusa com estampa de cereja, uma saia lápis preta com um cinto preto grosso e, para completar, um trench coat vintage da Burberry que achei no mercado de pulgas por apenas 25 dólares. Até meu cabelo está perfeito. Sequei meu caos ruivo até ficar sedoso, e ele balança em torno do meu rosto quando eu ando. Eu não poderia estar mais editorial que isso. Agora só preciso treinar minha cara de surpresa para quando me oferecerem a promoção.

Professor Feelgood **75**

—Asha, oi! Lindo dia, não?

— Com certeza, Randy. — Meu barista preferido é encarregado dos pedidos que faço no café local e já deixa o meu de sempre pronto, bem na hora.

— Chá verde grande e um bolinho de espinafre *low-carb*.

Dou a ele uma nota de dez e pego o copo e a sacola sem parar.

— Você é o melhor, Randy. Obrigada!

— De nada. E tenha um ótimo dia.

Eu suspiro feliz enquanto ando para o metrô. A vida é boa.

Houve momentos no passado em que senti que precisava lutar com unhas e dentes por cada coisa boa que eu queria. Ser pobre e sonhar com a faculdade eram coisas excludentes no nosso bairro, mas tanto Eden quanto eu demos duro no Ensino Médio para garantir bolsas de estudo. E agora, embora nosso dinheiro quase nem dê, nós temos bons empregos. E com o aumento que vou ganhar como editora, posso até começar a pagar os incontáveis empréstimos que Nannabeth me fez ao longo dos anos. Eu sei que ela não está nem aí para o dinheiro, mas para mim, é pelo princípio da coisa.

Eu saltito até chegar no escritório, e quando entro no elevador e dou de cara com Devin, tento conter meu sorriso.

Ele me olha desconfiado.

—Você parece confiante nessa manhã, Tate. O que está acontecendo?

— Nada. E com você?

A confiança dele quase explode.

—Ah, eu vou ser promovido hoje. Conte com isso.

Eu travo a mandíbula para conter uma risada.

— Verdade? Que bom pra você.

Ele se vira para mim, seu rosto perto demais e sua loção pós-barba forte demais.

— Você realmente acha que a promoção já é sua, não é? Você acha mesmo que eles são burros o suficiente pra apostar em um poser de redes sociais quando há um fenômeno literário como Sandra Larson esperando?

Eu dou de ombros.

— Acho que existem muitos fatores a serem considerados. Você pode se surpreender.

Ele ri com desdém.

— É. Certo. Eu acho que um de nós ficará surpreso hoje, mas não serei eu.

As portas do elevador se abrem no nosso andar e nós nos separamos para irmos às nossas respectivas mesas. Eu olho e vejo que Serena já está em seu escritório, o que é estranho, considerando que eu sempre chego pelo menos meia hora antes dela. Ela está no telefone com a porta fechada, outra raridade. Eu franzo a testa enquanto tiro meu casaco e o penduro no gancho ali perto. Quando chego à minha mesa, Serena me lança um olhar irritado antes de olhar para a janela e continuar sua conversa.

O.k. Isso não parece bom. Talvez o Professor tenha mudado de ideia.

Por favor, Deus, não.

Quando estou prestes a me sentar, Joanna aparece atrás de mim, uma expressão preocupada contorcendo seu rosto perfeito.

— Não é minha culpa, eu juro.

— Do que você está falando?

— Eu não falei pra ninguém sobre o Professor. Bom, o.k., eu contei para a minha manicure, mas só, e ela meio que só fala vietnamita, então duvido que ela tenha algo a ver com o que está acontecendo.

— Okaaaaay, o que está acontecendo?

Antes que Joanna possa me contar, ouço a porta de Serena se abrir e a vejo caminhando na minha direção.

— Venha comigo — ela diz, fazendo um gesto para que eu a siga. — Precisamos conversar.

Eu olho para Joanna enquanto eu e Serena vamos na direção dos elevadores. Quando passamos por Devin, ele acena casualmente.

— Pra onde estamos indo?

Serena aperta o botão do elevador com mais força que o normal.

— Ver o Robert. — O tom de voz dela faz o pânico me invadir completamente.

— O que aconteceu?

Professor Feelgood **77**

O elevador chega e nós entramos. Assim que as portas se fecham, ela se vira para mim.

— Asha, eu odeio ter que te pedir isso, mas temos um problema aqui, então é essencial que você seja sincera comigo, o.k.?

— Eu sempre sou sincera com você.

— Eu sei, mas... — Ela suspira. — Houve uma acusação de que o livro do Professor Feelgood não foi ideia sua.

Minha boca despenca.

— *O quê?*

— Aparentemente, o Robert foi a um evento noite passada e alguém disse que ouviu falar da sua apresentação e que o Professor já está negociando com outra editora. Compreensivelmente, ele ficou furioso. Ele ficou impressionado com a sua apresentação, mas agora, com a possibilidade de que você não tenha pensado nela sozinha... bom...

Eu tento ficar calma mesmo quando meu rosto pega fogo. Estou horrorizada que minha integridade esteja mesmo sendo questionada.

— Eu mesma entrei em contato com o Professor. Quando nos falamos, ele parecia nunca ter considerado publicar algo. — Eu relembro nossa conversa para ter certeza de que não perdi algo. Acho que é possível que outra pessoa tenha visto o potencial dele, mas ele com certeza teria mencionado isso. — Ele não disse nada sobre já ter uma editora.

— Você tem um registro da conversa?

— Eu tenho algumas mensagens no Instagram, mas a maior parte da comunicação foi verbal.

— Então você não pode provar que ele *não* disse que tinha outra editora?

— Não, mas eu não mentiria pra você, Serena. Ou para o sr. Whip.

Quando o elevador para, eu encaro o curto corredor que leva ao escritório do sr. Whip. Nesse momento, ele é tão aterrorizante quanto qualquer coisa saída de *O iluminado.*

— Asha, o Robert acha que você se deixou levar pela ambição — Serena diz em voz baixa. — Que você preferiria roubar do que perder a promoção.

— Bom, ele está errado — eu sussurro de volta. — Vamos simplesmente falar com o Professor e ouvir o lado dele da história. Ele dirá que a ideia foi minha.

— Eu liguei para o número que você me deu e não tive resposta. O assistente do Robert está cuidando disso agora, tentando a cada cinco minutos.

— E que tal falar com alguém da suposta outra editora?

— Fiz isso também. Eles disseram que não vão comentar algo que pode afetar negociações atuais, o que não ajuda a desmontar a história.

— Isso é loucura. Eu não fiz nada de errado. Achei uma ideia ótima e me matei pra montar minha apresentação. O que vocês viram naquela sala de conferências foi o meu trabalho e de mais ninguém.

— Acredito em você. Mas o Robert está furioso, e eu estou trabalhando sem parar nesse momento só pra convencê-lo a não te demitir.

Eu balanço a cabeça e luto para organizar meus pensamentos. Não consigo acreditar na velocidade em que esse dia virou uma merda.

As palavras de Devin no elevador voltam na minha cabeça. *"Eu acho que um de nós ficará surpreso hoje, mas não eu"*.

— Devin — eu digo baixo. — Foi ele.

Serena arqueia uma sobrancelha.

— Essa é uma acusação séria.

— Bom, pense bem. Quem ganha se isso der errado? E quem tem familiares em outras editoras? Não precisaria de muito pra armar isso.

Serena olha além de mim para as portas da sala.

— O.k., talvez seja melhor você guardar suas suspeitas pra você, pelo menos até descobrirmos mais. A única coisa que o Robert vai gostar menos do que um de seus empregados roubando ideias dos outros são acusações infundadas contra o seu sobrinho.

Eu faço que sim e continuamos pelo corredor até o escritório do sr. Whip. Estou tão chocada e com tanta raiva que minhas mãos estão tremendo.

Sempre soube que Devin era um babaca, mas chegar ao ponto de sabotar minha carreira? Esse é um nível de baixeza que eu não estava esperando.

Deve haver um modo de consertar isso e, droga, eu vou achá-lo.

***

O sr. Whip não fica bravo com frequência, mas quando fica, você consegue sentir na boca do estômago. Eu não sei como é a sensação de envenenamento por radioatividade, mas se é algo parecido com estar perto da fúria silenciosa dele, é horrível.

Ele está sentado na sua mesa e, enquanto Serena e eu estamos paradas na frente dele, me sinto como uma colegial que foi pega escrevendo obscenidades no carro do diretor.

— É vergonhoso o suficiente eu ter parecido um idiota falando sobre esse livro e como era um conceito original. Mas descobrir que uma concorrente já havia pensado nisso e abordado o autor...

— *Supostamente* — Serena intervém. — Isso pode ser só um grande mal-entendido, Robert. Nós precisamos pelo menos descobrir a história toda antes de tirar conclusões.

— Essa reviravolta coloca a promoção da Asha em questão — o sr. Whip diz. — O desafio era que *você* encontrasse um *best-seller*. Mas se você só apresentou a ideia de outro editor... — Ele olha para mim e suspira. — Asha, me diga que estou errado.

— O senhor está. Cem por cento. Eu *nunca* desrespeitaria o senhor ou Serena apresentando o material de outra pessoa. Não tenho ideia de onde surgiu esse rumor, mas posso garantir que, quando entrarmos em contato com o Professor, ele irá apoiar minha versão.

Ele concorda com a cabeça.

— Então é melhor conseguirmos falar logo com ele, porque quanto mais tempo durar esse rumor, mais dano será causado à nossa marca e à *sua* reputação profissional. Pra desmenti-lo, precisamos de um contrato assinado o mais rápido possível. Sua projeção de vendas é impressionante, e se você descobriu isso, outros também podem. Nós não podemos arcar com uma disputa dessas agora.

Há uma leve batida na porta e Craig, o assistente do sr. Whip, entra, nervoso.

— Com licença, senhor, mas eu recebi uma ligação da *Publishers Weekly*. Eles querem confirmar os rumores de que a Whiplash está em uma disputa com as cinco grandes pelo livro do Professor Feelgood.

O rosto do sr. Whip fica vermelho quando ele se vira para mim.

— Merda!

— Eu não tenho ideia de como isso aconteceu — eu digo, me sentindo mais impotente a cada segundo. — Mas eu prometo que vou resolver.

— É melhor mesmo — ele diz, antes de se virar para o computador. — Seu futuro depende disso.

Com isso, ele nos dispensa, e nós voltamos para o elevador em um silêncio chocado.

— Isso é ruim, Asha.

— Eu sei.

— Eu temo que não. — Serena olha para mim. — A Whiplash não está indo bem, e já faz algum tempo. O Robert estava contando com esse livro pra nos tirar do vermelho, e se não der certo... — Ela respira fundo e observa os números acima das portas do elevador. — Não vai ficar só nas suas costas. Todos nós podemos acabar tendo que procurar novos empregos.

A notícia me dá um arrepio.

— As coisas estão tão ruins assim?

Ela confirma.

— Ele está adiando lidar com isso há quase dois anos, porque essa empresa é a vida dele e ele ama seus funcionários como se fossem sua família. Mas o mercado editorial está numa situação ruim e, a menos que a gente consiga achar algo pra manter os lobos afastados, a Whiplash que conhecemos deixará de existir.

Nós entramos no elevador e, conforme as portas se fecham, a pressão para consertar essa situação toda me deixa claustrofóbica.

Assim que volto para minha mesa, pego meu telefone e ligo para o número do Professor. Cai direto na caixa postal.

Droga.

Ligo mais algumas vezes, mas o resultado é sempre o mesmo. Ou ele está me evitando, ou está no telefone com outra editora. As duas opções são péssimas.

Eu digito uma mensagem rápida:

Oi, Professor. Você poderia, por favor, me ligar assim que puder? Precisamos conversar.

Depois de mandar a mensagem, eu atiro meu celular na mesa e esfrego minha testa. Estou começando a ter a impressão de que, por qualquer que seja o motivo, fui enganada. Eu estava tão confiante sobre isso tudo, mas agora me sinto como um lencinho no varal durante um furacão.

Uma enorme xícara de café surge na minha frente. Olho para cima e vejo Joanna se afundando em minha cadeira extra com sua própria xícara enorme.

— Se você precisar de um Valium — ela começa enquanto cruza as pernas —, posso te arranjar um.

— Tentador. Mas o que eu realmente preciso é de respostas. Ninguém consegue falar com o Professor e tudo está desmoronando.

— Bom, há um milhão de motivos pra ele não estar atendendo o celular.

— Tipo?

Ela toca a ponta dos dedos enquanto fala.

— O celular dele caiu no trilho do metrô e foi esmagado por um trem; ele foi atropelado por um táxi, teve amnésia e está no hospital; ele foi sequestrado por piratas armênios. Ou talvez ele esteja em uma maratona espontânea de masturbação no chuveiro e não está atendendo ligações no momento. As possibilidades são infinitas.

— Ou — eu digo, me inclinando na minha cadeira — ele está sendo cortejado por outras editoras e é covarde demais pra me dizer.

Joanna toma um gole do seu café e faz que sim.

— Bom, claro, se você quer escolher a opção mais pessimista. Pessoalmente, eu estou torcendo pelo cenário do chuveiro.

Eu rasgo quatro pacotes de açúcar e os jogo na xícara.

— Se isso der errado e outro editor assinar com ele... — Eu balanço a cabeça. — Talvez eu realmente mate o Devin. Quer dizer, normalmente eu não sou violenta, mas nesse momento, tudo o que consigo pensar é em chutá-lo com tanta força que o saco dele exploda.

— Que ótima imagem mental. Especialmente considerando que você não sabe se foi ele.

— Ah, claro. Quem mais teria sido? Ele faria qualquer coisa pra garantir essa promoção. Além do que, desde que eu voltei do escritório do sr. Whip ele não me encarou.

— Claro, mas isso pode ter algo a ver com o fato de você o estar fuzilando como se quisesse destruir o saco dele. Você pode perguntar pra ele.

— Pra quê? Ele só vai negar.

O celular de Joanna vibra e, quando ela vê a mensagem, seu rosto desmorona.

— Ah, droga.

— O que foi?

Ela continua olhando para a tela com as sobrancelhas franzidas.

— Depois que tudo isso aconteceu de manhã, eu acionei meus contatos. Acabei de receber uma mensagem de uma amiga da Macmillan. Ela confirma que houve reuniões às pressas hoje de manhã sobre o Professor. Se eles ainda não fizeram uma oferta, estão prestes a fazer. Ela diz que pelo menos outras duas editoras entraram em contato com ele. Parece que essa guerra de leilão vai acontecer, no fim das contas.

— Eles *entraram em contato* com ele? Isso quer dizer que ele só está evitando as ligações da Whiplash. — Eu jogo minha cabeça na mesa e ela faz um barulho alto. — É isso, então. Acabou.

— Não necessariamente.

Eu levanto a cabeça e olho para ela.

— Qual é, Jo. Você sabe tão bem quanto eu que não podemos competir se as crianças grandes decidirem se envolver. Nós não temos a mesma distribuição, conexão, ou fundos. O que nós podemos oferecer que eles não podem?

— Você.

— Ah, claro. Aqui ele ganha uma editora novata que nunca tocou um projeto sozinha antes. Com certeza vai funcionar a nosso favor.

Professor Feelgood **83**

Joanna coloca uma mão no meu braço.

— Escuta, se ele nos dispensar simplesmente por dinheiro, então ele é um idiota. O homem que valoriza o dinheiro acima de tudo é o mais pobre que existe.

Eu a encaro com desdém.

— Falou como uma verdadeira rica.

—Ash, *você* descobriu esse cara. Foi *você* que realmente acreditou no talento dele. Se ele escolher uma editora que só se importa com os lucros, então ele vai se arrepender, escreva o que eu estou falando. Uma vez eu vendi meu querido manuscrito pra quem pagou mais, e os idiotas o mutilaram. Eu mal entrei na lista de mais vendidos do *New York Times*, e não era bem isso que eu imaginava para o meu romance de estreia, acredite. Graças a Deus eu insisti em ser produtora executiva do filme. Se eles tivessem ferrado com isso, eu teria saído desse mercado por pura raiva. E se isso tivesse acontecido, eu não teria um Oscar na minha estante.

Eu até questionaria essa afirmação, mas já estive no apartamento dela. Ela de fato tem um Oscar. Eu só tinha presumido que era falso.

— O.k., eu entendo seu lado e, só pra deixar claro, vamos voltar a essa história mais tarde. Mas nesse momento, o que eu devo fazer?

Ela sorri.

— Lute por ele. Prove que paixão vale mais que dinheiro.

Eu tomo um gole do meu café superdoce e concordo.

— Sabe o quê? Você está certa. Ele é meu autor e, porra, eu vou consegui-lo de volta.

Eu pego meu celular e digito uma mensagem.

Caro Professor, se você está me evitando porque outras editoras estão atrás do seu livro, por favor não faça isso. Eu mereço a chance de provar que é comigo que você deveria assinar. Gostaria que você não me excluísse desse projeto.

— Ótimo — Joanna diz, lendo por cima do meu ombro. — Pegue ele, garota.

Eu sorrio para ela e então vou ao escritório de Serena.

— Você e o sr. Whip chegaram a um adiantamento para o Professor? Ela se inclina na cadeira.

— Não. Nós íamos falar sobre isso hoje de manhã antes de tudo ir para o inferno.

Meu celular vibra na minha mão. Quando olho a tela, vejo uma mensagem do Professor.

Não estou te evitando. Ocupado. Ligo em dez minutos.

Caralho, é isso aí.

— Serena, arrume esses números agora, e rápido. Nós vamos ter uma única chance de conseguir esse cara, então me dê um número que vai nos manter no jogo.

Nunca disse a Serena o que fazer antes, então essa experiência é nova, mas preciso que as coisas aconteçam rápido. Julgando pela rapidez com que ela liga para Robert e diz a ele para correr para a sala de reuniões para uma reunião de emergência do conselho de guerra, parece que meu senso de urgência é contagioso.

Quando estamos todos juntos, os dois se sentam e discutem dinheiro enquanto eu espero a ligação do Professor. Eu uso esse tempo para conectar meu celular ao viva voz para chamadas em grupo no meio da mesa.

— Asha?

Eu me viro e vejo o sr. Whip me olhando.

— Vamos com tudo nisso. — Os olhos dele brilham de animação ou ansiedade. É difícil saber qual dos dois. — Trezentos mil dólares.

Minha boca despenca.

— Você está falando sério?

Ele faz que sim.

— É mais que o dobro do nosso recorde pra um autor estreante, mas acho que esse número vai pelo menos nos deixar na competição.

— O.k. — Minha cabeça explodiu. Ano passado nós gastamos cento e trinta mil em um estreante, e o sr. Whip ficou tão nervoso que tivemos que chamar os paramédicos para checar sua pressão. Agora ele parece bem em tirar esse dinheiro da cartola. Acho que se a empresa está tão mal quanto Serena diz, o sr. Whip prefere morrer com um grito em vez de um suspiro.

— Os outros vão oferecer esse tanto? — eu pergunto.

Serena sacode a cabeça.

— Eu acho que não. Não pela *ideia* de um livro. Se houvesse um manuscrito pelo qual todos estivessem enlouquecidos, claro. Então, mesmo que o Professor tenha sido contactado por outros, eu não tenho dúvidas de que esse adiantamento o fará pensar duas vezes.

Nós encaramos o celular.

Depois de um minuto de tensão, Serena diz:

— A menos, é claro, que ele já tenha assinado um contrato.

Eu balanço a cabeça.

— Ele não pareceu o tipo de cara que toma decisões impensadas. Eu levei quase quinze minutos só pra convencê-lo a me deixar *propor* o livro. Acho que ele vai ligar.

As palavras mal saíram da minha boca quando o telefone toca. Eu respiro fundo e aperto o botão de atender.

— Oi, Professor, muito obrigada por ligar.

— O que você fez? — Ele parece tenso.

Isso me pega de surpresa.

— Como?

— Você ofereceu meu livro pra Nova York inteira? Pessoas de editoras estão me perseguindo a manhã toda. O que está acontecendo?

— Eu sinceramente não tenho ideia. Acho que alguém daqui vazou a informação para os nossos rivais.

Ele faz um som de desprezo.

— É pra esse tipo de empresa que você trabalha?

— De jeito nenhum — o sr. Whip diz. — Desculpe me intrometer, Professor. Aqui é Robert Whip, e ao meu lado está nossa editora-chefe, Serena White.

— Olá, Professor — Serena diz. — Fico feliz em falar com você.

— É, com você também.

— Todos nós somos fãs do seu trabalho — o sr. Whip diz. — Essa é a minha empresa, e eu posso garantir que todo esse incidente é totalmente fora do comum pra nós. Nós tínhamos toda a intenção de entrar em contato com você hoje pra fazer nossa oferta formal, mas então ocorreram eventos fora do nosso controle. Eu sinto muitíssimo.

Há um suspiro.

— O.k. Então, o que acontece agora?

Eu me inclino na direção do microfone.

— Bom, antes de continuarmos, posso só esclarecer algo com você? Outra editora me acusou de te roubar. Em outras palavras, eles estão dizendo que tiveram a ideia de publicar seu livro e já haviam oferecido um contrato. Isso é verdade?

Eu tenho certeza de que a ideia foi minha e, ainda assim, nos três segundos que ele leva para responder, consigo sentir meu coração na garganta.

— Que tipo de gente trabalha em editoras? A primeira pessoa que sugeriu o livro foi você, Brooklyn. Mas hoje de manhã três outras editoras fizeram propostas formais.

O sr. Whip xinga em silêncio.

— Você aceitou alguma delas?

— Não. Mas não vou mentir, a quantidade de dinheiro que eles estão oferecendo é tentadora.

— Bom, então, nos permita entrar formalmente na disputa. — Ele me olha. — Asha? Você gostaria de fazer as honras?

Eu faço que sim.

O.k., lá vai. Minha primeira negociação com um autor.

Só fique calma, Ash. Conquiste-o com sua paixão.

— Professor… ah, desculpa. Você gostaria que eu te chamasse pelo seu nome?

Há uma longa pausa.

— Professor está bom por enquanto.

— O.k. — Eu pigarreio. — Professor, eu não escondi o quanto respeito você e o seu talento. Acho que sua poesia é notável, e não tenho dúvidas de que, se você quisesse escrever um romance com base nas suas experiências de viagem e em perder a mulher amada, ele seria igualmente tocante e poderoso. A Whiplash pode não ser a maior editora de Nova York, mas somos apaixonados por nossos autores, e vamos trabalhar 24 horas por dia pra te fazer feliz.

— Bom saber.

— Se você decidir fechar conosco, eu ficaria honrada em ser sua editora. Eu conheço o seu estilo, entendo o seu ritmo e realmente acredito que sou a melhor pessoa pra dar vida às suas palavras.

— O.k. — Consigo sentir um toque de impaciência.

Eu respiro fundo. *Caro Professor, prepare-se pra cair da cadeira.*

— Com tudo isso em mente, a Whiplash gostaria de te oferecer o maior adiantamento que já demos a um autor estreante. O que você acharia de trezentos mil dólares?

Há silêncio do outro lado da linha.

Serena, o sr. Whip e eu nos entreolhamos. Não é a reação que esperávamos. Talvez ele esteja chocado demais para falar.

— Professor?

— Sim, estou aqui. Só… pensando.

— O.k., claro. Eu entendo que essa é uma grande decisão. É muito dinheiro.

— Aham.

Eu já conheci alguns homens lacônicos na vida, mas acho que o Professor é o rei deles. A maioria das pessoas mostraria pelo menos um pouco de animação ao se deparar com uma pequena fortuna, mas eu estou rapidamente aprendendo que esse homem não é como a maioria das pessoas.

— Hum… se você precisar de mais tempo, pode retornar hoje mais tarde. Ou… amanhã?

Outra pausa, seguida por um suspiro audível.

— É, o.k.

— O.k. Ótimo. Então, nos ligue quando você…

— Não, eu quis dizer "o.k." para o negócio. Vou fechar com a Whiplash.

Há alguns segundos de silêncio durante o qual compartilhamos uma expressão surpresa. Então o sr. Whip junta as mãos, entusiasmado.

— Que notícia fantástica! Estamos muito felizes de tê-lo a bordo.

— Você não vai se arrepender, Professor — Serena diz. — Asha vai fazer coisas maravilhosas com as suas palavras. Não tenho dúvidas. — Ela sorri para mim. — Vou começar a arrumar o contrato e te ligo hoje mais tarde pra ajustar os detalhes.

— Parece bom.

— Bom — o sr. Whip diz, sorrindo para mim. — Eu sei que a Asha está ansiosa pra começar com você o mais rápido possível. Você estaria disponível pra vir aqui amanhã, conhecer a equipe toda? E depois você e a Asha podem juntar as cabeças e começar a trabalhar no conteúdo.

— Pode ser.

— Ótimo. Vou organizar todo mundo pra uma reunião às 9h. Estou ansioso pra conhecê-lo pessoalmente, então.

— É. Eu também.

O sr. Whip e Serena saem da sala de reuniões, me deixando sozinha para terminar.

Estou tão animada e aliviada que toda essa situação de merda terminou de forma positiva que tenho vontade de abraçar alguém. De preferência, o Professor.

— O.k., então — eu digo, me afundando na cadeira. — Esse acabou sendo um dia incrível, afinal. Professor, eu não poderia te agradecer o suficiente por se juntar à família Whiplash. Estou realmente ansiosa pra trabalhar com você.

— É, até você descobrir quão difícil eu sou. Aí você vai sair correndo.

Eu não sei se ele está brincando ou não, mas rio mesmo assim.

— Nada menor que um crime hediondo vai me desanimar, acredite em mim.

— Veremos.

Eu levanto a cabeça quando Joanna entra de fininho na sala. Ela sorri e faz um gesto silencioso de gol, acompanhado por uma ridícula dancinha comemorativa.

Eu engulo uma risada.

— Então, Professor, antes de desligar, você tem alguma outra pergunta pra mim? Preocupações?

Há uma longa pausa durante a qual Joanna se aproxima e se senta ao meu lado. Nós duas encaramos o celular. Depois de uns trinta segundos, o Professor diz:

— Sim, há algo sobre o qual precisamos conversar, mas prefiro fazer isso pessoalmente. Podemos nos encontrar hoje à noite?

O queixo de Joanna cai e ela diz *Ah, meu Deus, ele te quer!* em silêncio.

Eu a dispenso com um gesto enquanto minha mente voa. Sim, a forma como ele disse isso foi estupidamente sexy, mas estamos começando uma relação profissional, não um namoro. Além do que, eu já tenho um homem maravilhoso na minha vida, e se eu só conseguir descobrir como ter um sexo arrasador com ele, pretendo mantê-lo.

— Brooklyn? Você ainda está aí?

— Ah... sim. Desculpa. Claro que podemos nos encontrar hoje à noite. Será uma ótima forma de celebrar a nossa nova parceria. Só diga onde e quando. O espumante é por minha conta.

— Eu te mando uma mensagem.

— Fantástico. Falo com você mais tarde.

— Aham.

Assim que desligo, Joanna faz um som de engasgo.

— Ah, meu Deus, que voz sexy. Você vai ver esse pedaço de mau caminho em pessoa hoje à noite. Eu tenho um protetor de calcinha, caso você precise.

Eu reviro os olhos e pego o celular antes de sairmos da sala de reunião.

— É uma reunião de negócios, Jo. Não preciso de protetores de calcinha.

— Se você diz. Mas e se ele tentar te beijar?

— Ele não vai.

— Ele pode. Você é maravilhosa. Em todo caso, vista algo supersexy. Se ele ficar louco de desejo por você, que seja.

— Jo, eu estou comprometida, então vou vestir algo apropriado pra uma reunião de negócios.

Ela faz um som de decepção, mas não insiste.

Quando chegamos à minha mesa, ela se senta na cadeira extra e eu rapidamente checo minha caixa de entrada e vejo que Serena já mandou um monte de e-mails sobre a visita do Professor ao escritório amanhã. Ela também me pediu para falar com todo mundo antes que ele chegue, para que estejamos todos na mesma página. Enquanto leio tudo, me pego sorrindo.

Eu me viro e vejo Joanna sorrindo também.

— Seu primeiro autor, Ash. Quão legal é isso?

Eu concordo.

— Legal pra caramba.

— Estou tão orgulhosa de você.

Eu pego meu celular pensando em ligar para Nannabeth e Eden e contar a boa notícia, mas então chega uma mensagem do Professor.

Clydesdales, na E9th St. 20h

Um arrepio de animação corre pela minha espinha quando eu respondo:

Te vejo lá.

Joanna se abana.

— E a contagem regressiva pra gostosura debilitante começa em três... dois... um... *agora*.

Eu ainda estou rindo quando Devin passa apressado por nós, a caminho do lobby.

capítulo sete
Realmente não

Sentada no bar lotado, eu balanço minha perna por baixo da mesa. Meus nervos estão me fazendo sentir quente e enjoada, e não importa o quanto eu tente me acalmar, nada parece ajudar, nem mesmo o drinque superforte que estou tomando.

Enquanto ajeito meu cabelo, olho em volta e tento evitar parecer desesperada. Você só pode ficar sentada sozinha num bar por um certo tempo antes de as pessoas começarem a te olhar com dó, cientes de que você levou um bolo. Nesse momento, estou cruzando essa linha. O Professor está mais de quinze minutos atrasado, e eu estou começando a parecer uma pária social.

Um cara loiro e bem barbeado se aproxima de mim, mas eu o rejeito antes que ele abra a boca.

— Estou esperando uma pessoa.

Fico grata quando ele acena com a cabeça e passa por mim na direção de um grupo de universitárias.

Sutilmente, passo a mão por baixo da mesa e puxo a barra do meu vestido para baixo. Mais cedo, provei praticamente todas as minhas roupas antes de escolher um vestido preto, ajustado e chique. Como quase todos os itens no meu guarda-roupa, ele é justo no corpo — porque eu aprendi que a melhor forma de minimizar minhas curvas é não adicionar volume extra —, mas o comprimento e o decote são conservadores o suficiente para lhe dar um ar profissional e elegante. Eu espero estar parecendo uma versão aumentada da Audrey Hepburn: chique, estilosa e confiante.

Admito que estou excepcionalmente nervosa com esse encontro. Eu me sinto profundamente atraída pelo trabalho do Professor e, portanto, por ele, mas, mais do que isso, sinto uma necessidade enorme de impressioná-lo. Eu realmente espero estar à altura do desafio de fazer justiça às suas palavras. Mesmo que eu tenha tido apenas pequenas amostras de quem ele é em nossas conversas, sei que ele com certeza possui uma espécie de integridade firme e corajosa que eu não encontrei com muita frequência nessa vida. Ele sabe quem é e, mesmo que pareça não gostar muito dele mesmo, não se esconde atrás de uma fachada perfeita. Ele admite livremente suas falhas e as exibe para todos. Haveria menos merda no mundo se as pessoas fizessem isso.

Eu me pergunto se um dia conseguiria ser corajosa o suficiente para imitá-lo. Ser meu "eu" real e autêntico.

— Ah, meu Deus, ele *não* disse isso! — grita uma garota na mesa ao lado e então ela e suas duas amigas têm um ataque de risadinhas.

— Isso é incrível. Você tem *tanta* sorte de tê-lo.

Tomo um gole da minha bebida enquanto observo o grupo. Tudo é exagerado nelas, e essa falsa empolgação me irrita. Ainda assim, pensar em lidar com um homem como o Professor, que exala sinceridade, está me fazendo suar frio. O que isso diz sobre mim?

Eu checo meu relógio antes de voltar a examinar os rostos dos homens em volta do bar. Escolhi uma mesa razoavelmente perto da frente, para que o Professor conseguisse me encontrar facilmente. Afinal, é ele quem terá que fazer o primeiro contato, porque eu não tenho ideia da aparência dele. O.k., isso não é bem verdade. Eu sequei as fotos dele tantas vezes que provavelmente conseguiria achar seu abdômen em um exame de identificação da polícia.

A única coisa que sei é que estou procurando por cabelo escuro e um maxilar matador com a barba mal feita. Não tenho ideia de quão escuro, então todo moreno que passa pela minha órbita é examinado tão intensamente que tenho certeza que estou parecendo uma psicopata desesperada.

Eu olho o relógio de novo. O.k., agora ele está vinte e cinco minutos atrasado. Isso não é legal. Mesmo que ele tenha uma boa desculpa, eu esperava no mínimo uma mensagem.

Ou talvez ele só tenha desistido de vez.

Pego meu celular e digito:

Oi, só pra avisar que já estou aqui te esperando. Está tudo bem?

Eu aperto enviar e observo a tela, mas ele não responde.

Merda.

Mato o resto da minha bebida e suspiro. Ir ou não ir? Essa é a questão.

Estou contemplando se devo dar a ele o benefício da dúvida e pedir minha segunda bebida quando vejo um cara andando na minha direção, os olhos apertados na penumbra do bar.

O.k., lá vamos nós. Já era hora.

Eu me endireito quando ele se aproxima.

Cabelo escuro? Sim.

Barba? Sim.

Gostoso? Hum. Difícil dizer, uma vez que ele está vestindo um sobretudo de couro até o joelho estilo Matrix, mas vamos de *talvez*. Os óculos grossos estão me incomodando um pouco, mas ainda assim. O fato de ele parecer me reconhecer indica que é o cara.

— Uau — ele diz, me olhando com aprovação. — Sua foto realmente não te fez justiça. Você é muito mais gata pessoalmente.

Fico chocada com suas palavras, mesmo que o tom dele seja mais surpreso que sedutor. É menos uma cantada e mais um "aqui vão meus pensamentos sem qualquer tipo de filtro". Claro, ele só viu aquela foto brega de perfil no site da Whiplash e um rato afogado no FaceTime, então acho que posso deixar passar esse comentário, especialmente por que estou de fato decente essa noite.

— Desculpa o atraso — ele diz. — Foi um daqueles dias.

A voz dele é mais aguda do que eu me lembrava. Ou talvez ela só pareça diferente na vida real, oposta à obscuridade sexy do telefone. Ele é certamente mais sorridente do que eu esperava, dado seus posts angustiados. Na verdade, minha imagem mental do bom Professor não se parece nada com a realidade.

— Sem problemas — eu digo e estendo a mão. — Obrigada por vir.

Ele toma minha mão e pressiona os lábios no dorso dela. A ação me envergonha, mas eu aguento. Uma coisa meio estranha de se fazer ao conhecer alguém pela primeira vez, especialmente em uma relação de negócios. Eu quero acreditar que ele não queria que fosse tão esquisito quanto foi. Ainda assim, não consigo evitar o arrepio que corre pelo meu braço.

— Ah, o prazer é meu, minha dama. E eu não tenho dúvidas de que esse será o primeiro de muitos prazeres essa noite.

Dou um sorriso confuso e puxo minha mão.

Jesus Cristo. Minha dama? Prazeres? O que está acontecendo aqui? Como eu pude estar tão completamente errada sobre ele?

O cara é atraente, com certeza, mas de uma forma meio nerd e esquisita. Considerando que ele não tem problemas em exibir seu corpo sarado e tatuado, eu esperaria algo mais durão, mais confiante. Talvez até um pouco arrogante.

Em vez disso, ele parece nervoso ao se sentar cuidadosamente no banco ao lado do meu.

— Então… hum, como você está?

— Estou bem. E você?

— Bem, bem.

Há uma breve pausa, depois da qual nós dois tentamos falar ao mesmo tempo. Então rimos e ele faz um gesto para que eu vá primeiro. Não vou mentir, estou um pouco aliviada que conhecê-lo pessoalmente tenha feito o desejo louco que eu sentia ao babar pelo seu feed evaporar. Mesmo que ele não seja o que eu esperava, não ter química alguma na vida real vai me ajudar a me manter objetiva enquanto trabalhamos juntos. Isso é bom para minha pressão sanguínea, sem falar no meu profissionalismo. E, ainda assim, outra parte de mim está decepcionada. Como é que minha imagem mental e o homem de verdade acabaram tão diferentes? Acho que meu gatômetro está quebrado.

— Então — eu digo e pigarreio. — Vamos falar de negócios.

Ele faz que sim e puxa um envelope do bolso do casaco.

— É claro. Você é uma mulher ocupada. Vamos direto ao assunto. — Ele olha em volta antes de passar o envelope para mim. — Acho que você vai encontrar tudo aí. E, só pra esclarecer... — Ele se inclina e sussurra — eu incluí os duzentos a mais que discutimos pelos... hum... — Ele dá uma piscadela. — serviços opcionais. Falando nisso... — Ele olha para o meu copo vazio. — Você não deveria estar bebendo mais? Quer dizer, é parte da coisa não? Você precisa encher sua bexiga pra poder... você sabe... me lavar com o seu...

— Ah, meu Deus — eu digo, me inclinando tanto para trás que quase caio do banco. — Que merda é essa, cara? Quem você pensa que eu sou?

Ele pisca confuso.

— Isso é um teste? Você é a Mestre Trinity, é claro, e eu sou seu servo inútil. — O rosto dele se ilumina. — Ah, espera, isso é parte do seu plano? Você queria me punir aqui? Porque eu nunca experimentei humilhação pública, mas estou disposto — ele sussurra. — Tenho até minha própria coleira.

— Puta merda. — Enquanto a vergonha e a descrença disputam para ver quem me deixa mais vermelha, eu olho em volta para ter certeza de que não há universitários escondidos no canto rindo às minhas custas. Uma análise rápida do local indica que estou sozinha na minha bolha de humilhação. Bom, não completamente. O Neo submisso aqui está me olhando com expectativa, esperando mais instruções.

— Olha... — Eu deslizo o envelope de volta para ele e me pergunto vagamente quanto dinheiro deve ter dentro para ser tão grosso. Obviamente estou na profissão errada. — Eu acho que houve um engano...

O rosto dele desmorona.

— Ah, Deus. Eu estraguei tudo, né? Fui com muita sede ao pote. Fui estranho demais. Por favor, só me diga o que eu fiz de errado. Eu posso melhorar. — Ele se inclina para a frente, seu rosto iluminado de excitação. — Eu sou um menino mau, mestra, mas você pode me treinar. Me punir o quanto quiser. Eu aguento. Por favor, me leve pra casa com você. Me torne seu escravo.

Ele se ajoelha no chão na minha frente e se curva em submissão e, embora minha cabeça esteja rodando em busca de mais alguém para testemunhar essa insanidade, ninguém à minha volta parece dar a mínima. Acho que todo mundo já está tão acostumado a maluquices em Nova York que um sósia rastejante do Keanu Reeves é quase sem graça.

— Por favor, levante-se — eu digo, puxando a manga dele. — Tenho certeza que você seria um escravo maravilhoso, mas não sou quem você acha que eu sou. Vamos lá.

Eu me assusto quando uma mulher aparece ao meu lado. Ela está vestindo um top de couro, uma calça jeans skinny preta e botas de salto agulha, e seu cabelo ruivo está puxado para trás em um rabo de cavalo tão imaculado e apertado que parece doer.

— Hum, oi — ela diz, me dando um sorriso de desculpas antes de se virar para Neo. — Acho que esse é meu.

Neo olha para cima, surpreso, e franze o cenho para mim antes de sorrir com adoração para a outra mulher.

— Mestre!

Eu levo um susto quando ela lhe dá um tapa forte na cara.

— Como você ousa se oferecer para outra! — Ela o olha com raiva antes de sutilmente pegar o envelope da mesa. — Você vai se arrepender dessa transgressão, seu sapo patético.

Neo solta um gemido baixo.

—Ah, sim, mestra. Por favor, faça eu me arrepender.

Ela dá outro tapa nele.

— Levanta sua bunda daí e me espera lá fora, verme. Vou lidar com você em um minuto.

Neo parece uma criança que comeu muito açúcar quando se levanta correndo e abre caminho pela multidão.

Só uma terça-feira à noite normal no East Village.

Depois que ele sai, a mulher se vira para mim com um sorriso gentil.

— Desculpa por isso. Homens, não é mesmo? Uma ruiva é com certeza igual à outra. Eu realmente preciso começar a usar um cravo vermelho ou algo do tipo.

— Isso já aconteceu antes?

—Ah, sim. O tempo todo. Eu disse a ele que estaria no *fundo* do bar e, sério, o couro deveria ser um sinal claro, não é? Mas não. Ah, bom. Pelo menos eu não preciso inventar uma razão pra puni-lo. O pobrezinho não vai conseguir sentar amanhã.

Ela sorri enquanto enfia o envelope na bota. Então ela tira uma garrafa de água da bolsa e a toma em três grandes goles. Quando termina, me olha envergonhada.

— É importante se manter hidratada, né? Enfim, melhor eu ir. O pênis dele não vai se engaiolar sozinho. Seus óculos são uma graça, aliás. Tenha uma ótima noite!

—Ah, obrigada. Você também.

Ela sorri.

— Ah, eu vou ter.

Ela sai do bar com seu ar de durona e eu faço um gesto para que a garçonete mais próxima me traga outra bebida. Pelo menos a noite não foi chata. Mal posso esperar para contar isso a Eden e Joanna. Elas provavelmente vão se mijar tanto quanto a Mestre.

Eu checo meu telefone de novo e sinto uma pontada de decepção quando vejo que ainda não há nada do Professor.

Droga.

Levar um bolo já é humilhante por si só, mas é ainda pior quando vem de alguém que você está realmente ansioso para conhecer. Obviamente ele tinha algum lugar mais importante para ir essa noite. Só espero que esse nível de irresponsabilidade não seja um sinal do que está por vir.

— Ora, ora, ora — diz uma voz profunda atrás de mim. — Meus olhos estão me enganando ou a pequena Asha Tate cresceu e virou fetichista?

A voz causa um arrepio na minha espinha e, quando o dono dela entra na minha linha de visão, franzo a testa, confusa. Ele é familiar, mas, ao mesmo tempo, não. Enquanto o observo, um lampejo de reconhecimento surge num canto do meu cérebro. Mas então meu olhar desce para sua barba curta e registra quão alto e grande ele é, e o nome flutuando na minha mente não pode acreditar nisso. É um rosto que eu conheço tão bem quanto o meu, mas não nesse formato – e certamente não nesse corpo. É o rosto de alguém que eu amei e odiei e, sinceramente, esperava nunca mais ter que ver na minha frente.

Com o reconhecimento vem uma onda de raiva.

— Jacob. — Minha voz está tão tensa que o nome soa como uma acusação.

Ele está com as mãos nos bolsos, os ombros contraídos, olhos cautelosos. Ele parece levemente entretido com o meu desconforto, além de irritado por estar na minha presença, o que é mais ou menos como passamos todo o Ensino Médio. Do jeito que essa noite está indo, eu não deveria ficar surpresa por dar de cara com a pessoa que fez do meu colegial o inferno na terra, e ainda assim...

— Olá, Asha. Ou hoje em dia você prefere ser chamada de *mestre?*

— Depende. Se eu puder te causar dor física, me chame do que quiser.

Ele inclina a cabeça.

— Estamos falando de dor normal? Ou dor do tipo lingerie sexy e salto alto? Porque eu consideraria a segunda opção só pela piada. Contudo, se estamos falando apenas de uma surra normal, tenho bastante certeza de que conseguiria dar conta de você.

Como sempre, ele me olha com uma intensidade tão irritante que eu sinto a familiar onda de ansiedade começando a subir. Da última vez que o vi, ele saiu da minha casa batendo a porta e me xingando enquanto eu o chamava de babaca egoísta. Naquele tempo, Jake era alto e magrelo, com cabelo comprido e uma atitude de merda. Hoje em dia, ele até pode ter uma aparência totalmente diferente do adolescente escroto que eu conhecia, mas a tensão que ele causa nunca mudou. Se eu não achasse que isso demonstraria fraqueza, eu correria para o banheiro e deixaria meu estômago colocar tudo para fora como está implorando.

Professor Feelgood   **99**

— Então — ele diz me olhando dos pés à cabeça com seu habitual olhar penetrante. — Você está... diferente. Crescida. — Ele aponta para o meu rosto. — Precisa de óculos agora, vovó?

— Sim. Quer dizer, não. — Eu tiro os óculos e os coloco na mesa enquanto seco com a mão o suor frio que está se acumulando na minha nuca. — São para o trabalho. Camuflagem.

— Certo. — Ele faz que sim. — Então, falsos. Algumas coisas nunca mudam.

Eu ignoro a alfinetada. Tenho prática nisso.

— Bom, você mudou. Foi de penugem pra uma barba de garoto crescido.

— É preguiça. Fazer a barba é um fardo.

— Aham. Fascinante. — Eu faço minha melhor expressão de tédio. Jake responde com um sorrisinho condescendente. Idiota.

— Bom — eu digo, sem dar a ele a satisfação de demonstrar como ele está me afetando. — Eu diria que é bom te ver, mas nós dois sabemos que isso seria mentira.

Os lábios dele se curvam ainda mais. Não é bem um sorriso, mas é o suficiente para me deixar ainda mais irritada.

— Eu ia dizer a mesma coisa. Quanto tempo faz? Uns seis anos?

— Por aí, e ainda assim, não foi tempo o suficiente. Só pra deixar claro, não estou a fim de ter você mandando eu ir me ferrar essa noite, então se for esse o seu plano...

— Não era, mas a noite é uma criança e você parece estar atrás de briga. Vamos ver o que acontece.

Eu ainda me lembro de quão traída me senti depois da nossa última briga. Antes, uma parte de mim esperava que pudéssemos deixar para trás os anos de hostilidade mútua e ser ao menos educados um com o outro, mas ele deixou claro que não tinha interesse. Foi nesse momento que eu enterrei as últimas faíscas teimosas de afeto que sentia e gravei um gigante "foda-se" em qualquer lembrança dele.

Jacob é a prova viva de que babacas serão sempre babacas.

— De qualquer forma — eu começo — isso já foi torturante o suficiente, então, se você me der licença, estou esperando alguém.

Eu posso já ter perdido as esperanças de que o Professor vá aparecer, mas espero que meu tom faça Jake entender que nossa conversa terminou. É incrível como vê-lo faz os últimos seis anos desaparecerem. Ele precisa ficar longe de mim para que eu possa parar de me sentir como uma adolescente revoltada de novo.

— Ah, vamos lá — Jake diz enquanto chama uma garçonete. — Com certeza você tem tempo pra um velho amigo. E já que você praticamente implorou, eu adoraria uma bebida. Obrigado.

Ele joga seu casaco por cima do meu, que está em um banco livre, e faz um movimento para se sentar. Por impulso, eu estendo a mão para impedi-lo. Não tenho tempo para as merdas de Jacob Stone hoje.

— Não seja idiota, Jake. Eu sei que é seu estado natural, mas só dessa vez, tente resistir. Esse lugar está reservado.

— Eu sei. Pra mim.

Eu tento respirar entre toda minha frustração quando ele se senta e uma garçonete aparece ao seu lado. Quando ele pede um uísque, parte de mim fica aflita porque ele não tem idade para beber. Mas é claro que isso não é mais verdade. Pensando bem, o Jake adolescente também nunca se importou muito com a idade legal para consumir álcool.

Quando a garçonete sai, eu o fuzilo com o olhar o máximo que posso.

— Por mais tentada que eu esteja a saber sobre seja lá o que você fez desde o Ensino Médio, vou ter que passar esse reencontro. Tenho uma reunião de negócios.

Ele me olha como se eu tivesse acabado de dizer que a gravidade é real.

— Então vamos falar de negócios. Tudo bem se eu também quiser os "opcionais", mestre? Quer dizer, chuva dourada não é bem a minha praia, mas eu tenho certeza que podemos pensar em algo. O que você acha de uns tapas? Sim? Ou *realmente* sim?

Deus, dai-me forças.

— Quer saber? — Eu enfio meu celular de volta na bolsa. — Você quer ser um babaca? Sem problemas. Seja você mesmo. Mas eu vou pra outra mesa. — Dou um sorriso falso. — Estou tão feliz que nos encontramos, Jacob. Vamos nunca mais fazer isso, o.k.?

Quando eu saio do banco e me viro para ir embora, a mão dele se fecha em torno do meu braço.

— Pelo amor de Deus, Tate, você sempre foi tão sem noção? Senta essa bunda aí.

— Como é que é?

Ele solta um suspiro frustrado.

— Desculpa, isso foi mal educado. Senta essa bunda, *por favor*.

Eu puxo meu braço e resisto ao impulso de limpá-lo com gel antisséptico. Deus, eu realmente entrei num túnel do tempo essa noite.

— Em primeiro lugar — eu digo, apontando o dedo para ele. — Não me toque. Segundo, não me diga o que fazer. Seu bullying não funciona mais comigo. E terceiro, *não me toque*.

Eu não aguento mais a marca pegajosa dos dedos dele na minha pele, então limpo rapidamente a sensação incômoda.

— Eu sei que isso provavelmente vai ser um choque pra você, mas você era um babaca no Ensino Médio e é um babaca agora, então não, eu não vou me submeter a mais nenhum momento na sua presença. E outra novidade: eu fiz três cursos e meio de autodefesa no dojo de *tae kwon do* perto de casa, então acredite em mim quando eu digo que se você colocar suas mãos de gorila em mim de novo, eu vou acabar com você.

Ele me encara por um segundo, parecendo absolutamente chocado por eu ter me imposto uma vez na vida. Sendo sincera, eu também estou surpresa. Essa reação é resultado das infinitas vezes que eu fantasiei com o que deveria ter feito ou dito no Ensino Médio em vez de sofrer em silêncio.

Ainda assim, não estou acostumada a ser tão dura com ele, e meu coração está batendo tão forte que eu consigo sentir a pulsação nos meus pés.

Jake ainda está me encarando num silêncio chocado.

Puta merda. É essa a sensação de vencer Jacob Stone? Será que eu finalmente descobri o segredo para acabar com ele e sua merda irritante?

Três segundos depois, a sensação quente de satisfação se dissolve em uma poça de humilhação quando ele cai em uma gargalhada baixa.

— Merda, Tate — ele diz, em um tom espantado. — Isso foi *aterrorizante*. Por favor, não acabe comigo, pequena mulher. Eu sou jovem e ainda tenho muito pelo que viver.

Faço um barulho de desgosto, pego meus óculos e dou um passo na direção de uma mesa vazia a alguns metros. Infelizmente, não chego muito longe porque, em um segundo, Jake saltou de seu lugar e está bloqueando meu caminho.

O.k., não esperava que alguém tão grande se movesse tão rápido. Inconveniente.

— Tate, vamos lá. Você não pode ir embora. Eu não tenho dinheiro suficiente pra pagar por uma comédia *profissional* essa noite. — Embora Jake sempre tenha preferido ficar emburrado a sorrir, está claro que ele acha minha irritação hilária e, consequentemente, fico ainda mais irritada.

Merda.

— Sabe — eu digo, me endireitando até ficar o mais alta que posso, o que, com esses saltos, é algo tipo 1,75m. — Talvez você esteja certo. Talvez você deva ficar e conhecer o cara que estou esperando.

— Ah, é? Por quê?

— Porque ele é honesto, pé no chão e emocionalmente consciente de uma forma que você *jamais* será. Ele é alguém que não precisa se esconder atrás de mentiras e sarcasmo. Ele é real, sincero e escreve com o tipo de vulnerabilidade crua que você *nunca* vai entender. Então, fique à vontade e ria de mim o quanto quiser. Eu não dou a mínima para o que você pensa. Até onde eu sei, você é só uma lombada em uma estrada de merda da qual eu saí anos atrás.

A expressão de Jake se fecha. Será possível que eu finalmente toquei em algum ponto fraco?

Ele para e uma veia pulsa em seu maxilar.

— É mesmo?

— Sim, é mesmo.

Dizem que as pessoas "fuzilam" com os olhos quando estão com raiva. Mas com Jake, é como se o seu olhar fosse uma bazuca. Seus olhos sempre foram do castanho mais escuro que eu já vi, quase pretos.

Mas sempre que ele fica com raiva, eles parecem esconder algum tipo de fogo interno. Pequenas faíscas de âmbar surgem na luz. É isso que torna seu olhar tão debilitante.

O jeito que ele está me encarando agora? Eu passei por isso vezes demais no Ensino Médio, e sempre fez meus pulmões se fecharem, como se eu estivesse em uma montanha-russa que despencou até seu ponto mais baixo em um milésimo de segundo.

No passado, isso teria me feito sair correndo o mais rápido possível, antes que ele pudesse dizer algo que teria me feito sentir estúpida ou insignificante, mas não hoje à noite. Apesar de o meu corpo inteiro parecer uma bomba nuclear, eu levanto o queixo, desafiadora, e devolvo o olhar com minha raiva mais épica.

— Agora… se você terminou o seu showzinho de macho, me deixa passar. Como sempre, eu tenho pessoas bem mais interessantes do que *você* pra passar o tempo.

As faíscas surgem no olhar dele novamente, em quantidade maior. Eu sei que é um golpe baixo, mas me recuso a ser o saco de pancadas dele de novo. Eu me odeio o suficiente por causa do nosso passado, e estou determinada a nunca mais ser aquela garota.

Jake me encara por mais alguns segundos e eu sei que ele está engolindo a vontade de responder. Mas em uma demonstração impressionante de autocontrole, ele contrai os lábios, concorda de leve com a cabeça e sai da minha frente.

— Sem problemas, Mestre Tate. Sinto muito por ter estragado sua noite com a minha presença. Eu deveria ter pensado melhor. Por favor, vá. — Eu respiro para estabilizar meus nervos e passo por ele, mas congelo quando ele acrescenta: — Embora eu esperasse uma recepção melhor essa noite, considerando que agora sou a estrela da sua editora.

Eu paro de respirar quando as engrenagens da minha mente congelam de repente. Quando me viro em câmera lenta para ele, me pergunto se ele consegue notar que todo o sangue fugiu do meu rosto.

— O que… você disse?

— Ah, sim, Brooklyn — ele diz, seu tom ficando tão duro quanto seu olhar. — Eu geralmente não acho desespero algo atraente em uma mulher, mas hoje, quando você praticamente me implorou pra fechar com você... bom, aquela foi uma das experiências mais satisfatórias da minha vida.

A voz dele mudou. Caiu um tom e ficou mais grave. Não é mais a voz de Jake. É a voz *dele*.

Deus, não.

Meu couro cabeludo formiga conforme arrepios tomam minha pele.

O sarcasmo que estou tão acostumada a ver no rosto dele desapareceu e, de repente, ele fica muito sério. Estou começando a me sentir um inseto preso numa teia de aranha.

— Uau — ele diz, estudando minha expressão. — Será que eu finalmente te deixei sem palavras? Ou você só está pensando em um jeito de retirar todas as coisas boas que você disse sobre mim e a minha escrita? Do jeito que você estava babando, eu poderia jurar que estava alimentando uma paixonite imensa por um homem que você despreza. Essa não seria a maior ironia da vida?

Eu o encaro, chocada. Meu olho treme.

— Não... você não pode ser. Você... não.

Ele me olha impassível, esperando que eu aceite o inevitável.

Por que eu não notei antes? Todas as pistas estavam lá.

Cabelo escuro. Maxilar anguloso.

Eu olho para os braços dele. As mangas compridas da camiseta justa que ele está usando estão arregaçadas, mostrando músculos firmes e tatuagens intrincadas. Não apenas isso, eu quase consigo ver o tanquinho dele através do tecido. Não notei antes porque era Jacob, e seria temporada de esqui no inferno antes que eu olhasse para o corpo dele com qualquer coisa exceto desdém. Mas agora...

Sinto como se um balde de gelo tivesse sido jogado na minha cabeça.

— Não — eu digo, desejando que a realidade se transforme em qualquer coisa que não isso.

— Sim.

Jesus, isso não pode estar acontecendo.

— Não — eu digo de novo, mais para mim do que para ele.

— Você pode dizer isso o quanto quiser — ele diz, irritado. — Mas não vai fazer ser verdade.

Eu o encaro por mais alguns segundos, tentando reconciliar os conceitos opostos que estão se atracando no meu cérebro.

Jacob Stone é o Professor Feelgood.

O Professor Feelgood é Jacob Stone.

Filhodeumcaralho.

capítulo oito
O suricato e a cobra

Eu não me lembro de me sentar de volta na mesa ou de pedir à garçonete uma garrafa inteira de tequila e quatro copos de *shots*, mas cá estou eu, sentada ao lado de Jake com uma sede avassaladora por uma tonelada de álcool. Tento fazer minha mão idiota parar de tremer enquanto encho os copos. Quando termino, viro dois *shots* rapidamente. Se houve um dia em que precisei de álcool para me acalmar e anestesiar meus sentidos, esse dia é hoje.

Tenho vontade de só pegar minha bolsa e sair, porque é assim que me comporto perto de Jake: me retiro do desconforto que estar com ele sempre traz. Mas então eu tenho uma imagem mental de Serena e do sr. Whip, de Joanna, de Fergus se digladiando com a copiadora e do maldito Devin Enganador pensando que é melhor do que eu e, de repente, minha bunda parece estar grudada na cadeira.

Jake está me observando com a intensidade de um suricato vigiando uma cobra. Eu não tenho ideia do por que. É ele quem é cheio de veneno. Por que mais teria armado essa peça?

Eu viro uma terceira dose.

Ele pega a quarta antes que eu tenha a chance.

— Pensei que você ofereceria ao seu novo autor uma bebida pra celebrar nossa gloriosa união, mas não. Não foi um bom começo, princesa. Isso vai voltar pra te assombrar quando eu preencher sua avaliação de desempenho.

Eu fecho a cara e encho os três copos na minha frente de novo.

— Jacob, a menos que você queira confessar que toda essa coisa de Professor Feelgood é uma piada e você não é ele e ele não é você, por favor, cala a boca. Você já fez o suficiente pra estragar a noite.

Ele vira o *shot* e solta um silvo ao engolir.

— Caramba, você ficou mandona nesses últimos seis anos. E malvada. O que aconteceu com você, Asha? Quem te machucou? É alguém daqui? Posso parabenizá-lo?

Eu o calo com um olhar.

— O que eu acabei de dizer sobre não falar?

Eu tento calar a decepção e a raiva que sinto com outro *shot*, mas sinto que nada menor que um verdadeiro coma alcóolico vai fazer isso passar. Claro, minha cabeça está girando, mas é menos por causa da bebida e mais por conta dessa terrível reviravolta.

Meus pensamentos gaguejam e se enrolam, cheios de voltas e contradições. Eu desprezo Jacob Stone e todas as maneiras que ele me machucou. Mas respeito o Professor e sua genialidade bruta.

Eles não podem ser o mesmo homem e, ainda assim, quanto mais eu encaro Jake, mais difícil fica negar a verdade.

O que eu devo fazer agora? O que eu digo?

Do jeito que meu estômago está se revirando, parece que estou com enjoo marítimo. Bom, isso não é inteiramente mentira. O navio Asha acabou de ser atingido por uma bela tempestade, e vou levar um tempo até içar as velas de novo.

Jake espera impacientemente que eu fale algo. Quando não digo nada, ele faz que sim com a cabeça e me dá um sorriso amargo.

— É o que eu pensei. Não está tão ansiosa pra publicar um livro agora que você sabe que sou eu, não é mesmo?

Eu ainda estou tentando fazer meu cérebro processar a enorme dissonância cognitiva que está sentada na minha frente.

— O que você espera que eu diga, Jake?

— Não sei. Você pode falar mais sobre como eu sou um ótimo escritor e como você acredita que eu posso ajudar as pessoas, mas acho que esses sentimentos só se aplicam a alguém que não seja eu.

— Eu ainda estou tentando processar que aquelas palavras saíram de você. Você escreveu tudo aquilo mesmo? Ou é algum tipo de esquema doentio? Fazer o material de outra pessoa passar por seu?

Agora ele passa de irritado para realmente bravo.

— Caramba, Asha, a gente se conhece desde os três anos de idade. Você realmente acha que eu faria isso?

Eu engulo uma resposta engraçadinha. Apesar de todos os seus defeitos, não posso negar que Jake possui uma rígida bússola moral. Não acho que ele sequer pensaria em roubar o trabalho de outro escritor, o que é uma pena. Se ele tivesse plagiado, haveria a possibilidade de que minhas fantasias sexuais perturbadoramente detalhadas fossem com outra pessoa que não ele.

Argh. Não tenho tanta sorte.

— Então — eu digo. — Você está me dizendo que esse teatrinho de ex-amante torturado é real? Jacob Stone realmente foi estúpido o suficiente pra se apaixonar por uma mulher e ter seu coração partido?

— É tão difícil de acreditar?

— Considerando sua impressionante coleção de namoradas do Ensino Médio, sim.

Ele dá de ombros.

— O que eu posso dizer? Quando você conhece a pessoa certa, você simplesmente sabe.

— E quem foi a moça de azar?

Ele hesita, então olha pra baixo.

—Alguém que eu conheci enquanto estava viajando. Outra mochileira.

— Nome?

— Ingrid.

— Então, por que ela foi embora? Ela te viu tirando a fantasia de homem no fim do dia e saindo de dentro dela como a cobra gigantesca que você é?

Ele faz uma pausa, sua expressão se fechando.

— Sabe, o fato de você estar curtindo meu coração partido diz muito sobre quem você é.

Eu me sirvo outra bebida.

— Não vou pedir desculpas por gostar do tapa na cara kármico que você levou. Você mereceu por diversas razões, uma delas sendo a ceninha de hoje à noite. — Outro *shot* desliza pela minha garganta.

Ele rouba meus últimos copos, então só me resta a garrafa. Eu a seguro com mais força enquanto ele me olha com raiva.

— Caso você tenha esquecido, princesa, você *me* procurou por causa do livro. Se alguém teve motivo pra pensar que estava sendo enganado, fui eu. Quer dizer, vamos lá. De todas as pessoas do mundo, quais são as chances de *você* me ligar do nada oferecendo um contrato de publicação? É ridículo.

— Você poderia ter me dito no telefone. Me dito que era você.

— Aí você teria desligado na minha cara.

A mais pura verdade.

— Então, em vez disso, você escondeu sua identidade até eu te dar o contrato da sua vida? Você devia estar morrendo de rir esse tempo todo.

— Na verdade, não. Ainda consigo rir bastante e continuar vivo.

— Mas é claro que a melhor comédia seria se revelar pra mim na frente dos meus chefes amanhã. Por que se dar ao trabalho de pedir pra me ver essa noite?

Depois de analisar minha expressão, ele exala e me olha com desprezo.

— Não tenho a mínima ideia. Eu acho... — Ele sacode a cabeça. — Eu acho que quis ver se você estava diferente. Se *nós* podíamos ser diferentes. — Por um segundo, algo lampeja em seu rosto – uma versão mais jovem e suave dele. Mas então seu maxilar se contrai e ele volta ao olhar de sempre. — Claramente não podemos.

— Eu te dei uma oportunidade de sermos diferentes anos atrás e você a jogou na minha cara. Se estamos presos nisso é por culpa sua, não minha.

— Então a mulher que pôs fogo na casa quer crédito por ter chamado os bombeiros? Muito bem.

Ele toma um enorme gole da bebida e eu o acompanho. Talvez ficar realmente bêbada torne a situação menos desesperadora. Talvez me ajude a bloquear o fato de que o homem profundo, sensível e espetacular por quem me senti tão atraída recentemente é, na verdade, o maior babaca do mundo.

Do nada, uma risada escapa de mim.

Jake franze a testa.

— Você acha isso engraçado?

Eu balanço a cabeça.

— Nem um pouco. Mas parte de mim não está surpresa. Eu finalmente tenho a chance de trabalhar com um autor com quem estou realmente empolgada e... é você. — Eu rio de novo, mais triste que feliz. — Claro que é, por que não? As coisas nunca são fáceis pra mim, então por que isso seria diferente?

A risada dá lugar a uma emoção mais pesada, tensa, e eu olho para baixo para que ele não note. Houve um tempo em que eu confiava Jacob Stone com cada pensamento e sentimento do meu jovem cérebro. Eu nunca admitiria isso para ninguém, muito menos para ele, mas ele costumava ser meu porto seguro quando eu não tinha mais nada ou ninguém em quem me segurar. Então a puberdade chegou, e ele se transformou na minha tempestade atômica particular.

Eu viro o resto da minha bebida. As células do meu cérebro estão ficando lentamente nubladas e suaves. Mas a minha raiva ainda está aqui, fervilhando por baixo da superfície. Eu sinto que estou sorrindo, mas tenho certeza de que não pareço feliz.

— O.k., Asha, vai com calma — Jake diz quando me pega distraída e consegue arrancar a garrafa das minhas mãos. — Eu não te vejo vomitar desde que você tinha treze anos, e prefiro não reviver aquela experiência. Você vomita feio.

— E você é uma pessoa feia, Jacob. Ah, claro, você tem todas aquelas fãs se derretendo por esse corpo novo e gostoso e suas palavras floreadas sobre amor perdido, mas elas não te conhecem como eu. Se conhecessem, elas sairiam correndo.

— Quanto amargor, princesa. Você ainda está brava por ter me beijado na formatura e eu não ter te beijado de volta? É daí que vem toda essa raiva?

Professor Feelgood   **111**

Eu solto uma risada aguda demais.

— Sim, claro. É isso que você acha que aconteceu?

—Ah, eu estava lá. Eu sei que foi.

Eu o fuzilo com o olhar, incrédula.

— Vai se ferrar, Jake. Você me beijou e você sabe disso.

Ele balança a cabeça, espantado, e seu olhar fica quinze vezes mais intenso.

— Uau. As mentiras que contamos pra nós mesmos realmente formam nossa realidade, né?

— Que merda você está falando?

Ele me encara por alguns segundos e então sacode a cabeça.

— Nada. Não importa. O passado está morto. Não faz sentido perder tempo tentando ressuscitar um cadáver apodrecido. Além do que, não dá pra discutir com você. Você sempre acha que está certa, mesmo quando não está.

Eu balanço a cabeça por causa da alucinação dele e da minha reação a ela. Como é possível voltar a esses papeis tão facilmente? É como se o tempo não tivesse passado. Nós temos tanta raiva um do outro quanto antes, o que é um fenômeno, considerando quanto tempo passou.

— Eu não acredito em quão pouco você mudou. Mesmo no seu pior, sempre achei que a atitude de merda era só uma fase. Que você eventualmente cresceria.

— Eu pensei a mesma coisa sobre sua mania de superioridade, então acho que ambos estavam errados. Você não cansa de pensar que é melhor que todo mundo?

— Não todo mundo. Só você.

—Ah, certo. Eu tinha quase esquecido.

Jake entorna os dois shots restantes. Então ele passa os dedos pelo cabelo, frustrado.

— O.k., bom, eu adoraria passar a noite toda aqui trocando insultos como nos velhos tempos, mas tenho uma reunião com a minha nova editora de manhã, então preciso do meu sono de beleza. Quero causar uma boa impressão. Ouvi dizer que ela é uma vaca.

Isso me faz rir.

— Ah, não — eu digo. — Se você acha que eu vou editar esse livro agora que eu sei que você é o Professor, você está louco.

Ele se levanta e pega seu casaco.

— Tarde demais. Nós já fechamos o negócio, lembra? A Serena me mandou os contratos de tarde.

— É, mas isso não estipula um editor específico.

— Estipula sim.

Eu o encaro enquanto uma onda de apreensão me atinge.

— O quê?

— Ah, sim — ele diz conforme puxa uns papeis do bolso do casaco. — Logo depois da nossa pequena reunião por telefone essa manhã, eu tive uma conversa particular com a Serena e disse que eu queria que estivesse no meu contrato que você seria minha editora, ou nada feito. Ela ficou mais do que feliz em fazer isso. — Ele bate os papeis na mesa e aponta para uma cláusula no contrato onde aparece meu nome, claro como o dia. — Eu assinei e os mandei de volta logo antes de vir te encontrar.

Jake vai até a última página e lá está, a assinatura dele e a data de hoje.

Ele dobra os papeis e os coloca de volta no bolso.

— Então, como você pode ver, a partir de amanhã você está contratualmente obrigada a ser legal comigo. Isso vai ser divertido, né? Nós dois juntos de novo, assim como nos péssimos velhos tempos.

Estou chocada demais para dizer qualquer coisa, e quando ele vê que me venceu, dá um sorriso convencido.

— O.k., então, princesa. Te vejo de manhã. — Ele se inclina e sussurra no meu ouvido. — E se eu fosse você, pararia de beber agora. Você não quer causar uma má impressão no seu novo autor aparecendo de ressaca, não é?

Com isso, ele se vira e sai do bar.

Fico sentada de boca aberta e chocada por cinco longos e raivosos segundos antes de agarrar meu celular e minha bolsa e correr atrás dele.

***

Tentar abrir caminho por uma rua supermovimentada do Brooklyn já é ruim o suficiente, mas é pior ainda com um vestido-lápis superjusto e saltos de dez centímetros. Quando você está meio bêbada e tentando alcançar um homem cujas pernas têm mais ou menos o comprimento do Mississipi, as coisas ficam simplesmente ridículas.

— Stone!

Ele não para, embora eu tenha certeza de que ele me ouviu.

Eu ando mais rápido, e o ar gelado me faz perceber que deixei meu casaco no bar.

Merda, droga, bosta. Era o meu favorito.

Como uma punição pelo meu esquecimento, uma lufada de vento gelado vem do East River, levanta meu cabelo e me faz tremer. Eu considero deixar tudo isso para lá para poder resgatar meu amado Burberry, mas serei forçada a ser agradável com Jake amanhã e tenho contas do tamanho do orçamento nacional para acertar com ele antes disso.

— Jacob Anthony Stone! Não finja que não consegue me ouvir. Não funcionou quando nós tínhamos cinco anos, e não vai funcionar agora.

Ele para, contrai seus ombros largos com frustração e se vira para me encarar.

— Vai pra casa, princesa. Eu não tenho mais nada pra te dizer.

Eu paro na frente dele, vergonhosamente sem fôlego por ter corrido uma distância tão curta. Merda, meu condicionamento físico é patético.

— Bom, eu tenho uma porrada de coisas pra dizer pra você. A mais importante delas é: pare de me chamar de princesa. — Esse costumava ser o insulto preferido dele nos velhos tempos. Eu fico incomodada por ainda me irritar. — E além disso, eu não sei se você se lembra da última meia hora, mas nós dois não conseguimos ficar no mesmo ambiente, mesmo com álcool. Então como você espera que a gente consiga sobreviver trabalhando nesse livro por *meses* sem fim?

Ele dá de ombros.

— Pessoas que se odeiam trabalham juntas o tempo todo.

— Não pra escrever um livro. Pra que esse processo dê certo, nós precisamos de confiança e... Deus, não sei... um certo nível de *intimidade*. Nós não temos nenhuma dessas coisas.

Ele franze o cenho.

— Você está tentando me seduzir de novo, princesa? Quer dizer, eu deixei passar aquela coisa do seu peito aparecendo porque há uma *leve* possibilidade de que tenha sido um acidente...

— *Foi* um acidente!

— Claro que sim. E agora você está dizendo que quer *intimidade* comigo? Bom, esse é um nível de falta de profissionalismo com o qual não estou confortável.

— Ah, não tema, Jake. Você poderia apontar uma arma para a minha cabeça e eu ainda acharia impossível me sentir atraída por você.

— Não foi como você se sentiu na formatura.

— Pela última vez, eu não te beijei!

Outra lufada de vento me atinge e eu evito tremer inteira ao ajustar minha posição de forma que ele bloqueie a maior parte do vento. Claro que ele está usando um casaco forrado de lã de carneiro que provavelmente dá a sensação de um campo de cachorrinhos quentes em um dia de verão. É difícil o suficiente tentar manter a dignidade enquanto o encaro. Meus dedos e nariz ficando azul não ajudam a projetar ferocidade.

— Merda — Jake diz, tocando meus dedos gelados. — Você está congelando.

Eu puxo minhas mãos e as enfio embaixo dos braços.

— Estou bem.

O vento uiva ao nosso redor, movimentando pedaços de lixo dos bueiros. Agora estou com tanto frio que meus dentes batem quando respiro.

Jake franze o cenho.

— Onde é que está o seu casaco?

— Esqueci no bar. Não importa. Jake, por favor, deixe outra pessoa, *qualquer* outra pessoa, editar seu livro. Estou te implorando.

Ignorando meu pedido, ele tira o casaco e o estende para mim.

— Pegue isso antes que as pessoas comecem a pensar que você é um gigante do gelo ruivo e em miniatura.

— Não — eu digo. — Estou bem. — Normalmente, um cara ganharia pontos comigo ao fazer uma referência a Thor, já que ele é um dos meus super-heróis favoritos. Mas, vindo de Jake, é apenas irritante.

—Asha, você está tremendo.

— E você está mudando de assunto. Prometa pra mim que amanhã você vai dizer à Serena que quer outro editor.

— Não vou fazer isso. Pegue a jaqueta.

Ele me encara e eu o encaro de volta. Sim, a jaqueta dele seria quentíssima, mas eu daria uma de Lady Godiva abrindo caminho por uma tempestade de neve antes de me permitir dever algo a ele.

Ele se aproxima de mim.

— O.k., então acho que vamos fazer isso da maneira difícil.

Eu levanto uma mão.

— Perto demais. Eu acho que você esqueceu do meu treinamento intensivo em *tae kwon do*.

Ele ignora minha ameaça e entra na minha zona de ataque.

— E você se esqueceu que eu peso uns cinquenta quilos a mais que você e poderia te quebrar como um graveto.

Sem esperar pela minha permissão, ele joga o casaco por cima dos meus ombros. Enquanto o coloca no lugar, ele resmunga:

— Você sempre foi teimosa demais.

Eu levanto o olhar para ele.

— E quem é você pra falar da teimosia dos outros, sr. Mal-Lavado?

Ele dá um passo para trás e aponta para o casaco.

— Vista os braços.

Eu tento resistir, mas a lã é tão macia e deliciosamente quente que eu duro um total de dois segundos antes de enfiar minhas mãos pelas mangas. Quase suspiro de alívio quando sou envolta no que ainda resta do calor do corpo dele.

Quando minha tremedeira passa, ele olha para mim com expectativa.

— Melhor?

Dou de ombros.

— Eu agradeceria, mas você provavelmente me zoaria por isso.

— Provavelmente.

Ele começa a andar de novo e eu corro para alcançá-lo.

— Espera, nós não terminamos a discussão.

— Sim, terminamos. Estou indo pra casa.

— Então você vai?

— Vou o quê?

Deus, como ele é irritante.

— Dizer à Serena pra te dar outro editor.

Eu considero brevemente recomendar Devin para dar a Jake um macho alfa igualmente irritante, mas então eu penso que eles se dariam bem como fogo e madeira, e fico de boca fechada.

— Ah, isso — Jake diz. — Não. Foi mal.

É isso. Eu normalmente não sou uma pessoa impaciente, mas esse homem está me levando ao limite.

Eu agarro o braço dele e o viro para me encarar.

— Olha, Jacob, eu estou realmente feliz que você tenha um contrato de publicação, porque, por mais que eu odeie admitir isso, você tem talento. Mas fui *eu* que fiz isso acontecer pra você, então que tal mostrar um pouco de gratidão e tirar meu nome do contrato?

A expressão dele endurece.

— Gratidão? Sério? É esse o seu argumento?

— Considerando que é o único que eu tenho, sim.

Ele ri, mas é uma risada amarga.

— Mulher, você tem colhões pra *me* dar uma lição sobre gratidão. Você não tem a menor ideia do que essa palavra significa.

— E como você sabe disso?

A descrença no rosto dele aumenta e as fagulhas douradas estão enlouquecidas nos seus olhos.

— Eu podia ter fechado com qualquer um hoje — ele diz, a raiva borbulhando em sua voz. — Mas escolhi você. Não tenho a mínima ideia do por que. Provavelmente por causa de algum senso bizarro de lealdade com a nossa infância.

Professor Feelgood **117**

— Você está me zoando? Você fechou com a gente por que te demos um *caminhão* de dinheiro. Se vamos discutir a respeito de quem é mais ingrato, pelo menos seja honesto. — Se ele não cair de joelhos e beijar meus pés por ter conseguido para ele um contrato de seis dígitos por um romance de estreia, então ele é o babaca mais ingrato do planeta.

— Ah, você quer honestidade? — A expressão dele endurece. — O.k., então.

Ele dá um passo à frente e se inclina para baixo, de forma que seu rosto fica a centímetros do meu. O calor do corpo dele faz meu coração disparar.

— O "caminhão" de dinheiro que você ofereceu? Sequer chegou *perto* das outras ofertas que eu recebi. Então, se eu só quisesse dinheiro, teria escolhido qualquer uma *menos* a Whiplash.

Eu pisco, incrédula.

— Nós oferecemos trezentos mil dólares. Pra um autor estreante, isso é inacreditável.

— As outras ofereceram mais. Uma editora em particular ofereceu *muito* mais.

— Defina "muito".

— O número exato é confidencial, mas posso te dizer que rima com o meu animal favorito.

Ele me encara. É um teste. Eu ainda me lembro dessas coisas idiotas sobre ele? Infelizmente, sim.

— Seu animal favorito é o leão.

— Bingo.

Eu paro enquanto uma descrença assustadora se aloja no meu rosto.

— Um *milhão* de dólares? É isso que a outra editora te ofereceu?

— Sim.

Sinto como se todo o sangue nas minhas veias tivesse congelado.

— Você está mentindo.

— Não estou. Então não aja como se fosse minha benfeitora, jogando dinheiro em cima de mim. Se alguém tem uma dívida de gratidão aqui, é você comigo.

— Um *milhão* de dólares. — Digo as palavras como um asmático precisando de oxigênio. De repente, nossos humildes trezentos mil parecem pálidos e doentes.

— Por quê? — Eu pergunto, olhando para o rosto dele. — Por que você abriria mão disso pra fechar com a gente?

Ele vai um pouco para trás.

— Talvez eu tenha achado a oportunidade de te torturar diariamente boa demais pra passar.

— Você sacrificou setecentos mil dólares pra me *irritar*?

— Ah, mas princesa, te irritar tem um valor *inestimável*. Além disso, você não pode falar nada. Você está propondo sacrificar uma promoção enorme só pra me *evitar*.

Ele tem um ponto, mas nenhuma promoção vale a quantidade de angústia que trabalhar com ele traria.

— Haverá outras promoções — eu digo, sem muita convicção.

Ele olha para cima, como se estivesse pedindo por paciência, então volta para mim.

— Bom, você está presa comigo, porque eu sacrifiquei mais dinheiro do que eu pensava ser possível hoje pra *você* poder me ajudar a escrever um maldito livro. Não alguém que não sabe quem eu sou. Não alguém que não conhece cada merda a meu respeito. *Você*. Então, engula qualquer bosta que você ainda tenha guardada do passado e traga o seu melhor, porque se eu estragar essa coisa, eu te levo comigo.

Nós nos olhamos com raiva por alguns segundos, mas está claro que não importa o que eu faça, não vou fazê-lo mudar de ideia. Ele de fato é o babaca mais teimoso que eu já conheci.

Bom, foda-se. Eu dou uma semana de nós dois trabalhando juntos até ele perceber o erro mastodôntico que cometeu e implorar a Serena por outro editor. Se isso acontecer, posso manter a promoção *e* a minha sanidade.

Isso ainda não terminou.

Eu quebro o contato visual e tiro a jaqueta dele antes de estendê-la de volta.

— O.k., então. Acho que terminamos por aqui.

— Não seja estúpida, Asha. Você vai congelar. Me devolve amanhã.

— Não, obrigada. Além do que, o fedor do seu perfume está me dando dor de cabeça.

Isso não é nem um pouco verdade. Qualquer que seja a fragância máscula que ele usa, é divina. Espero que ele vá direto para o inferno por ter um cheiro tão bom.

Parecendo exausto, ele balança a cabeça e pega o casaco.

— Tudo bem. Mal posso esperar pra te ver se derretendo por mim na frente da sua chefe amanhã.

— Bom, eu fiz aquele ano de teatro. Tenho alguma experiência com fingimento.

Jake me olha com raiva uma última vez antes de se virar e ir embora rua acima. Ele só andou alguns metros quando para de repente e, por um momento, acho que ele vai voltar e gritar um pouco mais comigo. Mas após alguns segundos de tensão, ele abre e fecha as mãos e segue seu caminho.

Ah, isso deu super certo. Bom trabalho, Ash. Você deveria entrar para as tropas de paz da ONU.

Com raiva, vergonha e bastante irritada comigo mesma por ter caído de volta nos meus antigos hábitos agressivos, eu encaro as costas dele desaparecerem. Então eu abaixo a cabeça e solto o ar com força, minha respiração formando uma nuvem no ar frio.

Enrolo meus braços em volta de mim e olho de volta para onde vim. Estou a várias quadras do bar e preciso decidir se enfrento o frio para pegar meu casaco de volta ou desço a escada bem na minha frente para o calor da estação de metrô.

Eu me decido pelo segundo.

Posso ligar para o bar e ver se consigo pegá-lo amanhã. Se ao menos recuperar minha dignidade depois da épica catástrofe profissional dessa noite fosse tão fácil.

capítulo nove
O cuzão da casa ao lado

Embora minha estação de metrô fique a apenas oito minutos de caminhada do meu apartamento, já congelei até os ossos quando entro em casa. Passo tremendo pela porta da frente na direção da sala e me surpreendo ao ver Eden e Joanna ali, uma garrafa já meio vazia de Shiraz, vendo um programa de namoro.

Eden me olha preocupada conforme ando até meu quarto para pegar um cobertor. Em segundos, ela aparece na minha porta.

— Ei, o que aconteceu com você? Como foi a reunião com o Professor? Ele é tão gato quanto você pensava? Quer vinho?

Eu enrolo a coberta em volta dos meus ombros e chuto meus sapatos para longe.

— Respondendo seu pingue-pongue em ordem: esqueci meu casaco; horrível; merda, não; e merda, sim.

Eu saio e desmonto no sofá ao lado de Joanna enquanto Eden pega outra taça para mim na cozinha.

— O que você quer dizer com horrível? — Joanna pergunta puxando os joelhos para abrir espaço pra mim. — Vocês não se deram bem?

— Nem um pouco. — Eu ainda consigo sentir a tensão nos meus músculos. Deus, que fracasso.

Eden enche a taça de vinho quase até a borda, e quando a passa para mim, eu a agarro, grata, com ambas as mãos. O frio parece ter me deixado totalmente sóbria. Isso não pode acontecer.

— Bom, isso é loucura. — Eden senta na ponta da cadeira mais próxima e fecha a cara. — Qual o problema desse Professor? Você é maravilhosa, inteligente e divertida... como ele pôde não gostar de você? Tem certeza que não entendeu errado?

— Ah, eu tenho.

Enquanto dou outro gole do vinho, ele me aquece, e a coberta cai do meu ombro. Joanna se inclina para a frente e a ajeita.

— Então ele não era um escaldante exemplo de masculinidade com uma alma de poeta suave como uma flor? Como isso é possível? As fotos dele eram tipo uma enciclopédia de gostosura. Aquele queixo. Aquele corpo. Aquele pobre e ferido coração.

Eu solto um suspiro trêmulo quando volto a sentir meus dedos.

— Você provavelmente o acharia gato, Jo. Pessoalmente, eu me sentiria mais atraída por qualquer membro do Insane Clown Posse.

Eden estreita os olhos.

— Uau. Ele deve ser uma peça.

— Ah, meu Deus. — Joanna diz, apertando o peito. — Não me diga que ele é ... *hipster*? Ele estava usando um colete sem camisa por baixo? Sapatos sociais sem meias? — Ela respira horrorizada. — Ah, meu santinho Apolo, ele estava de *meggings* ou vestido masculino?

— Ele não é hipster, Jo.

— Maconheiro?

— Não.

— Metro-lenhador?

— Não. Deus, para. — Eu corro os dedos pelo meu cabelo. Não acredito que passei meia hora me arrumando para impressionar o Professor. Taí um tempo que jamais vou recuperar.

— Então o quê? — Eden pergunta, quase tão tensa quanto Joanna a essa altura. — Me parece que até agora você tinha uma queda séria por esse cara, física e mentalmente. O que aconteceu pra ele entrar na sua listinha?

Eu tomo outro gole de vinho e engulo com força.

— Acontece que ele é Jacob.

Por um momento, Eden fica confusa.

— Hum... esse é um termo novo que eu ainda não conheço? O que é um Jacob?

— *Jacob* — eu digo sugestivamente. As palavras *meu Jacob* ecoam no meu cérebro, mas eu fecho a boca antes que elas escapem. — Quantos Jacobs você conhece, Edie?

Os olhos de Eden se arregalam.

— Ah, merda. *Jacob,* Jacob.

Joanna se inclina para a frente e sussurra:

— O nome dele é realmente Jacob Jacob? Porque isso é estranho, mas fascinante.

Eden ainda tem uma expressão chocada.

— Da última vez que eu ouvi falar de Jake ele estava indo mochilar pela Europa e a Ásia. — Ela tampa a boca com a mão. — Ah, meu Deus. Todas aquelas fotos de pontos turísticos famosos no feed do Professor.

— Pois é.

Ela aponta para mim como se fosse o Inspetor Poirot em um livro da Agatha Christie.

— Ele tirou aquelas fotos nessas viagens. Jacob é o Professor!

— Pelo amor de Deus, Eden. Você podia ter demorado *mais* pra entender?

Agora ela parece ainda mais confusa.

— Mas o Jacob é todo desengonçado. Cabelo comprido. Parece um vampiro urbano. Não é alto, musculoso e tatuado.

— Bom, aparentemente ele começou a frequentar a academia e o estúdio de tatuagem enquanto estava viajando, porque ele está imenso.

Joanna está começando a ficar frustrada.

— Quem é Jacob Jacob? Por favor, desembuchem.

— Merda — Eden diz, sacudindo a cabeça. — De todos os babacas em todos os bares do mundo, você tinha que arranjar uma quedinha literária pelo Cuzão da Casa ao Lado. — Ela olha para Joanna. — Era como Ash costumava chamá-lo.

— Pelo amor dos peitos de Hera — Joanna diz, jogando os braços para o alto. — Alguém pode, por favor, me iluminar a respeito desse Jacob Jacob antes que minha glândula da curiosidade exploda?!

Eden pega a garrafa de vinho e distribui o que sobrou entre nossas três taças.

— Jacob Stone era nosso vizinho. Ele e a Asha eram melhores amigos quando eram pequenos.

Eu quase engasgo com o vinho.

— Um pouco exagerado.

— Mesmo? — Eden diz, me dando sua melhor expressão de sarcasmo. — Dos três aos onze anos vocês eram praticamente grudados. As pessoas achavam que vocês eram irmãos, pelo amor de Deus. Ele passava tanto tempo na nossa casa que todo mundo achava que a minha mãe tinha três filhos. Ele era da família.

Eu puxo minhas pernas para baixo de mim para poder enrolá-las na coberta.

— É, bom, isso foi há muito tempo.

— Ahhhh — Joanna diz, seus olhos se iluminando. — Então, me contem a fofoca quente. Era ele o vizinho-namorado que partiu seu coração?

— Não — eu digo, muito na defensiva. — Jake e eu nunca tivemos nada. Éramos só amigos. O namorado era o irmão de criação dele, Jeremy.

Eden se levanta e vai até a estante.

— Ah, a tensão entre os três no nosso bairro... Parecia um filme do John Hughes. Antigos melhores amigos viram inimigos ferozes quando a garota começa a prestar atenção no odiado irmão do garoto.

— Irmão de criação.

— Que seja. Mesmo antes das briguinhas começarem, eu já não tinha ideia de como alguém podia ser amiga do Jake. Ele era um merdinha com todo mundo, menos com a Asha. Mas então, quando ele virou um adolescente rebelde raivoso, parou de ser legal com ela também. Quer dizer, eu sei que ele teve uma família de merda e tudo, mas ele realmente virou um idiota. — Ela pega um grosso álbum de fotos da estante e volta para o sofá. — Abram espaço, vadias.

Ela aperta sua bundinha estreita entre Joanna e eu antes de abrir o álbum.

— Agora, vamos ver se ainda temos alguma evidência fotográfica do sr. Adolescente Obscuro e Tempestuoso. — Ela vira as páginas até achar uma foto minha e do Jeremy. Nós estamos no quintal dele, os braços em volta um do outro, sorrindo como os adolescentes apaixonados costumam fazer.

— Aqui está — Eden diz, cuidadosamente puxando a foto para fora. Ela desdobra o lado esquerdo e revela um jovem Jake parado atrás do irmão, mostrando o dedo do meio com cara de desdém.

Lembro do dia em que essa foto foi tirada. Jeremy tinha acabado de dizer que me amava pela primeira vez. Também foi o dia em que eu o deixei pegar nos meus peitos pela primeira vez. Acho que os dois eventos estão relacionados.

Naquele momento, eu pensei que nenhuma garota do planeta poderia amar um garoto mais do que eu amava Jeremy. Agora, pensar nisso me dá vergonha. Se esse foi o ponto alto da minha vida amorosa, é melhor eu desistir logo.

Eu movo meu olhar para Jake. Mostrar o dedo do meio era o passatempo preferido dele na época. Acho que não tenho nenhuma foto dele depois dos doze anos em que ele esteja sorrindo. Não que ele sorrisse muito antes também, mas foi mais ou menos nessa época que nos afastamos.

Olhando seu rosto, consigo reconhecer o homem que vi essa noite, especialmente na cor escura dos cabelos e olhos, nas sobrancelhas fortes e no ângulo do maxilar. Mas na foto está claro que ele ainda é um menino. Acho que o Jake-adolescente nem tinha começado a se barbear quando ela foi tirada.

Volto minha atenção para o outro rosto na foto. Ah, Jeremy, o garoto que parecia ter saído de um filme da Disney. O atleta de cabelos loiros e olhos azuis. Um namorado perfeito.

E acabou que também um completo babaca.

— Uau — Joanna diz quando pega a foto para olhar mais de perto. — Olha só você, Ash. Sempre maravilhosa, claro. E esse Jeremy... uau mesmo. Ele era um gato.

Dou um gole no meu vinho e desvio o olhar da foto.

— É, mas como minha tia Judy sempre dizia, é com os bonitos que você precisa tomar cuidado.

— Por quanto tempo vocês namoraram? — Joanna pergunta, levantando o olhar da foto.

— Quase o Ensino Médio inteiro. — É irritante o quanto minha garganta ainda aperta quando falo de Jeremy. Eu sempre acreditei que havia uma inocência especial no primeiro amor, como se fosse um caderno em branco no qual você escreve uma história de amor épica. Então você percebe que há leves rabiscos entre as palavras. Mensagens escondidas que você provavelmente teria conseguido ler se tivesse se esforçado, mas nem tentou, porque não era essa a história que você queria contar.

Meu relacionamento com Jeremy foi assim. As letras miúdas foram inesperadas e dolorosas e, agora, sempre que lembro do caderno reluzente do meu primeiro amor, eu percebo que é a merda nas margens que conta a verdadeira história.

— É — Eden diz, sentindo meu desconforto. — O Jeremy era lindo, mas, no fim das contas, era um idiota infiel, então ele pode ir chupar um canavial de rolas pela eternidade. Jake podia ser um babaca, mas ele nunca fingiu ser outra coisa. O Jeremy era um lobo em pele de cordeiro. Se um dia eu o vir de novo, devo a ele uma voadora na cara pelo jeito que tratou a Ash.

Joanna parece arrasada.

— Que merda. Então seu antigo melhor amigo que virou um monstro apareceu essa noite e admitiu ser o Professor Feelgood e... o que? Ele ainda é idiota?

— Bastante.

— Isso quer dizer que você não vai ser a editora dele?

— Infelizmente, ele colocou isso no contrato só pra me irritar.

Eden faz um som de nojo.

— O merdinha.

— Você pode falar com a Serena — Joanna diz. — Contar a história real.

— E dizer o quê? Que eu não quero trabalhar com o cara em quem eles gastaram uma *fortuna* a *meu* pedido porque temos um passado nebuloso? Ela iria me pôr pra fora do escritório a gargalhadas. Ah, sim, e a outra pérola que eu descobri essa noite é que o Jake não fechou com a gente porque nosso adiantamento foi o maior. Não, aparentemente outra editora ofereceu torná-lo um milionário.

As duas ficam boquiabertas.

— O quê?! — Eden parece tão chocada que chega a ser cômico.

As sobracelhas de Joanna sumiram para dentro de seu couro cabeludo.

— Você está brincando, né?

— Não. Claramente eu não fui a única a ver o potencial de vendas nos milhões de seguidores dele.

— Puta merda — Eden diz, seus olhos nublados. Um *milhão* de dólares.

Eu faço que sim.

— Foi a minha reação também.

A expressão de Joanna se transforma em fascínio.

— Então... ele escolheu paixão em vez de ganância. Você em vez de dinheiro. Tem certeza que esse homem te odeia?

— Absoluta — Eden e eu dizemos ao mesmo tempo.

— Então, qual foi o grande evento que colocou vocês um contra o outro? Quer dizer, além de você namorar o irmão dele.

— Irmão de criação — eu digo, mais por hábito que qualquer outra coisa. — Não houve um grande evento. Só anos de uma hostilidade crescente. Os pingos de má vontade eventualmente corroeram todos os laços de amizade que construímos. — Eu bebo meu vinho. — E toda essa coisa do livro é uma forma de vingança doentia. Estou tentando encontrar um jeito de sair dessa, mas, enquanto isso, preciso descobrir como trabalhar com ele sem precisar esconder todos os objetos pontiagudos.

— Você vai ficar bem — Joanna diz. — Eu sinto que tudo vai se ajeitar no fim. Só continue se lembrando que ele está lá pelos motivos certos. Se ele fosse um babaca irrecuperável, ele teria levado sua ideia a outra editora e sujado seu nome. O fato de que ele não fez isso é um ponto a favor. Lembre disso quando a vontade de bater nele surgir.

— Ela dá um abraço apertado em cada uma de nós. — Boa noite, doces irmãs Tate. Vejo vocês amanhã.

Nós damos boa noite e, depois que ela sai, Eden e eu ficamos em silêncio, olhando para a TV.

— Você quer falar sobre ele? — Ela pergunta sem me olhar.

— Não.

— O.k.

Falar sobre Jake e todas as maneiras que ele me irritou/machucou/humilhou nunca foi meu maior talento.

Depois de matar o resto do meu vinho, eu me retiro para tomar um banho rápido. Qualquer frio que tenha restado é derretido pela água quente, mas minha tensão permanece.

Quando termino, me enrolo no meu roupão e vou para o quarto da Eden. Ela está escrevendo em seu notebook, mas para quando me vê.

— Quer carinho?

— Você tem tempo?

— Claro. O Max vai treinar a equipe até tarde. — Ela levanta os lençóis. — Pode entrar.

Eu subo na cama e descanso minha cabeça em seu ombro enquanto ela volta a trabalhar.

— Você está bem? — ela pergunta, digitando algumas sugestões de pauta para a semana seguinte. — Você está bem desanimada desde que chegou em casa. Está decepcionada com toda a coisa do Jacob?

— É claro. Quer dizer, eu achei que ia terminar a noite triunfante, tendo fechado com uma voz literária nova e ousada e, em vez disso, acabei voltando no tempo e entrando numa competição de gritos com o Jake no meio da calçada.

— Argh, sério?

— Sim. Acho que nós não sabemos ser de outro jeito. Velhos hábitos.

— Você tem certeza que não consegue convencê-lo a pegar outro editor?

Eu me apoio no meu cotovelo.

— Edie, é o Jake. Mesmo que eu tivesse mais um milhão de dólares pra oferecer, ele ainda insistiria que eu estivesse à disposição dele, só pra me irritar. Você sabe como ele é.

— Sim, ele sempre sentiu um prazer sádico em te incomodar.

— A coisa que eu tenho mais medo é que a gente pode implodir em uma nuvem tóxica, e não apenas levaremos o livro junto como vamos falir a Whiplash no processo. É muita pressão pra uma editora de primeira viagem que odeia seu autor.

Eden fecha seu notebook e o coloca na mesinha de cabeceira antes de se deitar e passar os braços em volta de mim.

—Ash, se tem alguém que pode fazer isso, é você. Só tente se lembrar do que você gostava no Jake quando eram crianças. Talvez vocês até voltem a ser amigos.

Eu me viro e olho para ela.

— Sério?

Ela dá de ombros.

— O.k., a chance de isso acontecer é igual a do seu travesseiro de Chris Hemsworth ser escalado para o próximo filme do Thor. Mas eu estou tentando ser otimista.

— Eu sei.

— Se as coisas ficarem muito ruins entre vocês, me avisa. Eu ficarei bem feliz de aparecer e enfiar um enorme cacto na bunda do sr. Stone.

A imagem me faz rir e Eden me aperta. Nós duas suspiramos e ficamos quietas. Por alguns minutos, só ficamos ali, ambas perdidas em pensamentos.

Eu começo a achar que Eden pegou no sono quando ela diz:

—Ash?

— Oi.

— Hum… eu sei que é um assunto delicado pra você, mas… seu aniversário está chegando e…

Eu imediatamente fico tensa.

— Edie, por favor, não começa.

— … a Nannabeth acha que você deveria dar uma festa.

— Não.

Eu devia ter previsto isso. Nannabeth vem dando indiretas há semanas, e não importa quantas vezes eu tente mudar de assunto, ela é tipo um cachorro que se recusa a largar o osso.

— Ash, vamos lá. Só algumas pessoas. Eu, você, o Max, o Toby e a Joanna. Todos nós queremos comemorar com você. A Nan até comprou um chapéu de festa para o Moby.

— Bom, ela não deveria ter feito isso. Você conhece a regra. Sem festa. Sem grandes coisas. Por favor.

Droga, Nan já deveria saber a essa altura. Eu não comemoro aniversários. Não desde os meus nove anos. Todo ano elas tentam me fazer mudar de ideia, e todo ano eu resisto. Eu realmente queria que elas entendessem que festas de aniversário não são negociáveis para mim.

Sentindo minha teimosia habitual, Eden cede com um suspiro suave. Quando ela fala de novo, percebo que está escolhendo as palavras com cuidado.

— Ash, eu sei que todas nós temos bagagem, e Deus sabe que eu tenho tanta quanto você. Mas uma coisa que o Max me ensinou é que toda essa coisa do nosso passado... nós precisamos lidar com ela em algum ponto pra podermos seguir em frente. Não é saudável se apegar a coisas assim. Nós dizemos a nós mesmas que isso não afeta nossa vida e nossos relacionamentos, mas afeta. Às vezes, precisamos expurgar o passado pra alcançar o futuro. Eu estou lentamente aprendendo a fazer isso, e acho que você deveria também.

Eu não respondo porque não tenho nada a dizer. Concordo que todos nós temos questões, mas dizer a alguém para superá-las é inútil. Alguns eventos ficam tatuados na nossa psique e não importa o quanto a gente esfregue, eles não vão embora.

Dou um último abraço nela e saio da cama.

— É melhor eu ir. Não quero que o Max chegue e me encontre tipo a Cachinhos Dourados roubando a cama dele. O homem tem um olhar impressionante quando fica de mau humor.

— Por favor, não fique brava.

Eu me viro para ela.

— Não estou. De verdade. Só estou cansada. E, por esse motivo, quando o Max chegar, por favor lembre-se de que essas paredes são finas e tem coisas que eu não consigo *não* ouvir, mesmo com meus tampões de ouvido.

Vejo uma sombra de preocupação ainda marcando sua expressão, mas ela sorri mesmo assim.

— Vou fazer o meu melhor. Deus sabe que é difícil ficar em silêncio com aquele homem. Te vejo de manhã.

— É. Te vejo amanhã.

Eu volto para o meu quarto e apago a luz antes de tirar meu roupão e subir na cama.

Estou colocando o celular para carregar quando uma mensagem surge na tela.

Como foi seu dia? A vida como uma recém-promovida a editora é tudo que você imaginou que seria?

Eu sacudo a cabeça e digito uma resposta.

Não exatamente. Meu novo autor vai ser um desafio, mas vou achar um jeito de lidar com ele.

É claro que vai. Não tem nada que você não consiga fazer. Linda, talentosa, engenhosa. Ele não tem a menor chance. Eu só tenho inveja que ele possa te ver todo dia. Sortudo. Estou com saudades.

Eu sorrio e sinto um quentinho. Depois de um dia tão merda e estressante, é exatamente isso que eu precisava ouvir. Ele realmente é o homem mais doce que já conheci.

Então por que você não consegue superar toda a sua merda e deixá-lo fazer amor com você?

Eu afasto a negatividade.

Eu também estou com saudades. Muitas. Estou completamente exausta hoje, mas nos falamos amanhã, o.k.?

Depois de mandar a mensagem, desligo meu celular e solto um suspiro.

Meu pai costumava dizer que há um limite de facas que alguém consegue equilibrar antes de perder os dedos. Mais tarde eu descobri que ele estava se referindo a ter que lidar com várias mulheres sem que minha mãe descobrisse, mas hoje eu acho que essa frase é relevante para a vida em geral. Eu me pergunto por quanto tempo posso esconder minha disfunção sexual do meu namorado antes que alguém se machuque.

Eu me viro de lado e encaro a parede. Depois do turbilhão de eventos insanos de hoje, tudo o que eu quero é clarear a cabeça e dormir, mas meu cérebro está rodando com uma montagem de memórias da infância. Jake aos três anos, me encarando do quintal dele no dia em que se mudou para a casa ao lado; Jake aos cinco anos, me fazendo rir ao fazer sons de sabre de luz enquanto gira e finge lutar com uma vassoura quebrada; Jake aos doze anos, que parece ficar com mais raiva a cada dia e começa a aparecer cada vez menos; Jake aos catorze anos, que não fala mais comigo e ri na primeira vez que me faz chorar.

É difícil juntar o homem de vinte e quatro anos que ele se tornou com qualquer uma dessas memórias, e é ainda mais difícil aceitar que qualquer versão de Jake seja o incrivelmente gostoso Professor Feelgood, mas é com essa realidade que preciso viver, gostando ou não.

A única coisa que me consola enquanto finalmente pego no sono é que não tem como amanhã ser um dia pior que hoje.

Como era de se esperar, eu sonho com facas caindo.

capítulo dez
Fica pior

— **Merda.**

Eu limpo um borrão de delineador enquanto tento terminar minha maquiagem em tempo recorde.

— Merda, merda, merda.

Claro que, no dia mais importante de toda minha a carreira, eu não ouvi o despertador – pela primeira vez *na vida*. Só mais uma entrada no crescente arquivo de *Coisas Aleatórias que São uma Bosta*. Agora estou superatrasada pro trabalho e, como sempre quando estou correndo feito louca, nada dá certo.

— Aqui — Eden diz, entrando no banheiro e enfiando uma torrada na minha boca. — E o Max fez café. Está no balcão.

— *Obrsgads* — agradeço com a boca cheia de torrada. Eu rapidamente aplico uma camada leve de rímel e passo um pouco de pó antes de correr descalça para o meu quarto e agarrar meus sapatos e minha bolsa.

— Ah, merda. Eden, eu deixei meu casaco no bar ontem à noite. Posso pegar um dos seus?

Ela voa pela minha porta e volta em segundos com seu *trench coat* vermelho.

— Aqui. Mais alguma coisa?

— Não. Tô saindo.

Minha irmã me segue enquanto entro na cozinha para pegar meu café. Eu dou um grande gole e deixo a xícara na mesa.

Professor Feelgood   **133**

— Não dá tempo de terminar. Mas obrigada mesmo assim.

Max está lá, pendurado no computador de Eden.

— Ash?

— Sim?

— Hum, antes de você ir, melhor dar uma olhada nisso. — Ele vira a tela para que eu possa ver. — "É melhor prevenir", aquela coisa toda.

Um famoso blog do mercado editorial tem a manchete *Whiplash rouba estrela das redes sociais de grande editora.* Além do adorável título, o artigo me ataca pessoalmente ao dizer que a Whiplash está arriscando seu investimento de seis dígitos ao "confiar o projeto de alto risco a uma editora novata e sem experiência".

Não é mentira, mas ainda assim... me faz sentir um lixo.

— Droga, Devin — eu resmungo antes de apontar com agressividade para a tela. — E pela última vez, nós não roubamos ninguém. *Eu o descobri!*

Ou Devin não entende a situação precária da Whiplash nesse momento, ou ele está determinado a acertar alguns golpes na mulher que roubou a promoção dele. De qualquer forma, ele é um homenzinho rancoroso.

Max me dá um olhar solidário.

— Desculpa.

Eu suspiro.

— Não é sua culpa. Tudo bem. Obrigada, Max.

Eden me dá um rápido abraço.

— Tenha um bom dia. — Soa mais como uma pergunta que uma afirmação.

— Pouco provável, mas aprecio a tentativa.

Eu saio do apartamento e aperto o botão para chamar nosso elevador velho. Quando entro nele e as portas se fecham, jogo meus sapatos no chão e enfio meus pés dentro deles. De todas as manhãs para estar atrasada. Já vai ser estranho o suficiente apresentar Jake aos meus colegas como se ele fosse um estranho, mas eu esperava pelo menos ter algum tempo a sós com Serena para que eu pudesse falar com ela sobre que caminho tomar na narrativa de Jake.

Quando eu achava que ele era outra pessoa, não tinha dificuldades em me imaginar colocando esse navio na direção certa. Mas agora...

Eu espero que apesar de tudo uma boa noite de sono tenha feito ele cair em si a respeito de nós dois trabalhando juntos. Eu sei que não é provável, mas ainda posso sonhar.

Remexo minha bolsa em busca do batom enquanto o arcaico elevador desce rangendo até o térreo. Eu deveria ter ido de escada. Acabo de passar um vermelho vibrante quando meu celular toca.

— Merda — eu grunho ao ver o nome de Serena piscando na tela. —Ah, maldição, merda, merda.

O elevador abre e eu atendo a ligação enquanto tento enfiar meus braços pelo casaco de Eden.

— Serena, oi. Eu sinto muito não estar aí. Tive um pequeno imprevisto com o despertador nessa manhã, mas estou chegando.

Eu passo pelas portas que dão na rua e congelo. Está chovendo. Muito.

— Só pode ser brincadeira.

— Asha, o que está acontecendo?

Eu respiro fundo e seguro minha bolsa vintage da Fendi por cima da minha cabeça antes de sair numa corrida louca até a estação de metrô.

— Bom, eu não percebi que estava chovendo e estou sem guarda-chuva.

— Não com o tempo. A equipe toda está na sala de reuniões esperando você pra falar com eles sobre o Professor.

—Ah. Certo. Sim, bom...

— Você viu o *Pub Hub* dessa manhã?

— Sim, eu vi e estou morrendo de raiva...

—As pessoas já estão nos julgando por confiar esse projeto a você. Não prove que eles estão certos estragando tudo. Você deveria estar aqui há meia hora.

— Eu sei. Eu sinto muito, eu só...

Estou correndo pelas escadas do metrô quando escorrego nos azulejos molhados. Enquanto solto um gritinho, meu celular e minha bolsa saem voando, e eu rolo pelos degraus restantes. Eu gemo quando bato o joelho e o cotovelo, até que finalmente caio, sem qualquer dignidade, no pé da escada.

— Puta merda do inferno! — As pessoas se reúnem em volta de mim, perguntando se estou bem enquanto me ajudam a levantar. Eu pego minha bolsa rapidamente, mas quando olho em volta em busca do celular, ele não está em lugar algum.

—Alguém pegou meu celular?

Tendo feito o mínimo necessário para ajudar uma estranha em dificuldades, os membros do meu serviço de resgate resmungam várias versões de "não" antes de saírem correndo para pegar seus próprios trens. Depois que eles se vão, eu procuro pela área novamente e, quando quase caio outra vez, percebo que o salto do meu sapato quebrou. Eu o resgato do fim da escada antes de fazer uma última busca pelo meu celular.

— Moça? — Uma faxineira com um esfregão na mão me chama. Ironicamente, ela está bem ao lado de uma placa de "chão molhado."

Um pouco tarde demais.

— Você está procurando um celular com uma capinha amarela? — ela pergunta.

— Sim! — eu grito, mancando até ela. — Você achou?

— Não, mas vi um jovem delinquente de capuz e mochila correndo com ele depois que você caiu. Eu tentei segurá-lo, mas ele foi rápido demais.

—Ah, meu Deus, sério?

Ela aponta para umas escadas perto dali.

— Ele desceu por ali. Quer que eu chame a segurança?

—Ah, não, não tenho tempo. Obrigada.

Eu corro o mais rápido que posso com meu sapato aleijado.

— Moça! — A faxineira grita atrás de mim. — Nem tente. Ele já foi.

Eu a ignoro e desço as escadas, mas dada a determinação do karma de ferrar comigo hoje, vejo o trem indo embora bem quando chego no fim da escada.

—Puta merda de um caralho! Estão de brincadeira com a minha cara.

Eu desabo, derrotada. Minha vida estava naquele celular. Agora estou atrasada, molhada, com um salto só, sem celular e com roxos em vários lugares. E, para completar, minha chefe provavelmente acha que eu desliguei na cara dela enquanto levava uma bronca por estar atrasada. Bom, pelo menos esse dia não pode ficar pior, certo?

Você se esqueceu que vai passar a maior parte dele com o Rei dos Escrotos?, uma vozinha sussurra na minha mente.

— Cala a boca — eu sussurro. — Cala essa sua boca suja.

— Serena — eu murmuro para mim mesma enquanto me aproximo do prédio da Whiplash —, sinto muito pelo atraso, mas, veja, o Professor Feelgood é na verdade meu antigo arqui-inimigo do Ensino Médio e, na noite passada, em algum momento entre revelar sua identidade verdadeira e me chamar de vaca com complexo de superioridade, Jacob Stone colocou uma zica em mim, e agora tudo o que toco vira merda.

Eu sei que não posso racionalmente culpar Jake por essa onda de azar, mas desde que ele voltou para a minha vida, parece que cada coisa boa é balanceada por algo merda, então vou apontar meu dedo na direção dele. Ele é tipo minha bola de demolição particular.

Como se para confirmar minha teoria, estou esperando para atravessar a rua até a Whiplash quando uma bicicleta passa voando, acerta uma poça e espirra água imunda em mim. Eu dou um gritinho de surpresa e digo diversos palavrões relacionados à fornicação maternal enquanto a nojeira escorre pelo meu rosto.

Por algum pequeno milagre, a adolescente parada *bem do meu lado* é poupada. Claro que ela tem um guarda-chuva. É amarelo e cheio de emojis sorridentes. Eu o odeio intensamente.

Quando tiro meus óculos e limpo a água suja, ela me olha, divertida, mas tentando parecer preocupada.

— Uau, que chato, cara.

Eu a olho com raiva.

— Você acha?

Professor Feelgood   **137**

Ela se vira um segundo tarde demais para esconder seu sorriso, mas os rostos felizes em seu guarda-chuva me provocam com suas risadas de nylon.

Eu resmungo em voz baixa e manco pela rua. Depois que jogo meus óculos na bolsa, nem tento mais proteger minha cabeça, porque sério, qual o ponto? A chuva corre pelo meu cabelo e meu rosto enquanto eu manco os útlimos metros até a recepção da Whiplash. Quando finalmente piso na secura morna do elevador, eu suspiro, pingando no carpete estampado.

Logo antes das portas se fecharem, Devin Shields entra.

Eu levanto os olhos para o teto e tento me impedir de gritar de frustração. *Querido Deus, por que você está me torturando assim? Por quêêêêêêê?*

Devin me olha duas vezes.

— Credo, Tate, você está bem? Foi assaltada ou algo assim?

Eu endireito meus ombros e tento não parecer tão derrotada quanto me sinto.

— Tive um pequeno incidente com uma escada. Estou bem.

— Mesmo? Você está sangrando.

— O quê?

Ele toca minha testa e então me mostra o dedo dele.

— Viu?

— Hum — eu digo, olhando confusa para a gota vermelha. — Curioso que eu esteja sangrando na cabeça, já que você vive me esfaqueando pelas costas.

Ele ignora isso e puxa um lenço limpo da jaqueta. Previsivelmente, é bordado com suas iniciais.

— Aqui.

Estou prestes a pegá-lo, mas ele o puxa.

— Na verdade, quer saber? Por mais que eu quisesse ser um cavalheiro agora, porque você sinceramente parece ter saído de dentro de uma lixeira, isso é algodão egípcio, e machas de sangue iriam estragá-lo. — Ele o coloca de volta no bolso. — Foi mal.

Eu o fuzilo com o olhar.

— Sério?

Ele dá de ombros.

— Essas coisas custam cem dólares cada, gata. Não posso simplesmente compartilhá-las.

— Claro. Diferente dos segredos da empresa, certo?

Ele faz uma expressão pouco convicente de surpresa.

— Hum... o quê?

Graças a Deus as portas se abrem, e eu me afasto dele antes que minha raiva se manifeste em violência física.

Eu manco até o cabideiro e acrescento meu *trench coat* encharcado à coleção que já está lá. Como meu cabelo está ensopado, minha roupa inteira está ensopada. Acho que foi o dia errado para usar um sutiã preto por baixo de uma blusa branca. Não que tenha sido uma escolha consciente. Estar atrasada resultou em agarrar as roupas limpas mais próximas.

Quando me viro para ir para a minha mesa, encontro Joanna parada ali perto, boquiaberta.

— Ah, meu Deus. Você foi assaltada?

Eu passo mancando por ela na direção da minha mesa.

— Não quero falar sobre isso.

— Você está ensopada!

— Estou sabendo. — Pego meu caderno e caneta e me preparo para a reunião que eu deveria estar presidindo há quarenta minutos. Estar tão atrasada me colocou na berlinda.

— O briefing que eu preparei ontem já está lá? — eu pergunto.

Joanna pega um monte de lenços de papel e tenta secar parte da água pingando do meu rosto.

— Sim. Assim como as projeções de vendas e uma cesta de muffins daquela padariazinha no SoHo. Tudo pronto.

— Ótimo. Aliás, roubaram meu celular.

— Vou tentar recuperá-lo.

— Obrigada. Vamos lá.

— Hum... Ash? Você não quer tentar se limpar primeiro?

— Não tenho tempo. Só tenho quinze minutos pra briefar todo mundo antes que o Jake chegue. — Eu vou para a sala de reuniões e

Jo me segue. — Não sei se consigo passar quão incrível é o Professor e quão terrível é sua persona da vida real, mas fico feliz em pelo menos tentar.

Ela continua me secando conforme andamos.

— Então, você vai contar a história de vocês dois para as pessoas? É uma boa ideia?

Eu penso por um segundo.

— Na verdade, não. Se eu admitir que nos conhecemos, ou vou passar por idiota por ter fechado com ele antes de ter descoberto quem ele realmente era, ou vai parecer que fizemos um complô pra conseguir o maior adiantamento possível. De qualquer forma, é ruim. Vamos manter isso entre nós.

— O Jake sabe desse plano?

— Hum, bom ponto. Você pode mandar uma mensagem pra ele? Diga que eu pedi pra ele manter nosso histórico escondido por enquanto.

— Certo. — Ela digita a mensagem e aperta enviar. — Pronto.

— Excelente — eu digo e meu estômago começa a fazer coisas estranhas. — Crise evitada.

— Claro. Bom trabalho. — Jo está tentando me apoiar, mas não estou acreditando. Até ela sabe que ter Jake aqui vai ser como nadar com um tubarão. Há uma boa chance de que, em certo ponto, ele se vire contra mim.

— Ah, eu tenho más notícias — Joanna diz.

— Nenhuma surpresa. Parece ser o tema do dia.

— Eu liguei para o bar onde você deixou seu casaco ontem à noite e eles disseram que não o encontraram. Parece que alguém o levou pra casa.

— E por que não levariam? O casaco é fabuloso. — Sinto uma pontada de tristeza, mas não tenho tempo para isso agora. Há mais coisas em jogo hoje do que um casaco.

Quando chegamos às portas de vidro, eu as abro e cumprimento o pequeno grupo reunido ali. Algumas pessoas me olham duas vezes, mas eu não tenho tempo para parar e explicar.

— Bom dia, pessoal. Perdão pelo atraso. Por favor, tirem um momento pra folhear os briefings na frente de vocês e então vamos começar.

Quando eu me sento ao lado de Serena na cabeceira da mesa, a vejo me olhando de boca aberta.

— Meu Deus! O que aconteceu? Eu sabia que algo estava errado quando te ouvi gritar e a ligação caiu. Te liguei várias vezes depois disso, mas ninguém atendeu. Você foi assaltada? Você está bem?

Cara, por que todo mundo acha que fui assaltada? Quão ruim é minha aparência?

— Estou bem, Serena. Preciso de um celular novo, mas fora isso...

— Te assaltaram só pelo celular?! Que sem-vergonhas.

— Não, eu só... — Eu respiro fundo. — Estou bem, de verdade.

— Não pareço convincente, e por um bom motivo. Apesar de tentar agir normalmente e seguir com a tarefa que tenho, há uma dor profunda que começa no meu cotovelo e segue até meu joelho, no ponto em que o bati nas escadas. Isso sem falar na minha testa latejando acima do meu olho esquerdo. As pessoas estão disparando perguntas sobre o que aconteceu, mas eu as corto.

— Serio, não se preocupem comigo, gente. Por favor, vamos só terminar essa reunião antes que o Professor chegue.

Nossa equipe hoje é composta pelo guru promocional da casa, Sidney, sua imediata, Shawna, e nosso diretor de mídias sociais, Dominique. Há também três meninas que estão fazendo um estágio de alguns meses conosco, e eu noto como elas trocam olhares quando abrem o dossiê e veem fotos de um cara seminu. É engraçado como as reações favoráveis a ele faziam eu me sentir ótima a respeito desse projeto, mas agora que eu sei que é Jake, só quero gritar "parem! Não o achem atraente! Ele é um bundão!".

— Então — eu digo, abrindo meu dossiê. — Alguns de vocês já estão familiarizados com o nosso novo autor, mas para os que não estão, deixe-me apresentá-los ao Professor Feelgood.

— Que homem horrível — Sidney diz, estalando a língua. — Como alguém aguenta ter um corpo horrível desses?

— E essa falta de talento — Shawna acrescenta. — Eu passei as últimas vinte e quatro horas babando no Instagram dele e... bom... — Um vermelho vivo surge no pescoço dela. — Ele realmente precisa aprender a formar uma frase.

Serena sorri.

— Fico feliz de ver que ninguém aqui é imune aos encantos do Professor.

Eu considero mencionar que ao menos uma pessoa aqui o acha nojento, mas qual o ponto?

Serena aponta para mim.

— Asha fez um trabalho fantástico ao encontrar uma joia rara e especial no Professor, e nós precisamos garantir que vamos aproveitar essa oportunidade de trazer um hit monstruoso para a Whiplash.

— Vocês já o conheceram? — uma das estagiárias pergunta. — Ele é tão incrível na vida real quanto on-line?

— Não — eu digo rápido demais. — Hum... o que eu quero dizer é que ainda não o conhecemos. É pra isso que a reunião de hoje serve. Para apresentá-lo a todo mundo, responder perguntas e recebê-lo na família Whiplash.

— Bom, uma coisa que a disputa fez foi resultar em uma publicidade inestimável para o Professor — Sidney diz. — Eu estava conversando com alguns amigos na imprensa ontem à noite e todos querem descobrir mais sobre o homem que fez o mercado editorial enlouquecer. Há uma boa movimentação pra se conseguir entrevistas e fotos.

Serena faz que sim, impressionada.

— É uma notícia fantástica. Essa movimentação precoce vai aumentar a popularidade do livro. Quanto mais pré-vendas conseguirmos, melhor. — Ela se vira para mim. — Asha, há mais alguma coisa que você possa nos contar a respeito do Professor?

Tanta coisa, mas poucas relevantes para essa conversa.

— Bom, eu sei que ele tem vinte e quatro anos e é do Brooklyn. Ele frequentou a escola local e o pai dele era policial de uma delegacia do bairro.

Tento fazer soar como se eu não soubesse essas coisas desde sempre, mas é difícil fingir falta de familiaridade com Jake. Eu sei todos os acontecimentos marcantes da vida dele, incluindo seu primeiro beijo e quando ele perdeu a virgindade. Não são coisas que eu necessariamente quero saber, mas, ainda assim, sei.

— O.k. Garoto local. É um bom ângulo — Sid diz. — Você avisou que eu vou encher o saco dele hoje?

Droga. Eu tinha esquecido que um dos truques favoritos de Sid é conduzir entrevistas extensas com todos os nossos autores em busca de histórias pessoais interessantes que ele possa desenterrar para vender para a imprensa e ganhar exposição. Ele tem um jeito de fazer as pessoas contarem anedotas incrivelmente pessoais, mas eu duvido que Jake vá ceder aos seus encantos. Quando se trata de divulgar detalhes de sua vida particular, ele é tão aberto quanto uma armadilha de aço, trancada em um arquivo de ferro que foi armazenado no porão de um prédio condenado.

Ainda assim, se Jake decidir cooperar, eu espero que ele tenha o bom senso de me deixar de fora.

— Não avisei — eu digo, tentando parecer indiferente. — Acho que vamos ter que ver o que acontece.

— Excelente — Sid diz com sua voz de vilão de James Bond. — Eu gosto de pegar minhas vítimas de surpresa e abri-las como uma noz. Espero que o sr. Stone tenha algumas histórias fascinantes a respeito de sua vida e educação.

Serena começa a falar com Sid sobre que fotógrafo usar para a sessão de fotos de Jake, mas as vozes deles desaparecem conforme esfrego minha cabeça. Está começando a doer, e eu preciso de alguns analgésicos antes de lidar com Jake. Ele faz minha cabeça explodir de raiva em um dia bom, então odiaria descobrir o que acontece quando meu crânio já parece estar se rachando.

— O.k. — eu digo. — Se ninguém mais tem mais perguntas, vou deixar alguns minutos pra vocês lerem as informações em suas pastas...

— Asha, você falou com esse cara no telefone, certo? — A estagiária baixinha de cabelo escuro pergunta.

— Hum... bom, sim.

Ela se inclina para a frente.

— Ele tem uma voz sexy? Parece que sim.

— Bom... — Eeeee aqui está a berlinda na qual estarei durante todo esse processo. Como eu posso fazer comentários objetivos sobre um homem que eu subjetivamente odeio? Não importa para qual lado eu vá, estarei negando alguma versão da verdade.

— A voz dele é... a de um homem. — Que desvio incrível.

— Mas um homem *sexy*? — A pirralha insiste.

— Hum... Alguns o achariam atraente, eu acho. Não eu, mas alguns.

— Sério — a garota diz, levantando uma foto do físico perfeito do Professor. — Você está me dizendo que não acha isso sexy?

Alguns dias atrás, eu teria lambido essa foto e amado o gosto. Hoje, ela me dá tanta repulsa como se eu fosse a Gwyneth Paltrow na frente de *junk food*.

— A questão é — eu digo, esfregando minha cabeça de novo. — A sensualidade está nos olhos de quem vê, não é? Quer dizer, o que eu acho sexy, você pode não achar, e vice-versa. Pra mim, um homem tem que ter uma personalidade incrível pra ser sexy. Ele pode ter o melhor corpo do mundo e escrever de um jeito que faz os anjos chorarem, mas se ele for um babaca, isso invalida tudo.

No momento em que digo isso algo, dentro de mim sussurra: *mentirosa*.

Quando paro de falar, noto que ninguém está me olhando. Todos estão focados em um ponto acima do meu ombro esquerdo.

Eu congelo.

— Ele está aqui, não está?

Todo mundo faz que sim, e eu me viro e vejo o sr. Whip andando na direção da sala de reuniões com Jake ao seu lado.

Ótimo. Ele está adiantado, e não há mágica que possa evitar que ele me veja nesse estado. Maldita seja eu por não ter pensado em investir em uma bomba de fumaça.

Quando o sr. Whip abre a porta e faz um gesto para que ele entre, Jake cruza o olhar com o meu. Uma expressão de confusão toma conta do seu rosto quando ele me nota por inteiro.

A reação do sr. Whip é mais imediata. No segundo que ele registra minha aparência, o rosto dele se contorce.

— Meu Deus, Asha. O que aconteceu com você?

— Ela foi assaltada — Serena diz em voz baixa. — Roubaram o celular dela. Não é nada demais.

Ele parece alarmado.

— Minha nossa. Você está bem?

— Você foi assaltada? — Jake diz, fazendo um bom trabalho em fingir preocupação. Incrível o que ele consegue fazer quando tem um público.

— Não exatamente — eu digo. — Mas alguém de fato roubou meu celular. Fora isso, estou bem, sr. Whip. Obrigada por perguntar.

Jake franze o cenho.

— Você não parece bem.

— Não mesmo — o sr. Whip concorda.

— Não se preocupem comigo — eu digo, ignorando meu olho esquerdo latejando. — Tenho certeza de que todos estão ansiosos pra conhecer nosso convidado de honra. Talvez devamos começar as apresentações.

— Claro. — O sr. Whip olha em volta da mesa, como se tivesse se esquecido do pequeno público observando nossa conversa. — Por favor, deem as boas-vindas ao nosso Professor Feelgood, Jacob Stone.

Todos aplaudem e acenam, e eu não deixo de notar os olhares de aprovação que Jake recebe do grupo, inclusive de Sidney. Shawna em especial parece estar sentindo uma onda de calor, e não no rosto. Eu quase sinto pena dela. Não há nada mais frustrante que sentir tesão por um homem e depois descobrir que ele tem a personalidade do Wolverine de mau humor.

Como se para provar meu ponto, Jake reage às boas vindas com uma expressão de desconforto que parece querer crescer e virar um sorriso. Ela é acompanhada de um resmungo:

— Oi.

Uau. Que esforço.

Sem se abater pela frieza dele, Serena se levanta para apertar sua mão.

— É um prazer, sr. Stone.

Jake dá um aceno de cabeça.

— Igualmente. Me chame de Jake.

O sr. Whip aponta para mim.

— E, claro, como você já deve ter adivinhado, essa jovem é a responsável por ter trazido seu talento para os holofotes, Asha Tate. Vocês devem estar felizes por finalmente se conhecerem pessoalmente.

— Sim. — Eu forço um sorriso e estendo minha mão, relutante. — Bem-vindo, sr. Stone.

Cara, parece tão errado demonstrar respeito a ele. Meu eu adolescente está em algum lugar, se sacudindo e sussurrando "credo" repetidas vezes.

— Ah, vamos lá, srta. Tate. Por que tanta formalidade? — Jake enrola seus dedos em torno dos meus e então se vira para o sr. Whip. — Você não soube? Asha e eu somos amigos de longa data.

— São? — O sr. Whip arqueia as sobrancelhas.

Serena se junta a ele no olhar confuso.

— Asha, eu achei que vocês não se conhecessem.

— Hum… — O que é que Jake está fazendo? Talvez ele não tenha recebido a mensagem de Jo. Ou talvez ele tenha, mas não consegue resistir à tentação de me irritar.

Alerta: ataque de tubarão iminente.

Jake me deixa no suspense por uns três segundos antes de abrir sua tentativa de sorriso outra vez.

— Eu só quis dizer que a srta. Tate e eu falamos tanto ao telefone que parece que nos conhecemos desde crianças.

Ainda estamos de mãos dadas, e eu odeio quão úmida e melada a minha está. Eu a puxo e dou uma risada sem graça enquanto o sr. Whip e Serena sorriem.

— Haha, claro que sim. — Eu lanço um olhar sutil para Jake enquanto seco a mão na minha saia. — Enfim, por favor, me deem licença por um minuto. Enquanto vocês se apresentam, vou me arrumar.

— Claro — o sr. Whip diz, me dando um tapinha simpático no ombro. — Vamos manter o sr. Stone entretido até você voltar.

— Ótimo.

Sem olhar para Jake, eu passo por ele e saio pela porta.

— Ai. Ai. Ai. — Com cada passo que dou, sinto uma pontada de dor no meu joelho e quadril. Quando chego na minha mesa, reviro a minha bolsa, desesperada por analgésicos. Olhando de volta para a sala de reuniões, vejo todos de pé, se reunindo em volta de Jake com animação. Ele é mais alto que eles e, sendo fiel a seu hábito normal em situações sociais, parece querer estar em qualquer outro lugar. Uma vez ele me disse que sua ideia de purgatório seria ter que puxar conversa fiada com um bando de estranhos por toda a eternidade.

Nesse caso, bem-vindo ao inferno, amigo.

Depois de pegar um Advil e minha maquiagem de emergência, eu manco até o banheiro feminino. Quando dou uma olhada na minha aparência no espelho, entendo por que todo mundo pensou que eu tinha sido atacada.

— Ah, puta merda. — Não apenas meu rosto está imundo como meu rímel está todo borrado e meu batom virou uma meleca vermelha que cobre metade do meu rosto. Acrescente ainda o pequeno ponto de sangue seco perto do meu couro cabeludo e minha imagem de vítima de um crime está completa.

Eu faço uma careta.

— Você está muito ferrada, garota.

Enquanto eu tiro o excesso de água do meu cabelo, imagino que tipo de comentário engraçadinho Jake fará quando estivermos sozinhos. Ou talvez ele só me dê um daqueles olhares incrédulos que não precisam ser acompanhados de palavras para me fazer sentir uma perdedora patética. Ele é especialista nesses.

Depois que tiro o máximo possível de água do meu cabelo, pego um pente e o passo pela bagunça úmida. No processo, devo ter batido no ponto que estava sangrando mais cedo, porque sinto uma dor aguda e, em seguida, a sensação inconfundível de algo grosso escorrendo lentamente pelo meu couro cabeludo.

— Ah, qual é. Que nojo.

Eu seco sem forças o ponto machucado enquanto coloco dois Advil numa mão e os engulo com um pouco de água da torneira.

Depois disso, passo uns trinta segundos esfregando meu rosto com as mãos para tirar tanto a sujeira quanto o mau humor que a acompanhou. Não foi bem dessa maneira que eu imaginei meu primeiro dia como uma editora de verdade. Eu chamaria de um dia infernal, mas até Satã acharia isso aqui demais.

Após desligar a torneira, seco meu rosto uma última vez, afasto meu cabelo e me endireito. Eu quase grito quando vejo uma figura enorme atrás de mim no espelho.

— Jake! Merda! Que isso? — Como ele entrou aqui sem fazer barulho? Existem babacas-ninjas?

Ele puxa vários lenços de papel e os passa para mim.

— Você foi mesmo assaltada?

— Eu já disse que não fui.

— Então o que aconteceu com você?

Eu apoio meu peso na perna que não está latejando e seco meu rosto.

— Uma galera barra pesada no carrinho de café. Agora, por favor, saia.

Jake se aproxima.

— Você está machucada.

— Estou bem.

Ele franze o cenho enquanto olha para um ponto perto do meu couro cabeludo.

— Claramente não está, gênia. Você está sangrando. — Ele pega um lenço de papel e pressiona na minha testa.

— Jacob, o que você...

— Você poderia calar a boca por cinco segundos e ficar parada? — Ele dá um passo a frente e passa uma mão pela minha nuca enquanto pressiona o papel com mais força contra a minha testa. A ação é tão inesperada e a proximidade dele é tão estranha que eu instintivamente tento me afastar, mas a bancada da pia impede minha retirada.

— Não se mexe — ele ordena em voz baixa. — Precisamos de pressão na ferida, não de você sendo uma idiota.

— Sua cara que é idiota — eu resmungo. *Por favor, analgésicos, façam efeito. Quanto mais rápido melhor.*

— Ah, você voltou a insultos tipo "sua cara"? Temos nove anos de novo?

— Alguns insultos nunca saem de moda. "Sua cara" funciona pra qualquer situação.

— Você é ridícula.

— Sua cara é ridícula. Viu?

Ele tira o papel da minha testa e divide meu cabelo gentilmente, procurando o machucado.

— Então, se você não foi assaltada, como isso aconteceu? Não me diga que você caiu de ponta cabeça por livre e espontânea vontade?

Eu tento manter uma expressão impassível.

— Sem comentários.

Ele ri.

— Nossa, mulher, você é desajeitada. Eu me lembro uma vez que você tropeçou nos seus próprios pés na cantina da escola.

— Sim, e eu me lembro de você rindo tão alto que todo mundo notou e começou a me zoar também.

Ele me olha com um sorrisinho.

— Se você acha que isso foi culpa minha e não do espacate giratório que você tentou fazer, então você não se lembra bem. — Ele termina de examinar minha cabeça e pressiona um novo papel contra a ferida. — A boa notícia é que você não precisa de pontos. A má é que esse machucado não é grave o suficiente pra ter causado uma grande mudança de personalidade. O pior que vai acontecer é uma dor de cabeça.

Ele não está errado quanto a isso. O latejar de antes fica mais forte a cada minuto, apesar dos analgésicos.

Eu mando boas vibrações para o Advil no meu estômago, desejando que ele se dissolva mais rápido.

— Você nem deveria estar aqui. Está escrito damas lá fora.

— Então tecnicamente você também não deveria estar aqui.

Eu ignoro a provocação.

— Você sabe que tem uma sala cheia de gente te esperando, certo?

— Eu disse a eles que precisava ir ao banheiro, o que é verdade. Acontece que eu fui interrompido por você com essa aparência triste e patética.

Professor Feelgood   **149**

Ele pega mais um pouco de papel e os acrescenta ao bolo já existente.

— E eu sei que atualmente tudo que você quer é me agradar, já que eu sou sua estrela e tudo mais, mas eu podia passar sem essa fantasia de animal atropelado.

Quando eu faço uma careta para ele, ele me vira e aponta para o meu reflexo.

— Guaxinim emo morto — ele diz. — A semelhança é impressionante.

Merda. Tudo o que consegui ao esfregar meu rosto foi espalhar rímel e delineador por *toda parte*. Eu pareço ter saído de um filme de terror japonês.

Eu abaixo a cabeça, derrotada, antes de pegar mais alguns papeis e limpar em volta dos meus olhos até deixá-los doloridos e inchados.

— Assim como você — eu digo, exaustão na minha voz —, esse dia pode ir se ferrar.

Jake ri, e de repente eu noto que seu peito está a poucos centímetros do meu rosto. Ele ficou tão grande que faz o espaço em volta parecer pequeno, e sua camiseta não está se esforçando em esconder seus músculos estúpidos.

Você não o acha sexy, eu me lembro. *Não sexy, não sexy, não sexy.*

Apesar do meu novo mantra, partes minhas reagem favoravelmente a essa proximidade. E com "favoravelmente" eu quero dizer com um tesão cruel e indesejado.

Eu jogo o papel que estou segurando na lata de lixo e fecho os olhos. Se ao menos houvesse um filtro do Snapchat que pudesse tornar essa versão crescida e super gostosa de Jake nojenta e repulsiva.

Deus, tecnologia, vamos logo, por favor. Você não está ajudando.

Mesmo de olhos fechados, a proximidade me deixa tonta. O perfume que emanava de sua jaqueta noite passada está flutuando em volta de mim, cítrico e limpo. Estou ficando mais desconfortável com toda essa situação a cada segundo.

— Ei. — Ele me sacode um pouco. — Olha pra mim. — Ele segura meu rosto entre as mãos e levanta a minha cabeça.

— O quê? — Eu abro os olhos, mas me foco na barba mal feita no queixo dele.

— Asha. — Ele se inclina para baixo para poder olhar nos meus olhos e, no segundo que nossos olhares se cruzam, uma coleção de memórias se junta e tenta subir à superfície. Eu vejo flashes dele quando menino, limpando meus joelhos arranhados depois que eu caí jogando basquete. Ele socando Kelvin Stott por ter me empurrado em uma poça de lama na escola. Ele segurando minha mão cada vez que íamos atravessar a rua para garantir que eu estivesse segura.

Jake Protetor. Faz tempo que ele não aparece. Parte de mim realmente sentiu falta dele. Eu tinha esquecido o quanto eu desejava seu conforto. Tanto que eu tenho que fechar meus olhos de novo para bloqueá-lo.

— Ei, não pegue no sono. Você pode ter tido uma concussão.

— Eu não estou pegando no sono. Só...

Depois de tudo que aconteceu nessa manhã, a coisa que mais me incomoda é a forma como Jake cuidar de mim e pressionar sua mão quente com cheiro de limão na minha cabeça está deixando minha garganta apertada e meus olhos lacrimejando. O mundo está oficialmente ao contrário hoje.

— Jake... para.

— Por quê?

— Porque... — Eu respiro fundo e o afasto. — Eu posso cuidar de mim mesma.

Ele me encara por um segundo, seu maxilar tenso. Eu o encaro de volta, tentando parecer mais forte do que me sinto.

Sinceramente, estar perto dele é exaustivo. E não por causa da nossa inimizade constante ou das disputas verbais, embora isso seja cansativo. É porque estamos sendo esmagados pelo peso de todas as coisas que não estamos dizendo. Todos os assuntos que levam por caminhos que já foram destruídos e enterrados.

Jake me encara por mais alguns segundos, então me passa um papel limpo.

— Se você diz.

Eu pressiono o papel contra minha testa e, quando o afasto, já não há quase sangue. Graças a Deus.

— Viu? — eu digo, mostrando a ele. — Minha capacidade sobre-humana de cura chegou. Você pode voltar para a reunião. — *E sair desse espaço pequeno e apertado para eu poder ignorar você e as coisas perturbadoras que me faz sentir.*

Eu me viro para o espelho para terminar de me arrumar e não fico surpresa quando Jake não sai.

— Um dos motivos pra eu vir te procurar — ele diz — foi pra falar sobre a mensagem que a Joanna mandou. Você quer fingir que não nos conhecemos?

Eu abro minha pequena nécessaire de maquiagem e passo corretivo em meu rosto inchado.

— Não, mas eu acho que seria melhor. Nossa história não é relevante. E, sinceramente, com a campanha que eu fiz por você, e daí você colocando no contrato que eu tinha que ser sua editora... pegaria mal.

— O.k. Eu entendo.

Olho para ele no espelho.

— Esse processo já foi cheio de drama. Não quero mais. — A boca dele se contrai quando digo isso, então eu explico. — Se a Serena e o sr. Whip descobrirem que você me enganou, todo esse negócio seria colocado em dúvida.

Ele dá um passo a frente.

— Enganar quer dizer que eu me representei de forma errada. Eu não fiz isso.

— Isso não é exatamente verdade. O Professor *parecia* ser alguém único e incrível, quando na verdade ele era só... bom... *você.*

No espelho, eu o vejo se apoiando na cabine e cruzando os braços sobre o peito.

— Você já considerou que eu sempre fui único e incrível e você só não conseguiu perceber isso?

— Não. Mas eu também nunca acreditei em Papai Noel ou Coelhinho da Páscoa devido à falta de provas, então...

Estou acostumada a ter Jake me olhando com desdém e sarcasmo, mas, nesse momento, a expressão dele é pouco familiar. Se eu tivesse que adivinhar, chutaria uma mistura de arrogância e paciência.

— Nesse caso... — Ele se inclina para pegar algo do chão, então coloca um saco de papel amassado ao meu lado na pia. — Feliz Natal do Grinch.

Eu franzo o cenho para o pacote.

— O que é isso?

— Abre.

Desconfiada, eu pego a sacola e a abro com cuidado. Conhecendo Jake, é provavelmente um rato morto. Ou talvez uma cascavel.

Quando eu vejo o que está ali dentro, a pulsação na minha cabeça dobra. Eu olho para Jake, perplexa e surpresa.

— Como você...? — Eu enfio a mão na sacola e puxo meu amado casaco Burberry. Pensei que nunca o veria de novo. — Jake... Eu...

Ele passa o peso de uma perna para outra, parecendo desconfortável com minha gratidão. É compreensível. Nós estamos mais acostumados a viver em um estado de raiva e conflito constante do que a ter uma conversa agradável e normal.

— Não fique toda chorosa, princesa. Eu acabei voltando ao bar ontem à noite pra encontrar uma pessoa, então o peguei. Não foi nada de mais. Se você morresse congelada nas próximas semanas porque não tem um casaco, eu não teria editora, e isso seria inconveniente. Então, foi mais por mim do que por você.

Ele pega a coleção de lenços de papel molhados e sangrentos que está na bancada e faz uma enorme bola com eles.

— E talvez você queira usá-lo para se cobrir antes de voltar para a reunião. Sua camisa está totalmente transparente. — Ele atira os papeis no lixo.

Ele se vira para ir embora, mas eu toco seu braço.

— Jake, espera. — Ele olha para minha mão e então se vira de volta para mim. — Parte da reunião de hoje vai ser uma entrevista profunda sobre a sua vida. É uma prática padrão do nosso gerente de marketing.

Ele se remexe e está claro o quanto já está desconfortável.

— É obrigatório?

— Nada é obrigatório. Só achei que você deveria saber. — Ele devolveu meu casaco. O mínimo que posso fazer é avisá-lo sobre Sid.

Professor Feelgood   **153**

Jake dá um aceno tenso de cabeça sem me olhar de novo, abre a porta e sai.

Assim que a porta se fecha atrás de mim, minha tensão diminui umas cinquenta vezes, e eu volto a desmontar sobre a bancada. Por que tudo com ele tem que ser tão difícil? Eu sei que houve um tempo em que ele era fácil como respirar para mim, mas isso faz uns cem anos, e não consigo me lembrar como era a sensação.

Eu seguro meu casaco, ainda chocada que ele o tenha recuperado para mim. Toco o ponto quente na minha nuca onde a mão dele estava. O Jake Carinhoso sempre derreteu meu coração, mas o Jake Cruel veio e tomou o lugar dele e, honestamente, eu só lembro como lidar com esse segundo cara. Se o primeiro começar a aparecer de novo, as coisas por aqui vão ficar bagunçadas, e rápido.

Empurrando memórias rebeldes de volta para o lugar delas, eu checo meu reflexo. Pensei que minha camisa ficaria mais opaca conforme secasse, mas nada disso. Meu sutiã é definitivamente a estrela da festa.

Eu visto o casaco e o fecho por cima das minhas roupas úmidas. Afasto meu cabelo, limpo uma última mancha de delineador da minha bochecha e finjo que me sinto muito melhor do que realmente me sinto, tanto mental quanto fisicamente.

— O.k. — eu digo para meu reflexo levemente menos desarrumado. — É hora de arrasar.

capítulo onze
Ah não, ele *não* fez isso

Quando volto para a sala de reuniões, Sidney já entrou em modo de batalha e está detalhando seu plano com trilhões de fases para espalhar a palavra do Professor. O rosto dele se ilumina enquanto fala, e Jake parece impressionado. Ele provavelmente consegue notar que, como muita gente aqui, Sidney realmente gosta do seu trabalho.

Eu me sento o mais silenciosamente possível para não interromper o fluxo de Sid.

— Nós planejamos anunciar o livro hoje mais tarde, e vamos reforçar que foi de fato Asha a pessoa que te descobriu pra calarmos todos os rumores que dizem o contrário. — Ele sorri para mim e então se vira para Jake. — Assim que o release oficial chegar na imprensa, você pode contar pra todos os seus fãs.

Jake aponta para o celular.

— Parece que a cobertura da disputa já deu a dica pra eles. Minhas notificações estão explodindo desde cedo.

— Bom, ótimo — Sid diz. — Quanto mais barulho, melhor. — Ele passa cópias do rascunho do release de imprensa. — É isso que iremos divulgar em algumas horas. E Jake, nós vamos precisar organizar uma sessão de fotos o mais rápido possível, pra ter algumas imagens de divulgação. Vou conversar com a Asha pra encaixarmos isso no cronograma.

Depois que todos pegam sua cópia do release, Sid se vira na cadeira para encarar Jake de frente e eu sei que chegamos na hora das questões profundamente pessoais da reunião.

— Então, Jacob... pra te conhecermos melhor, nos conte algo sobre você.

Jake pisca algumas vezes e eu consigo sentir a tensão do outro lado da mesa.

— Não há muito o que dizer.

Uau, seis palavras. Isso vai ser pior do que eu pensava.

— E a sua família? — Sidney joga, com a postura calma e acolhedora de um terapeuta experiente. — Nos conte sobre seus pais.

Jake se remexe na cadeira. Eu nunca vi um autor simplesmente se recusar a responder questões pessoais antes, mas há uma forte possiblidade de que isso aconteça hoje.

Como se sentisse o desconforto de Jake, o tom de Sid se torna ainda mais acolhedor, e ele fala como quem se dirige a um animal selvagem prestes a atacar.

— Tudo bem. Você não precisa compartilhar nada que não queira. Mas assim que sua identidade real for revelada para o mundo, sua vida privada estará à disposição da imprensa e dos fãs. Nós achamos melhor termos o controle do fluxo de informação desde o começo.

Há mais alguns segundos de um silêncio desconfortável da parte de Jake, e então ele diz:

— Eu cresci no Brooklyn.

— E seu pai te criou, certo?

Ele me lança um olhar acusatório, com certeza adivinhando que eu já revelei alguns dos seus detalhes pessoais.

— Sim. Ele era policial, mas depois que se machucou em serviço há alguns anos, se aposentou por invalidez.

— Vocês são próximos?

Ele sequer hesita antes de dizer:

— Não. — E isso diz tudo sobre como são as coisas com o pai dele.

Eles nunca tiveram o que você poderia chamar de uma relação amigável. Um dos motivos para Jake passar tanto tempo na nossa casa quando criança era para evitar o pai depois que ele tinha bebido, o que era quase sempre. Ele estava sempre atrás de Jake por uma coisa ou outra. Nunca falava, só gritava. Em mais de uma ocasião, quando o sr. Stone estava bêbado, Jake escalava a janela do meu quarto com hematomas, um lábio cortado, um olho roxo. Minha primeira experiência com maquiagem foi roubar o corretivo da minha mãe para que as crianças na escola não fizessem muitas perguntas a respeito do que tinha acontecido.

Claro que assim que Jake ficou grande o suficiente para revidar, as surras pararam. Pelo menos eu acho que sim. Por volta dessa fase, nós começamos a nos afastar. O pai dele conheceu uma nova mulher e, de repente, Jake tinha uma nova madrasta e um irmão.

Jake odiava tanto Jeremy que ele pirou quando começamos a namorar. Talvez tenha sido melhor assim. Nós tínhamos chegado naquele ponto estranho de uma amizade entre um menino e uma menina em que se tornou óbvio que era incompatível continuarmos só amigos.

— E a sua mãe? — Sid pergunta, ainda com aquele tom suave que encoraja confissões.

— Nunca a conheci de verdade — Jake diz de modo indiferente, mas consigo ver o leve tique em seu olho esquerdo. — Ela foi embora quando eu tinha três anos.

Jake não fala sobre sua mãe. Nunca falou. Duvido que um dia vá falar. Eu e ele compartilhávamos a dor de um pai ausente, mas raramente a discutíamos. Embora eu tivesse rancor do meu pai por ter nos deixado, ele pelo menos deixou claro que me amava e que não era minha culpa ele ter ido embora.

Para Jake, era o contrário. Em mais de uma ocasião, ouvi o sr. Stone gritar que Jake era o motivo pelo qual a mãe os tinha abandonado. A batalha com o álcool começou depois que a esposa dele foi embora, e o término era o motivo pelo qual o sr. Stone havia voltado para a casa da família no Brooklyn. Eu também acho que ela era o motivo para Jake ter raiva do mundo desde que eu me lembro.

— Irmãos ou irmãs?

Jake balança a cabeça.

— Não.

O.k., então nem reconhecemos mais a existência de Jeremy? Compreensível. Para ser sincera, eu não tenho ideia de por onde andam Jeremy e a mãe atualmente, e o termômetro do quanto eu me importo com isso está no negativo. Eles eram maçãs podres, e eu espero que, em algum lugar, o karma esteja fazendo da vida deles um inferno.

— Mais alguém importante durante a sua infância?

Jake me olha por um brevíssimo segundo.

— Eu tive um melhor amigo quando era pequeno.

— Ah, é? Nos conte sobre ele.

— Era uma amiga, na verdade. — *O.k., é só isso que precisamos saber. Siga em frente.* — Ela morava na casa ao lado.

Pare de falar, Jacob. Pare de falar agora.

Sid se inclina para a frente. Ele pode sentir uma história suculenta.

— Que fofo. Ela ainda faz parte da sua vida?

Jake para, e nesse momento eu imagino umas quarenta e sete maneiras diferentes de assassiná-lo com a minha caneta antes que ele me dedure.

Por sorte, depois de um suspiro tenso, ele responde:

— Não.

Sid inclina a cabeça para o lado.

— Que pena. O que aconteceu?

— O normal. Crescemos em direções diferentes. Pelo menos ela cresceu.

— Como assim?

Jake está claramente desconfortável, e eu espero que ele dê uma enrolada na resposta ou mude de assunto. No entanto, depois de travar a mandíbula por um momento, ele continua:

— Quando chegamos ao Ensino Médio, ela decidiu que eu não era legal o suficiente pra andar com ela, então caiu fora.

Ah, não, ele não *fez isso.*

— Mesmo? — Shawna pergunta. — Ela era superficial assim?

Jake dá de ombros.

— Ela teve a oportunidade de se misturar com a galera popular e aproveitou. Eu achava que ela era melhor que isso, mas estava errado.

— Ele me olha diretamente quando diz isso, e eu tusso enquanto dezenas de protestos indignados sobem pela minha garganta.

— Parece um olhar bem subjetivo — eu consigo dizer. — Com certeza houve mais que isso.

Jake inclina a cabeça.

— Tipo o quê?

— Talvez ela estivesse se sentindo insegura e precisasse de validação. Talvez ela só quisesse expandir seu mundo e incluir mais pessoas.

— Talvez — Jake diz. — E talvez ela quisesse se livrar do passado a qualquer custo, sem se importar com quem ficasse pra trás.

Eu paro. Se estivéssemos jogando batalha naval, essa bomba teria acertado.

— Uau — uma das estagiárias diz. — Algumas pessoas são péssimas. Não consigo acreditar que uma suposta amiga te tratou assim. Que fria.

Jake baixa os olhos para a mesa. Ele não menciona que foi ele quem exigiu que eu escolhesse entre seu irmão e ele. Quando me recusei, ele escolheu por mim.

Sidney encara Jake com o cenho franzido, e eu quase consigo ouvi-lo formulando narrativas a respeito dessa "amiga" misteriosa dentro da sua cabeça.

— Houve algum envolvimento romântico entre vocês?

Os lábios de Jake se contraem.

— Não. — Uma imagem da noite de formatura flutua até a superfície da minha memória, mas eu a afogo com sapatos de cimento.

Sid não está convencido.

— Você queria que houvesse?

Jake se vira para ele.

— Ela era minha melhor amiga. O mais perto de uma irmã que eu já tive.

— Bom, então — Sid diz, desapontado por não ter conseguido nada mais quente. — Vamos passar pra tempos mais recentes. Como você se tornou o Professor Feelgood e passou a abrir sua alma para a internet?

Jake se inclina para trás na cadeira.

— Quando eu fui viajar pelo mundo depois do Ensino Médio, comecei a postar fotos no Instagram como uma espécie de diário. Então conheci uma garota, me apaixonei e quando acabou... — Ele torce as mãos. — Eu sentia que minhas emoções estavam me sufocando, então comecei a escrever poesia. Mas escrever não era suficiente. O único alívio era postá-las *on-line*. Algo como gritar para o abismo, acho. Nunca esperei que alguém fosse ler.

— Mas de fato leram — Sid diz. — E, claramente, sua paixão por sua amada fez as pessoas se identificarem. Quanto tempo vocês ficaram juntos?

Ele olha para baixo.

— Alguns meses, mas pareceu mais.

— Nos conte algo sobre ela.

Ele sacode a cabeça e a tensão volta aos seus ombros.

— Falar sobre ela é... duro. Ela é difícil de descrever. É diferente de todo mundo que já conheci.

— Por que vocês terminaram? — Joanna pergunta suavemente.

Jake pisca algumas vezes antes de se focar.

— Hum... várias razões, mas a principal foi que ela não me amava tanto quanto eu a amava.

Shawna fica chocada.

— Como isso é possível?

Ele pausa por um segundo, como se refletindo se deveria continuar. Então suspira e diz:

— Eu não sou a pessoa mais fácil do mundo. Eu sei disso. Quando nos conhecemos, meu histórico de relacionamentos era abismal e... isso ficou claro. Ela tinha acabado de terminar com um cara. Ele queria casar com ela e ela achou que as coisas estavam indo rápido demais e surtou. Então ela me conheceu. E mesmo nossa conexão sendo verdadeira, eu sabia que eu era só um estepe. Me apaixonei por ela mesmo assim.

— Então, o que aconteceu?

Ele sacode a cabeça.

— O que acontece quando duas pessoas não dão certo? Nós queríamos coisas diferentes, e chegou num ponto em que não podíamos mais ignorar isso. — Ele para por um segundo, o rosto tenso. — Não há nada pior do que se apaixonar por alguém e perceber que não tem o coração dela por inteiro. É ainda pior ver a pessoa perceber isso. Da primeira vez que ela disse que me amava, também admitiu que ainda não tinha superado o ex. Eu tentei fazê-la ficar comigo, mas ela não podia. A vida dela era em outro lugar, com outro homem, e eu precisava respeitar os desejos dela.

A sala fica em silêncio por um segundo e então Joanna diz:

— Espera... ela voltou com o outro cara?

Jake olha para ela.

— Eu imagino que sim. Nós concordamos que seria melhor pra nós dois não manter contato, então não sei ao certo. Se ela escolheu uma vida com ele, eu não quero estragar as coisas.

Há um peso no ar. A tensão de Jake passando para o resto de nós. Serena baixa sua caneta.

— Você alguma vez pensou que ela fez a escolha errada?

Eu espero que Jake desvie da pergunta, mas ele não o faz.

— Claro. Não há um dia que eu não deseje que ela tivesse feito outra escolha.

— Talvez ainda exista uma chance pra vocês — Jo diz, dando voz aos meus pensamentos. Se esse fosse um livro romântico, haveria uma grande virada e ela apareceria na porta dele um dia e admitiria seu erro. Então eles declarariam o amor que sentem um pelo outro e viveriam felizes para sempre.

— E se ela disser que te ama e implorar perdão? — eu pergunto, curiosa para ver a reação de Jake. — O que você faria?

Ao ouvir isso, os olhos de Sid se iluminam. Eu acho que ele está pensando que, se houvesse uma maneira de orquestrar esse final de conto de fadas, isso criaria um furacão de publicidade, que catapultaria o livro para a estratosfera.

Jake me encara, sério. Ele provavelmente pensa que eu o estou provocando, mas não estou. Eu realmente quero saber.

Depois de alguns segundos, ele engole em seco e desvia o olhar.

— Se ela quisesse ficar comigo, teria me escolhido. Por mais que seja um saco dizer isso, algumas pessoas não são felizes pra sempre.

Joanna o observa com simpatia.

— Sempre existe a chance de as coisas se ajeitarem. Quer dizer, você a ama, não?

Isso o pega de surpresa.

— Mesmo que sim, não importa. Se você ama alguém ou não é irrelevante. A diferença entre paraíso e inferno é se ela te ama de volta. Se não, você não pode fazer nada exceto encaixotar seu coração e seguir em frente.

— E você fez isso? — Serena pergunta. — Seguiu em frente?

Jake dá um sorriso triste.

— Você viu meu Instagram. Claramente não. Mas estou tentando.

A sala fica em silêncio, e eu percebo todo mundo mais ao lado de Jake do que estavam alguns segundos atrás. Até eu sinto uma ponta de simpatia. Por mais que ele me tire do sério, eu não condenaria ninguém a viver sem o amor verdadeiro. Acredito que todo mundo merece a felicidade. Até mesmo ele.

— Bom, então — o sr. Whip diz, nitidamente impressionado com a sinceridade de Jake. — Uma última pergunta: por que você escolheu se chamar Professor Feelgood?

Jake se endireita e eu consigo vê-lo tentando passar por cima de sua emoção.

— Depois que tudo deu errado, eu tentei expurgar o amargor que sentia por tê-la perdido. Meditação, yoga... tudo que passou na minha frente. Me chamar de Professor *Feelgood* era parte disso. Tentar me reinventar, eu acho. — Estou pensando em como ele *não* é zen quando me olha. — Mas ainda estou trabalhando nisso.

Eufemismo.

— Bom — o sr. Whip diz com uma risada. — Parece um bom momento pra terminarmos aqui. Sid, vou deixar você e a Asha trabalharem nos eventos promocionais com o sr. Stone. Obrigado a todos, estou ansioso pra trabalharmos juntos e fazermos desse projeto um enorme sucesso.

Há um ruído de conversa enquanto arrumamos as coisas e, depois que o sr. Whip e Serena se despedem de Jacob, eles tiram o resto das pessoas da sala.

— O.k. — Sidney diz com um brilho nos olhos. — Temos várias aparições promocionais planejadas pra você, Jacob, e a primeira é amanhã à noite. Eu consegui um convite pra um dos eventos mais quentes de Nova York. Você por acaso teria um smoking?

Eu quase rio. A única vez que vi Jake de terno foi na noite da formatura, e era do pai dele. Jake de smoking seria como pedir para um leão usar um tutu.

— Não — ele diz. — Sem smoking.

Sid anota algo em seu caderno.

— Sem problemas. Arranjaremos um pra você. — Ele olha Jake de cima a baixo. — Você usa 42?

— Não tenho ideia. — Jake olha para mim e então de volta para Sid. — Pra que isso?

— Um evento fantástico pra lançar um novo app de namoro. A imprensa vai em peso e, considerando a natureza romântica do aplicativo, o evento é perfeito para o seu livro.

Eu imediatamente fico tensa.

— Você não está falando do evento da Central do Romance, está?

— Esse mesmo. Sua adorável irmã foi gentil o suficiente pra incluir Jacob na lista de celebridades.

Jake parece confuso.

— O que é a Central do Romance?

Eu olho para ele.

— O namorado da minha irmã tem um negócio de encontros por encomenda. Resumindo, você pode contratar namorados ou namoradas profissionais pra eventos ou pra te fazer companhia. — Os olhos de Jake se arregalam e eu sei o que ele está pensando. — Sem *sexo*. Só romance e companhia. — Ele me olha cético, mas não diz nada, então eu continuo. — Parte do plano de negócios é um novo app de namoro. Nosso amigo Toby inventou esse algoritmo ridiculamente bom e a taxa de sucesso é incrível. Pelo que a Eden e o Max me contaram, o lançamento vai ser gigante.

Professor Feelgood **163**

— E é por isso — Sid diz — que colocar Jacob no tapete vermelho valeria o peso dele em ouro.

— Bom, ótimo — eu digo, me sentindo um pouco esquisita por Jake ir. — Espero que vocês se divirtam. Boa sorte com as fotos. — Tenho certeza de que posso evitá-lo. O salão de festas do Four Seasons é imenso.

— Mas você vai, não? — Sid pergunta.

— Hum… sim.

— Ótimo! Então você pode cuidar do Jacob.

Hum… e agora?

— Não é você que normalmente cuida dos autores?

Ele suspira.

— Eu adoraria. Mas a Shawna e eu vamos representar a Whiplash nos prêmios Brock nessa noite.

— Não tem mais ninguém disponível no departamento? — eu pergunto. — Quer dizer, eu sou só uma editora. Tenho certeza que o sr. Stone preferiria alguém com alguma experiência em publicidade.

Sid fecha o caderno.

— Você vai ficar bem. Te darei instruções. Tudo o que você precisa fazer é guiá-lo na direção certa e ser essa pessoa calorosa e prestativa que é.

Jake me olha.

— Eu acho que seria uma boa oportunidade pra conversarmos, srta. Tate. A menos que você tenha algum problema com isso.

Eu sorrio enquanto ranjo os dentes.

— Não, só achei que você ficaria mais confortável com outra… pessoa.

— Não ficaria. Eu sou seu autor, e quando fechei com a Whiplash, você prometeu fazer todo o possível pra me ajudar nesse processo. Era só conversa?

— Não, claro que não — Sid diz, me lançando um olhar. — Todos nós estamos dedicados a tornar isso o mais indolor possível, certo, Asha? Além do que, vai ser ótimo para as câmeras. Você é maravilhosa. Ele é maravilhoso. Um casal maravilhoso escrevendo um livro juntos é sexy.

Eu quase engasgo com a rapidez da minha resposta.

— Nós não somos um casal.

— Eu só quis dizer um casal de pessoas. Sem julgamentos quanto à sua vida privada.

— Eu tenho namorado, Sid.

— Ah, aquele francês? Sério? — Ele se inclina para a frente. — Mas já faz alguns meses. Já está na hora de você terminar com ele, não?

Eu pisco algumas vezes e respiro fundo.

— Me mande por e-mail o que você precisa. Vou tomar conta de tudo.

— Ótimo — Jake diz. — Temos um encontro.

Dou meu sorriso mais falso.

— Bom, é um evento de trabalho.

— Maravilhoso. — Sid guarda suas coisas e se levanta. — Vou deixar tudo pronto da minha parte e passo os detalhes finais amanhã. — Ele vai até Jake e aperta a mão dele. — Um prazer, Sr. Stone. Nos falamos em breve.

Quando ele sai, Jake e eu ficamos sozinhos. Estamos sentados em lados opostos da mesa de reuniões, o que é bom, porque se ele estivesse ao meu lado, eu poderia ficar tentada a socá-lo.

— Você sempre vai achar maneiras de me humilhar na frente dos meus colegas de trabalho?

— Nem sempre — ele diz alegremente. — Quer dizer, depois das primeiras centenas de vezes, vai perder a graça, não? Então eu vou ter que passar a te humilhar na frente de estranhos. E de qualquer maneira, seus colegas não fazem ideia que temos uma história.

— Bom, todos eles pensam que sua amiguinha de infância era uma babaca.

— Eles chegaram sozinhos à essa conclusão.

— Quando apresentados à sua versão alternativa dos fatos. E agora, o evento da Central do Romance.

— Essa ideia foi do Sid, não minha. E eu estava genuinamente querendo que você fizesse o seu trabalho. Se eu fosse qualquer outro autor, você não pensaria duas vezes antes de me acompanhar. Tentar se livrar da responsabilidade te fez parecer pouco profissional.

Eu paro, porque por mais que eu odeie admitir isso, ele está certo. Se fosse qualquer outro autor, eu não veria problemas em guiá-lo por entrevistas. Mas pensar em passar uma noite inteira com Jake me dá hipertensão.

— Além do que — Jake começa —, eu acho que, se tenho que ir a um evento chato e parecer um macaco adestrado de terno, você tem que sofrer comigo.

— Você sabe que, se esse livro for tão grande quanto todo mundo acha que vai ser, você será convidado pra muitos mais eventos desse tipo.

— Então eu espero que você tenha uma boa coleção de vestidos, pra que eu não tenha que te ver sempre nos mesmos trapos velhos.

Eu suspiro e recolho os dossiês que restaram. Uma parte de mim está puta, mas a outra está grata por Jake ter retornado à sua babaquice. Pelo menos eu sei lidar com ele assim.

— Eu imaginaria que você preferiria escolher seu par em vez de ficar preso comigo a noite toda.

Quando tenho dificuldade para alcançar um cronograma solto no meio da mesa, ele se levanta e o pega para mim antes de colocá-lo no topo da minha pilha.

— Sair com você é fácil. Eu não preciso tentar te impressionar ou puxar conversa fiada e, como sua opinião sobre mim não poderia ser pior, eu posso simplesmente ser eu mesmo.

— É, isso realmente não funciona pra mim. Você poderia tentar ser um dos Hemsworth, em vez disso?

Jake está prestes a responder quando seu celular toca. Ele checa a tela e, em um segundo, toda sua postura muda.

— Preciso ir. — Ele dobra o release que Sid lhe deu e o enfia no bolso.

— O quê? Por quê? — Eu mal falei as palavras e ele já está empurrando a porta da sala de reuniões e saindo. Eu corro atrás dele, meu quadril e joelhos doloridos me fazendo mancar.

— Jake! O que está acontecendo?

— Nada que seja da sua conta.

— Considerando que você está fugindo da nossa reunião, eu diria que é sim. Temos um monte de trabalho a fazer.

— Eu compenso amanhã. — Ele para no cabideiro e pega sua jaqueta. — Só me diga onde e que horas.

— Hum… sua casa. Oito da manhã. — Eu continuo seguindo-o conforme ele vai até o elevador e aperta o botão. — Jake, o que é tão importante que você tem que sair correndo no seu primeiro dia?

— Um assunto particular. — Ele aperta o botão do elevador mais algumas vezes. — Eu te mando meu endereço por mensagem.

— Estou sem celular, lembra? — A porta do elevador se abre no momento em que eu enfio meu caderno na cara dele. — Aqui, anota.

Bufando de frustração, ele anota seu endereço e então entra no elevador.

Eu sacudo a cabeça.

— Acho que te vejo amanhã, então.

Ele aperta um botão e, quando as portas se fecham, eu o ouço murmurar:

— Mal posso esperar.

Quando me viro, Devin está me olhando com uma expressão convencida.

— Seu novo autor é incrivelmente profissional. E eu fico impressionado que só tenham se passado algumas horas e ele já tem zero respeito por você. Deve ser algum tipo de recorde. — Ele ri. — Ah, isso está indo muito bem.

— Cala a boca, Devin.

Eu manco de volta para minha mesa e desabo na cadeira, extremamente exausta e precisando de uma enorme taça de vinho e um cochilo que dure o dia todo.

— Ele foi embora? — Joanna pergunta enquanto se senta ao meu lado.

— Sim. Aconteceu alguma coisa.

Ela pega a caixinha de balas de menta que deixo na minha mesa e se serve de uma.

— Eu sinto que há uma piada sexual aí, mas considerando o histórico de vocês, vou te poupar.

— Graças a Deus.

— Então — Jo diz, se inclinando para a frente e baixando a voz. — Você está pensando o que eu estou pensando?

— Que você quer assassinar o Jake? Totalmente.

— Não, eu quis dizer sobre a amada dele. Qual o nome dela, aliás?

— Ingrid.

— Isso! Você não quer encontrá-la e ver se ela de fato voltou com o ex-namorado? Quer dizer, talvez ela esteja se lamentando e chorando como o Jake. E se for o caso, precisamos fazer algo a respeito.

— Jo, não. Se o Jake souber que estou me metendo na vida amorosa dele, ele vai explodir. Eu não preciso de mais tensão no nosso relacionamento profissional.

— O.k. — ela diz, mais mansa. — Mas isso não quer dizer que eu não possa investigar um pouco. No meu tempo livre, claro. O que mais você sabe sobre ela?

— Nada. Eu tenho literalmente zero informações além do nome dela.

— Bom, quando souber mais, me diga. Estou determinada a dar um final feliz a esse garoto.

Eu sorrio.

— Sinto que há uma piada sexual aí, mas vou te poupar.

Ela se levanta e me passa minha bolsa.

— E agora, você deveria ir pra casa descansar. E tomar banho. Eu te amo e tudo o mais, mas você está cheirando a esgoto. Eu aviso a Serena.

Eu pego minha bolsa e dou um abraço nela.

— Você é a melhor.

Vou mancando até o elevador e aperto o botão.

O.k., então... um dia de inferno já foi. Faltam centenas.

capítulo doze
Corações partidos
e paredes invisíveis

Depois de uma noite de sono inquieto e sonhos com Jake, eu tento começar a manhã com uma atitude positiva. Claro, meu joelho e quadril doem para caralho, e eu tenho que cobrir os hematomas espetaculares com jeans, mas pelo menos minha cabeça não voltou a sangrar quando eu lavei o cabelo, então, sabe como é... estou considerando uma vitória.

Eu respiro o ar gelado de outubro enquanto manco pela rua na direção do apartamento de Jake. Está um dia maravilhoso no Brooklyn, mesmo que o típico barulho dos carros cruzando a ponte seja o som ambiente menos musical possível. Mas apesar do sol se refletindo no Hudson, sinto uma inquietação se alojar na minha mente.

Parte tem a ver com Jake e o quanto ele é imprevisível, claro. Mas mesmo sem a presença dele, há muita coisa no outono que me deixa alerta.

O outono era a estação favorita da minha mãe. Ela amava como as árvores passavam de um verde chato para uma gama infinita de vermelhos e laranjas, e ela tinha uma habilidade impressionante de prever a primeira neve do inverno estudando a árvore gigante no quintal de Jake. Eu não tenho ideia de que árvore era, mas era linda, especialmente no outono. Eu vivia encontrando minha mãe na nossa varandinha pela manhã, tomando seu café e observando a folhagem brilhante.

— Essa é a árvore do amor — ela dizia todo ano. — Está vendo como ela fica toda vermelha, como um coração apaixonado? Todo dia, ela se revela um pouco mais pra nós. Cada folha cai como se estivesse apaixonada pelo chão e então um dia lá está, sua versão exposta, nua, sem pudores. — Ela me olhava com seus bondosos olhos azuis, emoldurados por um rosto que envelheceu antes do tempo por conta de um coração partido e dos três empregos que ela tinha para nos sustentar. — Se apaixonar é assim.

Eu sempre me surpreendia com o quão nostálgica ela ficava quando falava de amor. Mesmo pequena, eu não era cega para as brigas dos meus pais. Eu ouvia as discussões, quase sempre sussurradas, mas às vezes aos gritos. Eu sabia que eles se esforçavam para parecerem bem para mim e Eden.

E, ainda assim, minha mãe parecia sempre ter uma parte dela vivendo uma fantasia romântica. Uma em que meu pai não desaparecia por semanas. Ou uma em que ela não sentisse a necessidade de fechar a porta à noite para que não a ouvíssemos chorar.

Mesmo com todos os problemas que ela e meu pai tinham, ela falava sobre amor como se nunca tivesse se machucado. Ela me disse que sua alma gêmea é alguém que vê todas as partes das quais você se envergonha e te ama mesmo assim.

Quando eu perguntava a ela se era assim que ela se sentia sobre o nosso pai, seus olhos se nublavam e ela dizia:

— A única coisa pior do que não encontrar sua alma gêmea é encontrá-la e perceber que vocês são duas partes do mesmo trem viajando em direções diferentes.

Foi a única vez que me lembro de ouvi-la dizer algo negativo sobre o nosso pai para Eden e eu, e aquilo sempre me deixou furiosa. Nós sabíamos o quanto ele a machucara, mas ela era teimosa demais para admitir. Acho que ela passou isso para suas garotas: as irmãs Tate não são muito boas em admitir suas vulnerabilidades.

Eu não tenho certeza se a forma como meu pai tratou minha mãe é um dos fatores que me impede de ter uma relação íntima e satisfatória com um homem, ou se há uma parte de mim que simplesmente não funciona direito. Eu achei que finalmente havia achado a minha alma gêmea quando conheci meu homem atual, mas isso evapora toda vez que tiramos a roupa.

Sempre que vejo garotas da minha idade abraçando o poder da sexualidade delas e aproveitando o prazer sempre que podem encontrá-lo, me sinto um pouco mais quebrada. Como um defeito sexual ambulante cujo corpo se fecha assim que um homem o vê por inteiro. Eu fico esperando pelo momento mágico em que ficarei nua na frente de alguém e não vou querer sair correndo, mas até agora isso ainda não aconteceu. Às vezes eu me pergunto se algum dia acontecerá.

Enquanto passo por armazéns reformados e cafés descolados demais, eu distraidamente pego meu celular para checar se estou indo na direção certa. Então eu lembro que fui roubada, e o iPhone velho que Eden me emprestou ontem à noite parece pesado e ultrapassado em comparação. Acho que vou ter que guardar dinheiro se quiser substituí-lo num futuro próximo.

Eu estou prestes a guardá-lo de novo quando chega uma mensagem. É da minha irmã.

Oi, mana! Você ainda topa me encontrar de tarde pra me arrumar pra hoje à noite? Eu preciso das suas habilidades de cabelo e maquiagem.

Como uma das organizadoras do evento da Central do Romance, Eden quer que Max fique orgulhoso ao vê-la em seu melhor. Porém, para ela, maquiagem de festa se resume a uma camada de rímel e um pouco de gloss, então me ofereci para maquiá-la.

Sem problemas. Te vejo no escritório por volta das 17h.

Eu guardo o celular e suspiro. Estou feliz por ter uma desculpa para passar no escritório dela. Faz uma semana que quero fazer isso, mas toda essa coisa com Jake me distraiu.

Quando chego em frente ao prédio que eu acho que é o de Jake, oficialmente passei para a área que já é destruída demais para ser *cool*, mesmo para os hipsters mais devotados ao estilo pobreza-chique.

Respiro fundo antes de subir as escadas e entrar no pequenino lobby. *Não está trancado e nada de porteiro? Por que não estou surpresa?* O prédio em que eu e Eden moramos pode ser velho e não estar nas melhores condições, mas parece Versalhes comparado a isso aqui.

Eu subo seis andares de escada e então bato no que espero que seja a porta de Jake.

Sem resposta.

Enquanto espero no corredor imundo, checo o endereço que Jake anotou ontem para ter certeza de que é o lugar certo. Infelizmente, é. Eu bato na porta uma segunda vez. O som ecoa pelo corredor e escada. Eu não tenho certeza, mas acho que ouço um vago barulho de ratos em algum lugar acima da minha cabeça.

— Minha deusa — eu sussurro. — Se você me tirar daqui sem eu ser assassinada ou pegar peste bubônica, serei eternamente grata.

Eu ajusto a pesada bolsa com meu notebook enquanto olho em volta, apreensiva. O lugar inteiro dá a impressão de que deveria estar condenado. Muitas portas estão lacradas, e eu tenho certeza de que esse é o antigo quartel-general de uma destemida horda de serial--killers. Ou viciados em crack. Ou serial-killers viciados em crack que treinam ratos para matar pessoas e comer as provas.

Isso, continue pensando assim, Ash. Tudo o que você precisa agora é de mais medo.

Bato de novo, mas ainda sem resposta. Essa é mais uma das piadas idiotas de Jake? Mandar Asha para um prédio abandonado e rir quando ela for assassinada? Hilário!

Eu bato na porta com mais força.

— Stone! Se você estiver aí, é melhor abrir. Eu sou muito jovem e bonita pra virar comida de rato.

Eu ouço um leve barulho do outro lado da porta e então passos se aproximando.

Ah, Deus. Não é Jake. Vai ser o filho bastardo de Hannibal Lecter e o cara do Massacre da Serra Elétrica, não vai? Ele vai me esquartejar e eu vou ser servida como recheio de tacos para clientes inocentes.

Eu prendo a respiração quando ouço fechaduras se abrindo e dou um passo hesitante para trás quando a porta se abre. Respiro aliviada ao ver Jake piscando, mal acordado. Então perco totalmente o fôlego quando noto que ele está nu exceto por uma calça preta de moletom caindo dos seus quadris.

Misericórdia.

Sim, eu já vi o corpo do Professor Feelgood em fotos. E sim, os braços e ombros dele ficaram bem perto do meu corpo coberto de imundice ontem. Mas agora que estou sendo exposta a toda a força desse torso nu, a apenas alguns centímetros de mim, eu desprezo o quanto meu sangue ferve em resposta.

Senhor, me ajude a desviar o olhar. Não me deixe encarar esse corpo sarado. Nada de bom sairá disso.

Eu arrasto meu olhar até o rosto dele para me lembrar de que se trata de Jake, o Irritante.

— Desculpa, senhora — ele diz, engolindo um bocejo. — Mas você está no apartamento errado. Eu não encomendei o despertador "escrota escandalosa". — Ele faz um movimento para fechar a porta, mas eu a empurro com uma mão.

— Engraçado, porque eu não encomendei um babaca de mau-humor, mas aqui está. Você não poderia ter colocado um despertador?

— Poderia. Esqueci.

— Pelo menos diga que você não está de ressaca.

— Não. Na verdade, acho que ainda estou um pouco bêbado.

Eu olho para ele com nojo.

— Que bom ver que você tem as prioridades certas. Posso presumir que você me largou ontem pra ir socializar com mulheres de gosto duvidoso?

Ele apoia um braço no batente da porta e esfrega a cabeça, transformando seu cabelo grosso e escuro em um grande caos.

— Você me conhece, Tate. Um festeiro sem limites. Dançar até o amanhecer com meu enorme harém é minha missão na vida.

Eu engulo uma risada. Não conheço ninguém que saiba se divertir menos do que Jake. A única festa da escola em que ele apareceu foi a formatura e, mesmo assim, ele arruinou a noite de todo mundo que encontrou.

Ah, bons tempos.

— Então, você vai me convidar pra entrar? — eu pergunto. — Ou espera que eu faça um salto com vara por cima dessa montanha que você é?

Ele dá um passo para o lado com má vontade.

— Desculpa. Eu esqueci que vampiros não podem entrar se não forem convidados. Entre, Drácula. *Mi casa* e aquela coisa toda.

Quando passo por ele e entro no apartamento, eu paro subitamente. Não tenho certeza do que estava esperando com base no estado de merda do resto do prédio, mas não era isso. O apartamento é imenso, mas foi completamente eviscerado. Não há paredes internas, apenas molduras de madeira marcando onde os banheiros ou cozinha deveriam estar. É bizarro. Como um esqueleto de apartamento. Sem pele ou músculos, só ossos.

Só há um cômodo verdadeiro e um pequeno e antigo banheiro perto da porta. Parece que alguém ficou sem dinheiro na metade da reforma e então Jake pegou o apartamento.

— Uau. Amei a decoração.

Jake boceja e fecha a porta enquanto eu olho em volta. Abaixo de uma enorme janela há uma área de estar com dois sofás surrados, uma poltrona e uma mesinha de centro que literalmente parece ter caído de um caminhão de mudanças. Afastada, a alguns metros, fica uma cama de casal com uma estrutura gasta de madeira que parece pequena demais para alguém do tamanho de Jake. Ao lado, no chão, há uma coleção de caixas e cestos. A única outra área de destaque é o que eu presumo que tenha sido uma cozinha um dia. Agora está vazia exceto por uma mesa, um cooktop de uma boca só e uma pequena coleção de copos, pratos e panelas e aqueles frigobares típicos de quartos de motel barato.

Já ouvi falar de gente espartana, mas isso é demais.

— Você realmente deveria falar com os proprietários — eu digo. — Eles sabem que alguém roubou suas paredes?

Jake passa por mim a caminho da "cozinha".

— Guarde seu julgamento, princesa. Nem todo mundo precisa viver em um castelo.

— Não discordo, mas você precisa viver em uma área de demolição?

— O aluguel é razoável e tenho bastante espaço pra praticar minha dança. O que mais um cara pode querer? — Quando ele chega na mesa, enche uma pequena panela com água de um galão. — Eu te ofereceria café, mas sei que você não toma.

— Eu tomo, na verdade.

Ele me olha desconfiado.

— Desde quando?

— Último ano da faculdade. Quatro xícaras por dia, todo dia.

— Mas você odeia café.

O fato de ele achar que ainda sabe algo sobre mim me dá nos nervos.

— Só porque um dia eu disse que odiava café quando tinha onze anos, não quer dizer que eu não goste agora. Eu sei que é um conceito radical pra você, Jake, mas as pessoas mudam.

Ele se vira para esquentar a água e murmura:

— É. Umas mais do que as outras. — Ele pega duas xícaras. — Então, como você gosta?

Eu vou até o sofá e coloco minha bolsa na mesa.

— Fraco, com leite, quatro colheres de açúcar.

Ele resmunga:

— Ah, sim, claramente você *ama* o gosto de café agora. É como se você fosse uma pessoa completamente diferente.

Eu o ignoro conforme tiro meu casaco e pego meu notebook e caderno da bolsa. Contra a minha vontade, meu olhar ocasionalmente vaga pelas suas costas nuas. As tatuagens das quais eu vi pedaços nas imagens estão completamente à mostra, mas não consigo ver direito para entendê-las. Só consigo presumir que ele tatuou "sou um escroto" em várias línguas e símbolos.

Eu inclino minha cabeça e me pergunto a quantas horas de exercício ele precisa se submeter para manter esse corpo sobre-humano. Quer dizer, eu duvido que ele tenha conseguido esses músculos com idas ocasionais ao pilates.

Enquanto o observo, ele gira o pescoço e alonga os braços nas costas, completamente indiferente à minha presença.

É estranho para mim a confiança que os homens têm em seus corpos. Mesmo os que não se parecem com Jake. Quando está calor em Nova York, é comum ver caras de todas as formas e tamanhos simplesmente andando por aí sem camisa e sem um milímetro de vergonha. Quando somos meninas, nos dizem para não usarmos certos tipos de roupa a menos que tenhamos um certo tamanho. *"Nenhuma garota que vista mais do que 38 deve usar shorts curtos/regatas/missaias."* Enquanto isso, os caras ficam tipo "CONTEMPLEM MEUS PEITOS E BARRIGA DE CERVEJA EM SUA GLÓRIA NUA E SUADA! SEGUREM-SE, MULHERES!".

Eu gostaria de ser ousada assim um dia.

— Só por curiosidade — eu começo após alguns segundos particularmente vergonhosos em que foquei completamente nas covinhas acima da bunda dele —, você planeja se vestir nessa manhã?

Jake se vira e se apoia na mesa. Eu tento ignorar seu físico, mas droga, está *bem ali.*

— Ah, eu achei que roupas fossem opcionais nessa relação profissional. Quer dizer, você mostrou seus peitos pra mim, então achei que era justo retribuir o favor. — Ele aponta para os peitorais. — Claro, eu tenho um pouco mais de pelo, mas ainda assim, os seus fazem isso? — Ele faz seus peitos dançarem e eu reviro os olhos. Se ele tivesse me visto fazer o peitocóptero no espelho do banheiro, teria vergonha de pensar em competir.

— Agora — ele diz em um tom condescendente —, se você estiver achando difícil se concentrar por causa da sua enorme atração por mim, então...

Eu dou uma risada breve.

— Sabe o quê? Esquece o que eu disse. Não me importo se você está com roupas de esqui ou uma saqueira com a bandeira dos Estados Unidos. Seu corpo não tem nenhum apelo pra mim.

Quando ele não responde, eu levanto os olhos e o vejo me encarando com uma expressão divertida.

— O quê?! — Eu pergunto, imediatamente na defensiva.

— Você acha que está me enganando, mas não está. É mais do que claro que você tinha uma queda pelo Professor antes de saber que ele era eu.

Eu o encaro sem piscar.

— Eu não tenho, e nunca tive, uma *queda* por você, Jacob Stone, não importa quem você estivesse fingindo ser. Sinta-se à vontade pra checar essa informação.

Pareço tão convincente que até eu mesma acredito um pouco nisso. *Anotem isso, Streep/Pacino/De Niro. É assim que se faz.*

Ele balança a cabeça, desapontado.

— Bom, você pode ter uma aparência diferente hoje em dia, mas tem uma coisa que não mudou em você.

— E o que é?

Dessa vez, é ele que me olha de cima.

— Você ainda não consegue mentir, de jeito nenhum.

Eu desvio os olhos do sorrisinho convencido nos lábios dele e volto a mexer no meu computador. Sei que minhas bochechas estão corando, mas não posso fazer nada a respeito, exceto fingir que não está acontecendo.

— Agora eu entendo por que ele não tem paredes — eu murmuro para mim mesma. — Ele precisa do espaço extra pra fazer caber esse ego gargantuesco.

— O que foi? — Jake pergunta enquanto coloca o que parece ser o café solúvel mais barato do mundo em duas canecas.

— Nada. Só falando sozinha. Vamos começar.

— O.k. Como?

Eu abro um arquivo novo no editor de texto e o chamo de *Livro Professor Feelgood*.

— Bom, primeiro nós precisamos estabelecer uma narrativa dentro da qual enquadraremos sua poesia. Histórias da sua vida, momentos interessantes para o seu desenvolvimento... sabe, coisas que vão mostrar sua jornada até o momento em que você conhece sua amada.

Ele olha por cima do meu ombro.

— Histórias da minha infância? Vamos dar uma censurada? Ou usar a versão proibida pra menores?

Eu me remexo no lugar. Qualquer exame detalhado da infância de Jake vai precisar de um enorme abridor de latas e um inseticida super forte, especialmente no que diz respeito a nossa história compartilhada.

— Hum... bom... — Eu pigarreio. — Não precisamos decidir isso agora. Podemos voltar ao assunto mais tarde.

Ou nunca. Que seja.

Será que é possível sentir uma úlcera se desenvolvendo? Porque agora parece que meu ácido estomacal está tentando abrir um buraco na minha pele.

— Você tem mais poemas? Podemos usar algumas das coisas do Instagram, porque é isso que te tornou popular, mas seria bom ter também alguns versos novos.

Ele aponta para uma caixa embaixo da mesinha de centro.

—Ali. Fique à vontade.

Eu abro a caixa e vejo que está quase cheia, lotada com dezenas de folhas de papel, alguns guardanapos, pedaços de caixa de cereal, bilhetes de metrô e porta-copos de lugares que nunca ouvi falar. Claramente, Jake escreve no que quer que esteja na frente dele quando a inspiração bate.

Olhando esse baú de palavras, me sinto como um maconheiro que acabou de achar um estoque inesperado e gigante do melhor haxixe.

Senhor... tantos poemas.

No momento em que descobri que Jake era o Professor, eu parei de olhar seu feed. Mas agora que estou de frente com esse buffet de delícias verbais... como posso resistir?

Sinto o forte impulso de sentar ali e mergulhar nas palavras dele. De me banhar em sua riqueza literária como o Tio Patinhas nada em dinheiro.

Eu puxo alguns pedaços de papel para examiná-los mais de perto. Tudo foi escrito na letra pequena e organizada de Jake, e há números no canto esquerdo.

— Você datou todos?

— Sim. — Eu levanto os olhos e o vejo franzindo o cenho. — Mas não tenho certeza de quão precisas são as datas. Eu nem sempre estava sóbrio.

— Ainda assim — eu digo. — Isso vai ser útil pra estabelecer uma linha narrativa. — Pelo menos é alguma coisa.

Eu aliso um pedaço de papel particularmente amassado e leio o que ele escreveu.

Ossos vazios e pele solitária. Músculos tensos de tesão, sedentos de toque.
Sangue pulsando, gritando.
Tudo ficando mais tenso, mais rígido, quando penso em você.
Eu poderia ter outras mãos, mas não.
Eu poderia sentir outros corações, mas não.
Você poderia assombrar outras almas, mas não.
Eu puxo o fio de memórias inchadas.
E enquanto arfo e despejo meu amor por você em gemidos agudos e tensos,
Eu deveria dizer outro nome...
Mas não.

Jesus.
Percebo que minha boca está aberta e estou perto de babar, então a fecho e engulo com força.

Eu coloco o poema virado para baixo para que eu não o leia de novo por engano. Droga, essa coisa é perigosa. Eu achava que os que ele postava eram sexy, mas parecem rimas infantis comparados ao que está escondido. Engulo de novo enquanto passo por frases sobre deslizar e meter e o quanto ele quer observar o rosto da mulher dele enquanto a faz gozar.

Eu fecho os olhos e respiro em silêncio.

O.k., eu não posso ler essas coisas perto dele. Simplesmente não posso.

Quero ser imune a como os poemas dele me fazem sentir, mas há algo no jeito que ele deseja uma mulher como um idiota apaixonado que me faz perder todas as defesas. E por baixo dessas camadas de tesão involuntário e raiva de mim mesma, há outra emoção começando a vir à tona. Uma mais odiosa do que tudo que veio antes.

Ciúmes.

Até nomeá-la me deixa enjoada.

É o tipo de ciúmes que tem tantas facetas que é difícil de reconhecer todas. Parte dele é por Jake ter achado o amor verdadeiro antes de mim, e parte é ciúmes dessa Ingrid. Quer dizer, quão incrível ela deve ser para fazer um homem tão fechado quanto Jake ficar obcecado assim? Eu me pergunto se algum dos meus ex-namorados tem caixas cheias de poemas eróticos sobre mim. A menos que eles escrevam sobre como a mulher aparentemente confiante vira um poço de ansiedade durante o sexo, eu duvido.

Diferente de mim, Ingrid é uma deusa sexual com uma vagina mágica e hipnótica. Por que mais Jake escreveria tanto sobre fazer amor com ela?

Eu puxo uma pilha de poemas e os coloco na mesinha de centro. Acho que seria melhor separá-los e catalogá-los na minha casa, sozinha. De preferência com uma garrafa de vinho, um pote de sorvete e meu vibrador ao lado.

Respiro com dificuldade enquanto remexo até o fundo da caixa, implorando para que minha pressão sanguínea volte ao normal.

Por baixo de todos esses poemas soltos está uma pilha com cinco cadernos, completamente preenchidos em todas as páginas. Não deixo de notar que são da mesma marca de cadernos que eu tenho usado durante todos esses anos para escrever minhas histórias.

Eu levanto um.

— Blanco? Mesmo? — Quando éramos crianças, os usávamos todos os anos na escola. Eles eram de um tom feio de mostarda, e o papel era tão fino que você conseguia enxergar através dele, mas era a marca mais barata que existia, e era isso o que importava.

Jake me lança um olhar enquanto enche as xícaras de água fervendo.

— Por que não? Eles dão conta do recado, não?

Eu folheio as páginas.

— Sim, dão. — Há tantas palavras que eu fico tonta de ver quão prolífico ele é. — Quando você começou a escrever? Eu não sabia que você gostava.

— Eu não gostava. — Depois de colocar leite e açúcar, ele traz as canecas e as coloca na mesinha arranhada.

Eu o encaro chocada.

— O quê? Sem descanso de copo? Mas você vai destruir o acabamento.

Ele estreita os olhos com desprezo antes de se sentar ao meu lado.

— Pra ser sincero, eu sempre achei que você se tornaria escritora, não eu. Você que escrevia peças pra encenarmos quando éramos crianças. Eu era só o tonto que atuava nelas. Só comecei a escrever depois do Ensino Médio, e depois que comecei... — Ele dá de ombros. — Não consegui parar.

— Você nunca pensou em escrever um romance?

Ele toma um gole de café.

— Meu cérebro não funciona assim. Eu vejo flashes de cenas, não capítulos inteiros. Relâmpagos de emoções ou pensamentos.

— Bom, vamos ter que trabalhar nisso. Onde está seu computador?

Ele me olha, estarrecido.

— Ah, meu iMac de vinte e sete polegadas está logo ali, junto do quarto do mordomo e da sala de cinema.

— Você não tem um computador?

— Olha em volta, princesa. Eu não tenho quase nada.

— Então, isso é você tentando ser mais Brooklyn que todos os seus amigos? Impressionar todo mundo com seu estilo apocalipse-chique?

— Sim. Como sempre, estou na vanguarda do estilo. Quase tudo que eu tenho eu achei na rua.

Com um arrepio de nojo, eu olho para o sofá no qual estamos sentados.

— Ah, meu Deus. Esse sofá é do lixo? — Quase consigo sentir os percevejos andando dentro do estofamento.

Jake põe os braços no encosto com uma expressão divertida.

— Relaxa, mulher. Estou brincando. Eu comprei tudo de um vendedor respeitável de coisas de segunda mão. Quase nada de fluídos corporais, posso te garantir.

Eu deveria me sentir aliviada por saber disso, mas não me sinto. Na verdade, quanto mais tempo passo nesse apartamento e perto dele, mais desconfortável me sinto. Estar perto de Jake sempre me deixa tensa, mas vê-lo assim... Há coisas que você não desejaria para o seu pior inimigo. Esse "apartamento" é uma delas.

Professor Feelgood   **181**

Jake me estuda, e fica claro que minha preocupação está evidente no meu rosto.

— Só pra você saber, eu estou feliz vivendo assim. Não preciso da sua pena.

— Eu não tenho pena de você.

— Claro que tem — ele diz, sua voz ficando dura. — Porque você julga os outros com base no que *você* valoriza. Sempre foi assim. — Ele segura a xícara de café com mais força. — Eu odeio estourar sua bolha, princesa, mas nem todo mundo quer uma mansão nos subúrbios com cerca branca.

— Quem disse que eu quero isso?

— Bom, quando você tinha cinco anos você fez uma série de desenhos chamada "Minha enorme casa nos subúrbios com cerca branca", então...

— De novo, quero te lembrar que não tenho mais cinco anos e meus sonhos e planos podem ter evoluído daqueles que eu anotei em giz de cera. — Eu aponto para o apartamento, irritada com a condescendência dele. — Então você está me dizendo que essa é sua casa dos sonhos?

— Me serve por enquanto.

— Jake, é outono em Nova York e você sequer tem isolamento aqui, imagine calefação. O que você vai fazer quando o inverno chegar?

Ele me olha de cima.

— Bom, já que estarei trabalhando com você no terceiro círculo do inferno, tenho certeza de que vai estar bem quentinho.

Eu o olho com raiva. Quando tínhamos sete anos, escolhemos nossos espíritos animais. O meu era uma lontra. O dele, um dragão. Com os anos, esses animais se transformaram, e agora parece que nós dois somos carneiros, batendo cabeça por hábito, como os idiotas teimosos que somos.

Com um sorriso, ele coloca o café na mesa e começa a organizar em pilhas os poemas soltos da caixa.

— Não sei por que você ficou tão esnobe. Houve um tempo em que você teria achado esse lugar legal. É parecido com o nosso loft.

Ou você esqueceu de onde passamos a maior parte do tempo entre os quatro e os dez anos?

Uma onda de tensão sobe pelas minhas costas. Eu não pensava no loft acima da garagem do pai dele há anos. Costumava ser mágico, mas não tinha nada a ver com a decoração.

— Era diferente — eu digo sem olhar para ele.

— Lá também não tinha aquecimento, e naquele tempo todos os nossos maiores tesouros vinham do lixo de outras pessoas.

Eu finjo ler algo na minha tela.

— Nós éramos crianças. Não conhecíamos nada melhor.

Quando ele não diz nada, eu me viro e o vejo me encarando com uma expressão que é meio incrédula, meio nostálgica.

— Ou talvez nós víssemos mais encanto no mundo naquela época. Quando você não tem nada, você aprende a apreciar todo tipo de coisa.

Eu desvio os olhos e dou um grande gole no meu café. Está mais quente do que eu normalmente gosto, mas eu aguentaria queimaduras de terceiro grau na boca para evitar essa conversa. Eu não fico pensando na minha infância porque prefiro bloquear a maior parte dela. Estar perto de Jake todo dia vai tornar isso mais difícil. Eu preciso aumentar meus esforços para me defender e evitar.

— A gente deveria começar a trabalhar.

— Você odeia mesmo, não odeia?

Eu pego meu caderno e anoto a data de hoje no topo de uma página em branco.

— Odeio o quê?

— Pensar em como as coisas eram. Você. Eu. O antigo bairro.

Eu paro de escrever no meio de uma palavra. É cedo demais para essa conversa. E ela também está anos atrasada.

— Nós estamos aqui pra trabalhar, Jake, não pra ficar relembrando. Além do que, eu prefiro viver no presente do que revisitar o passado.

— Eu tiro o cabelo da cara e me viro para ele. — Então, me conta mais sobre essa sua mulher. Como vocês se conheceram? Qual a aparência dela? Foi amor à primeira vista? Ou ela precisou superar uma aversão natural à sua personalidade?

Professor Feelgood   **183**

Jake se inclina para a frente e, embora sua expressão seja neutra, eu consigo sentir a raiva fervendo dentro dele. Ele pode ter ficado melhor em escondê-la, mas ela ainda está lá.

— Asha — ele diz, a tensão no seu maxilar contrastando com sua voz baixa. — Um dia, em breve, nós vamos ter que falar sobre as nossas merdas. Você sabe disso tão bem quanto eu. Vou deixar passar por hoje, mas, em algum momento, nós vamos limpar esse ambiente.

Eu me faço o mais de desentendida possível.

— Sobre o quê?

A raiva ilumina os olhos dele, e eu sei que o estou irritando, mas não consigo parar.

— Droga, para de agir como se tivesse amnésia seletiva a respeito da nossa amizade. Você não pode ser tão iludida.

— Jake, se você quiser resolver as coisas pedindo desculpas pela merda que você aprontou na escola, ótimo. Fique à vontade.

O olhar dele fica mais intenso e sua expressão se endurece de um jeito que me faz sentir como se ele pudesse ver todas as versões de mim desde que eu tinha três anos.

— Nós dois sabemos que essa fala é minha, não sua.

As palavras pairam no ar como uma lufada de podridão. Tantos fantasmas. E ele quer trazê-los à vida. Tentar abrir o caixão. Sacudi-lo um pouco para ver quão forte é a tranca.

— Quantas vezes você disse a você mesma que a nossa amizade acabou por minha causa? — ele pergunta, sua paciência mais fina que uma casca de cebola.

— Jake…

— Não, de verdade. Eu quero saber. Porque se você repete uma mentira vezes suficiente, ela se torna verdade. Quantas vezes, Ash?

Uma mão gelada aperta meu coração e o faz acelerar.

— Nós realmente brigamos por sua causa.

— Então você é inocente?

Minha voz aumenta com minha pressão sanguínea.

— *Você* virou um babaca.

— E *você* não teve nada a ver com isso?

Eu me inclino para longe dele, como fiz naquela época.

Ele nota e balança a cabeça.

— Uma vez você me disse que, na história das nossas vidas, nós somos nossos próprios narradores não-confiáveis. Você acha que eu sou o vilão e eu acho que é você. Nossas memórias são subjetivas e nós raramente lembramos de nós mesmos como culpados, mesmo quando somos.

Eu me pressiono contra o braço do sofá, o mais longe dele que consigo.

— Não ouse jogar isso em mim. Você *era* o vilão. Se você abraçasse o papel um pouco mais, teria começado a ir para a escola com um chapéu de caubói em vez de um gorro.

Minha voz soa aguda no espaço vazio, e meu coração está batendo tão forte que eu sinto um rugido nos meus ouvidos.

Não posso fazer isso, uma pequena voz sussurra dentro de mim. *Pare. Pare de falar. Só pare.*

Eu não sei o que ele vê na minha expressão, mas depois de alguns segundos analisando meu rosto, ele solta a caixa na mesa de centro e vai para a cama.

— O.k., princesa. — Ele pega algumas roupas de um cesto no chão. — Se te ajuda a dormir melhor pensar no nosso passado assim, vá em frente. Seja feliz vivendo na sua mentira. — Ele vai para o banheiro e para quando chega na porta. — Mas se alguma hora você quiser falar sobre como as coisas realmente foram, me avise.

Então ele desaparece dentro do banheiro e bate a porta.

Ainda estou ofegante quando ouço o chuveiro abrir.

capítulo treze
Escreva

Quando Jake surge do banheiro quinze minutos depois, ele está totalmente vestido. O vapor que emana pela porta pode ter um cheiro delicioso, mas dá para ver que ele ainda está tenso. Bom, somos dois.

Eu me faço parecer ocupada e indiferente, mas quanto mais tempo passo perto dele, mais difícil fica.

— Seu celular tocou enquanto você estava no banheiro — eu digo sem olhar para ele. — Várias vezes. Alguém está ansioso pra te ver. Quando você não atendeu, ela mandou uma mensagem.

Ele vai até o caixote de feira que serve de mesa de cabeceira e pega o celular. Eu o observo sem dar na cara. Depois que olha a tela, ele digita alguma coisa e o leva até a orelha.

Ele olha para mim.

— Vigiar meu celular é parte das suas obrigações? Tenho que te pagar um adicional de secretária?

Eu foco na tela do meu computador e ajusto a agenda para nossas sessões de escrita.

— Não. Eu nem toquei no seu celular. Ele tocar sem parar o denunciou.

— Oi, é o Jacob Stone — ele diz em voz baixa enquanto anda até o lado oposto do apartamento. Jake mantém a voz baixa, mas infelizmente para ele a falta de paredes significa que esse lugar tem uma acústica incrível. Mesmo a uns dez metros de distância, eu consigo ouvi-lo claramente.

— Aham. — Ele olha para mim. Eu ajo como se não estivesse vendo e ouvindo. — Não consigo ir aí hoje de manhã, vou passar de tarde. — Ele para por um segundo, ouvindo, e então diz: — Sim, o.k. Te vejo mais tarde.

Uau. Quanta eloquência.

Ele desliga antes de andar de volta na direção da cama.

— Tudo bem? — eu pergunto alegremente. — Ela vai sobreviver sem sexo por enquanto?

— O que te faz pensar que é sobre sexo?

— O único motivo pra um celular tocar tanto assim é porque alguém precisa de alguma coisa. Um amigo nunca ligaria tanto.

Ele enfia o celular no bolso e pega alguns cadernos do lado da cama.

— Só pra constar, eu não faço isso.

— Ah, é? Você virou monge?

— Não. Só não curto sexo sem compromisso.

— Essa é nova. Você costumava pular de mulher em mulher sem pensar duas vezes.

— É, daí eu virei adulto. — Ele anda até mim e fica parado ao meu lado. — E você? Eu não vejo um anel de noivado, mas tenho certeza de que você está torturando algum pobre homem no seu tempo livre. Você é tão mandona na cama quanto no trabalho?

— Eu não vou falar da minha vida sexual com você.

— Por que você não tem uma, ou...?

Essa fez bastante sentido, e meu rosto cora.

— Ah, entendo — ele diz. — Você está fazendo sexo ruim. Saquei. Então eu posso presumir que seu gosto em homens não melhorou desde que você namorou meu irmão de criação.

Como se a conversa tivesse evocado isso, meu celular vibra com uma mensagem que, claro, é do meu namorado.

Oi, linda. Como está indo o primeiro dia? Já domou seu autor teimoso? Tenho certeza que você está arrasando. Me liga quando puder. Estarei em Manhattan hoje à noite. Jantar mais tarde? Preciso te ver, *ma chérie*.

Professor Feelgood **187**

Eu penso que deixei o celular num ângulo em que Jake não consegue ler, mas quando ele sussurra "Eu sou teimoso? Como ele ousa? Aliás, o nome dele é Phillipe? *Ma chérie? Mon Dieu!*" em uma voz profunda e irônica, está claro que falhei.

Eu viro a tela para baixo e aponto para a poltrona.

— Sente-se e feche a boca. Nós temos trabalho a fazer.

Ele enrola seu corpo enorme na poltrona surrada na minha frente e apoia os braços do lado.

— Então, há *quonto* tempo *vozê namorrrrá* esse *Phillipe?* — O sotaque francês dele é ridículo. Ele parece o Lumière de *A Bela e a Fera*.

Eu finjo que não estou ouvindo.

— Acho que a gente deveria estabelecer como objetivo semanal dez mil palavras. Eu estipulei um prazo inicial de três meses para o primeiro rascunho, mas tenho certeza que a Serena vai querer checar nosso progresso antes disso. — Deus, só de pensar em passar três meses com ele, meu corpo grita. — Claro, eu posso ir editando de leve conforme escrevemos, então com sorte o segundo rascunho não levará muito tempo.

Quando ele não responde, eu o olho para ter certeza de que ele está escutando.

Ele inclina a cabeça.

— Então, o que estou ouvindo é que o Phillipe é um tédio. Entendi.

Eu bufo.

— Você ouviu alguma coisa sobre o cronograma? Ou seu único foco é zoar meu namorado?

Ele parece ofendido.

— Você não acha que eu consigo fazer os dois? Bom, isso dói. — Quando eu o fuzilo com o olhar, ele pega seu celular e começa a digitar. — Dez mil palavras por semana, três meses, edição de leve, saquei.

— Estamos trabalhando, você pode deixar seu celular de lado?

— Posso? Sim. Vou? Não.

— Você quer tanto assim se jogar na próxima mocinha do Tinder? Ou está deslizando pelas DMs de alguma tiete?

Ele continua focado na tela.

— Nenhum dos dois. Eu estou em um novo app chamado *Birra*. Ele localiza a pessoa mais insuportável em uma distância de quatro quadras. — Ele me olha e finge surpresa. — Puta merda, olha isso, está apontando bem pra você.

Estou prestes a partir para a discussão quando meu celular toca. É Serena. Depois de apoiar meu computador na mesa, saio para o corredor antes de atender. Fecho a porta atrás de mim por segurança.

— Oi, Serena.

— Bom dia! Eu pensei em ligar pra ver como está indo o primeiro dia.

— Ah, ótimo — eu digo, tentando soar despreocupada. — Só estamos acertando alguns detalhes antes da primeira sessão de escrita. Sabe, arrumando o terreno e tudo. — *Construindo os andaimes nos quais serão instaladas nossas máquinas de tortura mútua.*

— Bom saber. Como o Jacob está progredindo?

Quero responder que ele está progredindo muito bem em me irritar, mas mordo a língua.

— O.k., eu acho.

— Vocês estão se dando bem? Ao longo dos anos, eu percebi que os melhores relacionamentos entre editor e autor envolvem alguma química. Você está sentindo algo?

— Ahhhh, definitivamente estou sentindo algo, sim. — *Irritação profunda. Um leve nojo.*

— Ótimo. Bom, o melhor conselho que posso te dar é que você tente conhecê-lo antes de mais nada. É difícil arrancar palavras de alguém que é um completo estranho.

Talvez, eu penso, *mas é ainda mais difícil quando é alguém que você conhece sua vida inteira.*

— Jacob é novo nisso de escrever romances — Serena continua. — Tente ser paciente com ele.

Eu quase rio. Ser paciente com Jake nunca foi meu ponto forte. Parece que o treinamento para minha nova função vai ser com a mão na massa.

— Vou tentar, Serena. Obrigada.

Professor Feelgood **189**

— Vai dar certo, Asha. Me deixe orgulhosa.

Eu respiro fundo e tento absorver a confiança dela. Se eu conseguir durar uma semana sem assassinar Jake, ficarei muito orgulhosa.

Depois que desligamos, eu volto para dentro e vejo Jake me olhando com expectativa e segurando um caderno e uma caneta.

— Quando você tiver terminado suas ligações pessoais, a gente deveria começar. Cara, sua falta de profissionalismo é impressionante. Toma jeito, Tate.

Deus, dai-me forças. Eu ranjo os dentes enquanto me sento e coloco meu celular na mesa. Conforme termino o resto do meu café morno, tento organizar meus pensamentos.

Eu participei de reuniões suficientes com Serena e autores e editei minha cota de manuscritos para saber que, em geral, se consegue o máximo de um autor a partir de uma mistura de disciplina e alimentação do ego deles. Se eu tentasse isso com Jake, ele riria até me por para fora. O melhor que posso fazer é ser direta e esperar pelo melhor.

— O.k. — eu digo. — Primeiro, nós precisamos de uma introdução que crie o clima do livro. Uma espécie de declaração sobre por que você está escrevendo. Você está tentando resolver suas questões? Talvez descrever seu turbilhão emocional desde o término.

Ele faz que sim com a cabeça e então franze o cenho.

— Não tenho ideia do que você está falando.

Eu enfio minha mão na bolsa e puxo minha amada edição de *Comer, Rezar, Amar.* É um dos meus livros favoritos e, se eu não estivesse falida na época, teria pulado em um avião assim que terminei de ler e tido meu próprio ano sabático ao redor do mundo.

Eu o levanto para mostrar a Jake.

— Você já leu isso?

Ele me olha incrédulo.

— Claro que sim. Que tipo de homem não leu um tratado psicológico profundo a respeito da odisséia romântica de uma mulher branca com problemas de apego e uma obsessão por apropriar culturalmente filosofias baratas?

Eu pisco algumas vezes.

— Eu não sei nem se isso foi uma piada.

Ele estica as pernas e as cruza na altura do tornozelo.

— Não foi. Era um dos únicos livros em um kibutz onde eu passei alguns meses. Era isso ou uma abominação escrita pelo Sean Penn, então...

— Ótimo. Então, eu vejo a sua jornada um pouco como a da Elizabeth, mas ao contrário. Um término ruim a inspirou a viajar pelo mundo e se encontrar, enquanto você viajou o mundo, conheceu sua alma gêmea e *então* teve um término ruim.

— Uma versão simplificada da verdade, mas o.k.

— Desde o início, nós temos que ser cativados por você enquanto pessoa, pra podermos simpatizar com o seu coração partido.

— Nós?

— Os leitores.

Sua expressão permanece impassível, mas eu noto que seus dedos agarram o braço da poltrona.

— Então, você está se incluindo nesse grupo? Porque eu tenho certeza que você é incapaz de simpatizar comigo pelo que quer que seja.

— Se você quer alguém que vai ignorar seus transtornos de personalidade e tratar seu ego com luvas de pelica, pode pedir outra editora.

— Eu dou a ele um sorriso brilhante.

— Eu poderia fazer isso. Está ficando claro que Mussolini pegaria mais leve comigo. Mas se eu pedisse outra pessoa, isso não acabaria com a sua credibilidade? Quer dizer, ser retirada do seu primeiro projeto solo te tornaria... bom, qual o termo que os jovens usam hoje em dia? Ah, sim... *a cara da derrota?* — Ele se inclina para a frente e apoia os cotovelos nos joelhos. — Você quer ser uma *derrotada*, Asha?

A serenidade da expressão dele me faz corar. Ele é o Biff do meu Marty McFly, me provocando e me chamando de "covarde". E assim como a de Marty, minha reação é treinada e previsível.

— Eu não sou *derrotada*, Jacob. Nunca.

— Bom, isso é uma questão de opinião, mas o.k. — Ele se encosta e cruza as pernas.

Eu juro por Deus, se meu cérebro fosse uma caixa de dinamite, esse apartamento estaria em cinzas a essa altura. Estarmos juntos nesse cabo de guerra bizarro faz minha cabeça girar.

Eu respiro com os dentes cerrados.

— Pegue o seu caderno e caneta antes que eu te espanque até a morte com o meu notebook.

Ele pega as coisas da mesa e me olha com expectativa.

— Como eu estava dizendo, precisamos dar aos leitores um ponto de partida pra que eles possam se identificar com você e sua... catástrofe emocional. — Eu admito que é bom descrevê-lo dessa forma.

— Você não precisa ficar tão animada com isso. Eu entendo que me ver sofrer é como um dia na Disney pra você, mas tente disfarçar seu prazer.

— Não é que eu goste de te ver sofrer. Só é revigorante ver seu ego ser atingido. — Eu puxo meu computador para o meu colo. — Então vamos tentar um exercício rápido. Escreva a primeira coisa que vem à sua cabeça quando eu te peço pra escrever sua história. Pelo exercício, comece com "era uma vez". É só um parágrafo ou dois. Vai.

Jake apoia sua xícara de café e desliza a bunda para a ponta do sofá para poder apoiar o caderno na mesa. Ele franze o cenho para a página em branco por alguns segundos, sua caneta flutuando acima do papel.

Eu tenho vontade de tirar uma foto dele nesse momento, de capturá-lo no meio do seu processo criativo. Tenho certeza de que Sidney adoraria um material dos bastidores para as redes sociais e publicidade. Claro que, para isso, seria necessário que eu tivesse um celular com uma câmera que funciona.

— Pare.

Eu pisco, surpresa.

— O quê?

— Não olha pra mim quando estou tentando escrever. — Ele fica curvado sobre o caderno. — Consigo sentir você me encarando, e é estranho. Eu normalmente escrevo sozinho. Parece que você está vendo eu me masturbar.

Um arrepio corre pela minha espinha.

— Argh, nojo. Além do que, você comparou sua poesia à punheta? Provavelmente não é a primeira vez que alguém faz essa conexão, eu acho.

A expressão dele se fecha.

Eu levanto as mãos.

— O.k. Bata punheta em paz. — Eu me levanto e ando pelo apartamento, tentando pisar leve para que meus passos não ecoem alto demais no espaço vazio. É estranho caminhar por um apartamento cheio de paredes transparentes. É assim que o Superman se sente?

Paro perto da cama dele e olho em volta. Eu não chamaria seu estilo de arrumado, mas certamente é limpo. Todas as coisas estão em pilhas separadas, mesmo que não organizadas. Há uma pilha assimétrica de caixotes de leite que ele transformou em armário. Quando me aproximo, eu vejo uma câmera Nikon antiga em uma caixa com uma coleção de lentes e algumas fotos preto e brancas. Eu as puxo e dou uma olhada. A maioria são fotos de viagem e, eu tenho que admitir, como as fotos que ele posta como Professor Feelgood, elas têm um nível de composição e jogo de luz que as torna mais que amadoras. São artísticas. Elas capturam um momento no tempo, junto com uma porção de emoções: uma feira no que parece ser a Índia; uma mulher asiática idosa e banguela rindo com a cabeça jogada para trás; uma criança pequena e um cachorro magricela se abraçando na frente de uma porta, um parecendo mais faminto que o outro.

Estou refletindo sobre quão admirada estou com as fotos de Jake quando dou de cara com algo tão raro que pouquíssimas pessoas já testemunharam: uma foto dele sorrindo. Não apenas isso, mas eu até diria que ele parece… contente. Ele está deitado na cama e, pelo ângulo da foto, fica claro que é uma selfie. Ao seu lado, uma mulher de cabelos loiros e bagunçados afunda sua cabeça no ombro dele, talvez tímida. Eu não consigo ver seu rosto, mas fica claro pela forma como ela preenche seu minúsculo biquíni preto que ela tem um corpo incrível.

Olá, Ingrid. Prazer em finalmente te conhecer.

Eu volto a estudar o rosto de Jake. Faz tanto tempo desde a última vez que eu o vi sorrir assim que eu esqueci completamente que ele tem uma covinha na bochecha esquerda. Ela só aparece quando ele está realmente rindo, ou seja: nunca.

Por baixo dessa foto há mais do mesmo: Jake rindo enquanto Ingrid se esconde da câmera. Eu me pergunto o que estava acontecendo nesse momento. Ele sempre foi tão livre com ela? Foi isso que fez ele se apaixonar?

Eu ouço um barulho, me viro e vejo Jake logo atrás de mim.

— O que você está fazendo?

Eu congelo e me embaraço. Eu não sentiria mais vergonha se ele me pegasse esfregando uma cueca dele na cara.

— Hum... fuçando?

Ele tira as fotos de mim.

— Pelo menos você não tentou mentir. Já é algo, acho. — A tensão dele passa para mim. — Já que você está aí, quer ver meu histórico de navegação também?

Com um suspiro pesado, ele passa pelas fotos e para na última. Ele está jogando a cabeça para trás e o rosto de Ingrid está no pescoço dele. Ela o está beijando? Mordendo? É difícil dizer.

— Então, posso presumir que essa é a Ingrid?

Eles parecem qualquer jovem casal apaixonado, exceto que eu conheço Jake, e relaxar assim com alguém não é algo fácil para ele. Ele precisaria de tempo para conhecê-la, para se sentir confortável com ela. Ela teria precisado de uma paciência infinita para passar por todo o barulho no cérebro dele.

— É — ele diz, olhando para a imagem. — É ela.

Ele para por um momento e a forma como seus olhos ficam nublados me faz pensar no que está passando pela cabeça dele. Um coração partido sempre te atordoa assim? Faz o tempo se dobrar e te leva de volta ao momento exato em que alguém abriu um buraco no seu peito?

— Onde vocês tiraram essas fotos?

— Bali. Foi na semana em que nos conhecemos. Tudo ainda era novo e... puro.

— Ela é linda. Pelo menos o que eu posso ver dela.

O polegar dele corre pelo lado da foto.

— Na verdade, ela tinha uma cicatriz enorme no rosto por causa de um acidente de carro. É por isso que ela esconde o rosto. Ela odiava sair em fotos.

Eu olho para ela de novo, se escondendo da câmera.

—Ah, meu Deus. Coitada.

— É — Jake diz com um suspiro. — O rosto podia ser um quatro, mas ela compensava tendo um corpo dez.

Eu fico vermelha de raiva em nome dela e dou um soco no braço dele.

— Que merda é essa, Jake?

Ele se afasta de mim.

— Caralho, Asha, era uma piada. Como todo o resto, o rosto dela era perfeito. Eu não posso fazer piada com a mulher que me destruiu?

Preciso aprender a não levar a sério nada do que ele fala. A essa altura, eu já deveria saber que ele faz piada com qualquer coisa, até mesmo com a mulher que ama.

— Então, essa Ingrid deve ser uma mulher espetacular pra quebrar sua casca.

— Ela era — ele diz, olhando as fotos de novo. — É.

— Você estava falando sério ontem quando disse que não vai entrar em contato com ela? E se ela realmente aparecer e implorar por perdão? Você conseguiria superar a dor que ela te causou e aceitá-la de volta?

Ele me olha com as sobrancelhas arqueadas.

— Cuidado, princesa. Por um momento, você pareceu de fato interessada.

— Eu estou interessada.

— Mas só pelo bem do livro, certo? Não porque você se importa com meu bem-estar. — Ele vira as costas para mim e vai se sentar na ponta da cama. — Eu não sei se estou disposto a arriscar tudo de novo. Não depois de como me senti da primeira vez.

Ele me olha de soslaio, talvez esperando que eu o ridicularize por se abrir tanto. É tentador, mas sinceramente, a expressão dele é tão crua que eu sinto pena.

Ele dá de ombros.

— Amar alguém é a coisa mais fácil do mundo. Fazê-la te amar de volta é a parte difícil.

Eu concordo e ele desvia o olhar. Por alguns segundos, parece perdido em pensamentos, olhando para o nada, sobrancelhas franzidas.

— Você já perdeu alguém que realmente amava? — ele pergunta em voz baixa.

— Sim — eu digo olhando para o chão. — Uma vez.

Ele faz que sim.

— Claro. Jeremy. Pergunta idiota.

Presunção ainda mais idiota.

Minhas palavras seguintes saem antes que eu consiga pensar direito.

— Como ele está hoje em dia?

O foco dele passa para mim, seus lábios apertados.

— Você quer mesmo saber?

Não quero, mas uma parte doentia de mim gosta de ver Jake ficar tenso por causa do irmão. Eles sempre tiveram uma rivalidade feroz, e quando Jeremy e eu começamos a namorar, a coisa só piorou.

— Estou vagamente interessada.

Em um segundo, toda a vulnerabilidade de Jake se vai. Ele se levanta e anda até o armário de caixotes com movimentos duros.

— Você realmente quer discutir meu irmão de criação? Nós fizemos um pacto de nunca mais falar sobre ele.

— Não estamos falando sobre ele. Só estou me perguntando se vocês se resolveram.

— Não, mas isso é porque ele é um lixo humano, algo que ele reforçou pra nós dois na noite da formatura. Ou você bloqueou a parte em que o achamos trepando com a minha namorada? Sua amiga.

Meu estômago se contrai. Só uma das muitas memórias que eu bloqueei.

Nunca descobri há exatamente quanto tempo Jeremy vinha me traindo com Shelley, mas parte de mim não queria saber. Eu me senti idiota o suficiente por não perceber que eles vinham se comendo bem debaixo do meu nariz. E de Jake também.

Jake ficou ainda mais furioso do que eu. Ele e Shelley estavam namorando há alguns meses e, mesmo que eu não achasse que ela era o amor da vida dele, eu sabia que ele gostava dela de verdade. Não fiquei surpresa quando Jeremy apareceu na escola com dois olhos roxos e um nariz quebrado no dia seguinte. Na verdade, fiquei bem satisfeita. Jake apareceu com sua cota de cortes e hematomas, mas se colocassem ele e o irmão lado a lado, era claro que Jake tinha saído ganhando.

— Ele ainda está em Nova York? — eu pergunto. — Ou ele e a mãe voltaram pra Michigan?

Ele enfia a coleção de fotos de volta na caixa.

— Não vou falar do Jeremy com você. — Ele para e me olha desafiador. — Acabamos aqui? — A dureza do maxilar dele me faz desviar o olhar e mudar de assunto.

— Acho que sim. Você terminou o exercício?

Ele volta para a sala e desaba na poltrona.

— Sim. Se você considerar que terminar é ter cuspido um monte de merda.

Eu ando até o sofá.

— Tenho certeza que não está tão ruim quanto você acha. — Pelo que vi até agora, ele é incapaz de escrever lixo.

Eu pego o caderno e leio o parágrafo em voz alta:

— "Era uma vez uma rainha mandona que torturava um doce e inocente príncipe forçando-o a desenterrar memórias dolorosas do passado. O príncipe tentou fazer o que ela mandava, mas cada palavra fazia parecer que a caneta era feita de lâminas e ele estava rasgando a verdade amarga em seu coração. No final, o príncipe desistiu de sua torturante autoavaliação e foi fazer um sanduíche. Fim".

Eu baixo o caderno.

— Sério?

Ele dá de ombros.

— Estou com fome. É uma tentativa.

Eu esfrego as têmporas. Outra dor de cabeça está surgindo, e dessa vez não tem nada a ver com meu machucado.

capítulo catorze
Ironia e arrogância

Eu risco a décima página consecutiva de reflexões superficiais de Jake com minha caneta vermelha e jogo o caderno na mesinha de centro.

— Droga, Jake, para de brincar! Eu não quero mais arrogância e ironias! Eu preciso que você se concentre e entre em contato com o poço de maravilhosidade de onde você geralmente tira inspiração pra escrever.

— Eu normalmente não tenho uma porra de uma plateia, e só escrevo quando me dá vontade! Agora, você espera que eu tenha uma ereção literária com um Rottweiler castrador me ameaçando?!

Eu me levanto e coloco as mãos na cintura.

— Não me chama de Rottweiler!

Ele se levanta também.

— Então para de latir pra mim!

Nossas vozes altas ecoam no espaço vazio, e eu respiro fundo para me acalmar. Nós dois estamos sentindo a pressão de navegar por águas desconhecidas, mas sou eu que deveria estar comandando esse navio. E, nesse momento, estou nos levando em direção a um gigantesco iceberg.

— O.k. — eu digo ao me sentar, tentando aliviar a tensão. — Vamos fazer uma pausa. — Eu abro uma página em branco e deixo o caderno de volta na mesa. — Você se concentraria melhor se eu saísse do apartamento?

Jake esfrega os olhos e se senta na ponta da cadeira.

— Eu não sei. Talvez. — Ele olha para mim, frustrado. — Essa coisa de escrever por encomenda não é fácil, sabe. Você já tentou?

— Não — eu digo —, mas eu não sou a escritora aqui. Você que é.

— Mentira. Você já escreveu mais palavras do que eu na minha vida toda.

Uma imagem dos meus cadernos no armário vem à minha mente.

— Por que você diz isso?

— Você acha que eu nunca te vi escrevendo sem parar durante as horas de estudo ou nas aulas, quando você terminava tudo correndo e tinha tempo sobrando? Eu sempre me perguntava sobre o que você estava escrevendo.

Sinto um desconforto subir ao saber que meu hábito secreto de escrita não era tão secreto, afinal.

— Nada. Coisas infantis. — Ao mesmo tempo, na época, tudo parecia importante e grande. Se eu não expurgasse como me sentia naquelas páginas, eu sentia que ia explodir. Acho que é parecido com o que Jake disse ontem sobre se sentir sufocado pelas emoções. Escrever ajudava. Só nunca considerei postar minhas coisas *on-line* como ele.

— Ter você me observando é o problema — Jake diz. — E se nós dois tentássemos escrever algo? Podíamos colocar um limite de tempo, escrever o máximo de palavras possível e então conferir o trabalho um do outro, *quid pro quo*.

Sinto arrepios de animação e, ao mesmo tempo, de terror. É uma ideia maravilhosamente horrível.

— Mais uma vez, quero te lembrar que não sou eu a escritora.

— Então você não tem nada a perder. Só pense nisso como uma técnica pra motivar seu autor. Jogue algumas palavras na página e tente me mostrar como se faz.

Eu preciso admitir, a ideia de me desafiar perto de Jake é animadora. Nesse momento, eu sinto que todo o respeito no nosso relacionamento está pendendo para o lado dele. Pode ser mais fácil botá-lo para trabalhar se ele respeitar a voz de quem está dando a ordem.

— O.k. — eu digo, ficando animada por poder usar meus músculos criativos. — Fechado. Me dê um tema.

Professor Feelgood **199**

— Que tal o dia que nos conhecemos? — Ele parece sincero, mas eu sei que há algo aí. Nada nunca é tão simples com Jake.

— Não vai ser chato de ler, já que você estava lá?

— Verdade, mas eu quero ver como você se lembra. Se a sua verdade bate com a minha.

E aí está. Ele está me testando.

— Você tem tanta certeza que sua versão da nossa história é a certa — ele diz, tornando o desafio mais claro. — Prove. Coloque por escrito.

Eu sei muito bem que isso é uma armadilha, mas também sei que não posso recusar sem ele me pegar. Então, apesar do meu bom senso, eu estendo a mão.

— Fechado. — Ele olha para a minha mão por um segundo antes de estender a sua e apertá-la. Nós dois parecemos chocados pelo contato. Ontem, demos as mãos na reunião porque era necessário. Dessa vez é voluntário, e parece estranho e hostil. Quando soltamos, nós desviamos o olhar.

— Limite de tempo? — Eu engulo em seco e abro um documento novo.

— Dez minutos. — Ele pega um caderno da mesa e o apoia na coxa. — Prepare-se pra apanhar.

— Título da sua *sex tape* — eu digo, citando meu show de comédia favorito. Eu o vejo ligar o cronômetro no celular. — Eeeeee, vai.

Ele inicia a contagem e então se inclina sobre o caderno e começa.

O.k., uau. Isso está funcionando.

Me sentindo pressionada, encaro meu documento em branco e desejo que algumas palavras surjam.

O.k., o dia em que conheci Jake. Fácil. Só feche os olhos e lembre. Todas as minhas memórias foram empurradas para o escuro por tanto tempo que deixá-las ver a luz do sol de novo não é fácil. Eu tenho uma vaga ideia do que aconteceu, mas isso não serve para um parágrafo descritivo. Preciso me lembrar de detalhes, cheiros, cores, sentimentos.

Com cuidado, eu abro a porta do meu porão mental e desço as escadas.

***

— Tempo.

Quando a voz de Jake interrompe minha concentração, meus dedos estão voando pelas teclas e a distração repentina me faz apertar todas as letras erradas. Se meu fluxo de escrita fosse o trânsito, Jake teria acabado de causar um engavetamento de dez carros.

— Só um segundo — eu digo, voltando para arrumar a série de erros. De jeito nenhum eu vou dar a ele a chance de criticar minha gramática.

Eu termino de corrigir o parágrafo e solto o ar.

— O.k., pronto.

Levanto o olhar para ele e estendo minha mão.

— Me mostra o seu.

Ele sacode a cabeça.

— Ah, não. Primeiro as damas. Eu insisto.

Jake se levanta e vem se sentar ao meu lado antes de puxar meu computador para o colo dele e subir até o topo da página. Ele começa a ler em voz alta, mas eu levanto uma mão.

— Deus, não. Estranho demais. Leia em silêncio, por favor.

Ele faz que sim e se vira para a tela. Eu me sinto envergonhada demais para observar sua reação, então, em vez disso, dou uma olhada nas palavras de novo, só para ter certeza de que peguei todos os erros.

Na primeira vez que coloquei os olhos em Jacob Stone, ele estava urinando na roseira favorita da minha mãe. Havia um alambrado que separava nossas duas casas acabadas e, quando eu saí na nossa varanda torta, lá estava ele, bastão para fora, estreitando os olhos enquanto regava bem as rosas brancas favoritas da mamãe. Ele tinha três anos, cabelo escuro e bagunçado e olhos ainda mais escuros. Ele encarava a roseira enquanto se aliviava, e a intensidade da sua expressão fazia parecer que ele tinha raiva do mundo.

Quando acabou, ele se ajeitou e olhou para trás para me examinar com uma combinação de curiosidade e tédio. Era assim que eu estudava os insetos na minha armadilha, sempre tentando entender se eram inofensivos ou se possuíam ferrões escondidos. Na natureza, como na vida, há uma linha tênue entre amigos e inimigos.

Eu estava fascinada com a profundidade de seus olhos escuros, mas sua intensidade me deixou nervosa. Lembro de fazer uma prece silenciosa para que ele gostasse de mim.

Depois de alguns momentos me examinando seriamente, Jacob pareceu tomar uma decisão. Ele deu um passo à frente, levantou o queixo na minha direção e disse em uma voz forte e clara: "Oi".

Foi isso. Sem apresentações. Sem sorriso. Só "oi".

Foi o suficiente para nos tornarmos amigos.

Acho que Jake e eu temos o mesmo ritmo de leitura porque quando eu termino, ele também acabou. Ele devolve o computador para mim, uma tensão estranha em seus ombros.

— Então, é assim que você se lembra?

— Sim, porque foi assim.

Ele faz que sim, mas a forma como aperta as mãos me diz que ele não concorda.

— Nada mal. Bom número de palavras. Uma boa nota sete.

É estranho que ele esteja comentando minha escrita, e não o contrário.

— O.k. então, Dostoiévski — eu digo. — Me dê sua obra-prima.

— Claro. — Ele me entrega o caderno. Eu olho para o que está escrito.

Uau. Ele encheu uma página inteira.

Cara Supervisora Maléfica,

Nesse momento eu estou escrevendo sem pensar porque consigo sentir você me observando, e de jeito nenhum vou sentar aqui e admitir que nem competir com você está ajudando a abrir as comportas das minhas palavras. Você provavelmente vai comer minha cabeça por montar esse Teatro do Engano, mas foda-se. Não posso te dar seda se tudo que tenho é ferrugem.

Quanto a você, esse desafio parece ter acendido um fogo no seu rabo. Você está digitando a 100 km/h e está fazendo aquela coisa que sempre fazia quando se concentrava com força em algo. Eu chamo de "língua pensante". Você coloca sua língua no canto da boca deixando um pouco para fora e, se estiver mesmo focada, você meio que a mastiga. É ridículo, aliás. Sempre foi. Ainda assim, você parece estar escrevendo um número decente de palavras, então o negócio da língua deve funcionar. Talvez eu devesse tentar.

Sinceramente, sentar aqui e tentar dar à minha história qualquer tipo de início coerente é torturante. Começou quando a mulher que eu amei me deixou? Ou foi aí que acabou? Todas as palavras que eu escrevi desde então foram um epitáfio para um relacionamento morto? E em que ponto o amargor e a perda que eu sangro nessas páginas me impedem de só deixar para lá?

Se você puder responder qualquer uma ou todas essas perguntas, então pode ganhar algo parecido com gratidão da minha parte. Até lá, você precisa descobrir como transformar o caos da minha vida em algo que as pessoas queiram ler, porque eu com certeza não consigo.

Enfim, o tempo está acabando e mais uma vez eu não tenho nada válido a dizer. Eu culpo você. Provavelmente não é sua culpa, mas te culpo mesmo assim. É o que você ganha por ser a chefe.

Acho que a melhor estratégia agora é ir comer. Eu não tomei café da manhã e estou morto de fome. Você quer palavras? Alimente meu cérebro. Estou pensando naquela delicatéssen da 10th Street – e você paga.

Vamos.

Eu fecho os olhos e suspiro.

— Jake…

Ele pega o computador e o enfia na minha bolsa, então me passa meu casaco e vai em direção à porta.

— Você pode gritar comigo no caminho. Quero um sanduíche grande completo e uma Coca Zero. Preciso tomar cuidado com os carboidratos.

Eu discutiria se achasse que serviria para alguma coisa, mas ficou claro que a sessão de escrita dessa manhã já era. E todo esse papo de comida me deixou com desejo de um bagel de rosbife.

— Tudo bem. Vou te deixar fazer isso, mas depois do almoço começamos do zero.

Ele fecha a porta do apartamento atrás de nós e me guia escada abaixo.

—É, é. O que você mandar, chefa.

capítulo quinze
Um imposto na esperança

Jake afasta seu prato e limpa a boca com um guardanapo. Ele acabou comendo uma baguete *e* um cheeseburguer, e arrematou tudo com um pedaço de torta de maçã e sorvete. Se eu comesse assim, esse restaurante ia parecer aquela cena de *Alien* em que o peito da Sigourney Weaver explode. Na verdade, eu mal comi metade do meu bagel antes de jogar a toalha.

Jake aponta para o que sobrou no meu prato.

— Você vai terminar isso?

Eu reviro os olhos e empurro o prato para ele, então os reviro de novo quando ele o ataca como se estivesse em greve de fome há um mês.

— Pra onde vão todas essas calorias? — eu pergunto, incrédula. — Como um guloso igual a você pode ter 3% de gordura corporal?

Ele sorri com a boca cheia de comida.

— Se odiar gasta bastante energia.

Eu cruzo os braços e resmungo:

— Diga isso para as minhas coxas. Eu as odeio há anos.

Ele engole e limpa a boca.

— Não faça isso.

— O quê?

— Ser a garota com o corpo perfeito que fala mal de si mesma só pra que os outros a contradigam.

Eu quase rio.

— Eu nunca tive um corpo perfeito. Essa honra foi para a Eden.

Ele me encara.

— Você está me zoando, né? É difícil dizer, mas você deve estar. — Ele dá outra mordida no sanduíche. — Que afirmação ridícula da porra.

Na mesa, nossos celulares vibram ao mesmo tempo. Nós os pegamos para checar e então nos entreolhamos.

— Sidney soltou o release do livro — eu digo. De repente meu almoço parece um bloco de madeira no meu estômago. — Em algumas horas, a notícia vai estar em todos os lugares.

Jake parece ainda mais enjoado do que eu, se é que isso é possível.

— Ótimo. Bem a tempo pra esse evento que vamos hoje à noite. Tudo bem se eu beber até não saber mais quem eu sou?

O celular dele começa a vibrar quase imediatamente com dezenas de notificações chegando ao mesmo tempo.

— Parece que as "Fãs Feelgood" estão comemorando — eu digo. — Isso é bom para as vendas.

— Aham. — Ele desliga o celular e o coloca com a tela para baixo na mesa antes de tomar um gole de água. Ele parece um pouco verde.

— Você está bem?

— Sim.

Ele limpa as mãos num guardanapo e encara a mesa. A carcaça do que sobrou do meu sanduíche está esquecida no prato.

— Jake?

Ele limpa as mãos de novo antes de agarrar o copo de água com tanta força que eu temo por sua integridade física.

— Eu sei que isso provavelmente é só uma quinta-feira normal pra você, mas você não acha aterrorizante que eles estejam anunciando um livro que ainda nem foi escrito?

— Não é algo que acontece muito, não. — Eu pareço mais confiante do que estou. — Mas pra livros de celebridades? Sim... acontece. É uma forma de deixar os fãs animados e ansiosos pra darem seu dinheiro.

— Celebridades. Certo. — Ele corre os dedos pelo cabelo e, em meio a todas essas passadas de mão, ele deixou uma migalha de bagel presa em alguns fios. — E o que acontece se descobrirmos que eu não consigo escrever um livro? Que tudo o que consigo é um punhado de poemas?

Não consigo tirar os olhos da migalha no cabelo. É grande. Como ele não a sente lá?

— Isso não vai acontecer. Não fique desencorajado por causa de hoje de manhã. Foi o primeiro dia. Ninguém espera que você já comece com tudo.

Não é totalmente verdade. Serena, o sr. Whip e eu esperamos grandes coisas dele, e pensar que ele pode não entregá-las me faz suar em lugares pouco elegantes. Claro que, se eu tivesse mais experiência, seria mais bem-sucedida em arrancar palavras dele.

Jake sacode a cabeça e engole o resto da água antes de encher o copo novamente.

— Eu não sei que merda eu estava pensando quando concordei com isso.

— Talvez você estivesse pensando que suas palavras tocam pessoas. Mais de três milhões, pra ser exata.

Sem conseguir continuar ignorando, eu estico meu braço para tirar a migalha do cabelo dele. Quase instantaneamente, ele agarra meu pulso e franze o cenho para mim.

— Que merda é essa? Limites, por favor.

Eu solto meu braço.

— Diz o homem que pulou em cima da minha cabeça machucada ontem sem pedir permissão. Relaxa. — Eu puxo a migalha e mostro a ele. — Viu?

— Como vai sua batida, aliás? — ele pergunta passando os dedos pelo cabelo, provavelmente para se livrar de qualquer migalha rebelde.

— Ninguém nunca reclamou. — A resposta sai da minha boca antes que meu cérebro consiga impedir.

Ah, meu Jesus. Eu fiz uma piada de punheta na frente de Jacob Stone. Me mate agora.

Jake levanta as sobrancelhas.

— Uau. Fico feliz, mas não precisa ostentar.

Eu faço uma careta.

— Eden e eu sempre fazemos essa piada velha quando alguém fala em batida. É a força do hábito. Mas respondendo a sua pergunta, meu crânio vai bem.

Ele me olha desconfiado.

— Aham.

Nós ficamos em silêncio e eu uso a oportunidade para fazer um gesto para que nossa garçonete traga a conta. Quando olho de novo para Jake, ele está olhando pela janela com uma expressão perturbada que eu já vi várias vezes. Nessa situação, qualquer pessoa normal se sentiria insegura, mas ele tem o hábito de armar sua eterna autossabotagem com uma bazuca mental que atira raios gama.

— Olha, Jake... — Eu respiro fundo antes da próxima frase porque não o elogio há muito tempo, então as palavras parecem estranhas na minha boca. — Eu sei que esse processo vai ser difícil, mas ficar duvidando de você mesmo não faz sentido. Não importa o que eu sinta por você como pessoa, eu *amo* sua escrita e sei que, se acertarmos esse livro, ele vai ser gigante. E não estou sozinha nisso. É o motivo pelo qual houve um leilão acirrado. Você escreve com seu coração, e as pessoas respeitam isso. Merda, até eu respeito isso.

Ele se vira para mim.

— Você ama minha escrita, é? Isso quase pareceu sincero.

— E foi. Você pode ser um babaca, mas é um babaca talentoso. Agora, por favor, pare de duvidar de si mesmo, porque é estranho e desconfortável ter que ficar te dando reforço positivo.

— Mas é seu trabalho, não? — ele diz, relaxando um pouco. — Você precisa me animar, tipo um técnico antes de um grande jogo.

— Sim — eu digo, levantando meu punho no ar sem muita vontade. — Então, faça aquele *home run* com o gol ou cesta... campeão.

Ele pisca algumas vezes.

— Você realmente não entende nada de esportes, né?

— Não. Nada. — Nossa garçonete coloca a conta na mesa e eu a pego. — Agora, vamos sair daqui. Precisamos destravar sua criatividade pra conseguir enfiar um gol com as suas palavras.

— Que horror. — Ele se levanta e espera enquanto eu deixo dinheiro na mesa. — Tipo, hilário de tão errado e ruim.

— O título da sua *sex tape* — eu digo enquanto saímos do restaurante.

Nós andamos em direção ao rio e acabamos no Bridge Park. Sem falar a respeito, escolhemos um banco perto da água.

— Então — Jake começa, virando seu rosto para o sol —, qual seu grande plano pra me destravar?

Eu coloco minha bolsa ao nosso lado.

— Acho que a primeira coisa que deveríamos fazer é falar sobre a sua amada.

Ele me olha desconfiado.

— Você tem certeza que está disposta? Ouvir meus problemas nunca foi seu ponto forte.

— Isso é uma mentira deslavada, mas vou deixar passar. Comece do começo da sua jornada romântica, por favor. Não deixe nada de fora.

Ele me encara por mais alguns segundos antes de suspirar dramaticamente e virar o olhar para o rio.

— Conheci a Ingrid em Bali. Nós estávamos trabalhando na Zen Farm, porque eles pagavam os estrangeiros em dinheiro vivo. Depois disso, viajamos juntos pela Tailândia, então...

— Espera um segundo, volta. — Ele me olha confuso. — Você não pode só dizer que a conheceu. Eu preciso de detalhes. Quando foi a primeira vez que você a viu? O que você pensou naquele momento? Houve uma atração inicial? Quando você fez algo a respeito? Você precisa fazer o leitor se apaixonar por ela tanto quanto você.

Ele apoia os cotovelos nos joelhos e esfrega os olhos.

— Falar sobre essas coisas não é divertido, especialmente com você.

— Bom, esse é o nosso novo normal agora, então é melhor ir se acostumando. Se te ajudar a ficar mais confortável, feche os olhos. Finja que eu não estou aqui.

Ele me olha com dúvida novamente antes de cruzar os braços sobre o peito e fechar os olhos.

Professor Feelgood **209**

— Volte ao passado. Tente reviver esses momentos e os descreva o mais honestamente que puder.

Os músculos do maxilar dele se tensionam, mas ele respira fundo algumas vezes e começa:

— Depois do Ensino Médio, eu precisava sair de Nova York. Tudo me irritava, então peguei todo o dinheiro que tinha guardado trabalhando aqueles quatro anos no armazém e comprei a primeira passagem internacional que eu conseguia pagar. Eu passei um tempo na Ásia, com empregos aleatórios que me pagavam em dinheiro por baixo do pano, até ter dinheiro suficiente pra seguir para o próximo destino. Quando cheguei em Bali, achei um lugar chamado Zen Farm. Eles adoravam empregar estrangeiros, e quando não estávamos trabalhando nos jardins, os donos davam aulas de meditação.

Achei que tivesse sido bem-sucedida em engolir o impulso de fazer piada com a ideia de Jake existindo em um lugar zen desses, mas devo ter feito algum barulho, porque ele abre os olhos de repente.

— O quê?

— Nada. Eu só acho difícil de... hum... então você meditava? — Eu tento imaginá-lo sereno, de pernas cruzadas, mas não é possível. — Tem algum tipo de meditação amarga e raivosa que eu não conheço?

— Eles usavam meditação guiada pra nos tirar da nossa raiva.

— Certo. Então, você deve ter sido um tipo de Monte Everest para os instrutores, não? Eles desistiram de tentar conquistar sua raiva? Você acabou com eles?

Ele se endireita e me olha com desdém.

— Você quer ouvir a história ou fazer graça?

Eu levanto os braços.

— Como alguém me disse uma vez, me ofende você achar que eu não posso fazer os dois. — O olhar que ele me dá em resposta é venenoso. — O.k., tudo bem. Não vou fazer piada. Por favor, continue.

Soltando o ar exageradamente, ele olha por cima do meu ombro.

— Eu estava voltando do almoço quando vi Ingrid pela primeira vez. Ela estava nos degraus da casa, olhando o jardim de flores. E... — Ele olha para baixo. — Eu me perdi. Não sei o que ela tinha, mas...

— Ele encara o arbusto florido a nossa frente. As abelhas devem ter notado que o inverno está chegando, porque parecem frenéticas enquanto voam de flor em flor.

— Então, foi amor à primeira vista?

— Se você quer usar esse termo totalmente brega, então acho que sim.

Sinto uma pontada de inveja amarga por Jake, uma das pessoas menos românticas que eu já conheci, ter tido esse tipo de experiência e eu não. A vida realmente não é justa.

— Como foi? — eu pergunto.

Ele fica quieto por um segundo, perdido em pensamentos.

— Você já ouviu uma música e, mesmo sabendo que nunca a ouviu antes, ela pareceu familiar?

Eu faço que sim.

— Foi como eu me senti olhando pra ela. Eu sempre senti raiva, desde que me lembro. Mas naquele dia, quando eu a vi... — Ele balança a cabeça, espantado. — Algo mudou. Todas as partes vermelhas e raivosas dentro de mim ficaram diferentes. As partes pretas. As partes cinzas. Elas se tornaram...

— Amarelas? — Ele me olha surpreso. Eu inclino a cabeça, envergonhada por estar prestes a admitir com que frequência leio as coisas dele. — Um dos meus poemas favoritos seus fala de como você é feito de nuvens de tempestade enquanto ela era o sol. Você a chama de amarelo. Você gostava de ser amarelo com ela.

Ele baixa os olhos para as mãos.

— Sim. Ela era amarelo. Ela brilhava. Pelo menos parecia que sim, mesmo que só eu pudesse ver. — Ele se endireita um pouco e observa as abelhas. — No segundo em que eu me apresentei... foi isso. Eu sabia que ela era minha alma gêmea.

— Como? — eu pergunto. Com certeza houve um raio atordoador ou uma onda de revelação. Algum tipo de vento arrebatador e revelatório.

Ele dá de ombros.

— É como perguntar como você sabe que algo é essencialmente certo ou errado. Há uma parte de nós que só sabe.

— E ela se sentiu da mesma forma?

— Eu achei que sim.

Ele fica em silêncio enquanto um jovem casal passa por nós de mãos dadas.

— Agora você vai tirar sarro de mim por quão patético eu sou?

Se ao menos ele soubesse quão patética eu sou quando se trata de homens. Eu hesito em expor a tragédia completa da minha disfunção sexual por medo que ele estoure as entranhas de tanto rir, e então eu teria que levá-lo correndo ao hospital para uma cirurgia de emergência.

— Eu nunca acharia alguém patético por se apaixonar. Na verdade, eu tenho um pouco mais de respeito por você agora. Alguns anos atrás, eu não acharia que você era capaz de um relacionamento real e amoroso.

— É, claro que não. Você estava ocupada demais achando que eu era o anticristo.

— Não é verdade. No máximo eu te considerava um assistente de Satã. Você nunca teve a ambição pra ser o diabo-chefe.

O sol agora está batendo direto em nós, então eu pego meu casaco e bolsa e me levanto.

— Indo pra sombra? — Jake pergunta, pegando o recado.

— Você sabe que sim. — Ele entende que, como qualquer ruiva natural, eu só consigo aguentar a luz do sol por algum tempo antes de explodir em chamas.

— Uma coisa que me parece estranha — eu digo enquanto andamos pelo calçadão a caminho de uma fileira de bancos protegida pelas árvores — é por que você a deixou ir. Você não lutou por ela?

— Você não deveria ter que lutar por amor, Asha. Esse é todo o ponto. Se duas pessoas se amam, não deveria existir nada que as mantivesse separadas. Mas isso só funciona se as duas se sentem da mesma forma, ao mesmo tempo. E não importa quão romântica você seja, você precisa admitir que as chances de isso acontecer são raras.

Eu coloco minhas coisas no nosso novo banco e me sento.

— Você só pensa assim porque se machucou.

Jake se senta ao meu lado, a tensão tomando conta da sua postura.

— Não, eu *sei* disso porque a única matéria em que eu era bom no Ensino Médio era matemática. — Ele se vira para mim. — Várias pessoas dizem que não apostam, mas apostam sim. Todos nós apostamos todo dia. Pode não ser no vinte-e-um ou no caça-níquel, mas você aposta se aquele negócio de trabalho vai dar certo ou não, ou se aquela mensalidade cara da academia vai realmente te motivar a ser mais saudável. E se você se apaixona, então essa é a maior aposta de todas. Você está apostando seu coração, e essa merda é fatal. É melhor jogar roleta russa, porque vou te dizer, na maior parte das vezes o coração perde. E é esmagado em pedacinhos.

— Isso é bem pessimista.

— Talvez, mas é verdade. As pessoas que se apaixonam várias vezes são jogadoras compulsivas. Elas estão em busca daquela adrenalina. A grande jogada que as faz sentir como se não fossem sacos de carne sem propósito sentados em cima de uma pedra gigante girando no espaço. E mesmo que só sintam essa coisa especial por alguns momentos antes que tudo desabe, elas continuam voltando porque acreditam no mito de que, um dia, vão conhecer alguém que vai fazer esse sentimento durar para sempre. Elas estão cegas para o fato de que é mais fácil ganhar na loteria que encontrar o amor verdadeiro.

Minha garganta aperta enquanto o escuto. É isso que eu faço? Me perco no furor de relacionamentos novos e então pulo fora quando a onda passa? Minha questão sexual é só um sistema de alerta de que estou com a pessoa errada e deveria seguir em frente?

— Então — eu digo, tentando esclarecer meus pensamentos e os dele. — Você acha que as pessoas deveriam abrir mão do amor e jogar na loteria em vez disso?

Ele se inclina para trás e solta os braços no banco.

— Talvez. Loterias são um imposto sobre a esperança, assim como o amor. Antes mesmo de você apostar em "alguém especial", você precisa cavar a mina do namoro atrás de um diamante no meio de todo aquele lixo. E deixa eu te contar, nem todo o fedor sai. Parte dele é tóxico. Bem depois de você ter saído da fossa de um relacionamento ruim, o cheiro da merda pela qual você passou ainda fica. — Ele encara o rio, sua voz se tornando mais suave — Gruda no seu cérebro, no seu peito, e te lembra o tempo todo que você é um perdedor. E, às vezes, o ranço é tão poderoso que, mesmo quando a gente ganha no amor, estamos tão quebrados por causa das feridas gritantes e pustulentas que ficamos surdos para os sons daquela alma boa nos dizendo que finalmente ganhamos na loteria.

Ele fica quieto e, pela sua expressão, presumo que ele está pensando em Ingrid de novo. Claramente, ela é a chave para destravar suas palavras.

Quando eu acho que ele acabou, ele apoia os cotovelos nos joelhos e junta as mãos.

— Então, sim... pra mim *essa* é a diferença entre apostar com dinheiro e apostar com seu coração. Em uma mesa de vinte-e-um, mesmo quando as cartas não te ajudam, você continua colocando as fichas, porque você acha que a próxima mão vai ser diferente. Você está sempre esperando ganhar. — Ele balança a cabeça. — No amor, a maioria de nós aposta tudo o que tem sem pensar, repetidas vezes, com a fé certa e inabalável de que estamos destinados a perder.

Quando ele termina, suas bochechas estão coradas. Antes que eu possa dizer qualquer coisa, ele olha para o chão, como se estivesse envergonhado por ter se aberto tanto.

Fico feliz por ele não estar me olhando. Estou não apenas abalada por essa explosão inesperada, mas completamente brilhante, como também atordoada e confusa, além de ter mais umas catorze emoções diferentes rodopiando dentro de mim. Eu tiro meu casaco para aliviar um pouco do calor repentino no meu corpo.

Quando ele me olha, eu dou o meu melhor para esconder a reação indesejada do meu corpo.

Jake estreita os olhos.

— Qual o problema com você?

— O quê? Nada. Por quê?

— Porque eu acabei de dar o argumento mais antirromântico da história e você não está discordando de nada.

Eu cruzo as pernas.

— Por que eu discordaria?

— Porque você é a presidente, secretária e tesoureira da Sociedade dos Românticos Incuráveis.

— Não é verdade.

— Asha, por favor. Sua música favorita é *My Heart Will Go On*.

Quero negar, mas a verdade é que, quando Celine faz aquela mudança de tom, eu não consigo *não* derreter. Toda... santa... vez.

Eu pigarreio e remexo na minha bolsa até achar um caderno e uma caneta.

— Talvez eu não esteja discordando porque, mesmo que seja um monte de merda cínica, é exatamente o tipo de opinião apaixonada que o seu livro precisa.

Ele se inclina para trás.

— Sério?

— Sim. É real, imperfeito e cheio de uma lógica falha, mas intensa. — Eu passo o caderno e a caneta para ele. — Rápido. Anote isso.

Ainda parecendo confuso, ele pega os itens da minha mão. Então abre o caderno, o apoia na coxa e encara a página em branco.

— Jacob, escreva!

— Jesus, me dá um segundo, mulher, eu não consigo me lembrar de tudo.

— Não importa. Só anote as partes que você lembra.

Ele começa a escrever e eu fico ali observando, garantindo que ele não está fingindo de novo. Para meu imenso alívio, ele realmente escreve um conteúdo decente em vez de enrolação e desculpas.

— Você está me encarando de novo — Jake diz frustrado, me olhando de soslaio. — O que eu te disse sobre me assistir escrevendo?

Com um suspiro, eu levanto do banco e caminho até a grade perto do rio.

O.k., demos a partida. Agora só precisamos manter esse movimento.

Eu respiro fundo algumas vezes, tentando usar o ar frio do rio para limpar um pouco da tensão que tenho acumulado desde que Jake revelou ser o Professor. Funciona, mas só um pouco.

Encarando o rio calmo, eu quase consigo imaginar um tempo em que tolerar trabalhar com ele vai ser mais fácil.

Quase.

capítulo dezesseis
Então, chefe

Estou esperando para atravessar um cruzamento quando a tela do meu celular acende com o rosto sorridente de Joanna.

— Oi.

— Oi! Acabou por hoje?

— Sim, estou indo encontrar a Eden no trabalho. Ela vai direto para o evento da Central do Romance e eu prometi que a ajudaria com o cabelo e a maquiagem. Onde você está?

— Presa no trânsito. Ignore os gritos ao fundo. Todos os motoristas idiotas saíram de casa hoje, e o Gerald não está feliz. — Gerald é o chofer da Joanna. Ele é muito loiro e britânico, e é hilário quando expressa sua impaciência com o trânsito de Nova York.

— *Egoísta!* — eu ouço um sotaque britânico ao fundo. — *Essa é uma atitude chocantemente rude e egoísta, sr. Mazda. Chocante!*

Eu rio. Acho que ele precisa de algumas aulas sobre raiva americana no trânsito, ou pelo menos sobre alguns bons palavrões.

— Então — Joanna diz. — Estou morrendo pra saber como foi o primeiro dia. Os dois saíram inteiros? Ou teve derramamento de sangue?

Eu engulo um grunhido.

— Não chegou a ter derramamento de sangue, mas trabalhar com ele foi exatamente tão torturante quanto eu pensei. Depois de várias briguinhas, nós chegamos ao grande total de seiscentas palavras. Se

Professor Feelgood **217**

continuarmos assim, meu estômago vai ser o país das maravilhas das úlceras, e vamos perder todos os nossos prazos.

— Com certeza as coisas vão melhorar com o tempo. Eventualmente, vocês vão amolecer um ao outro.

—Anos de adolescência não conseguiram isso.

— Sim, mas naquela época vocês não eram forçados a trabalhar juntos todo dia.

— Mas agora não conseguimos interagir por cinco minutos sem explodir um com o outro como dois pequineses mal-humorados. Eu quero ser superior e não retrucar, mas... meu Deus, Jo... é impossível com ele. — É mais fácil ficar com raiva de alguém do que admitir que essa pessoa te machuca.

—Aham. E como vai a sua quedinha por ele? Aposto que isso também está tornando as coisas difíceis.

— O quê? — Eu aperto o botão para atravessar a faixa de pedestres mais algumas vezes, com bem mais força que antes. — Eu já te disse, eu nunca gostei do Jake dessa forma...

— É o que você continua dizendo. E mesmo se eu acreditasse em você, isso foi antes de ele virar o Professor gostoso e apaixonado que transformou sua calcinha em uma zona de alagamento. Irritante ou não, seu vizinho adolescente mal-humorado se tornou um cara bem sexy.

— Jo... — Eu quero dizer que ela está sendo ridícula e alucinando, mas não posso negar que minha atração indesejada por Jake é uma questão em pauta. Considerei confessar isso a Eden noite passada, mas precisei defender meu relacionamento com Jake tantas vezes quando éramos crianças que, se eu admitir que me sinto atraída por ele mesmo depois de toda hostilidade, eu não a culparia por bordar IDIOTA em todas as minhas roupas.

— Olha, você não precisa admitir nada pra mim — Joanna diz, me dando um desconto. — Mas vocês dois precisam dar um jeito de fazer as pazes.

— É, falar é fácil.

— Eu sei que vocês dois são teimosos feito mulas, mas é possível limpar essa bagunça.

— Talvez em brigas normais, tipo Jedi e Sith, Montéquios e Capuletos, veganos e amantes de bacon... mas eu e o Jake? Tenho minhas dúvidas.

— Confia em mim. Uma vez eu fiz a Taylor Swift e o Kanye irem juntos a uma lavagem intestinal. É possível. Talvez o evento de hoje dê a vocês a oportunidade de exorcizar alguns fantasmas.

— É um evento de trabalho, Jo.

— Sim, mas é em torno da Central do Romance, e o negócio deles é juntar pessoas e fazê-las se sentirem bem. Talvez você e o Jake possam se beneficiar disso.

— Hmmmm. — Parece pouco provável, especialmente considerando que minha noite terá mais de um fator estressante, mas sempre posso tentar manter a mente aberta. — Tudo é possível, acho.

— O.k., bom, se eu puder ajudar com alguma coisa, me avisa. Estarei lá por volta das nove.

— Você vai? Eu não sabia que a Whiplash mandaria mais gente da equipe.

—Ah, não. Eu prometi a Sarah Jessica que seria a acompanhante dela.

— Sarah Jessica? Tipo, Parker?

— Ah, sim, você não sabia? Ela é minha madrinha. E tem um monte de amigas solteiras, então ela espera que esse novo aplicativo de namoro possa melhorar a trágica vida amorosa delas. Eu esqueci de perguntar, você descobriu mais alguma coisa sobre a mulher do Jake hoje?

— Um pouco. Eles se conheceram em um lugar chamado Zen Farm, em Bali.

— Puta merda! Já fui lá. Lugar incrível. Vou te levar um dia.

Gostaria de uma viagem agora, se fosse me ajudar a achar um pouco que fosse de paz interior.

Eu ouço Gerald dizer:

— Chegamos, senhorita.

—Desculpa — Jo diz. — Vou entrar na minha aula de desenho vivo.

— O quê? Eu não sabia que você desenhava.

Professor Feelgood   **219**

— Não desenho. Eu sou a modelo. Hora de ficar pelada. Até mais tarde!

Eu balanço a cabeça e jogo meu celular na bolsa. Se eu pudesse ter a vida dela por um dia que fosse.

Ela está certa, é claro. Eu preciso achar uma forma de lidar com Jake para que possamos ter uma relação profissional mais produtiva. Mas fora um transplante completo de personalidades, eu não vejo como isso pode acontecer.

Dez minutos depois, eu subo as escadas do escritório da minha irmã e entro na agitada redação da revista *Pulse*.

Quando abro a porta, não me surpreendo ao ver o turbilhão de atividade habitual. O site de notícias e entretenimento emprega algumas dezenas de pessoas, e desde que minha irmã foi promovida e deixou o departamento de *click-bait* para ser editora da seção de reportagens, o público deles aumentou mais de 20%.

Você poderia pensar que esse seria um bom motivo para o chefe durão de Eden se sentir grato e pegar leve com ela, mas quando dou um aceno de cabeça para a recepcionista e entro na área principal, fica claro que não é esse o caso.

Consigo ver Eden na sala de Derek Fife, mãos na cintura no que eu reconheço como a postura teimosa dela. Derek a está confrontando, as duas mãos espalmadas na mesa enquanto grita com ela por uma coisa ou outra.

Quando chego mais perto, as vozes ficam mais claras.

Derek aponta um dedo para minha irmã.

— Eu te disse pra largar essa maldita história porque nos custaria anunciantes, Eden, e foi isso o que aconteceu!

— E eu te disse que não ia largar! Algumas histórias são mais importantes que dinheiro!

— E algumas não são! Boa sorte publicando suas matérias queridas quando falirmos!

Derek me vê e se endireita. Ele obviamente não se importa que sua equipe veja essas brigas frequentes, mas alguém de fora é outra coisa.

— Sua irmã está aqui. Terminamos mais tarde.

O rosto de Eden se ilumina quando ela me vê parada, desconfortável, na porta de Derek.

— Ash! Oi. — Ela faz um gesto para que eu entre e então me dá um rápido abraço. — Estou um pouco atrasada. — Uau, ela consegue ir de mega irritada a sorridente em apenas alguns segundos. Vou ter que perguntar a ela como se faz. — Só preciso terminar algumas coisas e sou toda sua.

— Sem problemas. — Eu vejo que Derek está nos observando. Ele ainda parece irritado. Eu aceno para ele de leve. — Desculpa pela interrupção.

Eden ri.

— Graças a Deus você interrompeu. Eu não tenho tempo pra ser presa por assassinar meu chefe hoje. — Derek olha feio para ela e então se senta atrás de sua mesa. Acho que a briga de galo verbal acabou por hoje.

Eden pega um arquivo da mesa dele e se vira para mim.

— Então, você quer me esperar na copa, ou…

— Ela pode esperar aqui — Derek diz enquanto pega seu tablet e digita algo na tela. — Eu duvido que ela consiga ser mais irritante que você.

Eden faz um som de desdém.

— Claramente você não a conhece muito bem.

Eu dou um tapinha no braço dela.

— Ei! Só por isso, vou provar que não sou tão irritante quanto você ficando aqui com o Derek sem gritar com ele.

Eden me olha desconfiada.

— Tem certeza? Não tem outros ursos com problemas de raiva pra você passar seu tempo? Nenhum cão raivoso? Leões da montanha sociopatas?

Derek a fuzila com o olhar.

— Fora.

Ela me dá um olhar de aviso.

— O.k., mas é melhor você ser boazinha e fingir que tem boas maneiras. Eu volto em dez minutos.

Ela corre pelo corredor na direção da sala dela. Eu olho para Derek. Ele levanta os olhos da tela e franze o cenho.

— Você vai se sentar?

Eu dou uma olhada na cadeira de couro em frente à mesa dele.

— Não, obrigada. Estou bem.

— À vontade. — Ele aperta um botão na mesa dele e as paredes de vidro ficam imediatamente opacas.

— Belo truque.

— Feche a porta. Não queremos os animais que trabalham aqui babando em cima de você.

Eu faço o que ele diz. Quando me viro, ele está me encarando.

— Como foi seu dia?

— Um inferno. O seu?

— Mesma coisa.

Derek coloca o tablet na mesa e então anda até parar na minha frente. Ele está tão próximo que os pelos do meu braço se arrepiam. Apesar da eterna rixa de Eden contra ele, eu sempre o achei atraente. Claro, ele é mais velho do que a maioria dos homens com quem já saí, mas tem um ar de poder que é inegavelmente sexy.

— Eu sinto como se não te visse há anos. — Ele se aproxima e eu instintivamente me encosto na porta. Ele coloca a mão ao lado da minha cabeça e me olha dos pés à cabeça. — Faz tanto tempo que eu não te vejo ao vivo que eu quase esqueci como você é linda — ele continua em voz baixa. — Passei o dia pensando em te beijar.

Ele se inclina para roçar seus lábios contra os meus. Uma onda de calor me atinge e eu coloco a mão no peito dele.

— Não podemos. Ela vai voltar logo.

— Eu não ligo. — Ele pressiona sua cabeça contra o meu pescoço e seu hálito quente pinica a minha pele. — Nós precisamos contar a verdade a Eden. Ela vai entender.

Quando ele desliza a mão pelo meu cabelo e aperta os dedos, eu faço um barulho e o puxo para beijá-lo. É um beijo cuidadoso do tipo podemos-ser-pegos-a-qualquer-momento, mas ainda assim me deixa sem fôlego.

— Você conhece a minha irmã. Eu tenho certeza que ela não vai ligar por eu ter passado meses mentindo pra ela a respeito da identidade do meu amante francês. Quem vai editar a *Pulse* se ela te espancar até a morte com o Pulitzer falso dela?

— Ela vai superar. Estou cansado de ser Phillipe. — Ele se aperta contra mim e eu me delicio com o peso dele. Por que eu não posso arrancar suas roupas e transar com ele como uma mulher normal? Por que meu corpo já está produzindo tensão só de pensar em sexo?

Quando eu esbarrei com Derek na Feira do Livro de Paris, eu sabia o quanto Eden o detestava como chefe, mas em um cenário estrangeiro, eu o achei charmoso, atencioso e bem mais gato do que eu me lembrava. O jantar na primeira noite da feira evoluiu para uma espécie de conexão que eu não sentia há muito tempo, e ficou claro que ele sentiu o mesmo. Nós acabamos passando todos os momentos livres juntos. Quando eu percebi que estava me apaixonando por ele, rezei para todas as divindades que pudessem me escutar para que eu conseguisse ter intimidade sem meu cérebro interferir.

Até parece.

Apesar de ele ser um amante incrível e paciente, meu corpo não cooperou. Envergonhada demais para admitir o problema, eu fingi estar gostando. E agora, aqui estou eu, teimosamente me apegando à esperança de que o que sinto por ele superará minha ansiedade empata-foda idiota.

— Eu quero você — ele sussurra. — Estou com saudades.

— Eu sei. — Eu acaricio seu belo rosto. — Desculpa. O trabalho anda... insano.

— Como vai seu novo autor?

— Talentoso, mas insuportável. — Eu não contei a ele toda a história sobre Jake e eu. É exaustivo demais entrar em tantos detalhes. — O dia de hoje pareceu durar um século, e ainda não acabou.

Professor Feelgood **223**

— Tem algo que eu possa fazer pra te ajudar?

— Comprar muito álcool e Valium pra mim?

— Feito. — Ele me dá um beijo suave e, por um momento, eu esqueço o quanto o estou decepcionando.

Ele se afasta e encosta a testa na minha.

— Você é uma das mulheres mais inteligentes e determinadas que eu já conheci, e eu sei que você ama o que faz. Tenho fé que você vai achar um jeito de fazer até a situação mais insustentável funcionar.

É, qualquer situação que não envolva sexo é um passeio no parque. Descobrir como ter relações íntimas, porém...

Há uma batida na porta, e Derek e eu nos afastamos antes que ele resmungue:

— Entre.

A porta se abre e vemos o melhor amigo que Eden tem no trabalho, Toby. Ele me olha, surpreso.

— Oi, Ash! Não sabia que você estava aqui. Tudo bem?

— Tudo ótimo, Tobes. E você?

— Ótimo! — Ele sorri para mim com interesse demais, como um gigantesco Golden Retriever de cardigã. Eu sei que Toby sempre teve uma quedinha por mim, mas nunca o encorajei exatamente pelo mesmo motivo pelo qual eu não deveria ter deixado as coisas avançarem com Derek: ele trabalha com a minha irmã, e a última coisa de que preciso é ser a fonte de desconforto entre Eden e os colegas dela.

— Esperando a Eden? — Toby pergunta.

Eu aceno com a cabeça.

— Sim.

Ele olha de relance para Derek.

— Aqui?

Derek o encara com um olhar irritado.

— Você tem algum motivo pra estar aqui, Jenner?

— Ah, sim. — Toby entrega um arquivo. — São minhas matérias da semana que vem. — Derek conduz sua revista *on-line* à moda antiga. Ele ainda insiste que seus redatores submetam seus rascunhos em papel. Eden acha que é porque ele ama o poder de empunhar sua caneta vermelha como uma arma. Ela frequentemente relaciona o estilo de gerência intenso de Derek à teoria de que ele está compensando por ter um pinto pequeno. Eu posso atestar que ela está bem errada.

Derek pega a pasta e olha os documentos dentro.

— Você quer uma medalha por fazer seu trabalho? Saia logo daqui.

Toby faz que sim e então olha pra mim.

— Te vejo hoje à noite?

Eu sorrio para ele.

— Com certeza. Mal posso esperar.

Toby tem feito hora extra na Central do Romance como diretor técnico, e é o gênio da programação por trás do novo aplicativo que eles estão lançando. Eden sempre disse que ele é a pessoa mais inteligente que ela já conheceu, e agora ele provou isso. Mesmo antes do app ser lançado no mercado, ele está sendo considerado a nova estrela da programação.

Conforme Toby sai, ele me dá um último aceno. Quando ele se vai, eu fecho a porta e me viro para Derek.

— Como você pode ser tão doce comigo e tão duro com a sua equipe?

Ele pega minha mão e a beija.

— Eu aprendi há muito tempo que ninguém me respeitava quando eu era legal. É uma loucura, mas é verdade.

— Mas eles acham que você é um babaca o tempo todo. A Eden tem a teoria de que você cultiva seu mau humor toda manhã chutando cachorrinhos antes do café.

Ele dá de ombros.

— Não ligo se meus empregados me acham um imbecil. Minha família e amigos sabem que eu não sou. Você sabe que eu não sou.

Na França, nós tivemos longas conversas sobre como o casamento dele acabou, e eu fiquei surpresa ao saber que ele ainda se dá bem com a ex-mulher. Eles foram namoradinhos no Ensino Médio e simplesmente o amor acabou. Sem traição. Sem brigas. Mais uma prova de que, num mundo de homens babacas, ele é uma rara exceção.

Ele me beija novamente e joga a pasta de Toby na mesa.

— Você acha que tem alguma chance de fugirmos desse evento hoje à noite e passarmos um tempo sozinhos?

Eu balanço a cabeça.

— Mesmo que eu não tivesse que ser babá do meu autor, a Eden me mataria se eu não aparecesse. E você é um dos grandes patrocinadores do evento, então não tem como não participar.

Ele faz que sim, mas não parece feliz com isso.

— Eu preferiria cortar minhas orelhas fora a ir nisso, mas se eu não for, sua irmã talvez me crucifique na porta da minha sala. — Ele enlaça um braço em volta de mim. — Claro que, se abríssemos o jogo sobre o nosso relacionamento, você poderia ir como minha acompanhante. Eu poderia te buscar, te levar flores... dançar com você. Só isso já faria valer a pena.

A romântica dentro de mim se derrete. Eu consigo imaginar como Derek ficaria lindo, todo arrumado de smoking. Tenho uma imagem mental de nós dois dançando uma música lenta, todos os olhos em nós enquanto nos olhamos apaixonadamente.

Eu acaricio o cabelo na nuca dele.

— Sua mensagem mais cedo disse que você vai ficar em Manhattan essa noite?

Ele sorri.

— Reservei uma suíte no hotel.

— Então, talvez, depois que você tiver cumprido com suas obrigações de patrocinador e eu tenha terminado com meu autor, a gente possa sair cedo da festa. A Eden vai dormir no Max, então não vai notar se eu não for pra casa.

— Eu amo como sua mente funciona. — Ele me beija, devagar e com doçura. Dar uns amassos com ele é fabuloso. É quando vamos mais longe que eu fico incomodada. E é por isso que eu cheguei à conclusão de que não vou melhorar a menos que ataque minhas questões de frente. Então, hoje à noite, eu estou determinada a fazer amor com esse homem até que todos os meus problemas de intimidade façam as malas e vão embora. Não me importa quanto tempo vai demorar. Eu preciso que esse relacionamento dê certo, porque se um homem tão incrível como Derek não consegue cumprir todos os requisitos, então que esperança eu tenho?

Há uma batida na porta e nós nos separamos antes de Eden entrar. Ela franze o cenho para nós.

— Por que a porta estava fechada?

Derek me olha e, por um segundo, fico apavorada que ele vá confessar tudo. Mas então ele assume uma expressão de desdém.

— Eu estava tentando manter as pessoas que me irritam do lado de fora, mas claramente você não pegou o recado.

Eden dá um sorriso sarcástico.

— Pare de me fazer me apaixonar por você. — Ela segura sua *nécessaire* de maquiagem. — O.k., Ash, vamos para o banheiro pra você fazer sua mágica. — Ela acena para Derek. — Te vejo hoje à noite, chefe.

— É, te vejo lá. — Ele olha para mim. — Bom te ver, Asha.

O afeto no olhar dele me deixa arrepiada.

— Você também, Derek. Te vejo por aí.

Quando saímos da sala dele e vamos para o banheiro feminino, Eden me cutuca com o cotovelo.

— O.k., então... me conta de hoje. Quão horrível foi? Você acabou assassinando o Jake? Se sim, precisa de ajuda pra esconder o corpo?

Eu rio e então conto os detalhes do meu terrível primeiro dia. Eden escuta com atenção e faz comentários apropriados, irônicos e simpáticos, em todos os momentos certos.

capítulo dezessete
Livro do Arraso

Eu resmungo enquanto tento desesperadamente fechar meu vestido Valentino vintage. O maldito zíper ficou preso na metade, e não importa o quanto eu me contorça para fazê-lo se mover, eu não consigo.

— Vamos lá, bebê — eu digo. — Eu estava te guardando pra uma ocasião especial. Não faça isso comigo logo hoje.

Estou com um vestido longo maravilhoso, azul-safira, que eu encontrei por uma barganha em um dos meus brechós favoritos, mas, bom, zíperes no mercado de segunda mão são famosos por serem pouco confiáveis. Normalmente, eu teria Eden para me ajudar, mas ela já está lá, ajudando Max a arrumar o evento. Outro problema é que esse é meu único vestido de festa, então se eu não conseguir fechá-lo, posso acabar indo de lingerie.

— Vamos… seu… *filhodaputa*! — Eu puxo com tanta força que tenho um espasmo no braço. — Ahhhh! Droga!

Eu caio na cama e massageio meu músculo latejante. Essa noite deveria ser o momento em que eu deixaria para trás a tensão dos últimos dias. Agora eu vou ter que terminar o dia estressante que tive com Jake com uma noite igualmente estressante.

Eu me levanto e alongo meu braço em preparação ao puxão de zíper definitivo. Quando me viro, vejo meu reflexo no espelho. Meu cabelo está preso e fabuloso, e minha maquiagem está perfeita. Tudo o que preciso é fechar esse maravilhoso vestido e posso sair feliz da vida.

Espero que Sid tenha arranjado um smoking para Jake. Se ele chegar de jeans e camiseta, Eden vai explodir.

Eu estico a mão para trás para pegar o zíper de novo e puxá-lo com toda a minha força, mas ele ainda se recusa a se mexer.

O.k., seu merdinha. Agora é pessoal.

Eu pego um cabide e deslizo o gancho pelo buraco do zíper.

— Vamos ver se você resiste a isso.

Apesar de eu ganhar uma força extra, o zíper segue preso. Estou no meio de uma impressionante enxurrada de palavrões quando meu celular toca.

É Jake. Eu reviro os olhos e o coloco no viva voz.

— O quê?

— Nossa. É assim que você cumprimenta seu *date*?

— Você não é meu *date*. É minha responsabilidade.

— E também seu autor favorito.

Eu mudo de posição e puxo o zíper de outro ângulo.

— Jake, eu sei que o que vou te dizer é verdade pra todos os momentos em que interagimos, mas acredite em mim quando eu digo que não estou com saco pra você hoje à noite.

— E ainda assim você é profissionalmente obrigada a me aguentar. Que horas você quer que eu te pegue?

Eu rio.

— Nunca. Te encontro lá.

— O Sidney quer que cheguemos juntos. Fotos, lembra? Eu não estou usando esse smoking porque faz bem pra mim.

Eu balanço a cabeça e aperto os lábios enquanto puxo o zíper de novo.

— Então eu te encontro no Starbucks ali perto em meia hora. — *Supondo que estarei vestida até lá.*

— É, isso não funciona pra mim. Vou te pegar aí. O Sid arrumou um carro para a gente.

O zíper se move um pouquinho e então para.

— Jacob, eu não me importo se o Sid organizou caças da Força Aérea Inglesa. Nós não vamos juntos. Isso não é um encontro. Não venha aqui.

Professor Feelgood **229**

É ruim o suficiente ele ter invadido meu lugar de trabalho. Jamais invadirá minha casa também.

Ele faz uma pausa e então diz:

— Tarde demais.

Há uma batida na porta.

Não. De jeito nenhum.

— Jacob.

— Desculpa. Preciso ir. Tenho que pegar uma garota.

A ligação cai e outra batida na porta ecoa pelo apartamento.

— Jesus — eu resmungo. — Agora eu sei como os três porquinhos se sentiram.

Eu sigo pelo corredor e olho pelo olho mágico. Está escuro.

— Você está com a mão no olho mágico?

— Não.

— Como você sabe onde eu moro?

— Tenho meus métodos. — Eu ouço um farfalhar e então a voz de Jake fica mais baixa. — E também tem uma mulher idosa e sem dentes aqui me olhando feio. Ela tem uma vassoura. Abra.

Eu tenho duas vizinhas idosas: a sra. Eidleman, que é quase tão legal quanto a minha vó, e a sra. Levine, que gosta de policiar nosso corredor como se fosse uma zona desmilitarizada durante a Guerra Fria.

Pela porta eu consigo ouvir a voz irritada da sra. Levine:

— O que você está fazendo aqui? Como você entrou? Você é o George Clooney?

— Não, senhora.

Ela é um pouco senil.

— Rock Hudson?

— Não, senhora.

— Tem certeza? Você parece o Rock Hudson. De barba.

— Senhora, eu tenho certeza que não sou o Rock Hudson. Ele está morto. Faz bastante tempo.

— O quê? Seu safado. Vou chamar a polícia.

Ela também é paranoica.

Há outra batida desesperada.

— Asha, abre essa droga dessa porta. Eu não sei qual é a punição por não ser o Rock Hudson, mas não quero descobrir.

Eu reviro os olhos e solto a corrente. Quando abro a porta, perco o fôlego.

Jake está lá, todo alto e esguio. Ele penteou o cabelo e até aparou a barba. Mas é o smoking que me acerta em cheio. A roupa o veste como se tivesse sido feita sob medida para ele, e a camisa branca impecável e gravata preta e fina o fazem parecer com todas as fantasias de James Bond que eu já tive.

— Hum... — Ele franze o cenho ao observar minha aparência, e sua avaliação é demorada e óbvia. O olhar dele finalmente pousa no decote do meu vestido, que está caído por causa do zíper aberto. — Hummm — ele diz, e fica olhando para mim e desviando os olhos, como se quisesse parar de me olhar, mas não conseguisse. Gosto disso. Eu estou acostumada a Jake ser intenso, mas o calor do olhar dele é novo. — Eu... hum...

Acho que nunca o vi sem palavras antes.

Eu espero alguns segundos, mas quando ele continua afásico, suspiro, frustrada.

— Você vai ficar aí me encarando a noite toda?

Ele avança e se apoia no batente da porta.

— Eu estava considerando. Por quê? Seria estranho pra você?

— Ao menos pisque.

— Estou tentando, mas é um belo vestido esse que você está *quase* usando.

Eu agarro o braço dele e o puxo para dentro antes de fechar a porta.

— Já que você está impondo sua presença aqui, ao menos seja útil e me ajude com esse zíper. — Eu me viro de costas para ele.

Há um silêncio, então o sinto atrás de mim.

— Asha, eu fico lisonjeado que você queira tirar a roupa pra mim, mas não temos tempo pra isso agora. Quem sabe depois.

Eu dou uma cotovelada nele.

— *Feche* o zíper, Jake.

— Isso não é nem de perto tão divertido, mas o.k. — Ele pega o cabide e o estende para mim. — Aqui está seu primeiro problema. Você precisa tirar o vestido dessa coisa antes de se vestir.

Em vez de atacar o zíper, ele passa por mim e vai para a sala.

— Então, esse é o seu apartamento. — Ele se move pelo cômodo, observando tudo. — Não é o que eu esperava.

— Bom, eu tenho paredes, então...

— Sinceramente — ele diz, examinando os bibelôs em uma cômoda —, eu achei que a essa altura você já estaria casada com algum nojento do mercado financeiro, morando na Park Avenue. Terminado a ascensão social que começou no Ensino Médio. Isso aqui não é meio pobrinho pra você?

— É o que eu posso pagar.

Ele dá uma olhada rápida na cozinha e no banheiro e então segue na direção do meu quarto.

— Ah, não. — Eu corro e me posto na porta, inflando o peito para parecer o mais ameaçadora possível. — De jeito nenhum. Esse é meu espaço particular.

Ele dá um passo a frente e me olha de cima.

— Estamos falando do seu quarto? Ou desse decote imenso que você está empurrando na minha direção?

Eu aperto o vestido junto ao peito.

— Eu poderia arrumar o decote, se você fechasse meu zíper.

— Vou pensar no seu caso.

Há vários motivos para eu não querer Jake no meu quarto, mas mais do que o medo de que ele descubra a ampla coleção de brinquedos sexuais na minha mesa de cabeceira, é o terror de que ele vá espiar a pilha de cadernos na cadeira do canto. Nossa corrida literária da manhã me levou a reler minhas antigas histórias, então eu os tirei do armário quando cheguei em casa. Para minha surpresa, descobri que são melhores do que eu lembrava.

Contudo, no fim da pilha há alguns cadernos nos quais ainda não cheguei, e são eles que não deixei ninguém ver. Durante meus dias mais sombrios, eu descarreguei meus pensamentos mais secretos naquelas páginas. Muitos desses sentimentos amargos e espinhosos eram por causa de Jake.

— Seja sincera — Jake diz. — Você não quer que eu entre no seu quarto por medo de eu achar os cadáveres de todos os homens de quem você sugou a alma depois de ter se aproveitado deles, certo?

Ele não poderia estar mais errado. Eu nunca tive um homem na minha cama. Todas as minhas desastrosas aventuras sexuais aconteceram em outros lugares.

— Na verdade, eu só queria te manter fora dele caso te dê vontade de experimentar meus vestidos.

Ele faz uma careta.

— Foi *uma* vez, e eu tinha seis anos. E caso você tenha esquecido, eu fiquei ótimo naquele vestidinho branco. — Ele arregala os olhos. — Jesus, essa é sua antiga cama?

Antes que eu possa impedi-lo, ele passa por mim e entra no quarto. Em um lampejo de pânico, eu pego meu roupão rapidamente e o jogo por cima da pilha de cadernos enquanto ele se senta na minha amada cama.

— Não acredito que você ainda tem isso.

Vê-lo ali me dá dor de cabeça. Quando pisco, eu vejo um fantasma de um Jake muito mais novo, sentado na mesma posição.

— Hum. — Ele senta ali por alguns segundo com uma expressão perplexa no rosto. — Parecia maior.

— É porque você era menor. — *Bem* menor.

Naquela época, nós dois poderíamos nos deitar nela e ainda haveria espaço sobrando. Hoje, ele mal cabe sozinho.

Eu engulo em seco quando sou atingida pela memória de nós dois abraçados nessa cama. Era meu aniversário de nove anos, e eu enterrei minha cabeça no peito magro dele e chorei tanto que achei que nunca fosse parar. Ele não tentou me fazer parar ou me encorajou para "soltar tudo". Ele só me abraçou. Se não fosse pelo jeito que ele me segurou em seus braços, eu teria desmoronado naquela noite.

— Muitas memórias boas nessa cama — ele diz em voz baixa. — O.k., isso ficou estranho, mas você sabe o que eu quero dizer.

Eu sei. Nada sexual aconteceu ali entre Jake e eu. Ao menos não fisicamente.

— Ela durou bem. — Ele corre a mão pelas prateleiras que formam a cabeceira. Nan me deu essa cama quando eu era pequena. Em vez de uma cabeceira normal, ela tinha prateleiras para livros. Durante os anos, guardei ali meus bens mais preciosos. Um dia houve fotos de Jake e nossa coleção de tesouros resgatados. Agora está cheia com meus livros favoritos, a maior parte deles histórias românticas.

Faço uma careta quando Jake observa os títulos, me preparando para a enxurrada de piadas que eu sei que está vindo na minha direção. Se Devin me enche o saco por causa do meu gênero favorito, Jake vai me desmembrar.

— Grande fã de Lainey Bergerac, hein? — Ele toca as lombadas da minha série favorita. — Eu amei os dois primeiros livros, mas o terceiro me deixou tão frustrado que eu quis atirá-lo na parede. — Ele puxa um e o folheia. — O livro final de uma trilogia deveria amarrar tudo, e não introduzir um monte de tramas e personagens novos. Parecia que ela estava começando uma trilogia nova em vez de concluir a antiga.

Quando ele se vira, eu não tenho dúvidas de que consegue ler o choque no meu rosto.

— Você não concorda?

— Concordo, eu só... hum... você leu Lainey Bergerac?

Ele coloca o livro de volta no lugar.

— Li, amei. Talvez tenha escrito algumas páginas de fanfic aqui e ali. — Ele diz isso sem sarcasmo ou vergonha.

Minha cara está verdadeiramente no chão. Nesse momento, o próprio Zeus poderia descer do Olimpo e dançar nu na minha frente e essa seria só a segunda coisa mais surpreendente que me aconteceu hoje. Os livros de Lainey são absurdamente populares, mas já que possuem uma protagonista feminina e um romance épico, o público é majoritariamente feminino. Que Jake tenha não apenas lido, mas amado, é uma surpresa enorme.

Ele franze o cenho.

— Você está tendo um enfarto? Por que não está respirando?

Eu me recomponho.

— Só achei estranho nós termos o mesmo gosto em livros.

— Por quê? Não é a primeira vez. Nós devoramos Harry Potter aos dez anos. Além de Terry Pratchett e Douglas Adams. Eu ficaria mais surpreso se nós não tivéssemos livros em comuns.

— Sim, mas diferente de todos esses, os livros da Lainey são romances.

— E daí? A maior parte da literatura clássica é sobre um amor épico. *Grandes esperanças, E o vento levou, O grande Gatsby, Orgulho e preconceito, Morro dos ventos uivantes.* — Ele estreita os olhos. — Espera, você está sendo sexista e dizendo que homens não deveriam ler romances?

— De jeito nenhum. Eu adoraria que os homens lessem romances, mas a maioria não lê.

Ele deita na cama e coloca as mãos atrás da cabeça. Os pés dele ficam pendurados.

— Talvez nós devêssemos. Há um motivo para as mulheres se sentirem tão atraídas por essas histórias, e se nós descobrirmos qual é, podemos ter uma chance de compreendê-las melhor. — Ele olha para mim. — Por que você gosta tanto deles?

Eu me perco por um momento, completamente despreparada para essa conversa.

— Eu… bom… — Eu respiro fundo. — É como eles fazem o amor verdadeiro parecer inevitável. Como se algumas pessoas tivessem nascido pra ficarem juntas e, não importa quais obstáculos apareçam, eles darão um jeito de superá-los.

Ele me encara sem piscar.

— É mesmo? — Há um desafio em sua voz, mas eu não mordo a isca. — É assim que as coisas são entre você e o seu francês?

Bem que eu queria. Minha vida seria muito mais fácil se fosse esse o caso.

— Eu imagino, a partir do seu discurso sobre a inutilidade do amor, mais cedo, que você não acredita em destino.

Professor Feelgood **235**

Ele olha para o teto.

— Eu acreditava. Mas depois que tudo deu errado com a Ingrid... Acho que pessoas que nasceram pra ficarem juntas ainda podem acabar sozinhas.

Se a vida fosse um romance, Ingrid perceberia que não pode viver sem Jake e moveria céus e terras para ficar com ele, e o que sinto por Derek se manifestaria em uma vida sexual tão espetacular que faria os anjos chorarem. Mas a vida não é um romance, não importa o quanto queiramos que seja.

Jake levanta da cama.

— Então, você tem um gênero favorito? Obscuro? Comédia romântica? Homens de kilt? Vampiros?

Eu examino a expressão dele em busca de algum sinal de gozação, mas só encontro curiosidade.

— Hum...

Ele corre os dedos pelas lombadas dos meus outros livros.

— Vamos ver o que temos aqui... *Masterful, Only His, Blissful Submission, Train Me.* — Meu rosto fica mais vermelho a cada segundo. — Então você gosta de BDSM?

Mais uma vez eu espero pela gozação.

Ele percebe meu ceticismo.

— Eu não estou te julgando, Ash. Seus fetiches não são nada do que ter vergonha. A não ser, é claro, que seu fetiche seja ser humilhada, porque nesse caso você deveria ter vergonha, sua pervertidinha suja.

Ele fala com tanta sinceridade que eu levo um segundo para entender a piada. É tão inesperado que eu chego perigosamente perto de soltar uma risada.

— Há quanto tempo você está esperando uma chance de usar essa?

Ele luta contra um sorriso.

— Pensei nessa agora. Juro por Deus. — Ele se levanta e coloca os livros de volta no lugar, então dá um passo à frente e chega perto o suficiente para que o ar entre nós pareça carregado. — Mas sério, se você algum dia quiser uma bela palmada na bunda, eu estou aqui. Deus sabe que você merece.

Do nada, meu corpo inteiro esquenta. Eu tento disfarçar e manter meu rosto neutro, mas consigo sentir cada centímetro de pele, do meu decote à minha testa, ficar vermelho.

Jake nota e parece ao mesmo tempo surpreso e satisfeito.

— Interessante.

Eu olho para o chão, mais do que envergonhada. Sim, eu gosto de ler sobre BDSM, entre outras coisas, e sim, pensar em um homem me dominando me excita, só que até esse segundo eu não tinha considerado experimentar na vida real. Mas agora que Jake está me olhando de cima com esses olhos escuros e penetrantes, as imagens surgem com velocidade e força.

Jake me virando de barriga para baixo, levantando meu vestido. Jake enfiando os dedos pelos meus cabelos enquanto acerta minha bunda com sua mão espalmada. Jake me mandando ficar parada enquanto desliza minha calcinha pelas minhas pernas.

Meu Deus, cérebro, pare. Não aqui, não agora. Certamente não na frente dele.

Eu me recomponho e olho para Jake. Não foi uma boa ideia. Ele está me encarando de uma forma que faz eu me sentir completamente pelada.

— Eu sei que você quer, Asha. Vire-se. — A voz dele é baixa, mas repercute em todos os meus ossos e músculos.

O que está acontecendo? Ele realmente vai me dar umas palmadas? E se sim, vou permitir?

Ele me olha de cima.

— Virada para o espelho. Agora.

Eu engulo em seco e então me viro devagar na direção da minha cômoda. Ele se aproxima e aperto meus olhos com força enquanto todo meu corpo explode em arrepios.

— Fica quieta. — Eu sinto as mãos dele agarrando meu vestido.

Ah, Deus. Ele vai fazer isso. Ele realmente vai me dar uns tapas, e há uma boa chance de eu gostar.

Com minha cabeça ainda a mil, eu abro os olhos e observo o olhar dele baixar para as minhas costas. Meu vestido então se mexe quando ele agarra o zíper.

Ele tenta de novo, mas ainda nada.

— É, essa coisa não vai subir.

Eu respiro fundo quando ele desce o zíper todo, expondo minhas costas inteiras.

— Relaxa — ele diz em voz baixa. — Eu estava brincando sobre as palmadas. Talvez. Por enquanto. Mas aguenta aí enquanto eu domino essa merda de zíper. — Ele se vira e pega uma das velas de baunilha da cômoda. — Isso deve funcionar. — Sinto algo estranho e, pelos seus movimentos, percebo que ele está esfregando a vela pelos dentes de metal. Quando termina, ele tenta de novo. Há um puxão forte, e então o som satisfatório do zíper deslizando até em cima.

Fico aliviada por estar completamente vestida, mesmo que meu coração ainda esteja disparado com a ideia dele colocando as mãos em mim.

Que bosta de *crush* idiota.

Esse é o verdadeiro motivo pelo qual vocês deixaram de ser amigos, minha voz interna sussurra. *Todo o resto é apenas uma desculpa.*

Tento afastar esse pensamento, mas ele persiste. Esse é o problema com a verdade. Você nunca consegue enterrá-la completamente, não importa o quanto tente.

No Ensino Fundamental, ninguém se importava que meu melhor amigo fosse um menino. Termos genitálias diferentes nunca foi um obstáculo. Mas tudo mudou durante a puberdade. Na vida, de um jeito ou de outro, a genitália sempre vira um obstáculo.

Um lema de vida.

Eu solto o ar e murmuro um agradecimento a Jake.

— Quando precisar — ele responde. Quando levanto os olhos, ele está me encarando no espelho. — Não me entenda mal, porque você ainda é uma das pessoas mais irritantes que eu já conheci, mas… — Nossos olhares se cruzam. — Você está… bonita. — Ele faz uma careta e solta um suspiro tenso. — Incrível, na verdade. Linda.

Um arrepio passa por mim. Acho que é a primeira vez que Jake diz que estou linda. Eu poderia me acostumar com isso.

— Bom — eu digo. — Receba esse elogio com calma, porque se seu ego crescer mais nós precisaremos mudar pra um planeta maior, mas… você também.

Há uma mudança estranha no ar e eu tenho um lampejo de como teria sido se as coisas tivessem sido diferentes no passado. Por muitos anos, culpei Jake por tudo que deu errado conosco porque era mais fácil do que confrontar meus próprios defeitos. Mas quando ele me olha como está fazendo agora e eu vejo a dor por trás de seu olhar, me amaldiçoo por não ter feito escolhas diferentes.

Eu sei que todo mundo mente para si mesmo às vezes porque a verdade nos assusta, mas enquanto algumas mentiras são inofensivas, outras podem ser tão poderosas que mudam a estrutura de quem somos. As mentiras que venho contando para mim mesma sobre Jake são como fundações, e eu sei que, em breve, elas causarão um terremoto.

— O que aconteceu com a gente, Ash? — ele pergunta, suavemente. — Nós achávamos que seríamos amigos pra sempre. Sonhávamos tão longe que nossos cérebros doíam. E agora… a maior coisa que temos em comum é a nossa raiva, e eu não tenho ideia de como mudar isso.

Sinto uma onda de vertigem. Me sinto parada na beira de um precipício, e por mais que eu não queira cair, sei que vou. Como é possível sentir tantas emoções contraditórias por um único homem? Como posso amá-lo e odiá-lo ao mesmo tempo? Como posso querer nunca mais vê-lo mas também querer implorar a ele para nunca me deixar?

Se ao menos houvesse um jeito de reiniciar nosso relacionamento. Um jeito de apagar todas as coisas dolorosas que dissemos e fizemos e começar de novo. Formatar nossos arrependimentos.

Jake olha para baixo por um segundo e passa a mão pelo queixo.

— Escuta, Asha, eu…

Ele é interrompido por uma batida alta na porta.

— *Polícia! Abra!*

Eu jogo a cabeça para trás. *Maldita seja, sra. Levine.*

— Segura esse pensamento — eu digo e me viro na direção da porta. — Já volto. Não toque em nada.

Eu ando pelo corredor, abro a porta e vejo uma policial negra. Com apenas minha cabeça para fora, vejo o parceiro dela batendo nas outras portas do andar.

— Boa noite — ela diz com um aceno de cabeça. — Houve um relato de um homem estranho vagando pelo prédio, importunando os residentes. Queria saber se você por acaso o viu. O suspeito foi descrito como... — Ela olha seu bloquinho — um homem de 1,90m de altura, cabelo escuro, físico musculoso, usando um smoking. — Ela olha para mim. — Você viu alguém com essa descrição? E se sim, pode me apresentar? — Ela solta uma risada tão gostosa que me faz sorrir.

— Sinto muito que vocês tenham sido chamados por um alarme falso. A velha sra. Levine viu meu amigo Jake no corredor e... bom, ela se assusta fácil e tem a delegacia salva como favorito no celular.

Ela olha na direção da porta da sra. Levine e então de volta para mim.

— Entendo. Então, esse Jake está no seu apartamento?

— Sim.

Ela baixa a voz:

— Senhora, se você estiver em perigo ou sendo mantida aqui contra a sua vontade, por favor, pisque duas vezes.

Eu franzo o cenho. Estou em certo perigo, mas não do tipo que ela está falando.

— Eu estou bem, de verdade. Isso é só um mal-entendido. Olha, vou te mostrar. — Eu grito: — Jake? Você pode vir aqui, por favor?

Depois de alguns segundos, ele vai para o corredor e anda na nossa direção. Eu ouço a policial murmurar:

— Meu Deus do céu.

Ele para ao meu lado e acena com a cabeça para ela.

— Policial. Está tudo bem?

Ela o encara.

— Ah, sim. Tudo óóótimo. Vocês são casados?

Eu quase engasgo com a minha própria língua.

— Deus, não.

— Namorando?

— Não.

— Então, amigos?

— Não — Jake diz, enfaticamente.

— Hum — ela diz. — Então você está solteiro.

Ele franze o cenho.

— Tecnicamente.

— Entendo. — Ela o encara hipnotizada.

Sim, eu entendo, amiga.

— Bom — ela diz, sorrindo. — É melhor eu ir. Perdão por incomodá-los. Tenham uma boa noite, viu?

Depois que ela sai, eu fecho a porta e me viro para Jake.

Ele está com as mãos nos bolsos e seus ombros estão curvados.

— Precisamos ir. Pegue suas coisas.

Eu noto a mudança de tom.

— Espera, você está bravo por que a sra. Levine chamou a polícia? Porque provavelmente vai acontecer de novo. Da próxima vez, só diga que é o Rock Hudson e pronto.

Ele não me olha.

— Asha, estamos atrasados. Vamos.

— O.k. — Eu entro no meu quarto e calço meus sapatos, mas quando vou pegar minha bolsa, congelo. A pilha de cadernos está descoberta, e um deles está aberto na cama.

Ah, Deus, não.

Eu me lembro do dia em que escrevi o título na capa com uma canetinha preta: "100 COISAS QUE ODEIO EM JACOB STONE." Foi no dia que finalmente aceitei que meu antigo melhor amigo estava perdido para sempre. Eu chorei até não ter mais lágrimas. Chorei não só porque sentia tanta falta dele que doía, mas porque eu sabia… eu *sabia* que eu poderia consertar tudo se tentasse. Se eu tivesse feito as coisas de modo diferente. Se eu parasse de ter medo.

— Fiquei surpreso que você só tenha conseguido pensar em cem. — Eu me viro e vejo Jake parado na porta, seu rosto parcialmente escondido na sombra. — Ou há uma continuação em algum lugar dessa pilha?

Professor Feelgood **241**

Um zunido de ansiedade corre nas minhas veias. Esse caderno era só para mim. Era uma confissão particular. Auto-hipnose.

— Quanto você leu?

Ele pega o caderno.

— Só passei os olhos, mas foi o suficiente. — Ele o agarra com tanta força que a capa se dobra. Eu quero tirá-lo da mão dele e queimá-lo, mas o estrago já foi feito.

— Jake, eu posso explicar. — *Pode?* Uma voz amarga sussurra. *Você mal consegue admitir a verdade para você mesma, imagine para ele.*

Ele abre o caderno.

— Número um: eu odeio o rosto dele. A forma como ele transforma todas as expressões em desdém. Dois: seus olhos. Nem são mais castanhos. São puro preto, como sua alma. Três: a boca idiota e espertinha dele, sempre soltando insultos e sarcasmos. Na maioria dos dias, quero dar um tapa nele. Socar as palavras pra dentro da sua boca. Fazê-lo sangrar. — Ele levanta os olhos para mim. — E isso continua por um bom tempo. Você não fala das minhas unhas, mas fora isso, cobre todas as minhas características físicas.

— Jake...

— Não me pare agora. Depois dessa você realmente engatou. — Ele vira mais algumas páginas. — Número vinte e sete: eu odeio a forma como ele me encara, como um *serial killer* sonhando em arrancar a pele da sua vítima. Ele não sabe que já me linchou até os ossos? Como ele não entende que, por causa dele, eu sou um enorme trauma ambulante?

— Jake, para.

— Espera, estou chegando no meu favorito. — A raiva dele transparece na sua voz, e seus movimentos são violentos e rígidos. — Número trinta e três: eu odeio o coração dele. Seu coração soturno, murcho, tóxico e incapaz de amor ou compaixão. — Ele para e tensiona o maxilar, seus olhos grudados na página. — Não é à toa que ele não tem amigos. Quem iria querer andar com aquele monstro inútil e sem remorso? — Minha garganta se fecha quando ele levanta os olhos. Já o vi sofrendo antes, mas nada parecido com isso. A expressão dele é o retrato da dor e traição.

— Monstro inútil e sem remorso — ele diz em voz baixa, com um ar de reverência. — Uau. Acho que não tinha entendido o quanto você me odiava até agora.

Eu dou um passo à frente, desesperada para explicar.

— Jake, isso não é o que eu... Tudo isso sequer é real. Quando eu escrevi eu era nova e amarga e... *idiota*. Era bom só despejar lixo na página. Me ajudava a respirar. Você não escreveu coisas horríveis sobre mim nessa época?

— Não. — Ele joga o caderno na cama. — Eu estava com raiva de você. Nunca te odiei. — Ele me encara por alguns segundos como se fosse dizer mais alguma coisa. Então desvia o olhar e se vira na direção da porta. — Vamos. Vamos chegar atrasados. O carro está esperando lá fora. — Ele vai para a sala.

— Jake... espera...

Quando eu pego minha bolsa e corro para o corredor, a porta da frente está aberta e ele já foi.

capítulo dezoito
Intenso

Conforme entramos no hotel, eu luto para acompanhar os grandes passos de Jake. A vinda até aqui foi quieta e tensa. Eu pedi desculpas várias vezes e tentei puxar assunto, mas ele apenas olhou pela janela e respondeu monossilábico.

Eu me sinto enjoada por ele ter lido aquele diário, mas agora temos um trabalho a fazer, e pretendo me assegurar de que o faremos bem.

Vejo o e-mail que Sid mandou e ando o mais rápido que meus saltos permitem.

— O conselho de Sid para as fotos é não se mexer muito. Você não precisa sorrir, mas se o fizer, garanta que pareça sincero. Se te fizerem perguntas, só responda as que você se sentir confortável. Se preferir não responder, seja educado.

— Entendi.

— Se tiver qualquer problema, só olhe pra mim que eu intervenho.

Ele para de repente e estende um braço para mim. Eu olho surpresa.

— Só aceite — ele diz. — Ver você galopando atrás de mim como uma girafa bebê é irritante.

Eu passo meu braço pelo dele e ignoro os arrepios que sinto enquanto continuamos em um ritmo mais tranquilo.

— A Eden e o Max também te incluíram em algumas atividades divertidas, e o Sid quer que você participe. Haverá fotógrafos rodeando a noite toda, e ele quer que você se misture.

— Ótimo. Preciso parecer estar gostando?

— De preferência.

— Então é melhor você manter o fluxo de álcool.

Quando chegamos ao tapete vermelho do lado de fora do salão de baile, eu fico chocada pelo número de pessoas ali. É um mar de vestidos de festa e smokings, e a animação e energia são palpáveis.

— Merda — Jake diz em voz baixa. — Você quer que eu entre nisso? Não posso trocar por um agradável afogamento?

Eu aperto o braço dele.

— Você vai ficar bem. Só fique calmo.

— Então eu não deveria encará-los como um *serial killer* sonhando em arrancar a pele deles? Droga.

O sarcasmo dele está no auge, e não posso culpá-lo. Se eu tivesse lido algo tão maldoso sobre mim mesma, estaria irritada também. É só mais uma camada de merda sobre a qual nunca falamos, e parece que nosso clima emocional tempestuoso está se tornando um furacão.

Quando uma das organizadoras do tapete vermelho nos vê, ela guia Jake até o painel da Central do Romance. Assim que ele chega lá, os flashs enlouquecem. Há paparazzi em todo lugar e Sid deve ter feito sua mágica para deixá-los interessados pelo Professor Feelgood, porque imediatamente há pessoas gritando o nome dele.

— *Jacob! À sua esquerda! Vire à esquerda, amigo! Vamos lá, Jacob!*

— *Professor Feelgood! Aqui! Mais à direita! Ótimo! Fique aí!*

Depois de alguns minutos de estreitamento de olhos por conta do dilúvio de flashes, Jake lida surpreendentemente bem com a atenção. Ele se recompõe e coloca a mão no bolso como um profissional. Para alguém que nunca esteve nesse tipo de ambiente antes, fico impressionada com o quanto ele é paciente ao posar e ouvir orientações.

— *Desse lado agora! Jacob! Aqui!*

Fico atrás dele, tentando parecer profissional e no controle. Internamente, estou surtando. Para todos os lugares que olho há gente famosa. Nesse momento, Jake está dividindo o tapete vermelho com três ganhadores do Oscar, dois ganhadores do Grammy e uma ex primeira-dama. Eu sabia que Max tinha várias clientes importantes, mas isso é ridículo.

— Jacob! Podemos tirar uma foto de você com a sua namorada? Traga-a aqui.

Eu me preparo para dizer que não sou a namorada dele, mas Jake diz:

— Vem cá. — Ele pega minha mão e me puxa para o seu lado. — O Sid pediu especificamente por fotos de nós dois, então finja que eu sou um dos caras nos seus romances em vez de um monstro e sorria. — Ele passa o braço pela minha cintura e o calor da mão dele me arrepia.

Contrariando sua afirmação anterior, Jake encara cada fotógrafo como se quisesse assassiná-lo. Por sorte, o tipo intenso e irritado funciona para ele, e eu não deixo de notar os olhares de aprovação que ele ganha dos passantes.

Finalmente, quando minhas bochechas estão começando a doer, um membro da equipe nos conduz na direção das enormes portas duplas do salão de baile.

Quando entramos, ficamos boquiabertos.

— Nossa — Jake diz, absorvendo tudo.

O salão está fervilhando com atividades, e para todo lugar que olho há algo novo e fabuloso. No teto, uma dúzia de acrobatas se penduram em longos tecidos de seda; no contorno do salão, há alvos digitais cercados por cupidos de neon, e na frente há um enorme palco com uma orquestra e uma pista de dança. Juntando tudo, parece uma mistura de carnaval high-tech, uma balada chique, a bat caverna e o Cirque du Soleil.

— Inacreditável — ele diz.

Eu olho para ele e pela primeira vez vejo o garoto que ele costumava ser dentro da moldura do homem que é agora. Uma vez soltaram fogos de artifício no parque perto do nosso bairro, e Jake e eu subimos no telhado da minha varanda para assistir. Foi a primeira vez que vimos fogos, e a expressão no rosto dele daquela vez parece a de agora.

Quando me nota observando, ele fecha a cara.

— O quê?

— Nada. É só…

Ele se vira para mim.

— Só o quê?

De vez em quando eu vejo um lampejo do meu melhor amigo de infância, e isso me deixa com uma sensação de nostalgia tão forte que eu perco o fôlego.

— Nada. Esquece.

Ele me encara por um segundo e então sacode a cabeça e desvia o olhar.

— Então, quem são todas essas pessoas?

— Clientes da Central do Romance. Um monte de solteiros nova--iorquinos. Pessoas procurando o amor.

— E elas acham que um aplicativo vai ajudá-las a encontrá-lo?

— Elas provavelmente já tentaram todas as outras opções. O que elas têm a perder?

— Tudo.

Minha atenção se fixa em um homem alto na nossa frente que parece familiar. Quando ele se vira, eu fico chocada ao notar que é Toby. Estou acostumada a ver o rosto dele emoldurado por seu cabelo comprido e bagunçado e barba mal feita, e nunca o vi usando nada além de jeans skinny e cardigãs. Mas em algum momento entre quando o vi de tarde e agora, ele cortou o cabelo e seu rosto está recém-barbeado. Não apenas isso, ele está cutucando a lapela de um terno extremamente chique.

Objetivamente, ele está completamente gato.

— Toby! Oi!

Ele me vê e sorri.

— Oi, Ash! Você está incrível, como sempre.

— Você também! Ganhou uma transformação?

Ele olha para si mesmo.

— Hum, sim. Uma amiga disse que eu precisava estar mais sofisticado pra hoje à noite. — Ele aponta para o terno. — Daí essa monstruosidade. Suspeito que essa lapela queira me matar, mas o que eu sei?

Ele olha para Jake.

— Oi, eu sou o Toby Jenner. Você deve ser o Phillipe. Ouvi falar muito de você.

Jake aperta a mão dele.

— Prazer em te conhecer, mas não sou o namorado. — Ele não diz "graças a Deus", mas fica implícito pelo tom.

— Esse é Jake Stone, Tobes — eu digo. — Nós estamos trabalhando juntos em um livro.

Toby parece aliviado por um segundo antes de reconhecê-lo.

— Espera, você é o tal do Professor Feelgood, né? Tem várias meninas obcecadas por você no trabalho.

Jake sorri, mas parece forçado.

— Hum... diga oi pra elas por mim.

— Esse aplicativo é obra do Toby — eu digo a Jake. — Ele é um gênio.

Toby balança a cabeça.

— Não é verdade, mas valeu mesmo assim. Só espero que ele ajude a conectar pessoas. É o sentido da vida, certo? Encontrar conexões significativas. — Ele faz um gesto para irmos atrás dele. — Venham e eu vou mostrar pra vocês dois.

Ele nos leva até uma fileira de telas e, depois que nos ajuda a configurar o aplicativo em nossos celulares, ele aponta para um gráfico.

— Então, a coisa toda é baseada em um tipo novo de algoritmo que eu desenvolvi e com o qual você pode testar diferentes tipos de compatibilidade. — Ele desliza a imagem. — O primeiro passo é completar o questionário, mas essa é a verdadeira inovação. — Ele ergue o que parecem ser adesivos transparentes com papel alumínio na parte de dentro. Ele solta os adesivos e os cola na parte de trás dos nossos celulares. — Qualquer app pode criar um *match* provável baseado em variáveis aleatórias. Isso é fácil. Mas o que eles não podem contabilizar é química. Ninguém sabe por que nós nos sentimos atraídos por algumas pessoas. Mas com esse bio filme na sua palma, o app lê o jeito que você reage biológica e eletroquímicamente a alguém e acrescenta isso à equação de compatibilidade.

Ele devolve nossos celulares e então pega o seu.

— Então para demonstrar, Ash, abra seu app. — Quando o faço, ele ajusta algumas configurações nos dois celulares. — E agora, nós ficamos perto um do outro. — Ele se aproxima até estarmos quase nos tocando. — Só continue respirando. Leva uns trinta segundos.

Eu encaro o peito de Toby e espero que o leitor faça o seu trabalho. É estranho estar tão perto dele. Não é desagradável, mas também não é confortável.

— O app está lendo as mudanças no seu batimento cardíaco, respiração, pressão sanguínea, feromônios, etc e então... — Nossos celulares fazem um som ao mesmo tempo.

Toby lê a tela.

— O.k., então, isso não é surpresa pra ninguém, mas eu me sinto extremamente atraído por você e você... — ele diz e olha meu celular.

— ... não se sente extremamente atraída por mim.

Eu olho o círculo azul que diz "62/100".

Toby dá de ombros.

— Sinceramente, é melhor do que eu estava esperando.

Eu sorrio para ele.

— Bom, você está realmente bonito hoje.

Acho que o vejo corar um pouco enquanto aponta outra ferramenta na tela.

— Quando você acrescenta sua pontuação de atração aos resultados do questionário, você vê a compatibilidade geral e então, tcharam! Você está no caminho pra encontrar sua alma gêmea.

O celular de Toby vibra e, depois de olhar a tela, ele suspira.

— Bom, sem descanso para o trabalhador. O chefe precisa de mim, então falo com vocês mais tarde. Divirtam-se.

Eu aceno conforme ele se move pela multidão.

— Tchau, Tobes. Obrigada.

Quando olho para Jake, ele está fazendo uma careta para seu celular.

— O que foi?

— Nada. Só estou respondendo meu questionário como um bom carneirinho. — Seu humor ainda está ruim. Queria saber como melhorá-lo.

Você poderia voltar no tempo e fazer outras escolhas.

Eu abro o questionário no meu celular e começo a completá-lo.

Professor Feelgood   **249**

— O que aconteceria se você descobrisse que alguém aqui é seu par perfeito? Você sairia com ela?

— Não.

— Por que não?

— Porque eu ainda estou me recuperando da última pessoa que achei que fosse meu par perfeito.

Eu me apoio em um banco e nós dois ficamos quietos enquanto respondemos as questões. O questionário cobre vários assuntos e situações hipotéticas. Não tenho certeza como tudo isso funciona para formar um perfil de personalidade, mas de acordo com Eden, Max é um expert nisso. Sem dúvidas ele trabalhou em conjunto com Toby para desenvolver a coisa toda.

Depois de alguns minutos, Jake suspira profundamente.

— Pronto. Por que eu me sinto como se tivesse acabado de passar por um exame de próstata?

Eu termino minha última questão e aperto "completo".

— Acho que eles querem o máximo de informação possível pra conseguir uma previsão precisa. — Fico tentada a espiar o celular dele e descobrir quão compatíveis somos, mas temo que saber será pior do que a bênção da ignorância.

Jake para um garçom que está passando, pega duas taças de espumante e me entrega uma. Nós dois tomamos grandes goles e então ficamos em silêncio, observando o movimento do salão. Eu odeio que as coisas estejam tão tensas entre nós. Maldita seja eu por ter deixado aqueles cadernos para fora, e maldito seja ele por encontrá-los.

— Por quanto tempo temos que aguentar isso? — Jake pergunta. — E quão bêbado eu estou autorizado a ficar?

Eu observo as pessoas conversarem e encostarem seus celulares. Parece que todos, menos nós dois, estão se divertindo.

— O Sid quer que fiquemos algumas horas.

— Não a festa — Jake diz, se virando para mim. — Nós. A forma como somos quando estamos juntos. É exaustivo.

Sou pega de surpresa. Eu me lamentei tanto por causa dos nossos problemas que não percebi que ele estava sentindo o mesmo.

— Talvez você estivesse certa sobre eu precisar de outro editor — ele diz. — Eu esperava que tivesse se passado tempo suficiente pra que deixássemos pra lá toda a merda que jogamos um no outro, mas eu estava errado.

Fico mais tensa a cada palavra que ele diz, o que é loucura. Ontem eu teria ficado no céu por largar esse projeto e me afastar dele, mas agora que está acontecendo, parece terrivelmente errado.

— É por causa do diário? Porque se você quiser que eu peça desculpas de novo, eu peço.

Ele olha para o copo vazio.

— O diário é um sintoma, não a causa. Eu pensei que poderia manter toda a raiva do nosso passado como um ruído de fundo enquanto trabalhávamos juntos, mas... não consigo. É ensurdecedor. Toda vez que estou perto de você, eu não consigo ouvir mais nada. É por isso que não consigo escrever.

— Jake, só se passou um dia. Nós precisamos achar o ritmo juntos. Amanhã vai ser melhor.

Ele me olha.

— Vai? Ou só vamos continuar deixando nossas questões nos fazerem andar em círculos?

— Se nós dois tentarmos achar uma maneira melhor, então com certeza não. Eu não sei você, mas eu odeio ter raiva de você o tempo todo.

Ele dá um sorriso amargo.

— Eu tenho raiva de você há tanto tempo que nem sei como parar.

— Você já tentou?

— Sim. E você?

Eu quero dizer que sim, mas sei que isso não é verdade. Parte de mim vem evitando deixar minha raiva ir porque, quando ela se for, eu terei que lidar com um mundo de sentimentos que não estou pronta para encarar. Minha raiva sequer é real? Ou é só o nome que dou para a sensação do meu coração tentando expulsar a dor e a perda?

Eu agarro um braço de Jake e o puxo na direção do bar no canto do salão.

— Venha.

— Pra onde estamos indo?

— Vamos conversar sobre tudo que fizemos um ao outro e ver se podemos finalmente colocar um ponto final nisso. Mas antes que isso aconteça, vou precisar de uma bebida de verdade.

Todo mundo se lembra da infância de uma forma diferente. Eu tenho alguns flashes de sorrisos e sorvete derretendo no verão, ou de mim correndo pelo parque e me balançando em galhos de árvores que provavelmente não existem mais. Nesses flashes cinematográficos, eu estou feliz. Mas eles não contam a história inteira.

A maioria das minhas memórias é mais dura de relembrar, e nem de perto tão divertida. Essas imagens são escuras e granuladas; um filme *noir* em que uma criança luta para achar seu lugar em um mundo que não parava de tirar coisas e pessoas dela, sem nunca dar nada de volta.

Há pouquíssimas pessoas que aparecem nas duas versões das minhas memórias, mas Jake é uma delas. O "Jake Melhor Amigo" era o que me fazia rir e se balançava em galhos mais altos do que eu ousava tentar. E o "Jake Carinhoso" esteve lá quando meu pai foi embora, quando minha mãe morreu, quando momentos de melancolia me atingiram com tanta força que tudo que eu conseguia fazer era ficar em posição fetal e sumir por um tempo.

E agora, quando me lembro desses momentos, sou atingida por uma tristeza avassaladora, porque nossa amizade era tão fácil que eu presumi que todas as relações fossem assim: instantâneas e poderosas. E se eu estragar as coisas essa noite, nunca mais terei um amigo como ele. E isso seria trágico.

Esperando facilitar nossa autointervenção, estamos virando shots de tequila.

— Vai!

Nós batemos nossos copos no balcão do bar antes de chupar pedaços de limão.

— Há alguma regra de quanto álcool precisamos consumir antes de abordarmos nosso trauma emocional? — ele pergunta, jogando o limão dentro do copo. — Porque eu ainda não estou sentindo o impulso de me abrir.

Eu faço um gesto para que o barman traga outra rodada.

— Talvez exista uma fórmula. Uma dose pra cada ano que passamos separados?

— Então são o quê? Seis doses pra cada? Depois de tudo isso de tequila, eu não vou conseguir encontrar minha própria bunda, imagina conduzir uma conversa coerente.

Eu quero começar o processo, mas me sinto correndo por um campo minado. Se eu disser a coisa errada, há uma boa chance de que Jake pense menos de mim do que já pensa, o que seria péssimo.

Ele parece desconfortável.

— Por que isso é tão difícil?

Porque há muita coisa em jogo.

— Professor Feelgood?— Um grupo de mulheres jovens se aproxima de Jake. — Desculpa interromper, mas somos grandes fãs suas. Você se importaria de tirar umas fotos com a gente?

Jake me olha surpreso e então se vira para elas.

— Hum... o.k. Por que não? — Deve ser estranho para ele ir de anônimo a desmascarado. E o número de pessoas que o reconhecem só vai aumentar.

A líder do grupo se vira para mim e estende o celular.

— Você pode? — De repente, mais cinco celulares são empurrados para mim.

— Claro.

As garotas o rodeiam, falando sobre seus poemas favoritos e posando a cada vez que eu levanto a câmera. Eu sei por que elas se sentem atraídas por ele, mas nenhuma delas faz ideia de quem ele realmente é. Do seu coração.

Isso é algo que eu costumava saber.

— Última. — Eu ergo o celular e ignoro a tensão que está começando a dominar meus membros. A nostalgia só serve para te fazer questionar cada decisão de merda que você já tomou.

Professor Feelgood **253**

— Ash! — Eu me viro e vejo Eden vindo na minha direção. Jake também nota, e parece aliviado por ter uma desculpa para se desvencilhar das moças.

— Oi! — Eden diz quando eu a abraço. — Você está maravilhosa. — Quando se afasta, ela dá uma olhada nem um pouco sutil em Jake. — Ora, ora. O pequeno Jake Stone cresceu. — De alguma forma ela consegue soar simpática e ameaçadora ao mesmo tempo.

Jake levanta o queixo.

— Eden. Bom te ver de novo.

Quando éramos crianças, Eden tratava Jake como um irmão menor, o que quer dizer que ela o infernizava. Sendo justa, ele fazia o mesmo, mas sempre ficou claro que eles tinham um afeto real um pelo outro. Infelizmente, a relação deles acabou como efeito colateral de nós dois termos brigado. É bizarro vê-los interagindo de novo.

— Se você pretende ser um babaca com a minha irmã de novo, já me avise agora, porque assassinos de aluguel são caros e eu preciso começar a juntar dinheiro.

Jake dá um sorriso cansado.

— Algumas pessoas nascem babacas e algumas se tornam. Estou tentando bastante não ser nenhum dos dois.

— Bom mesmo. — Ela me olha de relance. — O universo se esforçou pra juntar os supergêmeos de novo. Não estrague tudo.

Jake suspira.

— Fácil falar.

Um garçom passa com uma bandeja de bebidas e todos nós pegamos uma. Estou perto do meu limite, então preciso fazer esse drinque durar.

— Gente! Aqui! — Eden acena para alguém atrás de nós e, quando eu me viro, vejo Max e Derek andando na nossa direção.

Ah, Senhor.

Assim que Derek me vê, seu olhar se ilumina, mas então ele olha para Eden para garantir que ela não notou. Manter nosso segredo essa noite não vai ser nada divertido. Lidar com Jake está sugando toda a minha energia. Eu quase esqueci da minha outra missão.

Depois que Eden e eu cumprimentamos os garotos, eu aponto para Jake.

— Hum, Max... esse é o Jacob Stone, o mais novo autor da Whiplash. Jake, esse é o namorado da Eden e CEO da Central do Romance, Max Riley. Foi ele que organizou esse evento incrível.

— Bom, eu tive bastante ajuda. — Max estende a mão e Jake a aperta. — Oi, Jake. Bom finalmente te conhecer.

— E esse é o chefe da Eden e... hum... maior patrocinador do evento, Derek Fife. — Eu não sei por que estou tão nervosa de apresentar Jake a Derek. Por algum motivo, parece um desastre anunciado.

Os dois apertam as mãos e Derek dá um aceno solene de cabeça para Jake.

— Parabéns pelo livro, Jake. A Asha me disse que você é muito talentoso.

Jake parece surpreso por eu tê-lo mencionado.

— Hum... obrigado. É bom ouvir isso.

Enquanto Eden e Max envolvem Jake em uma conversa sobre sua fama no Instagram, Derek aproveita a oportunidade para se inclinar e sussurrar para mim:

— Meu Deus, você está incrível. De tirar o fôlego.

Eu sorrio e sussurro de volta:

— Você também não está mal. — Ele de fato preenche lindamente seu smoking.

Ele furtivamente levanta seu celular para encostá-lo no meu:

— Só por diversão.

Dou uma olhada para ter certeza de que os três não estão prestando atenção e puxo meu celular para encostá-lo no dele. Há um som baixo, e eu checo os resultados.

— Noventa e um porcento — eu digo, sentindo meu coração afundar. Parte de mim esperava estar imaginando como somos ótimos juntos, porque aí a reação do meu corpo poderia ser racionalizada. Mas não. Nós somos exatamente tão compatíveis quanto eu pensava. Droga.

— Hum — Derek diz. — Eu na verdade achei que seria mais alto.

— Ele coloca o celular no bolso. — Só mais uma hora até podermos fugir daqui. Mal posso esperar pra parar de fingir. Finalmente.

Eu tomo um gole de espumante.

— Eu também. — Agora que estamos aqui, meus nervos estão pegando fogo, mas não posso amarelar. Terapia de choque pode ser o único jeito de eliminar essa minha mania idiota. Eu já vi aracnófobos deixarem tarântulas andarem por eles ou pessoas com medo de altura escalarem prédios. Eu só preciso ficar pelada com um homem atraente sem enlouquecer. Fácil.

Quando olho para Jake, ele está franzindo o cenho e encarando Derek. Então ele ergue uma sobrancelha para mim.

Ah, merda.

Eu viro o resto do meu drinque e suspiro. Nas imortais palavras do *Guia do Mochileiro das Galáxias*, "não entre em pânico". Talvez ele fique de boca fechada e não cause problemas. E talvez eu ganhe o terceiro braço que sempre quis.

— Falamos com vocês depois — Eden diz. — Já está quase na hora do discurso do Max, e Derek, você precisa aquecer seus músculos faciais atrofiados e sorrir quando ele te agradecer.

Derek olha feio para ela.

— Eu te pago a mais pra ser insuportável?

— Não — ela diz sorrindo. — Fico feliz em fornecer isso de graça.

— Sorte a minha.

Depois que eles se despedem, Derek enrola um segundo.

— Te vejo mais tarde?

Eu concordo com a cabeça, ciente de que Jake está observando.

— Aham. Estarei aqui.

Quando eles se vão, eu sinto as engrenagens mentais de Jake se encaixando. Eu aponto para o palco.

— A gente devia ir ver o discurso do Max, e depois podemos conversar. — Sem esperar pelo sim dele, eu abro caminho pela multidão.

Ele me segue.

— Eu imagino que a sua irmã não saiba que você está trepando com o chefe dela.

— Como você sabe disso?

— Porque eu tenho olhos, e você tem zero habilidade em mentir.

— Jake...

— Você tem mentido para a Eden? Você sabe quão brava ela vai ficar quando descobrir?

— Sim, então eu gostaria que você não dissesse nada. Vou contar no momento certo.

— E isso vai ser quando? No dia do seu casamento? Talvez quando nascer seu primeiro filho?

— Não seja ridículo.

As luzes diminuem e o foco cai sobre Max, que está em um púlpito no meio do palco. Todos aplaudem.

— Boa noite a todos — Max diz com um sorriso. — Quero agradecê-los por virem ao lançamento do novo aplicativo da Central do Romance, o *Felizes para sempre*, ou FPS. Aqui, acreditamos que todo mundo merece ser amado, e com o FPS podemos te ajudar a encontrar seu par perfeito.

Jake e eu estamos na borda da pista de dança e nos juntamos a mais uma salva de palmas. Enquanto Max fala, vejo Eden no canto do palco, sorrindo para ele.

— Se você ainda não experimentou o app, te convidamos a ir até a estação tecnológica perto da pista de dança e deixar que um dos nossos assistentes te guie pelo processo. Nunca se sabe. Sua alma gêmea pode estar nessa sala.

Outra salva de palmas, mais alta que a outra.

Derek está ao lado de Eden e, à menção de almas gêmeas, ele me olha e sorri.

Eu sorrio de volta, mas é forçado.

— Um enorme agradecimento ao gênio tecnológico da casa e responsável pelo desenvolvimento do app, Toby Jenner, e palmas para o nosso maior patrocinador, Derek Fife, da revista *Pulse*. — Derek acena para a plateia.

Max continua falando sobre algumas das ferramentas do aplicativo, mas eu não consigo parar de pensar em todas as coisas que podem dar errado essa noite. Me sinto em um *reality show*.

Continuar mentindo para Eden sobre meu namorado OU *confessar e ter uma briga enorme com ela em um evento importante.*

Conseguir ter um orgasmo incrível com Derek OU *correr apavorada do quarto e me internar num convento.*

Discutir as questões entre Jake e eu OU *ele deixar minha vida para sempre.*

Eu esfrego minhas têmporas. São muitas facas para equilibrar.

— São muitos os obstáculos que nos impedem de achar o amor — Max diz. — E muito deles estão dentro de nós. Se você tem dificuldades para manter um relacionamento duradouro, pode ser por causa de um evento do seu passado. E não precisa ser uma questão romântica. Pode ser algo mal resolvido com um amigo ou membro da família.

Sem pensar, eu olho para Jake e o pego me olhando de volta.

É. Isso faz sentido.

— É por isso que o FPS vem equipado com uma linha direta que irá te conectar com um dos nossos terapeutas qualificados. Muitos deles estão aqui nessa noite, então, se você acha que algo está te prendendo, procure-os.

Um app de namoro que oferece ajuda profissional? Isso é brilhante.

Max sai de seu púlpito e vai para a frente do palco.

— Agora, pra me ajudar a demonstrar algumas das ferramentas do FPS, vou pedir a um dos nossos convidados especiais que suba ao palco. Ele é um homem corajoso o suficiente pra compartilhar suas dificuldades de relacionamentos com três milhões de seguidores no Instagram, e logo será um autor publicado. Por favor, uma salva de palmas para o *Professor Feelgood*, Jacob Stone!

Jake se vira para mim enquanto a plateia enlouquece.

— Você fez isso?

— Não — eu digo, horrorizada por ele. — Acho que essa é uma das atividades que eu mencionei mais cedo. Ou o Max está tentando te dar um pouco de publicidade gratuita.

— Ele acabou de me conhecer. Como ele pode já me odiar?

A plateia começa a gritar "Feelgood" e Jake passa a mão pelo cabelo.

— Puta merda. — Ele respira fundo e sobe no palco e, assim que as mulheres na plateia dão uma boa olhada nele, elas começam a gritar.

Jesus, parece até que elas nunca viram um maravilhoso poeta sofredor antes. Controlem-se, moças.

Jake acena timidamente enquanto cruza o palco para apertar a mão de Max.

— Obrigado por ajudar, Jake.

— É, sem problemas. — Ele soa despreocupado, mas seu rosto conta outra história.

— Então, você baixou o app e completou o questionário?

— Sim.

— Ótimo. Há alguma moça solteira por aí que gostaria de testar sua compatibilidade com o Professor Feelgood?

A gritaria quase me deixa surda. Todas as mulheres à minha volta levantam a mão tão rápido que fico surpresa por não haver um estrondo sônico.

Max escolhe dez moças para subir no palco e, conforme elas se reúnem em volta de Jake, ele me olha como um homem condenado rezando pelo telefonema que vai conceder seu perdão. Mas eu não posso ajudá-lo. Só espero que ele colabore e se mantenha calmo.

Professor Feelgood **259**

capítulo dezenove
Toda a verdade

— **Só faltam duas** — **Max anuncia,** e a plateia grita como se estivesse assistindo a uma batalha de gladiadores. Até agora, nenhuma das moças teve mais de 50% de compatibilidade com Jake, e as reações foram hilárias. Quanto a Jake, eu nunca o vi tão encantador. Ele cumprimenta cada mulher calorosamente e consegue sempre parecer desapontado quando a pontuação é baixa. Eu sei que ele provavelmente está se sentindo no inferno, mas está fazendo um bom trabalho em esconder. Fico surpresa ao descobrir que estou orgulhosa dele. Se Sid estivesse aqui, ele estaria no sétimo céu. O FPS vai ser um fenômeno mundial, mas essa noite a estrela é definitivamente Jake.

— Ei, você. — Eu me viro e vejo Joanna sorrindo para mim. — Como está indo?

— Jo! — Eu a abraço com mais força do que pretendia, mas merda, é bom vê-la. Estou jogando água para fora do barco a noite inteira, mas finalmente meu bote salva-vidas chegou.

—Ah, nossa, uau. — Ela se afasta. — Calma aí, Hulk. Ossos humanos quebram fácil. — Ela olha para o palco. — Então, seu garoto está arrasando ali. Isso foi planejado?

— Não por mim. Mas quem quer que tenha orquestrado isso, estou grata. É uma ótima exposição.

Jo analisa a plateia.

— Se algumas dessas moças tivessem só um pouquinho mais de álcool no sangue, Jake estaria se afogando em uma avalanche de calcinhas voadoras. No mínimo, ele ganhou vários novos seguidores. Até Sarah Jessica está intrigada. Ela quer saber se ele está livre pra participar de um leilão beneficente de solteiros que ela está organizando. Eu disse a ela que você vai acorrentá-lo em uma caverna de escrita pelos próximos anos.

Meu rosto deve indicar o que Jake e eu conversamos mais cedo, porque Jo parece confusa.

— O que eu perdi?

— Jake percebeu que eu não deveria ser a editora dele. Eu achei que levaria uma semana pra ele ver seu erro, mas aparentemente um dia na minha adorável presença foi suficiente. — Eu tento esconder o quanto isso me faz sentir uma merda, mas não há como enganar Joanna.

— Ai. Então você passou de implorando pra ir por implorando pra ficar?

— Sim, e me sinto uma idiota. Não sei mais o que eu quero.

Sua boca forma uma linha determinada enquanto observamos Max terminar sua apresentação.

— Asha, deixa eu te contar uma historinha. — Ela enlaça o braço no meu. — Quando eu era criança, eu tinha um ursinho que a minha vó me deu. O nome dele era Vlad, o Empalador, e eu o amava de coração.

Eu franzo o cenho.

— Você nomeou seu ursinho de Vlad, o Empalador?

— Era toda uma coisa. Bram Stoker jogava bridge com meu tataravô, blá, blá, blá. Enfim, quando eu estava visitando um tio que é avaliador na casa de leilão da Christie's, ele notou que Vlad era um Steiff.

— Um Steiff?

— Ursos Steiff são os mais valiosos do mundo, e o Vlad era particularmente raro. Meu tio disse que se eu decidisse leiloá-lo, ele poderia chegar a algumas centenas de milhares de dólares.

Dou um passo para trás.

— Sério? Por um ursinho de pelúcia?

Ela faz que sim.

— Eu também não consegui acreditar. Quer dizer, eu tinha Vlad havia anos e nunca dei nada por ele e, de repente, BAM: eu o vejo com outros olhos porque alguém me lembrou quão único e precioso ele era. Incrível, né?

— Sim — eu digo, entendendo onde ela quer chegar. — Incrível.

Ela olha para Jake com um sorriso convencido por alguns segundos e vira de volta para mim.

— Só quero garantir que você entendeu que o que eu estou dizendo é uma metáfora pra você e o Jake. Quando vocês eram crianças, você não deu nada por ele, mas agora, mesmo com todo esse drama, você está começando a ver o valor verdadeiro dele.

— Sim, Jo. Eu entendi. Obrigada.

— Ótimo, porque meus peitos estão com pressentimentos muito loucos sobre vocês dois, então eu preciso que vocês resolvam essa situação. Ou isso, ou me arranjem uma massagem erótica de peitos, porque estou desconfortável com todas essas sensações.

Eu rio.

— Então a história do ursinho era mentira?

— Não. O Vlad era real. Ele só não valia trezentos mil dólares.

— Eu achei que isso era loucura mesmo.

— É, no fim ele acabou sendo vendido por um milhão e trezentos mil.

Eu rio conforme Max termina sua apresentação. Depois que a plateia dá uma enorme salva de palmas a Jake, ele desce do palco, mas é engolido por uma multidão querendo fotos antes de conseguir chegar até nós.

— É melhor eu resgatá-lo pra conversarmos — eu digo. — Pode ser tarde demais pra mudar qualquer coisa, mas tenho que tentar.

Jo faz que sim.

— Não há solução fácil pra vocês dois. Só engulam o orgulho, parem de se provocar e realmente escutem o que o outro tem a dizer. Com sorte, vocês conseguem tirar o veneno de algumas dessas feridas velhas.

Tantas feridas velhas. Tão pouco tempo.

— O que você está esperando? — Jo pergunta, me empurrando na direção de Jake. — Vá pegá-lo. Fale sua verdade. Arque com seus erros. Honre seus peitos.

Eu passo minha bolsa para ela.

— Segure isso. Vou lá.

Eu respiro fundo e endireito meus ombros antes de andar até onde Jake está tentando se libertar de suas fãs.

— Com licença, pessoal — eu digo e pego a mão dele. — Preciso roubar o Professor um pouquinho. Fiquem de olho no livro dele, vai sair logo pela Editora Whiplash. Vai ser incrível.

Eu puxo Jake para a pista de dança enquanto tento ignorar o quanto a mão dele é quente na minha.

— Obrigado por me salvar.

— Você mereceu. Aguentou a apresentação inteira sem xingar ninguém. Fiquei impressionada.

— Bom saber que ainda consigo te impressionar. Por que estamos indo para a pista de dança?

— Por que você acha?

Quando voltamos para o meio da pista, me viro para encará-lo. Ele olha para onde a orquestra está tocando "The Way You Look Tonight".

— Cara, você não está falando sério.

— Eu estou falando sério e nunca me chame de cara. — Isso nem tem graça, mas eu rio mesmo assim. Não tenho ideia do que vai acontecer quando abrirmos as comportas do nosso passado pedregoso, então acho que ir com naturalidade é a melhor tática.

Eu dou um passo na direção dele.

— Dance comigo.

Sua expressão faz parecer que eu acabei de pedir para ele correr pelado pela Quinta Avenida.

— Você sabe que eu sou o cão chupando manga dançando.

— Eu também. Vamos chupá-la juntos, então.

Ele arqueia uma sobrancelha.

— Cuidado, princesa. Você está me excitando.

— Viva com isso.

Eu coloco uma mão hesitante no ombro dele. Ele a olha de relance, dá um passo à frente e enlaça minha cintura.

— O.k., mas saiba que se você morrer num acidente giratório, eu me isento de toda responsabilidade.

Entrelaço minha mão na dele e ele me puxa mais para perto. Quando nossos corpos se tocam, sinto o calor que emana de cada célula sua. A sensação é tão intensa que dou um passo para trás. Manter um pouco de ar entre nós vai me ajudar a me concentrar.

Quando olho para Jake, seu maxilar está tenso.

— É o mais perto que já estivemos em muito tempo.

— É a ideia.

Tocá-lo está me enchendo de tantas emoções que não consigo separar as boas das ruins.

— Jake... — Deus, isso é difícil. Quebrar algo é fácil. Consertar é infinitamente mais difícil. — Eu não... — Eu solto o ar. *Vamos lá, coragem. Venha para mim.* — Eu não quero te perder.

Ele franze o cenho.

— Como autor?

— Sim, mas também... — Droga, cada palavra engasga na minha garganta. É como se eu tivesse me impedido de dizê-las tantas vezes que elas temem o ar livre. — Eu sinto saudades... do que tínhamos. Eu sei que você acha que não podemos trabalhar juntos, mas... nós costumávamos ser uma dupla incrível. Eu não sei se alguma parte do que tínhamos sobrou pra ser salva, mas se sim... eu quero tentar.

Eu me sinto tão exposta por tudo que acabei de dizer que meu instinto é desistir de tudo. Mas evitar essa conversa não é mais uma opção. Chegou a hora.

Nós nos movemos ao ritmo da música da forma mais básica possível, mas nenhum dos casais em volta está indo muito além. O ombro de Jake está tenso sob minha mão, e sua outra mão aperta a minha de forma vaga e errática.

— Você tem certeza que quer fazer isso? — ele pergunta.

— O que temos a perder?

A preocupação na expressão dele demonstra que ele acha que podemos cair ainda mais, mas eu não vejo como isso seria possível.

— O.k. — Ele encara o nada por alguns segundos, como se tivesse ensaiado o que diria nessa situação centenas de vezes e agora estivesse tentando escolher qual fio puxar primeiro.

— Você já se perguntou por que eu te chamo de princesa? — ele finalmente pergunta.

— Por que você sabia que me irritava?

Ele parece culpado, o que me diz que em parte estou certa.

— É porque você era obcecada por princesas quando era criança. Você não lembra de todas aquelas vezes que fingiu ser a Cinderela, a Jasmin, a Branca de Neve? Uma das poucas brigas que tivemos foi quando você fingiu ser a Bela Adormecida. Você ficou deitada lá, implorando pra que eu te beijasse pra você acordar e eu me recusei. Cara, você quase me matou por causa disso.

Eu me lembro de cada detalhe desse dia.

— Bom, você agiu como se eu tivesse te pedido pra tomar água do esgoto. Nenhuma garota gosta de sentir que dá nojo num menino.

— Nós tínhamos sete anos. Como a maioria dos meninos dessa idade, eu era alérgico a beijos. Além do que, sua irmã estava vendo, e você pode ter certeza que ela teria feito da nossa vida um inferno por isso.

— Qual seu ponto?

Ele desliza a mão para o meio das minhas costas.

— Quando você cresceu um pouco mais, seus livros favoritos viraram histórias em quadrinhos, e você queria ser a Mulher Maravilha. Mas ainda assim, você se agarrou àquelas fantasias de princesa por anos, e de certa forma, eu entendo.

— Como assim?

— Não era porque você queria achar seu amor verdadeiro. Era porque você queria alguém pra te salvar da sua vida. E eu entendia, porque ter alguém que me salvasse da minha parecia excelente pra mim também. — Ele olha para baixo. — Em algumas noites, quando meu pai estava bêbado e com raiva, tudo o que eu queria era sair correndo pela porta e nunca olhar pra trás. Deixar aquele bairro de merda pra trás e começar do zero. Mas eu nunca fiz isso, porque pra isso eu precisaria deixar minha melhor amiga.

Há uma acusação enterrada sob as palavras dele.

— É isso que você acha que eu fiz? Te deixei pra trás?

— Assim que você começou a andar com o Jeremy e os amigos dele, você virou uma pessoa diferente.

— Esse era o ponto. — Eu encaro os botões da camisa dele. As coisas mais difíceis de dizer são as verdades que você sempre soube, mas se recusa a admitir. — O Ensino Médio foi minha chance de começar do zero e, uma vez na vida, eu não queria ser a menina pobre de quem todo mundo tinha pena. Aquela com a mãe morta e o pai ausente. Aquela que passou a vida usando as roupas da irmã mais velha e cortando o próprio cabelo. Eu queria saber como era ser só uma criança normal, pra variar. Varrer meus problemas pra baixo do tapete.

Ele contrai as sobrancelhas.

— E eu era um desses problemas?

— Claro que não. Você era a única coisa que eu queria manter. Eu queria que você viesse comigo, mas não importa quantas vezes eu tenha tentado te incluir... te convidado pra festas, pra andar com a gente... você nem tentava. Assim que eu comecei a namorar o Jeremy, você construiu sua bomba atômica e declarou guerra a nós dois.

— Você pode me culpar? Droga, Asha, você poderia ter namorado *qualquer um* dos garotos do bairro que estavam apaixonados por você.

— E você teria ficado bem com isso?

— Claro que não, porque eram todos uns animais de merda, mas pelo menos não eram a porra do meu irmão de criação. Como você esperava que eu reagisse? Desde o momento em que o Jeremy e eu nos conhecemos, aquele babaca me torturou diariamente por *anos*. Você sabia disso... você testemunhou. Você deveria estar do meu lado.

— Eu estava do seu lado! Eu te defendia o tempo todo.

Ele olha para o outro lado do salão, não para mim.

— Mas então ele começou a flertar com você e você esqueceu tudo o que ele fazia comigo. Você achou alguém em quem projetar suas fantasias de princesa e eu desapareci. E então, ter que te ver se derretendo por ele, como se fosse o cara dos seus sonhos... — Ele sacode a cabeça. — Eu não conseguia ficar perto disso. E fiquei puto por você esperar que eu ficasse. Você nunca pensou que o Jeremy sabia que namorar com você iria destruir nossa amizade e foi por isso que ele fez isso? Aquele babaca tinha um milhão de amigos. Eu tinha uma. É claro que ele precisava te tirar de mim.

Uma pontada de culpa se contorce dentro de mim. Eu estava tão envolvida na minha fantasia adolescente idiota que não notei o que Jeremy estava fazendo? Se o objetivo final dele era machucar Jake, então claro que eu seria a arma mais eficaz. Eu achava que ele havia dormido com Shelley na noite da formatura porque era um imbecil egoísta que não era homem suficiente para ser fiel. Mas e se nada disso era sobre mim? E se o único objetivo dele era machucar Jake?

— Eu... eu não percebi.

Ele me olha com desprezo.

— Percebeu sim. O Jeremy nunca escondeu quem ele era, mas você era cega a esse lado dele. Era como se você nos olhasse por lentes completamente diferentes. Quando me olhava, só via meus erros, e com ele, você via a pessoa que você queria que ele fosse.

Eu olho para baixo. Quando começamos a dançar, estávamos bem perto um do outro, mas agora há um monte de espaço entre nós. Jake está olhando por cima da minha cabeça e, a julgar pela sua expressão, ele ainda precisa extravasar mais.

— Eu achava que iria para o túmulo com raiva de você por isso, mas então, do nada, você me mandou uma mensagem falando em escrever um livro, e... — Ele respira fundo e me olha de cima. — Quando eu recebi aquela primeira mensagem e vi seu nome, eu quase joguei o telefone na parede. — Eu o olho com curiosidade e ele explica: — Achei que fosse o Jeremy me zoando. Ele já tinha feito isso antes. Criou um perfil no Facebook fingindo ser você. Me

Professor Feelgood **267**

mandou um monte de mensagens falando sobre como você queria que a gente se reconciliasse, só pra ver minha reação quando ele revelasse que era mentira.

Eu balanço a cabeça, incrédula. Me sinto péssima em saber que a crueldade de Jeremy não terminou com o fim do Ensino Médio. Espero que aquele idiota receba o que merece um dia. E espero que Jake seja a pessoa a entregar isso a ele.

— É por isso que você estava tão cético.

Ele concorda com a cabeça.

— Eu já tinha aceitado que você estava fora da minha vida pra sempre, mas daí... — Seu olhar parece sofrido. — Eu te liguei, e você apareceu na tela e... porra, Asha. Eu achei que estava tendo um ataque do coração. Eu queria estar feliz por te ver, mas não estava, porque você não entrou em contato comigo porque sentia minha falta ou queria compensar o passado. Você entrou em contato com o Professor. Se você não tivesse esbarrado com ele, você teria seguido sua vida sem ligar a mínima se eu estava vivo ou morto.

— Isso não é verdade.

— Não é? Quando você perguntou sobre o livro, eu tinha toda a intenção de dizer não, porque parte de mim não queria lidar com você. Mas... — ele suspira. — Eu não fui pra faculdade como você, Ash. Eu não tenho nenhuma habilidade, não trabalho. Tudo que eu tenho é uma paixão não correspondida por uma mulher que me arruinou e uma cabeça cheia de palavras. Então, quando você me ofereceu esse negócio... eu percebi que era o único momento de Cinderela que eu teria na vida, e eu seria estúpido de não aproveitar. O dinheiro do adiantamento vai resolver minha vida.

— Mas você recebeu outras ofertas. Ofertas melhores. Se você não queria lidar comigo, poderia ter escolhido outra editora.

— Acredita em mim, eu tentei fazer a escolha lógica, mas... não consegui. Dinheiro não compra tudo. — A mão dele aperta a minha. —Aquela noite no bar, você me perguntou por que eu abri mão de setecentos mil pra trabalhar com você, e a verdade é... — Ele sorri como se seu raciocínio fosse ridículo. — Eu achei que se tivesse qualquer mínima chance de superarmos nossas merdas e voltarmos a ser amigos, valeria a pena. — Ele tensiona o maxilar e eu vejo o esforço que está fazendo para manter suas emoções sob controle. Ele respira fundo algumas vezes e eu aperto seu ombro enquanto ele se segura.

— E aqui vai a parte realmente patética. Nos últimos anos, eu fiquei na merda. Eu tentei me reconciliar com a minha mãe, mas ela não quis nada comigo. Então aconteceu toda a coisa com a Ingrid, e a bebedeira do meu pai finalmente o matou. — Ele me encara e meu peito aperta quando vejo que seus olhos estão molhados. — Houve dias em que eu realmente precisei de uma amiga, Asha. Minha *melhor* amiga. E foda-se você por não estar lá. E foda-se eu por ainda precisar tanto de você depois desse tempo todo.

Quando ele termina, meu coração dói e minha garganta está apertada. Eu tento parar as lágrimas que se acumulam nos meus olhos, mas não consigo. Jake está na mesma situação, então pego a mão dele e o guio para trás do palco. Está escuro e vazio ali, então se algum de nós não aguentar, ao menos estaremos longe dos olhares curiosos.

Jake se apoia contra a parede e seca as lágrimas do seu rosto. Vê-lo assim... Saber que sou eu a responsável... Tudo o que eu já senti por ele emerge, enchendo meu peito e minha garganta. Não consigo me lembrar da última vez que me senti tão emocionalmente instável. Ele sempre me fez sentir muitas coisas, mas isso é outro nível.

— Diga alguma coisa — ele fala em voz baixa. — Diga que estou errado. Diga que você não se arrepende de nada e me odeia. Só... diga alguma coisa.

Nos livros românticos, chega um ponto em que as pessoas têm que falar a verdade que está no coração delas, em vez de ficarem rodeando. Essa é a parte emocionante. E o motivo pelo qual é tão satisfatório é porque raramente acontece na vida real. As pessoas normalmente não se abrem completamente e esperam que a outra pessoa decida se quer destruir seu coração ou tomá-lo para si. Mas é isso que Jake acabou de fazer. Ele teve a coragem de colocar tudo na mesa e, agora, eu preciso fazer o mesmo.

Eu respiro fundo.

— Você não está errado. Eu me arrependo de tudo, e eu definitivamente não te odeio. — Minha voz treme, mas estou determinada a prosseguir. — Eu sinto muito por não ter estado lá pra você, Jake. Eu queria ter estado. Há dias em que eu faria qualquer coisa pra ter você comigo de novo, e é ridículo que tenha levado todo esse tempo pra admitirmos que sentimos saudades um do outro. Eu senti tanto a sua falta. — A dor no meu peito torna difícil falar. — Nada disso foi culpa sua. Foi tudo eu. Minhas escolhas nos arruinaram.

Ele balança a cabeça.

— Não é verdade. Eu tive minha parcela de culpa. Queria te machucar tanto quanto você estava me machucando, e nunca achei que tinha conseguido até ler seu diário. Ler suas palavras... aquilo foi... brutal. Eu sei como é ter que escrever por causa da dor, porque eu faço isso o tempo todo. E odeio saber que te causei isso.

Eu não consigo olhar no rosto dele. É difícil o suficiente arrancar essas verdades sem testemunhar o dano que elas causaram. Mas ele está certo sobre escrevermos pelo mesmo motivo. Nós dois estávamos lamentando a perda das nossas almas gêmeas. Eu só não tinha percebido isso na época.

Durante toda nossa amizade, Jake me tratou como uma irmã, e de início eu o tratei como um irmão. Mas conforme crescemos, no fundo, eu sabia que sentia mais. Eu só não tinha um nome para isso na época.

Quer dizer, ninguém espera conhecer sua alma gêmea aos três anos de idade, mas eu conheci. E então a vida me ensinou que pessoas importantes para mim iriam embora e que aqueles que eu amava com todo meu coração morreriam. Ela me deu Jake como um presente, e então sussurrou que amá-lo iria acabar com ele. Ou comigo. Ou com nós dois. E a mais amarga das ironias é que, ao tentar me proteger disso, foi isso que fiz acontecer.

Observando o relacionamento dos meus pais, eu aprendi que encontrar sua alma gêmea não é o suficiente. Saber que alguém deveria ser seu não faz isso acontecer, e minha mãe deixou claro que ter alguém e perder era pior do que nunca ter tido. E então eu nunca contei a Jake como me sentia. Mesmo que ele me amasse, eu sabia que não era da mesma forma que eu o amava, e eu não conseguia suportar a ideia de ele me arruinando como meu pai arruinou minha mãe.

Mas como você se protege da pessoa que nasceu com acesso irrestrito aos bastidores do seu coração? Como você o mantém a uma distância segura para que ele não se torne tudo para você? No meu caso, você namora o irmão odiado dele e então, quando ele se sente tão traído que destrói sua amizade, você se convence de que a culpa sempre foi dele.

Tentando me manter sob controle, eu faço o meu melhor para conseguir olhar para ele. Eu nunca admiti essas coisas para ninguém, e sinto uma vergonha tão profunda que mal consigo respirar.

— Fui eu que estraguei tudo, Jake. Me desculpa por ter te machucado. Por ter escolhido o Jeremy. Por ter te deixado pra trás. Por culpar você por tudo. — Eu limpo meu nariz. — Merda, eu sou uma pessoa horrível. Não me impressiona que eu estivesse apavorada com a ideia de você me deixar. Por que você iria querer ficar?

— Asha… — Ele acaricia minhas costas, e eu senti tanta falta dele me consolando que preciso de toda a energia que tenho para não desmoronar. — Você é uma idiota. Eu nunca teria ido embora. Você era minha família.

— E você era meu mundo inteiro. E porque eu estraguei tudo, passei muitos anos construindo outro mundo sem você. E é horrível.

Não consigo mais segurar as lágrimas. Dói demais. E quando ele passa os braços em volta de mim e me aperta como costumava fazer, eu choro ainda mais.

Essa é a maior verdade que eu mantive enterrada por tanto tempo. Minha busca sem fim pelo amor não tem nada a ver com romance, ou com sexo, ou com uma lista estúpida. A única coisa que eu estava buscando em todos os homens que namorei era esse sentimento de certeza absoluta que eu tenho com Jake. A paz de estar nos braços dele é ao mesmo tempo hipnotizante e aterrorizante, porque mesmo que parte de mim queira que nunca termine, eu sei que vai, e ainda não aprendi a silenciar minha voz interior que me manda fugir antes disso.

Eu passo meus braços pelo pescoço dele e então sua cabeça está no meu pescoço, seu hálito quente contra a minha pele.

— Desculpa — eu digo, puxando-o para o mais perto que consigo. Eu continuo repetindo isso, caso ele ainda não tenha entendido. Porque ele não me perdoar não é uma opção. Meu coração está batendo tão rápido que eu sinto como se ele fosse explodir. Sinto como se os pequenos focos de escuridão que eu carreguei pela maior parte da vida tivessem evaporado, e o ruído de dor e perda não estivesse mais vibrando em meus ouvidos. Agora, é a tempestade do corpo de Jake pressionado contra o meu.

— Porra, eu senti sua falta — ele sussurra, sua voz falha. Ele se afasta um pouco, o suficiente apenas para pressionar sua bochecha contra a minha. — Eu senti sua falta por anos.

Não me lembro de deslizar meus dedos pelo seu cabelo, mas devo tê-lo feito, porque de repente a boca dele está a um sopro da minha, e eu não consigo não pensar em qual deve ser seu gosto.

Ele me encara de volta com uma expressão dolorida no rosto.

Isso é novo para nós. Nós não fazemos isso. Aquela vez em que nossos lábios se tocaram, na noite da formatura, foi por um momento tão breve que eu mal senti. Agora, eu quero desesperadamente que ele me beije, mas é como se tivéssemos acabado de sair de uma sala chamada "inimigos" para uma chamada "amigos", e nela todas as portas estão trancadas e as janelas estão pregadas. Não há um caminho para "amantes". E mesmo que houvesse, seria estúpido segui-lo.

—Ash... eu...

Seu nariz roça o meu, e eu fecho os olhos e respiro fundo. Deus, eu quero beijá-lo, mas não posso. Isso não é real. Ele não me quer. Ele só está aliviado por nossa briga ter terminado, e isso está se manifestando em seja lá o que for que as mãos dele estão fazendo enquanto agarram meu corpo.

—Asha... — ele parece estar com dor. Quando me pressiona contra si, eu entendo por que. Não há como não entender a reação do corpo dele. Eu posso senti-la, dura e longa contra minha barriga, e minha cabeça explode. A atração insana que eu estava sentindo até agora só se tornou exponencialmente mais problemática. Eu preciso sair daqui. Me permitir senti-lo desse jeito é insano. A única coisa que prosseguir com isso vai causar é eu querer coisas que ele não pode me dar.

Em contradição a tudo que meu corpo está me mandando fazer, eu me solto dos braços de Jake e dou um passo para trás. Ele fica ali, a apenas um passo de distância, a respiração pesada e parecendo confuso.

— Asha... — Eu não sei o que ele vê na minha expressão, mas me olha com um desejo que eu nunca vi antes. — Isso foi...

Um erro.

— Foi só nós dois nos deixando levar pelo momento. — Eu ainda posso sentir o calor do corpo dele na minha pele. — Nós tivemos uma catarse emocional e... a... outra coisa foi um efeito colateral. Certo?

Ele roça os dedos em seus lábios, como se estivesse limpando as sensações deles.

— É assim que você quer chamar isso? Um efeito colateral?

— Jake... — eu suspiro. — É isso que tem que ser. Nós acabamos de nos desembaraçar de anos de dor. Você realmente quer seguir um caminho que pode nos levar de volta pra lá? Sem falar que o único motivo pelo qual nos reencontramos foi por causa da sua poesia torturada sobre uma mulher de quem você obviamente ainda gosta. Eu não estou interessada em ser estepe de ninguém.

Ele passa os dedos pelo cabelo, ainda parecendo chocado.

— E mesmo se tirarmos Ingrid da equação, não podemos esquecer que você tem um namorado.

Há uma insinuação em seu tom, como se ele soubesse que durante os poucos minutos em que ele estava enrolado em mim, Derek tinha deixado de existir.

— Todos bons motivos pra mantermos distância — eu digo, dando um passo para trás e ainda sentindo um impulso irresistível de ir até ele. — A questão principal é, nós voltamos a ser amigos, e isso é... incrível. É o que nós dois queremos. Qualquer outra coisa poderia nos destruir de novo. Nenhuma amizade no mundo é imune a um caso sexual que deu errado. Certamente não uma tão frágil quanto a nossa.

Jake suspira tão profundamente que seus ombros caem.

— Você está certa. O objetivo era sermos amigos de novo, então... — ele exala. — Vamos fazer isso. *Amigos...* próximos, platônicos. — Ele me olha. — Eu já mencionei o quanto senti sua falta?

Eu sorrio.

— Sim. E o sentimento é completamente mútuo. — Eu dou uma olhada para a cortina pela qual passamos para chegar ali. — Então... — Eu aponto com a cabeça. — Vamos?

Ele enfia as mãos nos bolsos.

— É, vai na frente. Eu estou totalmente de acordo com o plano de sermos amigos, mas partes do meu corpo não estão, então... vou precisar de um minuto.

Eu não quero olhar para a virilha dele, só acontece. E por mais que eu desvie os olhos rapidamente, não é rápido o suficiente para que a longa linha pressionando sua calça não fique gravada no meu cérebro.

— O.k. — eu digo, ajeitando meu vestido. — Te vejo lá fora, amigo.

— Aham.

Mesmo quando me viro, consigo sentir o calor dele me observando ir.

Eu não me escondo no banheiro feminino só porque estou me sentindo confusa depois do tempo que passei com Jake. É também para garantir que, depois do choro horroroso, eu não tenha nada nojento espalhado no meu rosto que apavoraria meus colegas de festa.

Pelo menos eu aprendi a lição com aquele dia infernal no início da semana e investi em maquiagem à prova d'água. Meu rosto está inchado e meus olhos estão vermelhos, mas pelo menos eu não pareço uma adolescente gótica.

Eu ouço a porta se abrir, e quando levanto os olhos da pia, vejo Eden bem atrás de mim.

— O que está rolando entre você e o Jake?

Meu coração acelera.

— O quê? Nada. Por quê?

Ela nos viu? Ou talvez alguma outra pessoa viu e dedurou?

— Cara, calma aí — ela diz, me passando alguns lenços de papel. — Eu só quis dizer que quando vi vocês na pista de dança, parecia que vocês estavam discutindo. Está tudo bem? Ele te chateou? Preciso bater nele com meu sapato?

Eu seco as mãos e deixo meu pânico ir embora.

— Ele me deixou chateada, mas eu mereci. Na verdade, nós resolvemos algumas coisas.

Ela cruza os braços e me olha com surpresa.

— Mesmo?

— Sim. — Eu jogo os papéis no lixo. — Nós vamos tentar... hum... ser amigos de novo. — Até dizer isso parece estranho.

— Hum. Que coisa, não tinha nada na previsão do tempo sobre o inferno congelar. Estranho.

Eu dou uma cotovelada nela enquanto nos dirigimos para a porta.

— Eu não estou dizendo que vamos voltar a ser melhores amigos da noite para o dia, mas... nós realmente conversamos sobre algumas coisas pela primeira vez e... — Eu paro e me viro para ela. — Sabe a outra noite, quando você disse que todos nós precisamos lidar com as coisas do passado que ainda nos seguram?

— É claro. Foi um conselho incrível.

— Bom, acho que foi isso que fizemos essa noite. Eu não tinha percebido quanto espaço todas as minhas questões com o Jake ocupavam. Quer dizer, eu ainda sinto um pouco de culpa pelas escolhas que fiz, mas... nós admitimos que sentimos falta um do outro.

Nós também chegamos perigosamente perto de nos beijarmos, mas isso não é relevante no momento.

— Isso significa que vocês vão conspirar contra mim de novo e desenhar monstros por toda a parede do meu quarto? Porque aquilo não foi legal.

Eu penso por um segundo.

— Hummm. Não temos planos imediatos além de terminar o livro dele e agirmos como adultos pra variar, mas veremos.

Ela me puxa para um abraço.

— Bom, estou muito feliz por você. Eu tenho que admitir, era mais fácil lidar com as suas neuroses quando o Jake estava por perto. É realmente um trabalho pra duas pessoas.

Eu rio e a empurro.

— Deixa eu te contar uma historinha sobre uma mulher chamada Cala a Boca.

Ela sorri e me passa minha bolsa.

— A Joanna pediu pra te devolver isso.

— Ela foi embora?

— Não tenho certeza. Eu a vi falando com o Toby mais cedo. Ela provavelmente ainda está por aqui.

Nós voltamos para o bar e, conforme nos aproximamos, vejo que Derek está ali, conversando com Jake.

Ah, Deus. Isso não é bom. Eu quase tinha esquecido que, apesar de eu ter apagado um incêndio essa noite, o resto da floresta ainda está pegando fogo.

— Eu achava que o Derek já teria ido embora a essa altura — Eden sussurra. — Ele normalmente odeia essas coisas. Eu meio que espero que ele esteja de olho em alguma mulher. Deus sabe que se existe alguém que precisa de uma boa trepada, é ele.

Eu quase engasgo com a minha língua.

— Oi, gente — Eden diz enquanto pega duas taças de espumante do bar e me dá uma. — Quais as novidades?

Jake me olha de relance e encara seus sapatos. O.k., então chegamos oficialmente na fase esquisita da nossa nova amizade. Eu me pergunto quanto tempo vai demorar para aquele momento de flash de tesão nos bastidores desaparecer.

— Só estava falando com o Jake sobre as viagens dele — Derek diz. — Fascinante. Eu espero que você já tenha organizado uma entrevista com ele para a *Pulse*.

Eden revira os olhos.

— É claro. O Sid nos prometeu a primeira grande entrevista do Garoto Prodígio, então fique preparado pra uma discussão semana que vem sobre quantas palavras você vai me dar.

Derek sorri e enfia as mãos nos bolsos.

— Nossas brigas são a parte favorita do meu dia. — Ele puxa uma chave de quarto do bolso. — Bom, por mais que tenha sido divertido, estou indo. — Ele olha para mim. — Estou na Suíte Presidencial e pretendo aproveitá-la ao máximo.

Eden inclina a cabeça.

— Isso é um eufemismo pra assistir pornografia em um roupão felpudo?

Derek dá um sorriso cansado a ela.

— Boa noite, Tate. Diga ao Max que ele fez um ótimo trabalho. — Ele aperta a mão de Jake. — Bom conversar com você, Jacob.

Jake concorda com a cabeça.

— Com você também.

Finalmente, Derek se vira para mim.

— Asha. Sempre um prazer.

Eu sorrio e tento esconder que meu corpo ainda está formigando por causa das mãos de outro homem.

— Igualmente.

Ah, quão horrível eu sou? Vamos contar todas as formas diferentes. Quando Derek vai embora, Eden faz um som de desdém.

— Ash, ele está totalmente a fim de você. Como se você algum dia fosse dar para aquele ranzinza.

Jake me lança um olhar significativo, e eu sei que ele está me pedindo para confessar a ela sobre Derek, mas eu balanço a cabeça. Essa noite já foi uma maratona de reviravoltas emocionais. Eu não consigo lidar com mais uma. Ainda não.

— Bom, foi ótimo — eu digo. — Mas acho que vou pra casa.

Jake termina sua cerveja.

— Eu também. Obrigado por me receber, Eden. E, só pra constar, foi sua a ideia de me colocar no palco, não foi? Uma vingancinha pelos crimes históricos contra a sua irmã?

Eden finge estar chocada.

— O quê? Como você ousa? Eu nunca faria algo tão baixo. E eu não me diverti nem um pouco com seu desconforto extremo.

Professor Feelgood   **277**

Jake abotoa o paletó.

— Fico feliz em ser útil.

Nós nos despedimos de Eden, e depois que eu a abraço, Jake e eu saímos do salão de baile. Mesmo que nossa catarse nos bastidores tenha aliviado uma enorme parte da ansiedade que existia entre nós, o que aconteceu depois abriu a porta para um novo mundo de tensão em que o mero toque do cotovelo dele no meu braço deixa meu corpo inteiro em alerta.

— Então — Jake diz quando paramos perto dos elevadores. — Eu imagino que você não vai comigo.

Eu sei que ele está perguntando sobre nosso meio de transporte, mas ainda assim acho a pergunta sexy.

— Eu preciso encontrar o Derek — eu digo e Jake franze o cenho. — Tudo bem?

Ele dá de ombros.

— Ele parece um cara legal, mas eu tenho a impressão de que você fica nervosa perto dele. Por quê?

Eu coloco meu cabelo atrás da orelha. Nunca me senti confortável em confessar a ninguém meus problemas sexuais, então por que estou seriamente considerando contar a Jake? Se é para ser sincera, pegar uma pequena parcela da atração que sinto por Jake e transferi-la para Derek me faria quebrar recordes de velocidade para chegar àquele quarto. Mas do jeito que as coisas estão, eu sequer tenho certeza se deveria ir.

Jake se aproxima e pega meu cotovelo.

— Ash, eu sei que precisamos ir devagar com essa coisa de amizade, mas se tem algo que você quer me contar...

Minha respiração fica entrecortada, e ele logo dá um passo para trás e tira a mão de mim.

— Merda. Foi mal. Distância. — Ele fecha os punhos ao lado do corpo. — Só me garanta que esse cara é bom pra você, porque se ele te trata do jeito que trata a sua irmã, eu e ele vamos ter uma conversa.

— Nenhuma conversa é necessária — eu digo, ainda corando por causa do toque dele. — Derek me trata como uma rainha. — É isso que torna a coisa toda tão difícil. — Te vejo amanhã.

Ele enrola por um segundo.

— Tem certeza?

— Sim. — Eu dou meu sorriso mais confiante e vou para trás para me afastar do seu calor viciante. — Absoluta.

Eu aperto o botão do elevador e, quando ele chega, eu entro e aperto o andar da suíte. Jake fica do lado de fora, as mãos nos bolsos. Está claro que ele está preocupado, mas ele não diz nada. Apenas me observa até que as portas se fecham.

Conforme o elevador sobe, eu solto um suspiro e desabo contra a parede.

— Eu consigo fazer isso — murmuro para mim mesma, reforçando minha determinação. — Eu tenho que fazer isso.

capítulo vinte
Apenas amigos

Na manhã seguinte, eu subo as escadas do apartamento de Jake com a cabeça latejando e o coração pesado. A última coisa que quero é trazer minhas questões pessoais para nossas sessões de escrita, então espero que os óculos escuros me protejam da luz, bem como do exame de Jake.

Eu bato o mais suavemente que posso para garantir que minha cabeça não exploda e, depois de alguns segundos, ele abre a porta. Pelo menos hoje ele teve a decência de vestir uma camisa. Minhas defesas já estão em seu ponto mais baixo. Resistir ao apelo dele seminu seria um pouco demais.

Ele me estuda por um segundo e diz:

— Bom dia. — Sua voz está baixa e amigável, e é meio estranho. Vou demorar um pouco para me acostumar com ele não me provocando o tempo todo. Nós mantivemos o mesmo padrão por tanto tempo que fazer diferente parece novidade.

— Oi. — Minha voz soa tão horrível quanto eu me sinto.

— Rouquidão sexy rolando aí.

— Que bom que você gostou. Agora, por favor, para de gritar comigo. — Eu entrego um dos copos de café que estou segurando e passo por ele.

Ele fecha a porta e me segue.

— Eu não estava gritando. Estava falando no meu tom normal.

— Então seu tom normal é alto demais. Se você estava falando sério sobre ser meu amigo, é melhor sussurrar. Ou escrever bilhetes. As duas coisas funcionam. — Eu vou até o sofá e jogo minha bolsa nele antes de apoiar meu café e me afundar no tecido feio e marrom.

— Você está de ressaca?

— Não. E por não eu quero dizer sim. — Meus óculos escuros bloqueiam a maior parte da claridade, mas esse apartamento sem paredes ainda é claro demais, então eu inclino minha cabeça para trás e fecho os olhos.

— Eu não achei que você tinha bebido tanto ontem à noite.

— Não com você. Mas o Derek comprou uma garrafa de Cristal pra nós, e teria sido falta de educação não beber. — E também, eu queria beber. Achei que iria ajudar. Claro, não ajudou. Nada teria ajudado.

Eu ouço um ruído e imagino que Jake tenha acabado de se sentar no sofá em frente ao meu. Ele fica quieto por um tempo curiosamente longo e, quando abro os olhos, ele está sentado bem na ponta, me estudando.

— O quê?

— Você está bem?

— Minha cabeça parece que vai rachar no meio, então não muito.

— Não estou falando da sua ressaca, Ash. — Ele está fazendo aquilo em que ignora todos os meus desvios e olha direto para a minha alma. — O que aconteceu ontem à noite?

Minha pele se arrepia.

— Entre nós dois? Nós já falamos sobre isso. Calor do momento.

— Não entre nós dois, embora isso seja algo que também precisamos discutir. Quis dizer o que aconteceu com o Derek.

Como ele sempre sabe? Por que eu não consigo esconder segredos desse homem? Já era irritante quando éramos crianças, mas agora é pura falta de educação.

Como posso contar a ele o que aconteceu sem confessar as razões por trás? Eu já me sinto humilhada o suficiente, não quero ter que passar por tudo de novo com ele.

— Jake, por favor... eu não quero falar sobre isso.

— O.k. Então que tal tirar os óculos?

Eu me endireito.

— O quê?

— Seus óculos de sol. Tire-os. Eu quero ver seus olhos.

— Você está tentando me matar? Esses óculos são a única coisa evitando que o sol faça minha retina explodir em mil pedacinhos. — *E que você veja que eu chorei por várias horas.*

Jake está ficando mais nervoso a cada momento.

— Ele te bateu? Se jogou pra cima de você? — Ele parece pronto para atirar, como se no momento em que eu admitir algo, ele vai sair voando daqui e soltar sua ira incontrolável. — Porque se esse filho da puta colocou uma mão abusiva que seja em você, eu vou...

— Jake, nada disso aconteceu. Do que você está falando?

— Você acha que eu não sei que você estava chorando? Eu te vi desmoronar mais do qualquer um no planeta, e conheço os sinais. Então, se o Derek não fez isso com você, quem fez? E não me diga que você está bem, porque eu sei que não está.

Eu pressiono meus lábios para impedi-los de tremer. O "Jake Protetor" não aceita enrolação. Ele exige a verdade e alguém para punir, mas isso não funciona nessa situação. Eu tiro meus óculos cautelosamente e tento evitar a luz direta.

Jake se inclina para a frente.

— Você realmente chorou. O que está acontecendo?

— Essa é a parte patética. Eu fiz isso comigo mesma.

Antes que ele possa responder, meu celular vibra com uma mensagem de Derek.

Oi. Espero que você esteja se sentindo bem nessa manhã. Você bebeu bastante espumante, mas não há vergonha alguma nisso. Eu só queria que você soubesse que eu aprecio quão honesta você foi na noite passada. Não deve ter sido fácil para você me contar o que estava sentindo em relação à nossa vida sexual. Se serve de algo, eu não acho que você esteja quebrada. Eu acho que você é uma mulher linda, espetacular, incrível, e um dia você vai achar um cara que tornará todos os seus obstáculos uma memória distante. Só fico desapontado que não seja eu. Não suma, o.k.*?* Eu sempre vou me importar com você. E nós sempre teremos Paris, *ma chérie.*

Quando eu termino, estou em prantos, por motivos bons e ruins. Em um segundo, Jake está ao meu lado, me puxando para os seus braços. Eu achei que já tinha chorado tudo que podia, mas parece que eu estava errada.

Ele acaricia minhas costas e espera. Jake sempre foi bom nisso, em saber que em alguns momentos palavras não ajudam tanto quanto um bom choro para desabafar.

Fico aliviada ao perceber que não tenho mais muitas lágrimas.

— Ash — ele diz em voz baixa, sua mão apoiando minha cabeça.

— O que aconteceu? Foi a sua avó? A Eden?

Eu me afasto e seco o rosto.

— Derek e eu terminamos.

Ele acaricia minhas costas.

— Deus, eu sinto muito. Foi por mensagem?

— Não, foi na noite passada. — Eu estou cansada demais para explicar tudo, então só passo o telefone para ele. — Ele mandou uma mensagem só pra saber como eu estava.

Eu me apoio no ombro dele e fecho os olhos enquanto ele lê.

Noite passada, quando fui para o quarto de Derek tentar explicar tudo que estava me segurando, ele foi incrível e compreensivo, mas eu notei que estava surpreso. Eu escondi bem meu segredo. Não importa o quanto eu tentasse garantir que não era culpa dele, eu podia ver que ele estava se culpando. O espumante ajudou a diminuir minha culpa e, quando eu não conseguia mais pedir desculpas, ele só me abraçou até eu dormir. Acordei hoje de manhã e ele não estava mais lá. Pensei que fosse um sinal de que ele estava com raiva de mim, mas acho que não. Foi provavelmente melhor ele ter saído mais cedo. Nós nos despedimos na noite passada.

— Do que ele está falando? Você acha que está quebrada?

Eu mantenho os olhos fechados. Estou exausta. Por que interações abertas, honestas e adultas parecem um combate de guerrilha?

Professor Feelgood **283**

— Ash?

— Jake, podemos não falar sobre isso agora? Eu não consigo. Mais tarde, tudo bem?

— Sim, claro. — Ele passa um braço em volta de mim e faz carinho no meu braço. — Quando você estiver pronta.

Eu me aconchego mais ao lado dele conforme um sentimento familiar de contentamento me preenche. É a mesma sensação que eu tinha quando éramos crianças. Eu podia ficar lendo sozinha feliz da vida, mas era muito melhor quando Jake estava ali. Só estar na mesma sala que ele era suficiente. Ele era minha segurança. Um calmante ambulante em forma de garoto.

A presença dele é tão reconfortante que eu não percebo que meus olhos se fecharam.

— Ash.

Eu me sento, assustada.

— Ei. Oi. Estou acordada.

Ele afasta um pouco de cabelo do meu rosto.

— Vou ficar escrevendo durante um bom tempo. Por que você não vai dormir na minha cama?

Eu olho para os lençóis brancos e limpos e os travesseiros fofos.

— Não seria estranho?

— Nós dormíamos na cama um do outro o tempo todo.

— Bom, é, mas isso foi antes de crescermos e termos… necessidades. Se eu passasse uma luz negra no seus lençóis, eles iriam acender como uma rave neon?

Ele ri.

— Fico lisonjeado por você achar que acontece tanta ação na minha cama, mesmo que seja com a minha própria mão. Mas meus lençóis estão limpos. No geral. — Ele pega seu caderno e caneta. — Vai dormir. Eu te acordo quando tiver algo que valha a pena ler.

Ele não precisa falar duas vezes. Eu tiro meu casaco, chuto meus sapatos e cruzo o quarto.

— Deus te abençoe, Jacob Stone. Eu retiro todas as palavras ruins que já disse a seu respeito.

Ele levanta um punho vitorioso.

— Não era sem tempo.

Quando chego na cama, me enfio embaixo do edredom grosso, me acomodo nos travesseiros com o cheiro de Jake e solto um longo suspiro. Em segundos, tudo fica preto.

Eu lentamente percebo que alguém está acariciando meu cabelo. Parece que eu acabei de pegar no sono, então reluto em abrir os olhos. Além do que, eu amo que mexam no meu cabelo, então não estou com pressa para que isso pare.

— Ash.

É Jake. Ah, é, eu estou na cama dele. Adequado, já que acabei de ter um sonho incrivelmente erótico com ele.

Eu abraço um travesseiro e suspiro. Meu Deus, ele cheira bem. Sempre cheirou.

— Asha.

— Hummmm.

Os dedos se movem da minha cabeça para o meu braço. Eu fico arrepiada.

— Você está acordada?

Eu fico em silêncio. O carinho suave está incrível. Tudo está ficando quente. Eu movo meus quadris e faço um som de aprovação.

Estendo a mão e o toco. Ele está perto. Tecido macio. Eu desço minha mão e então a passo por baixo do pano, onde há pele quente e rugas de músculo firme. A sensação é incrível.

Ele faz um barulho.

— Asha, me tocar assim não é uma boa ideia, a não ser que você queira rever nosso pacto de sermos apenas amigos.

Eu abro um olho. Jake está bem ao meu lado, apoiado em travesseiros, um caderno nas mãos.

— Então você está acordada?

Minha mão passou por baixo da camiseta dele e está pressionada contra sua barriga, perigosamente próxima ao cós da calça jeans.

Ele está me olhando com o mesmo calor da noite passada, e não é menos excitante ou apavorante hoje.

— Pergunta séria — ele diz, sua voz controlada. — Você está tentando me deixar louco? Você estava fazendo vários barulhos sexuais, e agora me tocando...

Eu puxo minha mão.

— Desculpa, eu estava só... — Eu sacudo a cabeça e faço uma careta por conta da dor atrás dos meus olhos. — Estava gostoso te tocar. Quentinho. Eu estava meio dormindo. Desculpa.

Ele exala.

— Não peça desculpas. É só que uma mulher não me toca assim há muito tempo, e meu corpo estava ficando animado com a ideia de finalmente ter alguma ação.

Eu não consigo acreditar no que estou ouvindo. Não apenas a confissão inesperada de que eu o excito, mas também a notícia improvável de que ele não está levando dezenas de mulheres para a cama regularmente.

— Quanto tempo faz pra você? — eu pergunto. — Eu imaginava que parte da sua tentativa de superar a Ingrid incluía sexo selvagem com uma quantidade absurda de mulheres. Afinal, não é como se não tivesse milhões de mulheres te querendo. — Toda vez que eu penso em quantas mulheres o querem, fico profundamente desconfortável. Na minha cabeça, minha atração por ele é única e especial, mas talvez é o que todo mundo que fantasia com ele acredita. — Seu inbox deve estar estourando de ofertas. Você nunca ficou tentado a aceitar alguma delas?

Ele apoia a cabeça contra a cabeceira.

— Não. Transar sem compromisso não funciona mais pra mim. Eu tentei algumas vezes quando voltei de fora. Foi estranho pra caramba. Cheguei à conclusão de que preciso de mais do que atração física. — Ele se vira para mim. — Se eu não consigo me conectar com alguém em um nível mais profundo, não vejo o ponto em tentar.

Enquanto diz isso, ele olha nos meus olhos, e a onda de desejo faz a dor na minha cabeça ficar em segundo plano.

— E você? — ele pergunta em voz baixa. — Você planeja superar o Derek com terapia de sexo selvagem? Eu tenho certeza que não faltariam voluntários

Eu rio. *É, vários caras estão fazendo fila para sair com a mulher que vira um peixe morto no segundo em que a levam para a cama. É o sonho de todo homem.*

— Hum… não. Também não é muito a minha.

Ele fica quieto, e durante longos segundos ele parece me estudar como se pudesse encontrar o sentido da vida no meu rosto.

— Qual é a sua, Ash? O que te excita mais que qualquer outra coisa?

Antes que eu possa impedir, uma resposta peculiar se forma na minha cabeça.

Você.

— Hum…

Ela é imediatamente seguida por flashes rápidos e intensos na minha mente.

Você me tocando. Me beijando. Lentamente tirando minha roupa e colocando sua boca em mim.

— Eu, hum…

Você subindo em mim. Abrindo minhas pernas enquanto afunda em mim. Você fazendo barulhos suaves enquanto se enfia até o fundo.

— Jesus…

Você fazendo amor comigo. Metendo e gemendo e fazendo cada parte de mim ser sua.

A enchente de cenas vem tão forte e rápida que eu preciso fechar os olhos para bloqueá-la. Minha cabeça lateja com o esforço.

A cama se move e, quando eu noto, Jake está segurando meu rosto.

— Asha? — Eu agarro o braço dele. — Você está bem? — Ele coloca uma mão na minha testa. — Merda, você está queimando.

— Dor de cabeça — eu murmuro, tentando não ceder ao impulso de puxá-lo para cima de mim. — Bem ruim.

— Você vai passar mal? Preciso ir buscar um balde?

Eu me afasto dele.

— Estou bem. Provavelmente só desidratada.

Meu cérebro ainda está agitado, projetando como seria sentir as suas mãos em mim. Sua boca. A língua.

Santa Mãe, a língua dele.

— Asha?

Eu desço da cama e vou ao banheiro, tentando não olhar para ele.

— Eu estou bem. Só preciso de um segundo...Você... — *Me beija, me lambe, me come.* — Hum... continue escrevendo. Eu já volto.

— Tem analgésicos no armário do banheiro.

— O.k. Valeu.

Eu fecho a porta do banheiro atrás de mim e me apoio nela.

Merda merda puta merda.

Eu exalo longamente. *Bom, isso foi rápido.* Não posso nem falar do que me excita sem pensar nele nos termos mais pornográficos possíveis? Não é aceitável.

Eu abro a torneira e jogo água fria no meu rosto.

— Caralho! — A água fria de Jake deve vir ao Brooklyn direto do Ártico, porque é congelante. O lado bom é que o frio extremo alivia o calor torturante no meu rosto e, logo depois, minha ressaca começa a melhorar.

Ainda há um alarme de incêndio tocando nos meus países baixos, mas não vou tirar a roupa para jogar água ali.

Eu abro o armário acima da pia, pego alguns comprimidos de Advil e os engulo com um pouco de água. Melhor prevenir do que remediar.

Coloco as duas mãos na pia e baixo a cabeça. Deve haver alguma defesa contra a loucura do que ele causa em mim. E se estiver em algum lugar, eu preciso encontrá-la, porque não vou conseguir sobreviver assim por muito mais tempo.

Minha prioridade agora precisa ser terminar esse livro. É isso. Todas as outras distrações podem dar o fora.

Eu seco meu rosto com uma toalha com cheiro doce, respiro fundo e abro a porta.

***

— Posso ver, por favor? — Há um tom de manha na minha voz, mas é o que acontece quando ele insiste em adiar a gratificação.

— Ainda não. Tenha paciência, mulher. — As mãos dele se movem mais rápido.

— Jake, você está me provocando há uma hora. Vamos lá. Acabe com meu sofrimento.

Ele grunhe.

— Deus, eu amo quando você implora. Faça isso de novo.

— Jacob!

Ele sorri e termina com um floreio.

— O.k. Deixe sua calcinha no lugar. Ou não. Como você ficar mais confortável. — Ele vem e se senta ao meu lado, então me passa o caderno. — Seja boazinha. Meu ego é frágil.

— É, frágil tipo titânio. — Eu folheio o caderno e fico surpresa ao ver que ele escreveu dez páginas, frente e verso.

Eu olho para ele.

— Você escreveu tudo isso hoje?

Ele faz que sim.

— Incrível o que consigo fazer quando você não está gritando comigo. Isso vai ser o suficiente pra satisfazer a Serena?

— Com certeza. Embora eu acho que seja um pouco injusto pedir tudo isso no segundo dia.

Mais cedo, recebemos uma mensagem de Serena pedindo algumas páginas de amostra para ver como estamos indo. Jake acha que ela está querendo ter certeza que seu investimento de trezentos mil não foi em vão. Eu acho que ela está garantindo que sua protegida não é um fracasso. De qualquer forma, a pressão está ali, e precisamos dar a ela algo impressionante o suficiente para apaziguar seus medos. Se não houver nada nessas páginas que a faça cair para trás, nós só temos algumas horas para criar outra coisa.

Eu roo a unha do meu dedão enquanto leio as primeiras páginas do novo material.

Ah, merda. Vamos nessa, Serena.

— Jake... isso é bom.

— É?

Eu me endireito e leio o resto.

— Sim.

Talvez fosse nosso relacionamento disfuncional que o estava segurando, afinal, porque qualquer que fosse o bloqueio mental de ontem, ele desapareceu. O que ele escreveu é apaixonado e provocador, e ele adotou um estilo literário interessante que incorpora a imagética dos seus elementos poéticos. Os últimos parágrafos me arrepiam.

A raiva é uma emoção poderosa. Ela torna tudo simples. Você pode pegar medo, ansiedade, humilhação, decepção e solidão e destilá-las em uma forma única e potente. E se você deixar sua raiva solta, você nunca mais vai precisar se preocupar em sentir outra coisa. É um bálsamo para o coração partido. Um escudo para os vulneráveis. É o cobertor aconchegante de negação que te convence que nada foi sua culpa.

Quando você fica apavorado por estar quebrado demais para ser amado, a raiva te lembra que você não precisa ser.

E quando você põe fogo no mundo e fica parado em meio as ruínas fumegantes da sua vida, a raiva ainda está lá, te parabenizando. Te cercando. Te convencendo de que a fumaça nos seus pulmões não está te matando lentamente.

Eu me viro para Jake, que está torcendo as mãos em frente à sua boca, cotovelos nos joelhos, esperando que eu diga algo.

Só tem uma coisa que posso dizer:

— Puta merda. É perfeito.

— Você acha que a Serena vai gostar?

— Jake, talvez ela tenha um orgasmo e te mande uma cesta de presentes.

O sorriso dele é instantâneo.

— Excelente.

— Estou vendo sua covinha — eu digo, tocando a cavidade na bochecha dele. — Faz muito tempo desde a última vez que isso aconteceu.

Ele fica tenso com meu toque, e eu puxo minha mão.

— Faz muito tempo que eu não fico tão feliz.

— Desde a Ingrid.

Ele parece confuso.

— O quê?

— Naquela foto de vocês juntos, sua covinha está aparecendo. Você era feliz com ela.

Ele olha para a caixa onde estão as fotos.

— Parece que foi em outra vida.

Mas não foi, eu quero dizer. E mesmo que eu queira acreditar que seu amor por ela não vai manchar suas relações futuras, eu sei que vai. Mais uma boa razão para eu ignorar a forma como você me olhou o dia inteiro.

Eu devolvo o caderno a ele e me levanto.

— Bom, é melhor você continuar enquanto os deuses das palavras estão do seu lado.

— Asha, espera. — Ele pega minha mão e me olha. — Eu… hum… acho que eu ainda não te agradeci.

— Pelo quê?

Ele acaricia meus dedos e eu respiro fundo. Era algo que ele fazia quando éramos crianças, mas a sensação nunca foi essa.

— Por acreditar em mim. Por me dar essa chance de fazer algo do qual posso me orgulhar. Tudo isso é por sua causa.

Fico hipnotizada pelo toque suave da pele dele na minha. Eu normalmente não contaria as pontas dos meus dedos como zonas erógenas, mas, com ele, elas definitivamente são.

— Eu só abri a porta, Jake. — Eu rezo para que ele não consiga sentir o quanto meu coração está disparado. — Foi você que teve o talento pra passar por ela.

Eu puxo minha mão e a flexiono algumas vezes para me livrar do formigamento.

Ele olha para ela e então pigarreia.

— Amigos não ficam de mãos dadas também?

— Não quando a sensação é essa, não.

Ele se levanta e fica ao meu lado, quase me tocando, mas sem encostar em mim. Eu me forço a não olhar para cima. Se eu encontrar aqueles olhos escuros e intensos, já era.

— Sabe — ele diz em voz baixa. — Eu achei que voltar a ser seu amigo seria fácil como respirar e, de certa forma, é. Mas nós costumávamos nos tocar o tempo todo sem nem notar. Agora, só de estar no mesmo ambiente que você já é diferente.

Eu olho para o pescoço dele. Seu pulso está acelerado, e isso me agrada mais do que eu gostaria.

— Mas a última coisa que eu quero é estragar isso, Ash. Levou tempo demais pra voltarmos até aqui. Então eu preciso que você continue me avisando quando eu cruzar a linha, o.k.?

Eu faço que sim.

— Claro.

Nós dois ficamos quietos, e depois de alguns segundos, ele diz:

— Amigos não podem ficar tão perto um do outro, podem?

— Não.

Ele se afasta bem quando seu celular toca, e assim que fico livre da sua órbita, eu solto um suspiro e me afundo de volta no sofá. Eu juro por Deus, meu corpo não vai aguentar esse tanto de estímulo todo dia. Algumas veias vão começar a estourar logo mais e eu vou sangrar até a morte em uma nuvem de tesão paralisante. A única coisa boa nessa atração absurda é que ficar ao lado dele é o melhor exercício aeróbico que já fiz.

Eu estabilizo minha respiração enquanto ele atende a ligação e anda até a enorme janela, e começo a digitar as palavras de hoje. Só preciso de algumas páginas para mandar para Serena, então quando termino, escolho as minhas favoritas.

Eu não tento escutar o que ele está dizendo, mas é impossível nesse espaço.

— É, eu não consigo chegar aí até as cinco... certeza? O.k., ótimo. Te vejo lá, então. — Ele desliga e volta.

— Você tem um encontro mais tarde? — Estou apenas brincando, mas ainda assim sinto meu olho tremer.

— Hum, sim. Mais ou menos. — Ele se senta ao meu lado. — Eu preciso sair um pouco mais cedo hoje pra ir ao crematório.

Eu paro de digitar.

— Você marcou um encontro no crematório? Isso é... mórbido.

— Acho que sim. O encontro é com meu pai. Eu vou me despedir.

— Seu pai...?

— Ele vai ser cremado hoje à noite. Eu perguntei se podia ir.

Eu me viro para ele.

— Espera, ontem à noite, quando você me contou que ele morreu, eu presumi que fazia um tempo. Quando ele faleceu?

— Antes de ontem.

Eu penso por um segundo.

— Mas isso foi... foi no seu primeiro dia na Whiplash. Foi por isso que você saiu correndo depois da reunião?

Ele faz que sim.

— O hospital ligou. Disseram que ele estava indo e que eu deveria chegar lá o mais rápido possível.

Quando eu acho que não poderia me sentir pior por não ter estado lá para ele, eu descubro que posso. Eu briguei com ele por ter saído correndo para estar com seu pai moribundo.

— Meu Deus, Jake. Eu sinto muito.

— Tudo bem. Ele estava doente há muito tempo. Eu sabia que estava pra acontecer.

— É uma pena que ele não vá estar aqui pra ver você se tornar um escritor publicado. Ele sabia do livro?

— Sim. Ele achou que eu estava mentindo sobre o adiantamento porque, nas palavras dele: "que tipo de idiota pagaria tanto dinheiro por seus poemas de amor estúpidos?".

Ah, sim. O sr. Stone sempre foi caloroso e solidário. Eu me lembro de quando Jake disse ao pai que ele não ia seguir os passos dele e se tornar policial e o sr. Stone o jogou contra a parede da cozinha com tanta força que a pintura rachou. Jake tinha dez anos.

— Bom, pelo menos ele foi consistente até o fim — eu digo.

— É. — Jake puxa alguns fiapos do sofá. — Mas ele fez uma coisa que me surpreendeu. Quando eu disse a ele que trabalharia com você, ele disse três palavras.

— Deixa eu adivinhar: melhor sair correndo? Desista agora, Jake? Use muitas drogas?

Jake se levanta e me olha de cima.

— Ele me disse: "case com ela". — Ele sacode a cabeça. — Meu pai podia me odiar, mas sempre te amou.

Fico sentada num silêncio chocado enquanto ele recolhe xícaras de café vazias e bolinhos meio comidos da mesinha e os leva para o lixo.

— Jake? — Ele se vira para mim. — Você quer companhia hoje à noite? Eu gostaria de me despedir do seu pai também. — Não importa quão tumultuada fosse a relação deles, eu sei que isso é algo que ele não deveria fazer sozinho.

— Tem certeza? É sexta-feira à noite. Você provavelmente tem um milhão de coisas mais importantes pra fazer.

Eu balanço a cabeça.

— Nada é mais importante que isso. Eu não estive presente no passado, mas eu com certeza posso estar agora.

Ele faz que sim, e eu não deixo de notar quão aliviado parece.

— Então, amigos não podem se abraçar ou dar as mãos, mas eles podem ir à incineração ritual de membros da família recentemente falecidos?

Eu sorrio.

— Com certeza.

capítulo vinte e um
Sem arrependimentos

Todas as amizades são diferentes. Algumas são tão fortes que podem aguentar qualquer tempestade, enquanto outras são tão frágeis que se desintegrariam com a menor das brisas. E existem aquelas que desafiam definições. Elas andam em uma corda bamba, como um artista de circo, e você não sabe se o que deseja é o conforto de ter chegado em segurança do outro lado, ou o frio na barriga da queda inesperada. São essas amizades que podem acabar em laços para a vida inteira, ou em um repentino e infame baixar das cortinas.

É aí que Jake eu e estivemos vivendo nas últimas semanas — bem no meio de um ato de equilíbrio que pode despencar para um dos lados a qualquer segundo.

Desde nosso embate na festa do FPS mês passado, a pressão para voltarmos a ser nossos eus do passado não é um problema. Apesar dos anos de hostilidade mútua alimentada por sentimentos feridos e culpa, passar tempo com ele é como ouvir meu disco favorito: posso passar um tempão sem escutá-lo, mas conheço cada nota e verso. Ele ainda me faz rir como antes. Ele ainda tem um coração imenso, níveis flutuantes de paciência e uma teimosia do tamanho do Grand Canyon. Nós ainda nos encaixamos de formas importantes, mas também há muitas diferenças. Como a forma que não consigo não observá-lo quando ele não está olhando; o aperto no meu peito toda vez que ele escreve sobre o tempo que passou com Ingrid; a dança sutil que fazemos para garantir que não chegamos perto demais do gatilho em momentos tensos de desejo mútuo.

Fico constantemente me lembrando que, apesar da minha atração extrema por Jake, algumas linhas não podem ser cruzadas. Dormir com meu autor e melhor amigo seria pouco profissional e colocaria em risco tudo o que recém recuperamos.

E, claro, ir para a cama com um homem que ainda está apaixonado por outra pessoa é implorar para me machucar.

Mas mesmo que todas essas questões desaparecessem magicamente e eu fosse livre para agir com base nos meus impulsos mais primitivos, não podemos esquecer meu problema irritante com intimidade que levaria toda atividade sexual a acabar de forma repentina e embaraçosa. Me apaixonar por Jake em meio a todos esses obstáculos seria suicídio emocional, e ainda assim… não consigo me impedir de desejá-lo.

Não é à toa que um digestivo se tornou parte da minha rotina matinal.

Existe um ditado que diz que o amor é só uma amizade que pegou fogo, e ele não podia ser mais verdadeiro. Nesse momento, eu me sinto vivendo em um prédio em chamas e, mesmo que exista a chance de eu ser incinerada, só estou aqui sentada, tostando marshmallows e cantarolando o refrão de "Disco Inferno" para abafar os sons de sirenes.

— Você tem certeza que não quer me acompanhar? — Jake pergunta. Ele está sem camisa, suado e sustentando algum tipo de pose invertida de yoga que faz todos os seus músculos saltarem de jeitos que tornam difícil me concentrar. Eu não sei como ele consegue estar só de bermuda nessa manhã.

Mesmo com ele não-intencionalmente elevando minha temperatura corporal, meu moletom cinza está apenas me impedindo de congelar.

— Absoluta. Obrigada pelo convite. — Na única vez que eu aceitei tentar fazer yoga com ele, ele guiou meu alinhamento com mãos gentis e cheias de eletromagnetismo. *Levante esse braço um pouco. Vire essa perna. Eleve sua bunda o máximo que puder.* Ele disse essa última enquanto ficava parado atrás de mim, suas mãos enormes agarrando meu quadril. Depois disso, sempre que ele dizia o nome da pose, tudo o que eu conseguia pensar era em fazer o cachorro invertido *com* ele, e então eu não conseguia parar de corar. Claro que isso fazia eu me desalinhar, o que o fazia colocar as mãos em mim ainda mais, etc, etc. No final, eu só aguentei quinze minutos de tortura sensual em câmera lenta antes de desisitr.

Agora, ele normalmente faz sua série antes que eu chegue de manhã, mas hoje eu quis começar cedo, então aqui estamos. Eu tento manter meus olhos na tela do computador, mas a minha cabeça parece se virar por vontade própria. Ele pode estar do outro lado do apartamento, mas como não há paredes nesse lugar idiota, não há nada para tirar seu físico insano da minha vista. Eu tenho certeza de que ele tem um número anormal de músculos no abdômen.

— Para de contar meus músculos — ele diz em um tom cansado enquanto desce para uma posição em que ergue seu corpo do chão apoiado apenas em um braço. — Eu já te disse, não sou anormal.

— Bom, isso é discutível. Você não gosta de bolo. Isso te torna um esquisito total.

— Bom, você odeia café e é viciada em café. Teto de vidro, senhora.

Eu levanto minha xícara de café antes de terminá-la. Deus, como algo com quatro açúcares e um monte de leite ainda consegue ser tão amargo? Se meu cérebro não gritasse por suas doses regulares de cafeína, eu já teria parado anos atrás.

Redobrando os esforços para manter meus olhos longe de Jake e seu corpo magnífico, eu volto a digitar o trabalho do dia anterior. Apesar da tensão sexual constante entre nós, o livro está começando a tomar forma. Tanto Serena quanto o sr. Whip têm recebido capítulos conforme vamos terminando, e eles estão felizes com o nosso progresso.

Meu computador emite um som baixo quando uma mensagem instantânea aparece na tela. É de Joanna.

Oiiiii. O que tá rolando?

Não estou babando no Jake fazendo yoga. Com certeza não é isso.

Argh. Você tem o pior trabalho. Tem tempo pra me ligar? Eu posso ter feito algo que vai te deixar brava. Não ligue até ter certeza de que o Jake não vai ouvir. Estou esperando.

Bom, isso é misterioso e intrigante.

Eu olho de relance para Jake. Ele está fazendo uma prancha com os pés fora do chão. Meu Deus, o abdômen dele tem uma força descomunal.

Eu pego meu celular e minha bolsa e ando na direção da porta.

— Vou comprar comida. Quer algo?

Ele baixa até o chão.

— Cheetos, M&Ms, Oreo, Doritos, Fruit Loops, Snickers e chantilly... você sabe. O de sempre.

Eu sacudo a cabeça, enojada.

— Como é possível você não ter todos os tipos de diabetes que existem? — Eu abro a porta e saio para o corredor.

— E Coca Zero! — ele grita antes que eu feche a porta atrás de mim. Sério, o homem tem o metabolismo de um guepardo hiperativo.

Enquanto desço as escadas na direção da rua, eu ligo para Jo. Ela atende depois do primeiro toque.

— E aí? Antes de qualquer coisa: você filmou o Jake fazendo yoga?

— Não. Ele não gostou muito da última vez que fiz isso.

— Você disse que era pra mim?

— Sim, e por incrível que pareça, ele continuou bravo.

— Hum. Inesperado. Enfim, lembra quando você me contou que ele e a Ingrid se conheceram na Zen Farm de Bali?

— Sim.

— Boooom, minha prima é dona do Museu do Chocolate Orgânico, que fica perto de lá, então eu pedi que ela fizesse uma pequena investigação. Ela me respondeu hoje com o sobrenome da Ingrid. Eu posso ou não ter te encaminhado o link do perfil dela no Facebook.

Eu paro em um cruzamento e aperto o botão para atravessar a rua.

— O quê? Meu Deus, Jo...

— Espera, só me escuta. O Jake nunca encerrou as coisas com essa garota porque ele não tinha ideia se ela tinha ido se casar com o ex, certo? Bom, agora podemos descobrir com certeza o que a Ingrid decidiu fuçando a timeline dela.

Quando chego ao mercadinho perto da casa de Jake, eu pego uma cesta e vou até o corredor dos biscoitos.

— Mas ele deixou claro que não quer descobrir, e precisamos respeitar os desejos dele.

— Precisamos? Se ele tivesse uma ferida nojenta em seu corpo perfeito, nós deixaríamos a infecção continuar envenenando-o? Ou iríamos fechar a coisa, cobri-la de gaze e então passar óleo nele?

— Passar óleo nele? — Eu pego o que Jake pediu e jogo tudo na cesta.

— É minha fantasia de enfermeira, e nela eu definitivamente passo óleo nele. Várias vezes. Então damos nele um bom banho de esponja e passamos um pouco mais de óleo.

Eu rio e puxo uma garrafa de Coca Zero da geladeira.

— Jo, estou te dizendo, ele vai ficar furioso se fizermos isso.

— Só se ele descobrir, o que não vai acontecer.

Eu coloco os itens no balcão do caixa e espero que o atendente passe tudo e coloque numa sacola.

— Então, se ela não estiver casada e postar várias coisas tipo "deixei meu amor verdadeiro em Bali e tudo que trouxe de volta foi essa camiseta feia", fotos dela chorando e o desejando, nós não contamos a ele?

— Ah. Agora eu vejo a falha no meu plano. Porque se ela se arrepender de tê-lo deixado e ele ainda a amar, então...

Eles deveriam ficar juntos. Só pensar nisso me faz suar frio.

— Mas se ela estiver *casada* — Jo começa —, que é a opção mais provável, então você pode contar isso a ele e ajudá-lo a fechar essa porta de uma vez por todas.

Ela tem um ponto. Como ele pode realmente seguir em frente sem um encerramento? Mas, ainda assim, fazer as coisas pelas costas dele parece errado.

Depois de pagar, eu pego minha sacola de *junk food* e volto para o apartamento.

— Jo, eu sei que você está tentando ajudar, mas não acho que consiga fazer isso. Parece traição, e eu realmente estou tentando ser amiga dele. — *E nada mais.*

Ela suspira.

— É, eu super entendo o que você está dizendo. Não vou te forçar.

— Obrigada. E fico grata por você ter tido todo esse esforço. Seu coração está no lugar certo.

— Na verdade — ela diz —, eu tenho *situs inversus,* o que significa que meu coração fica do lado oposto do meu peito, mas eu aprecio o sentimento. Falo com você amanhã.

Depois que desligamos, eu checo meus e-mails no caminho de volta. Quando vejo o que contém o link para o Facebook de Ingrid, eu hesito por alguns segundos. Então, antes que eu possa mudar de ideia, eu o apago e espero ter tomado a decisão certa.

Estou desempacotando as coisas de Jake na cozinha quando ele sai do banheiro passando uma toalha por seu cabelo úmido. Dou um suspiro de alívio quando vejo que ele está vestido, com jeans e uma camiseta branca. É sempre mais fácil lidar com ele quando seus músculos e tatuagens estão cobertos.

— Café? — ele oferece, jogando a toalha por cima de uma caixa antes de encher uma panela de água.

— Você sabe que tem dinheiro pra comprar uma cafeteira agora, né? Você não precisa continuar vivendo como um participante de *reality show.*

Ele coloca a panela no fogo.

— Você e seu caso de amor com bugigangas chiques. Cafeteiras, computadores, paredes funcionais. Você é mole, Tate. Mole, vou te dizer. — Ele passa por mim para pegar duas canecas, e só isso já causa uma vibração nas minhas partes mais profundas. Há uma mudança nele também. Sua postura relaxada ganha uma pontada de tensão, e sua voz ganha um leve toque de irritação.

— Um dia — ele diz — vou te levar pra fazer uma trilha pela floresta peruana, e então você vai perceber que, enquanto estava perdendo tempo com sua preciosa cafeteira, você deveria ter aprendido como tirar sanguessugas de suas partes íntimas com segurança.

Enquanto ele coloca café nas canecas, eu coloco sua Coca Zero na geladeira.

— Por favor, me diga que isso não aconteceu de verdade.

— Eu poderia dizer isso, mas seria mentira. Nenhum homem conheceu o medo de verdade até estar mijando, olhar pra baixo e ver uma gigantesca sanguessuga peruana olhando pra ele.

Eu fecho a geladeira e sorrio.

— Eu me preocupo com você. Eu realmente me preocupo. Não consigo acreditar nas merdas que você fez pra se divertir enquanto eu não estava por perto. — Eu me apoio no balcão e o observo trabalhar. Ele coloca leite e açúcar nas xícaras e, quando termina, balança a cabeça, seu maxilar tenso.

— O quê? — eu pergunto.

— Nada.

Claramente é algo, mas eu quase tenho medo de perguntar.

Ele se concentra na panela de água como se pudesse fazê-la ferver com a força do seu olhar.

Eu pigarreio e arrumo os talheres no balcão.

— Aliás, a Serena mandou um e-mail mais cedo pedindo mais detalhes naquele último capítulo sobre a Ingrid. — O nome dela sempre parece errado na minha boca.

Jake cruza os braços e resmunga algo.

— Não dê uma de diva — eu digo, me aproximando. — Por melhor que seja sua escrita, você sempre evita a emoção das suas interações com ela. Eu sei que é um assunto doloroso, mas é esse o ponto. Os leitores querem experimentar a sua angústia e seu coração partido. — *Não importa o quanto eu preferisse ficar longe disso.*

— Por quê? — Ele continua encarando a água. — Quem são essas pessoas que gostam de ver o sofrimento dos outros?

Eu dou de ombros.

— Em qualquer boa história, não há satisfação sem luta. Quanto mais adversidades um herói precisa superar, mais torcemos pra que ele ganhe no final. É só assim que ele merece seu final feliz.

— É? — Ele se vira para mim. — Então, como vamos terminar esse livro? Qual o meu final feliz?

— Bom… — Eu vejo uma imagem dele se reconciliando com Ingrid e cavalgando para o pôr do sol. — Hum.. vamos ter que descobrir isso. Poderia ser sua carreira decolando. Ou sua habilidade de tocar as pessoas e ajudá-las em suas próprias batalhas emocionais. — Eu olho para baixo. — Ou… você encerrando as coisas com a Ingrid. A bonança depois da tempestade e aquela coisa toda.

Quando eu olho para ele, ele está me encarando, e o escuro dos seus olhos parece ainda mais imutável que o normal.

—Aham.

Há tanto subtexto nesse simples "aham" que eu não tenho ideia do que ele está tentando dizer. Ele está concordando? Discordando?

— Essas são minhas únicas escolhas? — ele pergunta em voz baixa. —No fim da maioria das histórias, o herói não costuma ficar com a garota?

Eu pisco por alguns segundos, certa de que estou entendendo mal o que ele está dizendo.

— Bom… se você repensou sua decisão de não entrar em contato com a Ingrid, então…

— Eu não estou falando da Ingrid, e você sabe disso.

Sinto um calor começando na base do meu pescoço e subindo. Eu não quero continuar encarando-o, mas não consigo desviar os olhos. Ele não está me tocando. Ele não está nem particularmente perto. E, ainda assim, cada pelo do meu corpo está em pé, e um arrepio de possibilidades passa pela minha pele.

— Me diga o que você está pensando. — A voz dele é baixa, mas há um tom de exigência. — Uma vez na vida, vamos ser sinceros sobre o que queremos.

Meus pulmões estão tensos. Admitir o que eu quero é difícil. Posso não ser a única com algo a perder aqui, mas sou eu quem vai perder mais. Na pior das hipóteses, sou um estepe. Na melhor, sou uma segunda opção. Nenhuma das duas é ótima.

Quando eu continuo a hesitar, ele se aproxima e para na minha frente, tão próximo que eu consigo sentir seu calor e o cheiro do seu xampu.

— Você sabe do que eu gostaria de falar? — Ele se aproxima, ficando a centímetros de mim. Quando olha nos meus olhos, seu maxilar se tensiona e a tensão no corpo dele espelha a minha. — Vamos falar da química absolutamente insana que temos. Não podemos continuar ignorando isso, Asha. Você sabe disso tão bem quanto eu. — Ele baixa a cabeça e, pela primeira vez, eu noto quão cansado ele parece. — Todo dia quando você passa por aquela porta, preciso me esforçar mais e mais pra ficar longe de você, e eu não consigo mais fazer isso. É cansativo demais.

Ele segura meu rosto e eu engulo minha respiração quando seu polegar desenha um arco na minha pele.

— Se você quer que eu pare, é só falar. Se você acha que estou errado, me diga. Mas se você se sente da mesma maneira e quer parar de resistir a isso, então… fale comigo.

— Nós conversamos na festa do FPS. — Eu tento não me inclinar contra a mão dele, mas ela está quente, e eu quero. — Nós concordamos que era uma má ideia. Nós tínhamos nossas razões.

— Elas não servem mais, Ash. Você terminou com o seu namorado. O livro está indo bem. Não existem mais desculpas agora.

— Você não superou a Ingrid.

Ele pausa, e acho que morro um pouco nesse momento.

— Superei.

— Eu não acredito em você.

Ele olha dentro dos meus olhos e respira fundo.

— Eu te juro que sim. Você não consegue notar que quando estou com você não existe mais ninguém? Nem mesmo a Ingrid.

Eu tiro a mão dele do meu rosto e a seguro.

— Mas ela sempre vai ter uma parte sua.

— Bom, você teve uma parte minha antes. — Ele põe uma mão no meu pescoço e encosta sua testa na minha. — Lembra quando encontramos aquele dicionário de bolso velho no lixo da sra. Garcia? Nós o folheamos juntos, impressionados com o quão circular ele era. Que cada palavra precisava de outras palavras para descrevê-la.

Eu não confio na minha voz nesse momento, então só faço que sim.

— É assim que eu me sinto quando estou com você. Você é a pessoa que me descreve. Você me dá sentido. Mesmo quando estávamos brigando, eu sentia isso. Você é a única coisa no mundo que me ajuda a fazer sentido.

Ele passa o outro braço pela minha cintura e me puxa para perto. Quando meus seios roçam seu peito, sua boca se abre.

— E se não der certo? — eu sussurro.

Ele sacode a cabeça, como se eu não estivesse vendo o resultado mais óbvio.

— E se der? Nós tentamos ser inimigos. Foi uma merda. Nós tentamos ser amigos, e não é o suficiente. O que eu sinto por você não é mais platônico. É carnal. E não importa o quanto eu tente me convencer a não ir pra esse lugar e racionalizar, eu não consigo. Você consegue?

Eu coloco minhas mãos no peito dele. A camiseta é macia, mas os músculos por baixo dela estão vibrando com seu pulso acelerado e pesado.

— Não. — É tão bom me permitir tocá-lo que eu fico sem fôlego.

Nada esvazia um coração mais do que o arrependimento. Essa foi a mensagem que ele me mandou quando éramos apenas estranhos na internet.

— Se eu vou me arrepender de algo — eu começo —, quero que seja do que eu fiz, não do que eu queria ter feito.

Eu passo meus braços pelo pescoço dele e nós dois sentimos uma mudança. Todo o controle ao qual nos apegamos nas últimas semanas está se dissolvendo, e a necessidade crua e suprimida está aparecendo e substituindo-o.

Tocando-o agora, eu não sei como pensei que teria forças para resistir a isso. O desejo não se importa se você o quer ou não. Ele só se acende dentro de você, como uma caixa de fogos de artifício que estouram todos ao mesmo tempo. E, às vezes, é como uma vela que queima devagar, acendendo todos os seus nervos e se apagando antes de transformar seu corpo em uma poça de cera derretida.

A forma como Jake está me olhando agora? Estou definitivamente derretendo.

Eu deslizo minha mão do pescoço dele para o seu cabelo, e ele me puxa para mais perto com um gemido impaciente. Então ele se inclina para baixo e encosta seus lábios nos meus tão suavemente que eu me arrepio. Ele fica ali, não exatamente me beijando, mas sem se afastar também. Ele está com uma mão no meu rosto, um braço nas minhas costas. Enquanto ficamos ali, eu me afogo na maravilhosa sensação de querer algo tão desesperadamente que o prazer vem embalado em dor.

— Sem arrependimentos — ele diz, como se fosse uma certeza.

Meu corpo está vibrando, me implorando para fazer algo. Qualquer coisa. Eu solto o ar, trêmula, e aperto meus dedos em volta dos cabelos dele.

— Sem arrependimentos.

Finalmente, ele pressiona os lábios contra os meus e nós dois paramos de respirar quando o tempo para. Meu coração está batendo tão forte e tão rápido que estou tremendo.

Meu Deus, vamos mesmo fazer isso. Jacob Stone está me beijando e eu o estou beijando de volta. E embora eu consiga sentir o movimento tectônico irreparável que é passar da segurança da nossa amizade para a selva inexplorada do que está além dela, meu sangue canta pela antecipação do que virá a seguir.

Jake faz um barulho, então se afasta e me beija de novo. Seus lábios estão abertos e macios, mas todo o resto dele está duro como pedra. Eu sinto que ele está se segurando para não me esmagar sob a força do seu desejo. Quando sinto sua língua suave, eu gemo e busco mais, e então, qualquer que fosse a corda que o estivesse segurando se rompe, e eu sou atingida pela força irrestrita da paixão de Jacob Stone.

Passando suas mãos por baixo dos meus braços, ele me levanta e me coloca no balcão da cozinha. Então ele se coloca no meio das minhas pernas e me beija, profundamente e com força. Nossas bocas se movem e deslizam, e as mãos dele estão em todo lugar, dedos fortes alternando entre carícias suaves e brutas. Há tantas sensações pulsando pelo meu corpo que eu me sinto tonta e chapada. Quando ele agarra minha bunda e me pressiona contra sua ereção, eu arfo e enrolo minhas pernas em volta da cintura dele.

Isso deveria ser estranho. Eu conheço esse homem praticamente minha vida toda. Eu sei que ele tem uma marca de nascença no tornozelo esquerdo e que ganhou a pequena cicatriz acima da sobrancelha batendo numa árvore na terceira série. Eu já toquei e abracei esse corpo mil vezes de mil formas diferentes sem sentir uma fração do que estou sentindo nesse momento. E agora, o garoto que eu amei tanto é uma usina de energia sexual que me toca como se sempre soubesse como fazê-lo. Que me beija como se estivesse mapeando a forma exata da minha boca.

Eu já tive beijos incríveis na vida, e outros que eu preferia esquecer. Mas beijar Jake... ele me faz sentir como se todo o resto tivesse sido um treino, e essa é a primeira vez que é para valer.

— Asha... — Ele me beija como se doesse parar, e então passa seus braços em volta de mim e me carrega para a cama com passos grandes e determinados. Eu desenrosco minhas pernas e ele me coloca de joelhos. Em um segundo, meu casaco é aberto e ele o desliza pelos meus braços. Minha regata vai em seguida, e eu mal noto que ele a retirou até o ar frio atingir minha pele.

Com um gemido, ele tira sua própria camisa antes de me mover para o meio da cama. Quando me deito, ele se coloca em cima de mim, quadris entre as minhas pernas, se movendo e pressionando enquanto eu toco tudo dele que consigo.

Tudo está perfeito, até que eu sinto ele passar a mão por baixo de mim para abrir o fecho do meu sutiã. De repente, uma buzina soa no meu corpo, e dedos gelados de pânico apertam meu estômago e fecham minha garganta.

Não, não, não, não. Por favor... não agora. Não com ele.

Por favor...

Eu aperto as palmas das minhas mãos contra os meus olhos e desejo que isso passe, mas consigo sentir a dormência chegando.

Eu abro meus olhos e o vejo acima de mim, sua expressão intensa e preocupada.

— O que quer que você esteja fazendo... — ele arfa. — Qualquer que seja a voz tentando te convencer a não aproveitar isso... não escute. A única voz que você está permitida a ouvir é a minha. E eu estou dizendo que preciso de você. De cada parte de você.

Eu engulo em seco e olho para baixo, envergonhada que ele consiga me ler tão bem.

Ele me segura com mais força.

— Não. Não desvie os olhos. Fique comigo. Olhe nos meus olhos.

Eu volto para ele, e seu rosto incrível está tão repleto de afeto que é hipnotizante.

— Você confia em mim?

— Sim.

— Então relaxa. Para de pensar. Para de ter medo. Eu não sou um babaca que mal te conhece e só quer trepar com uma garota gostosa. Eu sou o cara que entra pela janela do seu quarto desde que tinha cinco anos de idade. Não importa o que aconteça depois, você não tem como me decepcionar. Você entende?

Eu faço que sim, e não sei se é a forma como ele me prendeu na cama, ou a dureza de sua voz que mostra que ele não vai aceitar que eu me feche para ele, mas eu respiro algumas vezes e então... eu me rendo. Eu cedo meu poder. Minhas expectativas. Eu me torno uma página em branco e espero que Jake escreva em mim.

Ele solta minhas mãos e eu me levanto para ajudá-lo a alcançar o fecho do meu sutiã de novo. Quando ele o abre, eu espero pela pontada de ansiedade que vai me tirar do momento, mas ela nunca vem. Enquanto ele se senta sobre os calcanhares e gentilmente desliza meu sutiã por meus braços, eu procuro a crescente onda de pânico, mas ela não está em lugar nenhum. E quando ele olha meus seios nus como se

Professor Feelgood **307**

estivesse vendo o Santo Graal, pela primeira vez na minha vida, meu corpo se acende em vez de se fechar.

Ahhhh, sim. Finalmente.

— Você é perfeita — ele sussurra. — Você sempre foi perfeita.

Eu fecho os olhos enquanto ele trilha beijos suaves em meus peitos e, quando ele fecha a boca em volta de um mamilo duro, eu enfio meus dedos no cabelo dele e gemo seu nome.

— Uma parte minha não consegue acreditar que estamos fazendo isso — ele diz, beijando do meu esterno até minha barriga. — E a outra parte não consegue acreditar que não fizemos isso anos antes.

Quando ele chega à minha calça de moletom, ele olha para cima conforme agarra o cós e lentamente a puxa para baixo. Minha calcinha vem em seguida, e ele mantém contato visual enquanto a desliza pelas minhas pernas.

— Você não tem ideia do quanto eu sonhei com isso.

Ele agarra meus quadris e me puxa para a ponta da cama. Então se ajoelha, passa minhas pernas pelos seus ombros e beija um caminho até onde eu estou ardendo com tanta força que estou disposta a implorar por alívio. Eu mal tenho tempo de agarrar o grosso edredom antes da boca dele se fechar em mim, e no momento em que ele começa a mover a língua, eu me contraio com a intensidade do prazer.

— Continue respirando — Jake diz, me colocando de volta no lugar. — Eu só estou começando.

Ele volta a trabalhar, alternando entre lamber e tocar, e meu Deus do céu, eu nunca senti um prazer assim. Quando eu acho que ele não tem como tornar isso mais intenso, ele acrescenta sucção, e quando ele geme em mim a vibração me deixa ainda mais no limite.

Em determinado ponto, meu cérebro vai embora, e quando os primeiros fios do meu orgasmo começam a se costurar, eu quero ficar quieta, mas não consigo. Eu acho que digo "por favor". Tenho certeza que digo "sim". E quando Jake agarra minhas coxas e me puxa com mais força para sua boca, eu tenho certeza que digo "caralho".

— Ah, meu Deus... eu vou gozar. Ahhhh, Deus. Ah, Deus. — Eu prendo a respiração enquanto tudo acelera e então apenas sussurro o nome de Jake, de novo e de novo.

É assim que deve ser. É por *isso* que eu esperei minha vida toda. Depois de todos esses anos de frieza, Jake me trouxe de volta à vida. Ele é o primeiro. Eu estou tão grata que minha emoção fecha minha garganta.

Não estou quebrada, afinal.

Quando a onda começa, eu olho para a cabeça de Jake se movendo entre as minhas pernas, suas mãos apertando e acariciando minhas coxas. Eu estou arfando enquanto espero ali, esperando pela queda final e excitante e, quando ele me olha com seus olhos intensos e apaixonados e dá uma última volta com a língua, eu gozo violentamente. Cada músculo se contrai em uníssono e, quando o prazer se dissipa e tudo parece pesado e suave, Jake está lá, beijando minha cabeça, passando seus braços em volta de mim, me puxando para o calor do seu abraço. É só quando eu noto as lágrimas reluzindo no peito dele que percebo que estou chorando.

capítulo vinte e dois
Exposta

Quando desperto da moleza pós-orgasmo, eu percebo que Jake nos cobriu com o edredom. Sinto um calor em volta de mim. Braços fortes e pele macia. Estou aconchegada sob o queixo dele, e ele cheira tão bem que tudo o que quero fazer é pressionar meu nariz contra o seu pescoço e cheirá-lo para sempre. Nós estamos nos encarando, deitados de lado, e seus braços estão em volta de mim. Nunca na vida eu me senti tão satisfeita. Ou segura. Ou *certa*.

Ele ainda está de jeans, mas eu estou completamente nua, e embora eu normalmente estivesse desesperada para voltar para a segurança das minhas roupas, a forma como Jake me faz sentir… pode ser que eu nunca use roupas de novo.

Eu abro os olhos e me pego olhando para o pomo de Adão dele. Quando sente que estou acordada, ele se inclina para trás para olhar meu rosto.

— Oi.

Dou um sorriso feliz.

— Oi.

— Você está bem?

— Mais do que bem. Estou incrível.

— Sim, você está. — Ele me olha por alguns segundos, como se estivesse tentando entender um grande mistério.

— O que foi?

— Isso — ele diz, acariciando meu braço. — Você. O que acabamos de fazer. Eu nunca me senti assim com ninguém antes.

— Assim como?

Ele desliza a mão pelo meu pescoço e traça meu queixo com um dedo.

— Como se eu soubesse como você reagiria um segundo antes de te tocar. Como se eu já tivesse feito isso com o seu corpo um milhão de vezes. Sentido seu gosto. Te visto gozar. — Ele passa o polegar pelos meus lábios. — Você tem ideia de quão espetacular você fica quando goza?

Uma onda de arrepio toma minha pele. Eu não acredito que ele está me dizendo isso. Não as palavras em si, mas que seja ele.

— Você está falando sobre a minha aparência quando eu gozo e eu nem corei. O que está acontecendo entre a gente? — Eu corro meus dedos pelo cabelo dele e ele fecha os olhos, fazendo um som de aprovação.

— Eu não sei, mas eu não quero que pare.

— Algumas semanas atrás, ficar nua com um cara me faria surtar, e agora aqui estou eu, com meu melhor amigo... um homem que acabou de me dar o melhor orgasmo da minha vida... com zero vergonha.

Ele afasta meu cabelo do rosto.

— Por que você sentiria vergonha disso? E o que você quer dizer com surtar?

Eu respiro fundo e conto a ele sobre o meu problema. O pânico, a frieza, o fechamento inevitável. Ele me apoia, mas também consola.

Quando termino, ele se apoia no cotovelo e olha para mim.

— Então, o que acontecia quando você saía com outros caras? Você simplesmente não transava?

Dou de ombros.

— Eu transava. Raramente. Eu só não gostava.

— Jesus, Ash. Então você nunca... — Ele faz um gesto de explosão com as mãos — ...antes?

Eu rio.

— Eu gozo o tempo todo. Só não com outras pessoas. Eu estava começando a achar que nunca aconteceria.

Professor Feelgood **311**

— E você achava que era sua culpa. É por isso que você disse para o Derek que estava quebrada. — Eu faço que sim e ele suspira. — Eu não sou um especialista em sexo e certamente não tenho experiência suficiente pra te dar números, mas posso te dizer que, com toda a certeza, você não está sozinha. Há *milhões* de mulheres por aí que não gozam com seus parceiros, e às vezes... claro, é porque é difícil pra elas relaxar. Mas às vezes... — Ele sacode a cabeça. — Não, foda-se isso. *Muitas* vezes os caras são só ruins de cama. Se os homens precisassem fazer a mulher gozar pra engravidá-la, a população mundial ainda estaria em dois dígitos.

Eu rio. É claro que ele diria a coisa perfeita para fazer eu me sentir melhor.

— As mulheres precisam falar mais sobre isso, pra não sentirmos que temos um defeito — eu digo.

— Eu concordo. Por que você não falou comigo sobre isso?

— Porque eu não queria que você me achasse bizarra.

Ele me pega pela cintura e me puxa para perto.

— Mulher, eu já te vi enfiar doze chicletes na boca de uma vez. Eu fui o único presente em um velório de duas horas que você organizou pra uma centopeia morta. Um verão, você passou uma semana inteira trocando as coisas de lugar no meu quarto aleatoriamente pra tentar me convencer que eu estava sendo assombrado.

Eu coloco minha mão no peito dele e corro meus dedos pelos poucos pelos ali.

— E funcionou. Lembra quando eu me escondi atrás da sua porta coberta com um lençol e, quando você entrou, eu dei um pulo e fiz você fazer xixi na calça?

— Pela última vez — ele diz, fingindo irritação — não era *xixi*. Eu estava carregando um copo d'água. Pra *você*. E você me fez derramá-lo.

—Aham. Com certeza. — Eu desço meus dedos pela barriga dele.

As pálpebras de Jake se fecham por um momento, e quando ele fala, sua voz está contida.

— O que você está fazendo?

Eu desço mais e toco o cós dos jeans dele.

— Nada. Só me perguntando por que você ainda está usando isso.

Ele me observa com olhos cautelosos.

— Porque se eles saírem daqui, eu vou passar o resto do dia fazendo amor com você em vez de escrever. E então, a minha editora maravilhosa e sexy pra caramba vai acabar comigo. Não importa o quanto eu queira, satisfazer minha necessidade de estar dentro de você não me ajuda com os meus prazos.

Eu levanto o edredom e olho por baixo dele. Mesmo por baixo das cobertas, consigo ver a ereção dele esticando o tecido do jeans.

— Uau, isso parece desconfortável.

Ele me dá um sorriso tímido.

— Se você acha que eu não estou acostumado a ficar constante e dolorosamente duro perto de você, então você não estava prestando atenção. Esse é o meu normal agora.

Eu passo a mão sobre a grande verga no jeans e os olhos dele me queimam. Isso é excitante. O poder que eu tenho de deixá-lo assim.

— Quando foi a primeira vez que eu te deixei duro? — eu pergunto, ainda o sentindo. — Na festa do FPS?

Ele mantém os olhos no meu rosto, mas sua respiração fica cada vez mais arfante.

— Sem comentários.

— Foi antes disso? No banheiro, quando você estava cuidando da minha cabeça? — Ele apenas me encara, tentando esconder o prazer que está dominando sua expressão, mas falhando. — Antes disso?

— Muito antes disso. — A voz dele é tensa.

Eu me sento para encará-lo e continuo com toques leves e provocantes.

— Quando?

O olhar dele recai nos meus peitos, e uma expressão intensa perpassa seu rosto.

— Quando eu tinha quinze anos. Eu estava no telhado da varanda uma noite e... as cortinas do seu quarto não eram tão opacas quanto você pensava.

— Então você me espiou trocando de roupa?

Ele parece levemente envergonhado.

— Não de propósito. Mas enquanto estava acontecendo, eu era fisicamente incapaz de parar de olhar. Você tinha o corpo mais lindo que eu já tinha visto. Ainda tem.

Eu vejo um flash de Ingrid naquele pequeno biquíni preto, mas o afasto e tento me concentrar na forma como ele está me olhando. Na forma como ele me faz sentir.

— Isso foi quando nós estávamos brigando, Jake. — Eu coloco um pouco de pressão e ele faz um barulho baixo. — Você espiou uma garota que odiava?

— Eu estava bravo com você. Não estava morto.

Não sei se é normal ficar tão excitada por dar prazer a ele, mas meu desejo aumenta a cada segundo.

— Eu ficaria indignada com isso, mas... — Eu olho para baixo e o agarro por cima do jeans. Ele observa com olhos desfocados. — Eu passava muito tempo naquele telhado também, e você nem tinha cortinas. — Quando o acaricio devagar, ele afunda os dedos no colchão. — Uma noite, estava tarde e eu não conseguia dormir. Eu estava olhando as estrelas quando ouvi... barulhos... vindos do seu quarto. Então, deslizei até o seu lado do telhado e... eu conseguia te ver, deitado na cama. E você não parecia mais um garoto. Você parecia um homem. — Eu pressiono a palma inteira da minha mão contra ele e ele geme. — E você estava... se tocando. — Eu levanto os olhos para ele. A expressão no rosto dele é feroz. — Foi a coisa mais excitante que eu já tinha visto. Quando voltei para o meu quarto, eu pensei em você. Foi a primeira vez que eu me fiz gozar.

— Então você me objetificou? — ele diz em voz baixa e áspera. — Você se masturbou pensando em mim mas se recusava a falar comigo?

Eu fico de joelhos e me inclino por cima dele.

— Eu estava brava com você. Não estava morta.

Com um som animalesco, ele me deita de costas, e em segundos sua calça some. Ele me beija com tanta força que eu perco o fôlego, e então suas mãos e boca estão em todos os lugares. Sem o jeans, eu finalmente estou livre para tocá-lo, e Senhor, como é bom. Saber que ele está duro assim por minha causa me faz sentir como uma deusa. O poder que eu sinto faz toda a dúvida e vergonha desaparecerem, e eu começo a me ver como ele me vê.

Eu o deito de costas e vou descendo pelo seu corpo com beijos. E então todos os pensamentos desaparecem quando eu o tomo na minha boca. Ele responde com um gemido tão alto que ecoa pelo apartamento inteiro. Da mesma forma que ele sabia exatamente como me dar prazer, eu sei o que vai fazê-lo explodir. Eu não penso, ajo por instinto. Leio os barulhos dele, noto o que o faz agarrar a cama ou enfiar os dedos nos meus cabelos. Eu sinto o fluxo do prazer dele e sei o momento perfeito de segurar seus quadris e deslizar para baixo nele, centímetro por centímetro.

Quando ele está totalmente dentro de mim, nós dois congelamos, e eu não tenho dúvidas de que o espanto que vejo em seu rosto está espelhado no meu. Como isso é possível? Como posso acomodar todas essas emoções e ele ao mesmo tempo? Parece impossível.

Há tanto que eu quero dizer a ele, tantas perguntas para fazer, mas nesse momento eu apenas o beijo e tento fazer a paixão que sinto falar por mim.

Quando ele se afasta, tudo que posso fazer é observar seu rosto, porque não há nada mais hipnotizante que Jacob Stone absorto em ondas de prazer. A forma como ele aperta os olhos e joga a cabeça para trás é a mesma imagem que ficou marcada no meu cérebro quando eu era adolescente. Eu suspeito que ela tenha ficado à espreita no meu inconsciente por anos, ajudando a sabotar minhas interações com homens que não eram ele.

Me guiando pelas respostas dele, eu aumento a velocidade e me inclino para beijar seu peito e seu pescoço. Os barulhos que ele está fazendo sobem um tom e soam mais desesperados a cada vez que eu desço de volta. Então ele me olha com o maxilar tenso e a boca determinada e, mesmo quando eu o estou fazendo chegar ao auge, ele está me levando com ele. Jake me toca enquanto eu o cavalgo e, quando seu ritmo aumenta, eu não consigo mais controlar o meu. Tudo fica instável e fora de controle. Nós estamos nos segurando um ao outro, agarrando e arfando, nos apertando mais e mais. Eu fecho os olhos e paro de respirar, tentando me segurar quando a pressão se torna demais. Quando pressiono meu peito contra o dele e ele começa a gemer meu nome, eu agarro a sua nuca e faço círculos tortos e desesperados com meus quadris.

Eu não sei se ele goza primeiro ou se sou eu. Mas depois que a onda de choque some, eu desmonto de cima dele e não me movo por um bom tempo.

Eu o abraço conforme voltamos ofegantes à realidade. Depois de um momento, ele murmura:

— Só pra você saber, assim que eu voltar a sentir minhas pernas, vamos fazer isso de novo.

Eu esfrego meu rosto no dele.

— Sim, nós vamos.

Descobrir nossa química sexual insana é, ao mesmo tempo, a melhor e a pior coisa que Jake e eu já fizemos. Toda a tensão que estávamos sentindo antes de experimentar o corpo um do outro desaparece frente ao desejo avassalador que nos devora quando estamos juntos. E conforme nossos sentimentos se aprofundam, eles só alimentam o fogo.

Muitas vezes sonhei com como seria uma conexão de almas gêmeas, mas nem nos meus sonhos mais loucos eu imaginei a paixão dominadora que isso libertaria. E parece que Jake sente o mesmo. De vez em quando eu me pergunto se ele tinha uma química ainda mais potente com Ingrid, porque não consigo imaginar que haja algum casal no mundo fazendo sexo melhor que o nosso. É por isso que é tão difícil controlar.

Nós começamos cada dia jurando que vamos trabalhar a manhã inteira antes de nos recompensarmos, mas nunca dura, e não parecemos saber a definição de uma rapidinha. Nosso sexo é sempre longo e multiorgásmico, e não nos importamos com o local: cozinha, banheiro, sala de estar, na cama, contra a parede, curvados no sofá. Desde que ele esteja dentro de mim, nada mais importa.

Tivemos que começar a passar dias separados, só para avançar com o trabalho. Hoje não é um desses dias.

— Ash? Oi.

Eu acordo com um susto. Estou virada de barriga para baixo no meio da cama de Jake. Olho sonolenta para cima e o vejo sentado ao meu lado, de banho tomado e vestido.

Eu me sento e esfrego meu rosto.

— Oi. Por quanto tempo eu dormi?

— Algumas horas. Se eu não tivesse que ir a essa coisa de blogueiros com o Sid, eu ainda estaria aí com você. — Ele coloca uma xícara de café fresco ao meu lado. — Eu fiz um extra forte, então beba e dê uma olhada nas mudanças que fiz ontem. Há algo errado com elas, e eu preciso do seu incrível cérebro pra me dizer o que não está funcionando.

— Sim, o.k.

Eu ainda me sinto atordoada. Nunca fui de usar drogas, mas posso imaginar que uma ressaca de orgasmo é algo como voltar de uma viagem. Tudo dói da melhor forma possível, e tudo que eu quero é pedir comida, me aconchegar em Jake e fazer uma maratona de qualquer coisa na Netflix.

— Ash? Você está acordada, né?

— Totalmente. — Eu caio de volta na cama e me arqueio enquanto bocejo e me espreguiço. O olhar de Jake tenta abarcar tudo ao mesmo tempo.

— Droga, mulher. — Ele se inclina e beija o osso do meu quadril. — Me deixar com tesão antes de eu ter que pegar o metrô... — Ele beija a lateral da minha costela — ... pode me mandar pra cadeia. — Ele termina segurando meus peitos e dando um leve beijo no meu mamilo. — Guarda essa gostosura toda. Pelo menos até eu chegar em casa.

Ele puxa o edredom para esconder minha nudez. E, quando passa os dedos pelo meu rosto, eu pego a mão dele e beijo a palma

Professor Feelgood **317**

enquanto tomo coragem para perguntar algo a ele. Há um pensamento que está me incomodando há um tempo, e eu venho adiando a pergunta porque sei que posso não gostar da resposta, mas não posso evitar isso para sempre.

— Antes de você ir, posso perguntar uma coisa?

— Claro.

Eu encaro seus dedos para evitar seu rosto.

— Eu sei que você disse que já esqueceu a Ingrid, mas... você alguma vez pensa nela quando estamos juntos? Talvez deseja que ela estivesse aqui com você em vez de mim?

O rosto dele desmorona.

— Jesus, Ash... não — ele nega, mas eu sinto que não está me contando toda a verdade.

— Tudo bem — eu digo, me sentindo idiota por ter perguntado quando eu sabia que a resposta ia fazer eu me sentir um lixo. — Eu entendo. Ela é sua alma gêmea. Você passou um ano escrevendo poemas sobre ela. Em alguns meses, você vai publicar um livro sobre ela. Eu sei que quando o livro sair tudo que as pessoas vão querer saber é desse relacionamento e... bom, eu estarei nos bastidores, como algum tipo de prêmio de consolação.

Ele toma minhas mãos nas dele.

— Asha, você não é o prêmio de consolação de ninguém. A Ingrid é passado. Você é o meu futuro.

Eu olho para ele.

— Mas você não sabe com certeza que ela te esqueceu. Eu não consigo me livrar do medo de que ela vá ler esse livro e decidir que te quer de volta. Quer dizer, a forma como você escreve sobre ela... a paixão óbvia nas suas palavras. Como qualquer mulher pode ler isso e não se sentir comovida?

Jake olha para nossas mãos com uma expressão perturbada. Seu maxilar está se contraindo loucamente, e ele continua parecendo prestes a dizer algo, mas se impedindo.

Finalmente, depois de algumas respirações entrecortadas, ele me olha e diz:

— Eu fiquei tão envolvido nessa coisa toda... o livro, ter você de volta na minha vida... que nem pensei em como a coisa com a Ingrid iria te afetar. Fui um babaca.

Eu começo a discordar, mas ele me impede.

— Ash, isso é meu. Não seu. Existem coisas que eu deveria ter te dito há muito tempo e, como eu não disse... — Ele sacode a cabeça como se estivesse com raiva de si mesmo, e então me olha nos olhos.

— Eu não tenho tempo pra isso agora, mas vamos conversar hoje à noite. Me encontre na casa do meu pai. Às oito.

Eu faço que sim.

— Tudo bem, mas por que lá?

— Só me encontra lá, o.k.? — Ele olha para o relógio e xinga baixinho. — Preciso ir. — Ele pega meu rosto com as duas mãos e me beija com tanta doçura que eu fico sem fôlego. — Te vejo de noite.

Jake pega as chaves e a carteira e vai em direção à porta. Quando ele a abre, se vira para mim.

— E só pra constar, o que eu sinto por você está em um universo diferente do que eu sentia pela Ingrid. Não tem nem comparação.

Ele fecha a porta atrás de si e eu espero o som dos seus passos sumir para ir até o banheiro e ligar o chuveiro. Eu sei que ele estava tentando me acalmar, mas sua última frase pode ser interpretada de mais de um jeito.

Parada sob a água quente, eu deixo meus sentimentos se revirarem em volta deles mesmos até resultarem nas possibilidades mais pessimistas possíveis. Eu normalmente não sou uma pessoa paranóica, mas quando você ama alguém como eu amo Jake, uma certa dose de suspeita vem com o pacote. Nunca lidei de verdade com o ciúmes que sentia por conta de Ingrid ter sido tão importante para ele, e esses pensamentos ficam cutucando feridas antigas, fazendo com que elas doam.

Depois de me vestir, me jogo no trabalho para manter a mente ocupada. Eu corro pelos capítulos de Jake, marcando de vermelho as partes que ele precisa reescrever ou refinar, e então eu dou uma olhada no calendário final que Serena me mandou. Toda a arte do livro já está pronta, e nós só temos uma semana para terminar a edição e formatação finais antes de mandá-lo para a gráfica. Se quisermos ter alguma chance de terminar isso a tempo, Jake e eu vamos precisar passar a maior parte dos nossos dias separados.

Depois que respondo meus e-mails, esfrego as mãos e vou para a cama. Conforme o tempo fica mais frio, fica cada vez mais impossível trabalhar nesse lugar sem me encapotar. Eu pego o edredom e, quando o tiro da cama e enrolo em volta dos meus ombros, acabo derrubando uma das pilhas de caixas do Jake.

— Ah, *filhadamãe*.

Quando elas caem no chão, o conteúdo se espalha por todos os lados, e eu me abaixo para garantir que não quebrei nada. Eu checo a câmera primeiro. A tampa da lente saiu, mas, fora isso, ela parece bem. Enquanto estou reunindo as fotos, noto um pedaço solto de papel e o pego. É uma carta escrita à mão.

Querido Jake,

Não consigo acreditar que isso é adeus. Esses últimos meses com você foram os mais felizes da minha vida. Eu achei que nunca encontraria alguém como você e, depois de tudo que passei com Roger, eu nem estava procurando. Mas quando olhei ao redor do deque da Zen Farm, lá estava você, e desde a primeira vez que te vi, eu sabia que você deveria ser meu. Você é o primeiro homem a quem dei tudo: meu coração, mente, corpo e alma. E não importa para onde você vá, ou o que você faça, você sempre vai carregar parte da minha alma com você.

Queria poder te convencer a ficar. Eu sei que você tem seus motivos para voltar para casa, mas sinto como se estivéssemos terminando antes mesmo de ter começado, e sempre que eu penso em você entrando naquele avião, meu coração se racha e quebra.

A cada dia que estiver longe, vou rezar para que mude de ideia sobre nós. E se você um dia o fizer, por favor saiba que estarei esperando.

Todo o meu amor, sempre.

Ingrid.

Quando termino, fico sentada encarando a carta, tentando forçá-la a fazer sentido.

Depois de relê-la por cinco minutos, eu ainda não tenho uma explicação de por que o relato de Jake do término deles e essa carta parecem diametralmente opostos. Todo esse tempo eu disse a mim mesma que ela estava fora da vida dele para sempre porque escolheu o outro cara. Mas ela não o fez. Ela escolheu Jake. E ele mentiu sobre isso esse tempo todo.

Eu pego meu celular da mesinha e hesito antes de telefonar, mas sei que preciso fazer isso.

— Oi, Jo. Você ainda tem aquele link para o Facebook da Ingrid? Eu preciso dele.

capítulo vinte e três
Castelo de cartas

Há uma brisa gelada enquanto caminho pelo meu velho bairro, mas estou com raiva suficiente para não senti-la. O que quer que Jake tenha planejado para essa noite, vou precisar de um caminhão de respostas.

Depois de alguns minutos, estou na calçada em frente à casa em que cresci e um sentimento estranho de inevitabilidade me invade. É como se pequenos pedaços de mim estivessem voltando para cá desde que Jake voltou para a minha vida, e agora o resto de mim os alcançou.

Nós lembramos desse lugar o tempo todo, rememorando momentos das nossas infâncias, mas a casa da minha memória é pouco semelhante à que está na minha frente. Aquela é a varanda onde minha mãe tomava seu café de manhã, mas ela é mais estreita do que eu me lembrava. Aqueles são os degraus em que Jake e eu encenávamos peças horrorosas, mas tenho certeza de que eram maiores. Até mesmo a Árvore do Amor do quintal de Jake parece curvada e menos vibrante.

Dizem que você nunca pode voltar para casa, mas isso não é verdade. Você pode, mas sempre ficará impressionado com quão pequeno tudo parece. O pai de Jake ficou na antiga casa deles até o final, mas eu nem sei quem mora na nossa hoje em dia. Ambas estão escuras, então talvez Jake ainda não esteja aqui.

Eu inclino minha cabeça quando ouço uma música, e imediatamente sei de onde ela está vindo. Por anos Jake e eu compartilhamos paredes e varandas, quintais e camas. Mas o único lugar que era realmente nosso ficava separado.

Eu contorno a casa e caminho pela passagem para carros. No final dela, escondida sob as sombras de um enorme carvalho, fica a garagem. Como o pai de Jake não tinha carro, ele a usava como depósito, e havia um sótão que nós tomamos conta. Era úmido e mofado, mas era o lugar mais mágico do mundo para nós. Quando éramos pequenos, costumávamos roubar cobertores e travesseiros que estivessem sobrando e carregá-los escada acima. Então acrescentamos livros, brinquedos, lápis e papéis. Uma vez, Jake encontrou um pisca-pisca antigo que um dos vizinhos tinha jogado fora. De alguma forma, ele o fez funcionar, e nós o prendemos com pregos no telhado para que pudéssemos fingir estar em algum lugar exótico, deitados sob as estrelas.

Nesse momento, há luz saindo pelas janelas da garagem e, conforme eu me aproximo, percebo que a música é um velho disco de Natalie Cole. Era um dos favoritos da minha mãe, e era o que costumávamos ouvir quando queríamos suavizar um pouco nossas vidas.

Eu abro a porta e entro, e a visão que encontro não é nada do que eu esperava. No espaço que costumava ficar cheio de caixas e antigas decorações de Natal, há agora um enorme tapete persa e uma escrivaninha de madeira, do tipo que parece pertencer a um escritório de advocacia dos anos 1950. Na mesa, há pilhas de cadernos parecidos com os do apartamento de Jake.

Meu primeiro pensamento é que, se eles estão cheios de palavras, então Jake é mais prolífico do que eu poderia imaginar. Mas então percebo que de jeito nenhum ele os completou nos últimos anos. Ele vem escrevendo há muito mais tempo que isso.

Eu olho para onde ele está, apoiado na ponta da escrivaninha. Ao me ver, ele se levanta, mãos nos bolsos e ombros curvados. Quando vou até Jake, ele tenta pegar minha mão, mas eu a puxo para trás. Preciso ouvir o que ele tem a dizer antes de deixá-lo me desarmar.

Ele faz que sim, como se entendesse.

— Eu tive essa conversa com você na minha cabeça umas mil vezes, e nunca foi fácil. Mas nunca pensei que fosse sentir vontade de vomitar. — Ele passa o dorso da mão sob seu queixo. — Ash, eu não fui sincero com você, e eu odeio que a minha mentira tenha feito você se sentir como se não fosse a coisa mais importante do mundo pra mim, porque você é. — Ele olha de novo para a minha mão, mas não a toca. — Eu sei que você se preocupa com a Ingrid mudar de ideia e voltar, mas isso não vai acontecer. Ela não terminou comigo. Eu a deixei.

— Já saquei isso. — Quando tiro a carta de Ingrid do meu bolso e a entrego para ele, ele a amassa. — Eu não estava fuçando — eu digo, como se importasse como a encontrei. — Derrubei umas caixas e ela caiu.

Ele a joga na mesa, nervoso.

— Droga. Eu sinto muito por não abrir o jogo com você antes. É minha culpa por ter esperado tanto.

— Eu também olhei as redes sociais da Ingrid hoje. Você está por toda parte. Há apenas alguns dias ela repostou uma memória de vocês dois dizendo o quanto ela sente sua falta e te ama. Que merda é essa, Jake?

Ele baixa a cabeça.

— Eu fui muito estúpido de mentir sobre isso, mas eu não sabia o que fazer. Você estava convencida que eu estava lamentando a alma gêmea que perdi, e a Ingrid parecia a escolha óbvia.

— Então, foi tudo mentira? Todos os poemas… aqueles poemas lindos e apaixonados eram só palavras? Você criou uma narrativa falsa pra eles parecerem mais profundos do que eram?

Ele me encara por alguns segundos, como se eu tivesse ligado os pontos, mas não estivesse conseguindo ver a imagem que eles formam.

— Os poemas não são falsos, eles saíram do meu coração. Cada emoção neles é real. Eu só não os escrevi para a Ingrid. — Ele respira fundo. — Eles eram sobre você.

Meu coração aperta quando a memória de todas aquelas palavras incríveis enchem minha mente. Estou chocada demais para formar uma resposta.

— Sempre foi você, Asha. Como você não sabe disso a essa altura?

Estou tentando juntar tudo na minha mente, mas não consigo.

— Então, a viagem... Ingrid... os poemas só começaram depois dela.

— Eu saí do Brooklyn pra me afastar de você, mas fui idiota por achar que poderia fugir de como me sentia. Em vez de sofrer por você aqui, eu sentei em frente ao Taj Mahal e sofri lá. Eu vi a vista do topo da Torre Eiffel e quis compartilhá-la com você. Eu senti sua falta em cada continente, em frente a cada obra de arte que me fez grato por estar vivo. Mas tudo isso acabou não significando nada sem você ali pra compartilhar comigo.

Ele aponta para a carta amassada na escrivaninha.

— E então eu conheci a Ingrid e pensei, meu Deus, finalmente. Uma mulher que poderia tomar seu lugar no meu coração. E eu tentei com ela. Eu fiz tudo o que podia pra dar a ela um pedacinho meu. Mas não serviu pra nada. Você me possuía. Tudo de mim.

Tudo está se encaixando aos poucos, mas nada disso faz eu me sentir melhor.

— Todo esse tempo eu acreditei que ela era sua alma gêmea e eu era a segunda escolha. Você tem ideia de como isso fez eu me sentir?

Ele se aproxima cautelosamente de mim.

— Ash, eu nunca quis te machucar. Essa era a última coisa que eu queria. Você nunca se afundou tanto numa mentira que não sabia como sair dela? Eu me sentei na sua frente e na frente dos seus chefes e teci uma teia de merda sobre a Ingrid. E então eu tive que continuar com isso, porque eu sabia que se admitisse o que tinha feito, você me olharia como está fazendo agora. Incrédula. Um pouco enojada. — Ele pega minha mão. — Eu sinto muito. Eu odeio ter te enganado.

Eu me afasto, com raiva demais para ser tocada.

— Não só eu, Jake. Todo mundo. Todos nós compramos a sua história. Seus fãs literalmente compraram. Você vendeu uma mentira pra todos nós. E eu pareço a maior idiota do mundo, porque você é a pessoa sobre quem eu achei que sabia tudo. Ninguém vai acreditar que eu não sabia. Minha reputação vai ser arrastada na lama junto com a sua.

— Você não fez nada errado. Isso é só minha responsabilidade.

— Não, não é, Jake. Esse é o problema. É de todos nós. De cada pessoa na Whiplash. Esse livro deveria reviver nossa empresa falida.

Você seria o nosso salvador. Há centenas de milhares de pré-vendas por todo o país, e agora... tudo isso foi para o lixo.

— E se trocarmos o nome da Ingrid? Tornarmos ela um personagem fictício.

Eu sento na cadeira atrás da escrivaninha e deixo minha cabeça cair entre as mãos.

— O motivo desse livro ter feito tanto barulho é porque todo mundo acha que é autobiográfico. Há milhões de romances fictícios por aí. Esse deveria ser real. Se alguém descobrir que é uma farsa, e eles vão, todos nós seremos chamados de fraude.

Nós ficamos em silêncio, e eu sinto como se fôssemos um fio elétrico que acabou de arrebentar. Tudo estava indo tão bem. O livro. Nós. E agora eu não consigo ver uma saída. Cada caminho mental que tento seguir nos deixa em pedacinhos.

Jake coloca as mãos na escrivaninha e me olha.

— Deve ter algo que a gente possa fazer.

— Tem — eu digo, cansada. — Eu vou ver a Serena de manhã e contar a verdade. Ela vai cancelar seu contrato, pedir que você devolva o adiantamento, me demitir e provavelmente anunciar que a Whiplash vai fechar as portas por falência.

As narinas de Jake inflam.

— Esse não é um resultado aceitável.

— Bom, é o único que eu consigo prever.

— E o que acontece com nós dois?

Eu balanço a cabeça, incapaz de formar um pensamento coerente a respeito de qualquer coisa, muito menos nós dois.

— Eu não consigo nem pensar em nós dois agora.

— Escuta, Ash, eu não vou deixar que meu erro idiota destrua nós dois ou a sua carreira. Eu vou consertar isso.

— Como?

Ele pega seu celular e disca um número.

— Ainda estou trabalhando nisso. Deixa comigo.

Ele sai e, conforme se afasta, eu ouço:

— Oi, Serena. É o Jake Stone. Precisamos conversar.

Eu esfrego os olhos e estico o pescoço. Não vejo nenhuma forma dessa situação se resolver, não importa quão confiante Jake soe. Se ele conseguir convencer Serena a fazer algum tipo de acordo, será um milagre.

Eu olho para a escada que leva para o sótão. As luzinhas estão ligadas e me transportam de volta a tempos mais simples, quando meu problema mais complicado era escolher entre suco de maçã ou uva.

Vou até elas e subo a escada, percebendo que sou bem maior do que da última vez que estive aqui. Quando chego ao topo, eu sorrio, apesar do meu humor de merda. Não apenas está tudo igualzinho ao que eu me lembrava, mas Jake deve ter passado um tempo limpando o lugar, os travesseiros e os tapetes, porque acho que nunca o vi tão impecável. Em cima da lata de lixo virada que usávamos como mesa, há um livro. Quando vou pegá-lo, vejo que é nosso velho dicionário, o que encontramos no lixo da sra. Garcia. Eu penso sobre o que Jake disse, que cada palavra precisa de outras para descrevê-la. Nesse momento, se houvesse um verbete "Jake e Asha", a definição seria "total e completamente fodidos".

Odeio que ele tenha mentido e odeio que tudo possa ir pelos ares por causa disso. O que ele estava pensando? Ele realmente achou que isso não voltaria para assombrá-lo um dia?

Em algum lugar dentro de mim há uma pontada de alívio por não ser a segunda opção dele no fim das contas, mas, nesse momento, ela está enterrada embaixo da camadas de ansiedade e medo, não só por mim, mas por todos os meus amigos que vão perder seus empregos se Jake não conseguir acertar as coisas.

Vou até o grosso tapete no meio do espaço e me deito. Sem pensar, coloco minhas mãos sobre a barriga e cruzo os tornozelos, nossa posição clássica para ver as estrelas. Eu fecho os olhos e finjo que nada disso está acontecendo. Estou em um lugar distante, cochilando sob um céu estrelado, sem nenhuma preocupação exceto sabores de suco.

Consigo ouvir, no andar de baixo, os murmúrios de Jake ao telefone e, pelo volume e tom, sinto que ele está batalhando. Depois de um tempo, ouço a escada estalar, e então sinto o calor dele se deitando ao meu lado.

— E então? — eu pergunto, abrindo os olhos.

Ele olha para as luzes.

— Ela está puta, compreensivelmente. Por ela, o livro está morto, mas eu a convenci a marcar uma reunião com ela e o Robert de manhã pra discutirmos mais a fundo. Se eles adiarem a data de lançamento alguns meses, eu posso entregar um livro completamente novo.

— Mudar uma data de lançamento não é tão simples, Jake. Especialmente nesse ponto do cronograma. Vou com você na reunião.

Ele se vira para mim.

— Não. Essa confusão não é sua. É minha. E eu vou resolvê-la, nem que seja a última coisa que eu faça. Eu não vou falhar com você, Ash.

Jake está resoluto o suficiente para que eu acredite que vai tentar, mas não estou confiante o suficiente para achar que ele vai conseguir.

Ele volta a olhar para as luzes e eu me junto a ele. Fica claro que estamos ambos tensos, mas esperamos que nosso antigo santuário nos forneça um pouco de mágica.

— Então, você nunca achou que deveria me contar que sou sua alma gêmea? — eu pergunto.

— Não é algo que surja naturalmente em conversas. Você também não me disse que eu era a sua, mesmo que eu saiba muito bem que sou.

— Verdade.

Há uma pausa e então ele diz:

— Muitas vezes, durante o Ensino Médio, eu quase te contei como eu me sentia. Quase bati na sua porta no meio da noite. Pensei em escalar sua janela. Quase te dei uma das dezenas de cartas que eu escrevi, nas quais eu declarava quão estúpida e irrevogavelmente apaixonado por você eu estava. Tantos "quase".

— Por que você não fez isso?

Ele se vira para mim.

— Porque eu tinha quase certeza que você me rejeitaria, e não importa o quanto doesse suspeitar que eu não era correspondido, ter certeza teria me matado.

Ele continua me encarando e, droga, não consigo me impedir de olhar de volta. Eu ainda deveria estar com raiva, mas é quase impossível bloquear nossa conexão quando ele está tão perto. É como se todos os momentos bons que tivemos aqui estivessem nos enchendo de nostalgia, convidando velhos segredos a serem confessados.

— Eu queria que você tivesse batido na minha porta — eu digo. — Tantas noites eu ficava acordada, pensando que você estava só a alguns metros de distância.

Ele move o braço de forma que sua mão fica bem ao lado da minha.

— Você se lembra da noite em que você e o Jeremy tiveram uma briga imensa por que a Shelley ficava flertando com ele? Você invadiu meu quarto e bateu a porta na cara dele.

Eu me lembro bem.

— Eu fiquei tão furiosa por ele não conseguir ver que isso era um problema, que precisava ficar longe dele.

— E você sabia que correr pra mim iria irritá-lo.

Eu pisco, surpresa por ele ter errado tanto a minha motivação.

— Não foi por isso que eu fui para o seu quarto.

— Então por quê?

— Porque... eu sentia sua falta. E eu sabia que tinha estragado tudo entre nós e odiava isso. E porque eu sabia... — Eu enrosco meu dedinho no dele. — Eu sabia que se eu tivesse escolhido você, eu nunca teria sido tratada assim.

Ele dá o mais leve dos sorrisos.

— Você não disse nada. Só deitou ao meu lado na cama, virou seu rosto para a parede e fechou os olhos.

— E você me ignorou.

Ele faz um barulho.

— Posso te garantir que não te ignorei. No momento em que você entrou no quarto, todo o resto parou de existir.

— Você não falou comigo. Ou me consolou.

Ele desliza os dedos por entre os meus.

— Eu não podia. Se eu te tocasse, não ia querer parar. Se eu tivesse falado com você, eu teria confessado tudo.

— Talvez, se você tivesse feito isso, eu não teria voltado para o Jeremy.

— E talvez você tivesse. E eu não tinha coragem de correr esse risco.

Professor Feelgood **329**

Nós nos encaramos por mais alguns momentos e então voltamos a olhar o teto, nossas mãos ainda entrelaçadas.

— Desculpa por ter estragado tudo — Jake diz. — Mas eu prometo que vou consertar isso. Eu costumava ficar bem sozinho. Tive bastante prática. Mas finalmente ter você e te perder? Não vai acontecer.

Talvez seja o sótão, as luzes, ou a criança otimista em mim, mas dessa vez, quando ele diz isso, eu acredito.

capítulo vinte e quatro
O sonho impossível

Eu sei que prometi a Jake que ficaria longe da Whiplash nessa manhã, mas como eu poderia? Há mais do que apenas o livro e meu trabalho em jogo; o futuro da empresa toda está ameaçado. Todo mundo aqui se matou de trabalhar para garantir que o lançamento desse livro fosse o maior possível. Centenas de blogueiros já estão esperando, a imprensa está espumando de ansiedade para lançar trechos e prévias, milhões de fãs estão literalmente gritando e as livrarias já estão falando de promoções exclusivas. Eu me sinto doente só de imaginar o que vai acontecer quando todos eles descobrirem que não vai haver livro. Mesmo adiá-lo por alguns dias causaria um efeito dominó que colocaria o último prego no caixão envolto em dificuldades financeiras da Whiplash.

É por isso que eu preciso estar aqui. Se essa situação explodir, e eu sei que vai, tenho que assumir a responsabilidade pela minha parte no desastre.

A atitude inteligente seria ficar quieta no meu cubículo até que o veredito final saia, mas estou nervosa demais para tal. Em vez disso, estou andando de um lado para o outro enquanto mantenho meus olhos nos elevadores. Jake e Serena subiram para a sala do sr. Whip há mais de uma hora. O fato de eles não o terem expulsado após cinco minutos é um bom sinal? Ou eu deveria ficar preocupada que tudo o que estão fazendo é andar em círculos? Não evitando a queda final, mas apenas atrasando-a um pouco.

Professor Feelgood   **331**

— Você quer alguma coisa? Café? Uísque? Tranquilizante pra cavalos? — Eu me viro e vejo Joanna parada perto de mim, me observando cavar um buraco no carpete.

— Você já sabe?

— Todo mundo sabe. O Devin fez questão disso. Ele estava quase exultante.

— Tenho certeza que ele vai amar me ver cair, já que eu "roubei" a promoção dele.

— É, talvez seja em parte isso. Mas acho que ele está ainda mais feliz de ver a Whiplash cair. — Ela me olha de um jeito que demonstra que ela sabe de algo que eu não sei.

— Você oficialmente atiçou a minha curiosidade. Desembucha.

Ela vem até mim e olha em volta para garantir que ninguém está ouvindo.

— Ele ficou bebaço nos prêmios de Excelência Editorial e foi pra casa com uma amiga minha da Little, Brown. Depois que ele falhou completamente em fazê-la ter um orgasmo, mas gozou em tempo recorde, ele começou a dar dicas de que seus dias na Whiplash estavam contados. Quando ela pressionou, ele admitiu que ele e o irmão, que trabalha na Random House, estão planejando abrir a própria empresa. O Devin está furioso por seu tio não vê-lo como a estrela que ele pensa ser, e está cansado de ser um soldado raso em vez de um general. Claro que se eles abrirem a própria editora enquanto a Whiplash ainda existe, vai haver um monte de drama familiar. Mas se nós afundarmos...

Ela não precisa terminar o raciocínio. Eu tinha minhas suspeitas de que Devin estava sabotando o contrato com o Professor Feelgood, mas agora tenho certeza. Acabar com o bote salva-vidas que está mantendo a empresa do tio viva é uma ótima estratégia para abrir caminho para a editora dele. Babaca.

— Enfim — Jo diz — eu te aviso se souber de mais alguma coisa. Nesse momento, preciso sair.

— Aonde você vai?

Ela aperta o botão do elevador.

— Pegar o mocha latte duplo favorito do Devin. Afinal, ele não vai ingerir esses laxantes potentes que eu por acaso tenho no meu bolso por livre e espontânea vontade. — Ela me dá um sorriso inocente. — Você quer alguma coisa? Além de vingança intestinal, é claro.

Eu sorrio quando ela entra no elevador.

— Não, estou bem. Te vejo quando você voltar.

Ela acena enquanto as portas fecham e, depois que ela sai, me apoio na parede e suspiro. Ficar estressada assim é exaustivo. Eu gostaria de poder rastejar para debaixo da minha mesa e dormir por uma semana.

Enquanto estou ali parada, o som estranhamente reconfortante de Fergus gritando com a máquina de Xerox ecoa pelo corredor, e isso forma um nó na minha garganta. A Whiplash é mais que uma empresa. Nós somos uma família. E se formos forçados a seguir caminhos diferentes, várias pessoas sairão machucadas.

Eu me afasto da parede quando ouço o elevador chegar, mas quando paro em frente à porta esperando ver Jake, dou de cara com uma Serena de olhar severo.

— Ele ainda está falando com o Robert — ela diz ao passar por mim. — Minha sala. Agora.

Eu nunca a vi assim, e saber que é em parte culpa minha me faz suar frio.

Eu a sigo até sua sala, fecho a porta antes de me sentar na cadeira em frente à mesa e espero enquanto ela digita algo em seu computador. Pela expressão em seu rosto, sei que não está conseguindo as respostas que queria.

— Você sabe por que temos prazos, Asha?

— Sim. Porque existem mil peças que precisam se encaixar antes que um livro possa ser publicado.

— Exatamente. E agora eu me vejo forçada a colocar uma pressão sem precedentes em nossa equipe e fornecedores pra tentar salvar essa empresa. Mas se o Jacob não conseguir entregar o que prometeu, eu não posso garantir a ninguém que nossas portas estarão abertas a essa altura do mês que vem.

Professor Feelgood **333**

— O que ele prometeu?

A impressora dela liga e ela se vira para mim.

— Um livro alternativo em sete dias. Um que elimine completamente a narrativa de Ingrid.

Eu a encaro por alguns segundos, meu rosto queimando de incredulidade.

— Serena, isso é impossível. A Ingrid estava por todo o livro. Tentar remover as partes sobre ela e ainda ter algo que valha aproveitar levaria semanas de reescrita, na melhor das hipóteses.

— Eu sei disso e você sabe disso, mas aparentemente o sr. Stone não sabe. Ele está insistindo que, se confiarmos nele, ele não vai nos desapontar. Tanto o Robert quanto eu adoraríamos cancelar esse contrato e seguir em frente, mas não podemos nos dar ao luxo financeiro de jogar no lixo todo o tempo e dinheiro que já investimos nele. Gostando ou não, ele está comprometido em realizar um pequeno milagre pra resolver essa situação, e nós não temos opção além de apoiar os esforços dele.

— O que eu posso fazer pra ajudar?

— Nada. Todos nós concordamos que seria melhor se eu assumisse como editora dele.

— O Jake concordou com isso?

— Foi ideia dele. — Ela joga um pesado manuscrito na mesa. — Além do mais, você estará ocupada com isso. Se acontecer a minúscula possiblidade de não fecharmos, esse é nosso próximo livro. Quero as primeiras edições na semana que vem.

Consigo sentir a raiva e decepção emanando dela nesse momento, e odeio isso. Ela sempre me apoiou, e eu traí sua confiança.

— Serena, eu sinto muito. Esse era o meu projeto, e eu tenho que assumir a responsabilidade por ele explodir assim.

— O sr. Stone foi inabalável na defesa que fez de você nessa manhã. Ele assume responsabilidade completa pela farsa da Ingrid e as consequências. — O olhar dela se suaviza. — Mas você escolheu não me contar que vocês dois tinham uma história, ou que tinham se envolvido. Eu esperava mais de você, Asha. Sempre fui sua maior defensora. Que você não tenha confiado em mim o suficiente pra ser completamente sincera... dói.

Pela primeira vez, eu consigo ver que, apesar da imagem de rainha do gelo que Serena projeta, ela é tão vulnerável quanto qualquer um.

— Serena... eu sinto muito. Você é a minha mentora e eu deveria ter ido até você, mas não fiz isso, e sempre vou me arrepender. Você me deu tudo e eu te desapontei. Se nós sairmos dessa, eu prometo te compensar.

Ela tira os óculos e esfrega os olhos.

— Eu espero que você tenha a chance. Não se engane, a margem de erro pra esse livro alternativo é zero. Se o Jacob atrasar uma hora que seja na entrega do manuscrito completo, acabou, pra todos nós.

— Eu entendo. — Eu pego o livro no qual ela quer que eu trabalhe e me levanto. — Te darei minhas edições na segunda. — Fazer notas nesse monstro de setecentas páginas pode me fazer trabalhar a noite toda, mas nesse momento eu farei o que for preciso para me redimir. Mesmo que eu termine perdendo meu emprego, eu quero que ela saiba que não estava errada de ver algum potencial em mim.

Quando volto para minha mesa, eu desabo na cadeira. Não tenho ideia do que Jake estava pensando ao prometer um livro novo em uma semana, mas a não ser que ele tenha um vira-tempo, eu não sei como ele vai fazer isso.

— Você não deveria estar atualizando seu currículo? — Eu levanto o olhar e vejo Devin se apoiando no meu cubículo. — Se você correr, talvez consiga imprimir alguns por conta da empresa antes que venham apreender todo o equipamento. Quão mal você está se sentindo com isso? Superculpada? Ou devastadoramente, horrivelmente culpada?

— Eu me sinto horrível. Mas acho que você não entende de culpa, já que está disposto a foder com seu próprio tio só pra alimentar seu pobre e frágil ego.

O sorriso some do rosto dele.

— De que merda você está falando?

— Acho que você sabe. Cuidado com o que você admite pra mulheres que não consegue satisfazer sexualmente, Devin. Elas não têm pudores em confirmar que você é um escroto.

A surpresa dele por me ver revidar pela primeira vez na vida rapidamente se transforma em raiva.

— Se eu abrir minha própria editora, não se humilhe se candidatando a um emprego. Só vou aceitar editores que não trepam com seus autores. Eu sinceramente não achei que você tivesse coragem de fazer algo tão incrivelmente pouco profissional, mas parece que eu estava errado.

Eu fico parada com as mãos na cintura, determinada a colocá-lo para baixo.

— Então você acha feio eu dormir com um colega? É por isso que deu em cima de mim incansavelmente nos últimos anos? Ou só está bravinho porque eu dormi com alguém que não era você?

Ele dá uma boa olhada no meu corpo e então faz uma cara de desdém – o eterno recurso de caras como ele quando percebem que uma mulher que costumavam objetificar não vai mais engolir a merda deles.

— Eu não perderia meu tempo com você, Tate. Seus peitos não são nada mal, mas fora isso, você não é grande coisa.

— Ai — eu digo com sarcasmo. — Estou arrasada por ser vista assim por um animal que dura dois segundos na cama.

Ele faz um barulho de nojo e se aproxima.

— Diga o que quiser, mas não sou eu que tenho um namoradinho que finge que é autor fodendo com a empresa. Isso é tudo culpa sua. E é a prova de que o tio Robert foi incompetente ao decidir te promover no meu lugar. Você dormiu com ele também? Porque se sim, bom trabalho matando o que sobrou da sua credibilidade, Tate.

Quando diz essas últimas palavras, ele comete o erro de colocar sua mão pegajosa sobre o meu ombro. A combinação de contato indesejado, alguns anos de *tae kwon do* e meu grau de tolerância em seu nível mais baixo me fazem agir sem pensar. Rápida como um raio, eu agarro os dedos dele e os torço até ele cair de joelhos.

Ele solta um gemido parecido ao de um gato quando alguém pisa em seu rabo, e eu me inclino para que ele consiga me ouvir por cima do som de seu choro patético.

— Devin, eu te aguentei sendo um porco nojento por tempo demais, então me escute. Talvez a Whiplash acabe, e talvez não. Mas até lá, eu sou sua superior em todos os sentidos. Então, você vai falar comigo respeitosamente, nunca mais vai olhar para os meus peitos e não vai encostar um dedo em mim a menos que o queira quebrado em diversos pontos. Está claro?

— Porra, sim! Solta, solta!

Eu solto a mão dele e ele se levanta, esfregando os dedos. Então dá um passo à frente, como se estivesse juntando forças para retaliar e, quando eu dou um passo para trás em resposta, sinto um corpo firme atrás de mim.

— Dê mais um passo na direção dela, babaca, e eu te jogo para o outro lado da sala. — Mesmo antes de me virar e ver Jake encarando Devin como se quisesse arrancar seus braços fora, eu consigo ouvir a fúria na voz dele. Ele passa na minha frente e Devin se encolhe. Perto de Jake, que parece ainda mais alto que o normal nesse momento, ele se parece exatamente com o verme covarde que é.

— Se você me bater — Devin diz, erguendo o queixo como uma criança petulante. — Eu vou te processar.

— Se eu te bater — Jake diz, sua voz pesada — sua primeira ligação vai ser para o dentista, não para o seu advogado.

Quando coloco minha mão nas costas de Jake, sinto seus músculos tensos, prontos para a ação. Por sorte, antes que a situação saia do controle, a porta do elevador se abre, Joanna sai dele com uma bandeja cheia de copos de café e se enfia entre os dois homens.

— Oi, galera, e aí? — Ela ignora completamente a tensão no ar e age como se estivéssemos apenas conversando educadamente. — Devin. Uau, você está pálido. Sabe o que vai fazer você se sentir melhor? Esse delicioso mocha latte duplo que eu comprei só pra você. — Ela passa a bebida para ele e dá uma piscadela para mim e Jake enquanto o guia para a copa. — Não precisa me agradecer. É um presentinho.

Quando eles saem, Jake alonga o pescoço.

— Que pena. Eu adoraria bater nele.

— Pelo que eu entendi — eu digo, pegando a mão dele e o puxando para o corredor lateral — você não tem tempo de começar brigas. A Serena me disse o que você ofereceu, e é loucura. É impossível.

— É possível e eu o farei. Eu passei a noite passada inteira pensando nisso. Sei exatamente o que eu quero escrever e posso aproveitar um pouco das coisas mais gerais do livro que já existe.

— Mesmo assim, você está acostumado a escrever duas mil palavras por dia, não dez. E a Serena disse que você não quer minha ajuda.

Ele pega minha mão.

— Não é que eu não queira, é que... quando estamos juntos, é impossível eu me concentrar em qualquer outra coisa, então se eu quero ter uma chance de conseguir fazer isso... — Ele suspira e olha para baixo enquanto acaricia meus dedos. — Eu preciso me trancar pelos próximos sete dias e não ter nenhum contato com você. É o único jeito. Se eu souber que não vou te ver até terminar, é toda a motivação que preciso. — Ele olha nos meus olhos. — Eu sei o que está em jogo aqui, Ash, e falhar não é uma opção. Se eu tiver que escrever um *best-seller* em tempo recorde pra resolver isso, então é isso que eu vou fazer.

Eu passo meus braços pelo pescoço dele e o abraço.

— Eu acho que você pode fazer tudo o que quiser, então vou manter distância, se é o que você quer.

Ele se afasta e me olha.

— O que eu quero é passar cada segundo com você, mas, nesse momento, isso é o que eu preciso. Junto com isso... — Ele me beija profundamente, como se quisesse que a memória desse momento durasse o máximo possível. Quando o calor que nós geramos se torna demais para um lugar público, ele se afasta sem fôlego. — Eu te ligo na semana que vem, quando tiver acabado.

Nós voltamos para a fila de elevadores. Quando as portas se abrem, ele entra em um e se vira para mim.

— É só uma semana, certo? Nós conseguimos fazer isso.

Eu aceno com a cabeça e sorrio, tentando parecer mais confiante do que estou.

— Certo. Vai acabar antes que a gente perceba. Boa sorte. Que as palavras fluam livres e rápidas.

Ele sorri conforme a porta se fecha.

— Eu não preciso de sorte. Só preciso de você.

capítulo vinte e cinco
A história de nós dois

Uma semana sem Jake é mais difícil do que parece. Eu me acostumei tanto a vê-lo, beijá-lo e fazer amor com ele que depois de dois dias estou irritada. Depois de quatro, insuportável. No quinto eu já estou bebendo durante o dia.

— Ash, você está pronta? A Nan está nos esperando às seis.

— Quase. Deixa só eu terminar esse capítulo. — Eu estou na segunda rodada de edições do manuscrito monstro que Serena me deu. Acho que ela ficou impressionada por eu ter dado conta dele com a rapidez que dei, especialmente considerando que o autor iniciante tem apenas um conhecimento básico de ortografia e gramática. O manuscrito pode ter ficado parecendo só um punhado de riscos vermelhos, mas pelo menos eu ganhei um pouco do respeito dela de volta.

Eu termino a última linha e jogo o manuscrito na cama.

— O.k. Deixa só eu pegar minhas coisas e vamos.

Eden está parada na minha porta com uma sacola com espumante e uma caixa de presente.

— Eu não acredito que finalmente vou poder te dar um presente de aniversário. E que você concordou em fazer uma festa.

— Não é uma festa — eu digo, calçando meus sapatos. — É um jantar. Um passo de cada vez, o.k.? — Desde que minha mãe morreu no meu nono aniversário, eu me recuso a comemorar. Sempre pareceu falta de respeito ganhar presentes e bolo, como se as pessoas estivessem glorificando a morte dela em vez de celebrar meu nascimento. Mas com todo o progresso que fiz nos últimos meses, entendendo como questões do meu passado contribuíram para decisões ruins, eu achei que era mais uma coisa que eu precisava trabalhar.

— Você sabe que a Nan tinha decidido fazer uma festa surpresa, né? — Eden diz. — Ela queria enfeitar o jardim do terraço inteiro com luzinhas e uma jukebox e convidar todos os nossos amigos. Ela ficou arrasada quando você diminuiu pra só um jantar na cozinha dela com nós três e o Moby.

— E a Joanna — eu digo, pegando meu casaco no armário. — Ela tem uma coisa antes, mas disse que iria depois.

Eu puxo meu casaco e me viro para ver Eden me encarando com uma expressão de pena.

— Então o Jake realmente não vai? Eu achei que ele estava no topo da sua lista de afazeres de aniversário.

Eu vou até ela.

— Ele ainda está na solitária.

— Você não quis nem avisá-lo?

— Eu prometi que não entraria em contato, Edie. Ele está se matando de trabalhar pra tirar algo bom de toda essa bagunça do livro, e eu não quero distraí-lo.

— Você acha que ele vai conseguir?

— Acho que ele vai tentar.

Nós andamos até a porta da frente.

— Eu não sei tanto sobre escrever livros quanto você, mas o Jake é um cara intenso, especialmente no que diz respeito a você. Se ele dissesse que ia arrombar a porta do céu e entrar lá pra soletrar seu nome com as estrelas, eu não o subestimaria.

Eu sei que ela está certa, mas isso não diminui a ansiedade que senti durante a semana toda. Nesse momento, todos nós da Whiplash estamos vivendo com uma bigorna enorme sobre nossas cabeças, e Jake é o único que pode impedi-la de cair.

Quando saímos do apartamento para a rua, Eden entrelaça seu braço no meu.

— Você já contou para a Nan tudo que está acontecendo?

— Não — eu digo. — E me sinto horrível por isso. Toda vez que falei com ela nas últimas semanas, eu tive que acalmá-la por conta da saúde do Moby. Não contei nada do drama que aconteceu no trabalho desde que falei da promoção.

— Então ela nem sabe que o Jake é seu autor? Ou que vocês estão namorando? — Quando eu balanço a cabeça, ela dá um assovio. — Uuuuu, caramba. Estou feliz de estar levando álcool. Essa noite vai ser agitada.

Eu me sinto mal por ter deixado Nan de fora, mas não é como se eu tivesse tido muito tempo livre. E, sinceramente, toda a coisa com Jake fez minha cabeça girar desde o primeiro dia. Se Nan soubesse que o menino mal-humorado da casa ao lado era meu autor, ela teria me bombardeado com mil questões sobre como eu me sentia trabalhando com ele, e eu não saberia responder.

Sei que preciso contar a ela que Jake e eu estamos juntos essa noite. Só não sei como ela vai reagir. Ele era tipo da família. Pode ser estranho.

Eden e eu vamos para as escadas do metrô, o lugar da minha infame queda, e pegamos o trem para a casa de Nan. Nós nos sentamos perto da porta e checamos nossos celulares. Pela expressão boba dela, eu sei que está mandando uma mensagem para Max. Não posso fazer isso com meu homem, então uso minha segunda opção: olhar o feed do Professor Feelgood.

Enquanto estávamos trabalhando no livro, Jake parou de postar todo dia, mas desde que nos separamos, ele começou de novo. Claro, agora que sei que todos os poemas anteriores eram sobre mim, os reli com outros olhos.

Seus últimos poemas têm um tom um pouco diferente, e é como se ele estivesse me dizendo como se sente sem precisar realmente falar comigo.

Hoje à noite, eu sorrio quando vejo a foto que ele postou. Somos nós dois aos cinco anos. Eu estou sorrindo para a câmera e Jake me abraça por trás, olhando para o meu rosto com um afeto puro. Eu me lembro do dia em que minha mãe tirou essa foto. Ela fez duas cópias, uma para mim e outra para ele, mas eu não vejo a minha há anos.

Abaixo da foto está a seguinte legenda:

Eu devia ter passado meus argumentos falhos por um moedor
E arrancado essa fachada
Então você veria a verdade manchada
Que eu ainda sou o menino para quem você era as estrelas e a lua
O adolescente que queimou por você como um sol vingativo
O homem que te circula como uma doentia lua,
O amante que te idolatra até o fim dos tempos.
Eu não posso anular erros antigos,
Mas posso fazer um voto solene:
arranque minha pele, meus músculos, meus ossos,
e você verá um lindo retrato seu
pintado na minha alma.

Não sei se são as palavras, a imagem, ou se é porque sinto tanta falta dele que mal posso respirar, mas estou segurando o choro quando termino de ler.

Eden passa um braço em volta de mim e apoia sua cabeça na minha.

— Você está bem? Eu sei que você sente falta dele.

Eu faço que sim e limpo meu rosto.

— É ridículo. Só se passaram cinco dias.

Ela me aperta.

— Eu já estive no seu lugar e sei que alguns dias podem parecer pra sempre. — Quando eu olho para ela, fico surpresa ao ver que seus olhos também estão úmidos.

— Deus, Edie. Desculpa. Eu sei que me ver chorar te faz chorar.

— Sim, mas não é isso que está acontecendo aqui. — Os lábios dela tremem. — Eu só estou tão feliz que minha irmã maravilhosa, inteligente e amorosa finalmente tenha achado alguém digno dela. E eu nunca vou ter que me preocupar com Jake te machucar, porque ele

Professor Feelgood **343**

sabe que se fizer isso, vou assassiná-lo durante o sono e jogar o cadáver no rio.

Ela está meio soluçando, meio rindo no final, e nós nos abraçamos como duas amebas emocionadas.

Quando nos soltamos, ela diz:

— Agora, chega de ficar triste por causa do seu namorado ausente. Hoje à noite, nós vamos comer bolo, e bolo cura tudo.

Ela fica falando até chegarmos ao prédio de Nan para me distrair de Jake. Eu não sei o que faria sem ela.

— Nan, chegamos! — ela grita quando passamos pela porta. Cinco segundos depois, um Moby muito empolgado vem rebolando nos cumprimentar. Ele grasna animadamente e bate as asas, provavelmente achando que vamos dar algo para ele comer. Eu quase dou um gritinho quando vejo que ele está usando um minúsculo chapéu de festa com bolinhas.

— Ah, meu Deus, Mobes! Você está adorável. — Depois que jogo meu casaco e bolsa no gancho perto da porta, eu acaricio suas costas emplumadas. — Você está com fome, é? Cadê a sua mamãe? Ela está cozinhando?

A voz de Nan ressoa da cozinha:

— Aqui, meninas! E não deixem o Moby convencê-las de que ele ainda não jantou, porque ele jantou, sim. Esse porquinho mentiroso.

Moby solta um "quack" petulante.

Eden vem fazer carinho nele junto comigo.

— Mobes, você deve ter lombriga. Você sabe disso, né?

Moby grasna antes de se virar e sair na direção da cozinha.

— Ei, não vá embora — eu digo. — O primeiro passo é admitir que você é um gorduchinho.

Nós o seguimos até a cozinha. Nannabeth se vira enquanto continua a mexer uma panela e nos dá seu característico sorriso luminoso.

— Olá, netas maravilhosas.

— Saudações, vó maravilhosa. — Eden dá um beijo no rosto dela e eu faço o mesmo logo depois.

— Minha aniversariante — Nan diz, segurando meu rosto e me dando mais um beijo. — Como eu te amo muito, estou fazendo seu prato favorito.

Eu dou uma olhada na paleta de cordeiro na panela.

— Hum, isso não parece risoto de cogumelos.

Ela franze a testa e olha para a panela.

— O quê? Se não é você que ama paleta de cordeiro, quem é? — Eden levanta a mão e Nan faz uma careta. — Ah, droga. Desculpa, querida.

— Tudo bem, Nan. — Eu dou um beijo no rosto dela. — Tudo que você faz é delicioso. Podemos ajudar com alguma coisa?

— Vocês podem fazer a salada. A alface que eu tinha preparado desapareceu misteriosamente. — Ela olha feio para Moby. Ele a encara sem piscar. Eden e eu seguramos a risada por aproximadamente quinze segundos enquanto testemunhamos a épica batalha entre velha senhora e pato. Na minha cabeça, a música tema de *Três homens em conflito* começa a tocar. Finalmente, Moby solta uma corrente de "quacks" e sai bravo, rebolando.

— Ignorem ele — ela diz com um aceno de mão. — Ele está de mau humor porque eu cortei seu tempo de TV. — Ela olha para a sala. — Você poderia estar assistindo *Animal Planet* agora se não tivesse surrupiado a alface! Ações têm consequências, mocinho!

Mais grasnados bravos ecoam pelo corredor.

Vovó tampa a panela e balança a cabeça.

— Monstrinho mal humorado.

Eden puxa a garrafa de espumante que trouxe.

— Hora de umas bolhas?

Nan sorri.

— Sim, por favor.

Eden abre a garrafa enquanto Nan pega algumas taças do armário. Não sei se é uma ressaca dos anos passados ou se é porque Jake não está aqui, mas a ideia de tomar espumante é agridoce. Ainda assim, eu tento me sentir feliz quando levantamos nossas taças.

— Essa noite — Nan começa — vamos começar uma nova tradição. Faz tempo demais que perdi minha filha, e embora eu desse tudo pra tê-la aqui conosco, não trocaria o tempo que passei criando suas lindas meninas por nada. Então todo ano nós vamos afastar a dor de perdê-la e celebrar seu legado. — Ela olha para Eden e eu. — Como eu queria que ela pudesse ver as mulheres incríveis que vocês se tornaram. Eu não tenho dúvidas de que ela teria tanto orgulho de vocês quanto eu. Talvez até mais.

Ela levanta sua taça.

— À Lizzie.

Eden e eu trocamos um olhar emocionado e levantamos nossas taças.

— À mamãe.

— E à Asha — Eden completa. — Feliz aniversário, minha irmã. Que essa seja a primeira de muitas comemorações futuras.

Nós brindamos e bebemos, e pela primeira vez desde que eu tinha nove anos, consigo pensar na minha mãe no meu aniversário e sorrir.

— Abra o meu primeiro. — Eden tira alguns pratos sujos da mesa para abrir espaço para o presente dela. — Bom, tecnicamente é meu e do Max, mas ele não está aqui, então vou ficar com o crédito. — Ela coloca os pratos na pia e corre para o meu lado.

— Vou contar a ele que você disse isso. — Eu tiro a tampa e passo por algumas camadas de papel até encontrar outra caixa. Quando vejo o que é, fico de boca aberta. Ela me deu um iPhone novo e top de linha, e sei muito bem que Derek não a paga o suficiente para que ela possa me dar isso.

— Eden, isso é demais.

Ela me ignora.

— Nada é demais para a minha irmãzinha. Além do que... — ela baixa a voz e sussurra: — uma das clientes do Max é dona de uma loja e nos fez um ótimo negócio, então realmente não foi tanto.

Eu me levanto e a abraço.

— Você sabe que é minha irmã favorita, né? Isso vai tornar minha vida tão mais fácil! Obrigada.

— Minha vez — Nan diz enquanto coloca um retângulo embrulhado para presente na minha frente. — Não é tão chique como carregar todo o escopo do conhecimento humano no seu bolso, mas ainda assim... — Ela dá de ombros. — Espero que você goste.

Eu sorrio para ela enquanto rasgo e tiro o embrulho. Quando revelo o que está dentro, minha mente leva um minuto para compreender o que estou vendo, e então meu coração para.

— Ah, droga — Eden sussurra ao meu lado. — É lindo.

É uma foto minha e de Jake na festa do FPS. Deve ter sido tirada enquanto estávamos no tapete vermelho, e lembra a foto que ele postou mais cedo. Ele está com um braço em volta de mim, e enquanto eu estou sorrindo para os fotógrafos, ele me olha com uma expressão de adoração total.

— Vocês fazem um lindo casal — Nan diz em voz baixa.

Eu olho para ela, preocupada que esteja chateada, e digo:

— Nan...

Ela dá um tapinha na minha mão.

— Eu não estou brava com você, querida. Seus últimos meses foram uma loucura. Só estou feliz que vocês dois finalmente tenham se acertado. Vocês são apaixonados um pelo outro desde o dia em que se conheceram, e eu estava começando a perder a esperança de que um dia iriam admitir isso.

Eu tenho tantas perguntas que não sei qual fazer primeiro. Nan me dá um sorriso enigmático e leva o resto dos pratos para a pia.

— Nan, como você conseguiu essa foto? E como você sabia sobre o Jake e eu? E se você sabia que nos amávamos, por que não disse nada?

Ela passa água nos pratos.

— Querida, saber de uma coisa e poder fazer algo a respeito são duas coisas diferentes, e vocês dois precisavam ser separados antes de estarem prontos para a verdade. Perder o que você mais ama ensina ao seu coração o verdadeiro valor dela. E porque vocês agora sabem como é estar sem o outro, eu te garanto que você e o Jake nunca vão entender o amor de vocês como dado.

Eu passo meus dedos pelo rosto de Jake na foto e entendo o ponto dela. Tendo vivido uma vida sem Jake, eu nunca mais quero ficar sem ele.

— Tudo bem, mas como você sabia que estávamos juntos?

Professor Feelgood   **347**

Nan dá de ombros.

— Você se esqueceu que aquele menino passava tanto tempo na sua casa que ele era praticamente parte da mobília? Eu e ele ficamos próximos depois que a sua mãe morreu. E então, quando vocês brigaram, mantivemos contato.

— Mantiveram contato?

— Algumas ligações, e ele mandou uns cartões postais de quando estava viajando. Ah, e ele comprou vários móveis de mim há mais ou menos um ano.

Eu coloco meus cotovelos na mesa e esfrego a testa com os dedos. Jake comprou seus móveis de Nan? É muita informação.

— Você está bem, Ash? — Eden pergunta.

— Sim. Só lidando com a dor de cabeça de terem explodido meu cérebro.

Nan se aproxima e faz um carinho nas minhas costas.

— Querida, você está trabalhando demais. Eu e a Eden arrumamos aqui. Por que você não vai tomar um ar no terraço?

Sim, por favor.

A combinação de três taças de espumante e descobrir a onipotência da minha avó está me deixando claustrofóbica. O jardim do terraço de Nan é um dos meus lugares favoritos da cidade para desestressar.

Eu me levanto e guardo meus presentes.

— Vocês têm certeza que ficam bem sozinhas por alguns minutos?

Nan e Eden trocam um olhar e dizem juntas:

— Definitivamente.

O.k., isso foi estranho.

— Obrigada. Já volto para o bolo.

Eu pego meu casaco e o visto enquanto subo as escadas para o terraço. Durante as últimas décadas, Nan transformou o espaço vazio em um oásis exuberante, cheio de canteiros e plantas. Há até algumas colmeias e um laguinho para Moby. Outra coisa boa é a ótima vista do Brooklyn. Se eu apertar bem os olhos, talvez consiga ver o prédio de Jake.

Pensar nele me dá arrepios. Em dois dias, eu vou amá-lo com tanta força que há a possibilidade de alguns hematomas.

Quando eu abro a porta da escada e passo para o ar fresco, congelo ao assimilar a cena diante de mim. O jardim todo foi decorado com luzinhas, e no meio dele está uma velha jukebox, completamente acesa e tocando um jazz suave.

Eu balanço a cabeça, incrédula.

— Ah, Nan, você não conseguiu resistir, né?

Prendo a respiração por um momento, preocupada que um bando de gente vá saltar e gritar "surpresa!", mas a única criatura aqui é um pombo gordo acomodado perto da caixa d'água.

Eu caminho pelo jardim, feliz por ver quão bonito ele ficou com as pequenas luzes. Elas dão ao lugar uma atmosfera mágica. É por isso que eu amava tanto o sótão da garagem. É impossível ser pessimista quando você se depara com um mundo que brilha.

Eu viro à esquerda, passando pelas roseiras, e quase tenho um troço quando vejo uma figura alta contra uma das luminárias vintage de Nan. Estou prestes a voltar correndo para a escada quando a forma sai para a luz. No segundo em que reconheço as feições familiares, meu coração dispara para fora do peito.

— Jake?

Ele sorri, e é a visão mais atordoante, feliz e incandescente que eu já vi. Com a adrenalina correndo pelo meu corpo, eu corro para ele o mais rápido que posso, sem sequer diminuir o passo antes de me atirar nos braços dele.

Ele grunhe quando me pega, e então seus braços se fecham em volta de mim e ele enterra seu rosto no meu pescoço.

— Oi. — Ele respira profundamente antes de soltar um gemido de alívio. — Eu tinha esquecido como seu cheiro é bom.

Eu o aperto com tanta força que ouço articulações estalarem.

— Meu Deus, eu senti sua falta.

— Não tanto quanto eu senti a sua.

Nós ficamos abraçados por um tempo, respirando, e toda a inquietude que eu vinha sentindo enquanto estávamos separados se dissolve no calor do corpo dele pressionado contra o meu.

— Como é que você está aqui? — eu pergunto, afinal.

— Nannabeth falou comigo. Ela disse que você finalmente tinha aceitado comemorar seu aniversário. — Ele me coloca no chão e encosta a testa na minha. — Então, jantar de aniversário, hein? É um belo passo. — Eu acaricio seu peito por cima da camisa.

— Eu cheguei à conclusão de que já era hora de me livrar de qualquer trauma que eu vinha carregando da morte da minha mãe. Se ela estivesse aqui, iria me matar por ter deixado isso me afetar por tanto tempo. Nan me convenceu de que iríamos comemorar meu nascimento e honrá-la ao mesmo tempo

— Ela me disse isso também. E é por isso que eu tenho algo pra te mostrar.

Ele me leva até as rosas e eu noto que há um novo canteiro com rosas brancas recentemente plantadas, cheio de botões. No canto, há uma placa de bronze com a inscrição:

Em memória de Elizabeth Iris Tate. Que se foi dos nossos braços, mas não dos nossos corações.

Eu me viro para Jake, sem palavras.

Ele encara a placa.

— Eu achei que seria legal ela estar presente aqui, com o resto da família.

Eu entrelaço meus dedos nos dele e fico surpresa ao ver que ele está segurando o choro.

— Jake, você não precisava fazer isso.

Ele passa um dedo por uma das rosas.

— Precisava sim. A gente pode não ter tido o mesmo sangue, mas ela foi mais mãe pra mim do que minha mãe biológica poderia ter sido. Foi ela quem me amou e cuidou de mim. Que interferiu quando meu pai estava cheio de raiva. Eu sinto saudades dela e queria honrá-la. Além do que, ela deu à luz o amor da minha vida, e só por isso eu já serei eternamente grato.

Eu o puxo para um abraço e acaricio sua nuca. De nós dois, Jake sempre foi o forte. É fácil esquecer que até os mais fortes carregam cicatrizes.

— Quanto tempo você pode ficar? — eu pergunto, me afastando. — Eu amo te ter aqui mais do que qualquer coisa, mas se você precisar ir e escrever, eu vou entender.

Ele afasta meu cabelo do meu pescoço e sorri.

— Eu terminei o manuscrito. Mandei para a Serena de tarde. — Ele não consegue disfarçar a alegria. — Ela amou. Na verdade, ela acha que é melhor que o livro original. Claro, ele precisa de edição, mas ela está confiante que consegue fazer isso a tempo. A Whiplash vai seguir com a publicação como planejado.

Eu sorrio para ele, mais orgulhosa do que consigo colocar em palavras.

— Você é um homem completamente brilhante. Eu nunca tive dúvidas disso.

— É, teve sim, mas tudo bem. Eu também tive. É incrível o que se pode fazer com a musa certa. O que me lembra. — Ele anda até o banquinho da serenidade de Nan e volta com uma caixa embrulhada para presente. Ele a estende para mim. — Feliz aniversário, Ash.

Com uma onda de animação, eu levanto a tampa. Dentro está uma grossa pilha de papéis presa com um clips, e só de ver isso eu já quero abraçá-lo de novo.

—Ah, Jake. — Eu pego o manuscrito da caixa e o peso nas mãos. — Isso é incrível. Já tem um título?

Ele faz que sim.

— Dá uma olhada. A Whiplash queria uma história de amor épica e verdadeira, e bom… aí está.

Eu abro a primeira página e leio a dedicatória.

Para Asha, por ser sempre o sol na minha tempestade.

Eu levanto os olhos para ele, já à beira das lágrimas.

Ele sorri.

— Continue.

Eu viro a página e prendo a respiração ao ler o prefácio.

No dia em que conheci minha alma gêmea, eu estava com raiva do mundo. Eu podia ter apenas três anos, mas já conhecia meu lugar no universo porque todos o apontavam para mim. Fui eu que arruinei a carreira de modelo da minha mãe ao nascer; era eu que meu pai via como uma inconveniência ambulante. Eu era a fenda sem consideração em formato de garoto que havia afastado meus pais, levado meu pai a beber todo dia e a me punir pelo pecado de existir, até que ele acabasse desmaiado no sofá.

Então, depois que meu pai me enfiou no nosso carro de merda e passou as cinco horas de viagem até nossa nova casa no Brooklyn reclamando sobre como tudo que estava errado na vida dele era culpa minha, eu estava cansado, com raiva e com uma vontade intensa de fazer xixi.

Assim que desci do carro, eu andei até a cerca ao lado do nosso quintal, mirei na roseira da vizinha que tinha cultivado flores de um branco puro, e me aliviei.

Quando terminei, eu levantei os olhos e vi uma garotinha me encarando da varanda. Ela tinha olhos azuis brilhantes e um cabelo vermelho ainda mais brilhante e, naquele momento, eu pensei que ela era a coisa mais linda que eu já tinha visto. Olhar para ela fez tudo desaparecer. Eu me esqueci da minha mãe e do meu pai. Me esqueci sobre como eu estragava tudo que tocava e até esqueci da minha raiva.

Os únicos pensamentos na minha mente eram sobre ela. Eu queria correr e tocar seu rosto, só para ter certeza de que ela era real. E se ela fosse, eu queria perguntar seu nome, quantos anos ela tinha, quantas revistinhas ela já tinha lido, se ela gostava de LEGO *e muitas outras coisas. Enquanto eu a encarava, bombardeado por como eu precisava dela na minha vida, um pequeno e solitário buraco no meu coração a viu parada ali e sussurrou: "ah, aí está você".*

Essa é a história de nós dois.

Eu levanto o olhar para Jake, lágrimas escorrendo dos meus olhos.

— Você escreveu a nossa história?

— É isso que deveria ter sido desde o começo. É a única história que eu quero contar.

Eu folheio as páginas e passo os olhos por alguns trechos.

— Está tudo aí — Jake diz. — Toda a nossa infância, Jeremy, o Ensino Médio. Eu até conto a história verdadeira da Ingrid. Só há uma parte que falta ser escrita, mas eu preciso da sua ajuda pra terminá-la. Você me dá sua opinião sobre o final?

Eu vou para o fim do manuscrito e leio a última página.

Quem diz que o amor verdadeiro é fácil nunca o sentiu, porque não há nada fácil em amar uma pessoa que é tão necessária para você quanto respirar. Não há nada fácil em sentir tanto pavor de perdê-la que você toma mil decisões erradas antes de perceber que arriscar tudo é a única correta.

Asha e eu nunca tivemos um amor simples. Nossa jornada foi repleta de dor e perda, enganos e meias verdades, autodefesa e pura negação. Mas não importa o quanto tudo isso tenha atacado nossa conexão, ela nunca foi quebrada. E isso é o amor verdadeiro. Não é ser tão perfeito que você nunca tem problemas. É entender que nenhum problema nunca vai ser tão grande que vocês não consigam superá-lo juntos.

Asha me disse uma vez que não havia satisfação sem luta. Ela disse que, na arte de contar histórias, nós precisamos ver o herói quebrado e sangrando antes que ele ganhe seu final feliz. Bem, se essa é a regra, acho que nós dois lutamos o suficiente por uma vida inteira. Com meu coração cheio, eu subo as escadas de um prédio no Brooklyn rezando para qualquer divindade que esteja escutando para nos dar nossa recompensa.

Eu amei essa mulher por toda minha vida e sei que vou amá-la até a minha morte. Então, em pé nesse telhado numa noite fria de outubro, cercado por milhares de estrelas, eu ignoro as batidas frenéticas do meu coração, me ajoelho diante dela e imploro para que ela me faça o homem mais feliz do mundo.

Eu perco o fôlego e, quando levanto a cabeça, meu coração para, porque Jake está ajoelhado na minha frente, me entregando o anel de noivado da minha mãe.

— Asha — ele diz e respira fundo. — Eu faço muitas coisas mal e poucas coisas bem. Mas eu faço uma coisa melhor do que todas as outras no planeta, e isso é te amar. Eu quero passar o resto da minha vida com você. Ter filhos com você. Envelhecer com você. E se você concordar em ser minha esposa, eu prometo que vou te adorar com cada fibra do meu ser todos os dias até meu último suspiro. Você quer se casar comigo?

Eu não consigo ser forte nesse momento. Minha mente está acelerada, e cada emoção que já senti por ele está saindo de mim com tanta força que tudo que consigo fazer é um sim com a cabeça e soluçar enquanto ele se levanta e me puxa para os seus braços.

Há tantos motivos pelos quais choramos, mas o que sinto nesse momento não pode ser definido simplesmente em termos de alegria e tristeza, ainda que haja muito dos dois em mim. Estou chorando porque o homem mais incrível que já conheci está abraçado em mim, me impedindo de cair ao perceber que ele é meu, eu sou sua, e nada nunca nos fará duvidar disso novamente. Estou chorando porque, há alguns meses, eu não conseguia compreender que era possível sentir tanta alegria que parece que seu coração vai explodir, e eu tenho pena daquela versão antiga e desnorteada de mim mesma. E talvez, acima de tudo, eu esteja chorando porque estou desesperadamente decepcionada por minha mãe não ter conseguido ver suas duas filhas sendo amadas por homens que ela teria adorado. Homens que nunca nos tratarão como nosso pai a tratou.

Depois dessa jornada toda com Jake, acho que entendo minha mãe um pouco mais. Ela não mantinha sua postura romântica porque era fraca ou porque perdoava meu pai por suas muitas indiscrições. Ela o fazia porque empurrar todos os pensamentos e memórias negativas para segundo plano por um tempo a dava forças. A ajudava a seguir em frente quando estava triste, cansada ou solitária.

Eu entendo isso, porque já o fiz. Acho que, de um jeito ou de outro, todos nós já o fizemos. Nós esquecemos tão mais do que lembramos. E talvez seja assim que consigamos continuar em frente. Deixamos as boas memórias ainda mais belas e empacotamos as más. Tentamos fazer de nossas vidas uma história feliz.

Aqui nos braços de Jake, eu reconheço meus erros. Aceito que os cometi, agradeço por me trazerem a esse momento glorioso e então, com meu coração acelerado pressionado contra o homem que amo, eu os deixo ir.

Eles me abandonam na forma de soluços gigantes, purificantes.

Jake me abraça mais forte.

— Por favor, diga que as lágrimas significam que você está dizendo sim.

Eu choro mais ainda.

— É claro que sim. Meu Deus, Jake, você é meu tudo. Não consigo começar a te dizer como estou feliz agora.

Embora meu rosto esteja uma bagunça, Jake se afasta um pouco e limpa pacientemente minhas lágrimas. Então ele coloca o anel da minha mãe no meu dedo e me beija com tanta reverência que sinto como se fosse a primeira vez que nossos lábios se tocam. É aí que ouço aplausos atrás de nós.

Eu me me viro e vejo um enorme grupo de pessoas paradas perto da porta que dá para a escada. Reconheço vários amigos meus da Whiplash, incluindo Sid e Serena, além de pessoas que conheço da Central do Romance e da *Pulse*. Há até alguns dos amigos de Nan que moram no prédio.

Na frente do grupo estão Max, Eden, Toby, Joanna e, claro, Nan. Mesmo daqui, eu consigo ver as lágrimas no rosto dela.

— Você não tem permissão de ficar brava comigo — Nan grita. — Você vetou uma festa de aniversário. Não falou nada sobre um noivado surpresa.

Eu rio e faço um gesto para que todos se aproximem, e depois de vários abraços e parabéns chorosos, Nan programa várias músicas românticas na jukebox, enquanto o resto de nós transforma a área perto do laguinho de Moby em uma pista de dança improvisada.

Uma das últimas a vir me dar parabéns é Serena, e quando ela me abraça eu a aperto com força.

— Você é uma moça de muita sorte — ela sussurra. — Já leu o manuscrito inteiro?

— Não.

Ela olha de relance para Jake.

— Vai ter uma bela surpresa. Seu noivo é um homem talentoso, e o amor dele por você salta das páginas. Esse livro vai explodir a cabeça das pessoas. Lê-lo fez até eu querer rever meu status de solteira e tentar achar o tipo de amor que vocês dois têm.

Eu ergo as sobrancelhas.

— Bom, se você quiser que eu te apresente a um homem fantástico que vai te tratar como uma rainha, me avise. O chefe da Eden é um partidão, e eu sei que vocês se dariam muito bem.

Ela sorri.

— Você me deixou intrigada. Vamos falar mais sobre isso na semana que vem, mas nesse momento, preciso ir pra casa. Tenho que deixar um livro incrível pronto pra ser publicado.

Depois que ela se despede, Jake me puxa para os braços dele, e nós dançamos ao som da música. Eu sorrio quando vejo o anel da minha mãe brilhando no meu dedo na luz baixa.

— A Nan te deu isso? — eu pergunto.

Ele apoia o rosto no topo da minha cabeça.

— Sim, quando eu pedi sua mão a ela. Ela me disse que sempre soube que acabaríamos juntos algum dia. Você acha que a Eden se importa? Provavelmente deveria ter ido pra ela.

Eu olho para Eden, que está no sétimo céu dançando com Max.

— Acho que a Eden está feliz por estarmos felizes. — Ela me vê olhando para ela e sorri. Eu sorrio de volta. Nesse momento, acho que as pessoas mais felizes do mundo estão aqui nesse terraço. Até Toby e Joanna parecem estar no clima.

Eu levanto os olhos para Jake e a expressão dele confirma minhas suspeitas.

— Eu te amo — eu digo de forma que só ele possa ouvir. — Obrigada por me escolher.

Ele se abaixa e roça seus lábios nos meus.

— Te amar não é uma escolha. É quem eu sou. Você não sabe disso a essa altura?

Nós continuamos dançando enquanto nos beijamos, e eu percebo que amar Jake nunca vai deixar de me fazer completamente feliz. Ele é a tempestade e a calmaria doce que se segue. Ele é uma fogueira e as cinzas em brasa. E mesmo quando o que sinto por ele me abala nas minhas bases, eu tenho certeza de uma coisa: eu poderia ler todo os livros românticos do mundo e não encontraria uma história tão interessante, satisfatória e apaixonada quanto a que estou vivendo.

A história de nós dois.

Para o mundo,
você pode ser uma pessoa
Mas para uma pessoa,
você é o mundo
— Dr. Seuss

Agradecimentos

Escrever esse livro foi uma jornada difícil. Como qualquer escritor pode te dizer, nós não somos imunes às pressões da vida real. Problemas de saúde, tragédias familiares, prazos doidos e uma variedade de estresses podem travar a criatividade. E nós com certeza não somos imunes aos ataques de dúvida paralisante que nos convencem de que somos péssimos e nossos livros são um lixo e que aquele gato que desenhamos na terceira série era uma merda total e amadora (o.k, os olhos ficaram legais, mas fora isso – LIXO). E embora tenha havido um pouco de tudo isso por trás da maratona que foi criar esse livro, essa não era a questão principal.

Meu problema desde o início foi algo que eu nunca havia vivenciado antes: eu cometi o terrível erro de me apaixonar pelos meus personagens. (Estou falando de um amor profundo e estranho). Fiquei obcecada pela história de Jake e Asha e escrevi páginas e páginas de cenas da infância deles, brigas dos anos de Ensino Médio, discussões sarcásticas e cheias de dor entre suas versões adultas, que tentavam filtrar seu amor não declarado através de diversas camadas de ressentimento mal resolvido. Eu conheci esses personagens de forma mais íntima do que quaisquer outros que eu tenha criado, e isso se tornou um problema.

De repente, eu estava tão profundamente investida na história deles que fiquei apavorada de contá-la da forma errada. Eu queria fazê-los justiça, e estava desesperada para que os leitores os amassem tanto quanto eu. E então cada palavra foi uma luta, cada cena um desafio.

Não consigo nem dizer quantos capítulos extras eu escrevi, apenas pela experiência de explorar outras partes da vida deles.

No fim, eu tive que bloquear o que eu queria mostrar e me resignei a deixar Jake e Asha me guiarem. E eles fizeram exatamente isso. Eles me mostraram suas partes mais profundas, se abriram de forma vulnerável e crua e, no final, garantiram que eu desse a eles a felicidade que mereciam.

Embora eu ainda consiga ver muitos dos seus momentos especiais brincando na minha mente, a única forma que tenho de honrá-los por trazer tanta alegria para a minha vida é compartilhá-los com vocês. Espero que vocês prestigiem essa história tanto quanto eu.

Eu com certeza não conseguiria ter terminado este livro sem minha incrível editora, amiga, mulher destemida e terapeuta, Caryn. Quando fiquei paralisada pela indecisão, ela me ajudou a sair disso. Quando escrevi lixo, ela me fez reescrever. E quando eu a fiz chorar, ela me xingou em caixa alta e amaldiçoou meu nome. Catty-Wan, muito obrigada por ter segurado minha mão e me arrastado até a linha de chegada. Você é minha rockstar e minha rocha.

À minha agente, Christina, e a todo o time na Jane Rotrosen Agency: obrigada por sempre acreditar em mim e por me fazer buscar a excelência. Saber que você está lá com conselhos incríveis e incentivo é uma bênção que eu valorizo muito.

Ao meu maravilhoso marido Jason, que me ama e apoia durante tempos de prazos doidos e falta de sono, mau humor, choros e insegurança. Meu querido homem, eu não seria nada sem você. Você é mais que incrível, e sou extremamente grata por você ser tão comprometido em me ajudar a alcançar meus sonhos. E aos meus lindos filhos adolescentes, Xander e Kyan: vocês são meu coração e minha alma em forma de humanos, e um dia, quando vocês forem um pouco mais velhos, mamãe vai deixá-los lerem livros românticos para aprenderem a tratarem as mulheres como deusas.

À minha incrível melhor amiga, Andrea, que sempre se apaixona pelos meus personagens ainda mais do que eu: você é meu sol. Minha irmã de alma. A pessoa mais amorosa, apoiadora e positiva que eu já conheci. Eu te amo.

À minha relações públicas, Nina, que está sempre lá para segurar a onda quando eu me atraso com prazos ou provas. Que gentilmente me empurra quando eu preciso e garante que eu não me encolha num canto sem falar com as pessoas depois do lançamento. Eu adoro você, moça. Obrigada por tudo.

À incrível Regina Wamba, que continua dando vida às minhas visões de capas da forma mais espetacular possível: você é um gênio.

À minha intrépida equipe de leitores prévios e revisores: Cecile, Anne, Ngaire e Kendra: vocês são a minha salvação quando eu não aguento mais nem conceber a ideia de reler tudo para garantir que não há muitos erros. Muito obrigada pelos seus olhos de águia. E à minha fabulosa diagramadora C.P. Smith: você é incrível.

Aos meus amores do Romeo's Dressing Room: eu não sou capaz de expressar o quanto vocês significam para mim. Seu amor e apoio constantes são o que me faz seguir em frente em dias em que tudo o que quero é me isolar do mundo. Sou incrivelmente grata a cada uma de vocês.

Aos incontáveis blogueiros que são o sangue da carreira de todo autor e que passam horas infinitas lendo, resenhando, promovendo, fotografando e compartilhando sua paixão extraordinária: eu sou grata a todos vocês. Obrigada por tudo o que fazem pela comunidade do romance.

E finalmente a vocês, meus queridos e preciosos leitores. Vocês que me mandam mensagens aleatórias de apoio porque não têm notícias minhas há algum tempo, ou que escrevem lindas resenhas que me fazem chorar, ou que batem na cabeça dos amigos com meus livros até eles aceitarem lê-los, ou que criam artes ou contas no Instagram, ou páginas no Facebook. São vocês que fazem cada noite insone, cada dia ruim, cada capítulo, cada cena e cada palavra valerem a pena. Vocês são o coração do que eu faço e do por que o faço. E fico honrada por vocês abençoarem minhas palavras com seu tempo e paixão. Do fundo do meu coração, obrigada por entrarem nessa jornada louca e incrível comigo.

Eu amo todos vocês.

Beijos,

Leisa

Também por Leisa Rayven:

Série STARCROSSED LOVERS

Meu Romeu
Minha Julieta
Coração Perverso
Histórias de Meu Romeu

Série Masters of Love

Mr. Romance
Professor Feelgood

E não perca o próximo livro
da série *Masters of Love*:

Dr. Love

Nas livrarias no final de 2019

Este livro, composto na fonte Fairfield,
foi impresso em papel pólen soft 70 g/m² na Gráfica Santa Marta.
São Paulo, Brasil, novembro de 2018.